谨将此书献给在太平洋战争中牺牲的3600名美军潜艇部队成员的家人们。他们之中的大多数对于自己深爱之人所背负的崇高使命一无所知,只知他们将继续在海上巡航,并且永无归家之日。

丰后水道的幽灵

GHOST OF BUNGO SUIDO

[美]P.T.多伊特曼/著　　肖倩玉/译

Copyright © 2013 by P.T.Deutermann
This edition arranged with The Nicholas Ellison Agency
through Andrew Nurnberg Associates International Limited
Simplified Chinese translation Copyright ©2017 by Chongqing Publishing House
版贸核渝字(2015)第282号

图书在版编目(CIP)数据

丰后水道的幽灵 /(美)P.T.多伊特曼著;肖倩玉译. —重庆:重庆出版社,2017.10
ISBN 978-7-229-12258-4

Ⅰ.①丰… Ⅱ.①P…②肖… Ⅲ.①长篇小说—美国—现代 Ⅳ.①I712.45

中国版本图书馆CIP数据核字(2017)第102004号

丰后水道的幽灵
FENGHOU SHUIDAO DE YOULING
[美]P.T.多伊特曼 著 肖倩玉 译

责任编辑:李 子
责任校对:刘小燕
装帧设计:八牛设计

重庆出版集团
重庆出版社 出版

重庆市南岸区南滨路162号1幢 邮政编码:400061 http://www.cqph.com
重庆出版社艺术设计有限公司制版
重庆升光电力印务有限公司印刷
重庆出版集团图书发行有限公司发行
邮购电话:023-61520646
全国新华书店经销

开本:710mm×1000mm 1/16 印张:21 字数:318千
2017年10月第1版 2017年10月第1次印刷
ISBN 978-7-229-12258-4
定价:45.00元

如有印装质量问题,请向本集团图书发行有限公司调换:023-61520678

版权所有 侵权必究

目 录
CONTENTS

前 言

第一部 独狼

第一章　　/003

第二章　　/027

第三章　　/040

第四章　　/050

第五章　　/060

第六章　　/066

第七章　　/076

第八章　　/085

第九章　　/097

第十章　　/104

第十一章　/108

第十二章　/112

第十三章　/119

第十四章　/127

第十五章　/132

第十六章　/140

第二部 劫后余生

第十七章　/153

第十八章　/160

第十九章　/172

第二十章　/176

第二十一章　/185

第二十二章　/193

第二十三章　/198

第二十四章　/206

第二十五章　/217
第二十六章　/225
第二十七章　/233
第二十八章　/239
第二十九章　/247
第三十章　/253
第三十一章　/256
第三十二章　/261
第三十三章　/265

第三部　沉默的舰队

第三十四章　/271
第三十五章　/277
第三十六章　/284
第三十七章　/291
第三十八章　/301
第三十九章　/310
第四十章　/319
第四十一章　/323

前　言

　　我本人并没有在潜艇部队中服过役，所以，为了撰写本书，我收集了多方资料。关于潜艇的结构、运行机制等方面，克莱·布莱尔的《静默荣耀》一书给了我极大的参考。从中我亦领略了艇长们与众不同的个性特征以及潜艇战术的演进历史。

　　依我个人之见，在以潜艇为创作题材的诸多小说中，布莱尔的著作可谓独树一帜。但除此之外，其他一些优秀著作也为我提供了创作上的帮助。劳拉·希伦布兰德所著的《坚不可摧》以第一人称的视角讲述了战俘在战后的生活，为我描写主人公被日军俘虏期间的经历提供了不少有用的信息。堂·基斯在《最后一次巡航》中写到了二战期间的一些著名战舰及舰长的英勇事迹，为我的创作提供了灵感。约瑟夫·恩赖特的《信浓号》一书，讲述了这艘巨舰悲惨的处女航——首航就被击沉，令人扼腕。该书同样为我提供了不少真实史料。我还要感谢巴尔的摩港海事博物馆负责维护"鳕鱼号"潜艇的志愿者们，感谢他们详尽的介绍，让我对二战期间所使用的柴油机船的构造有了个大致的了解。对于某些历史事件，我进行了艺术加工，以增强故事的可读性。

　　最后，我想向那些勇敢坚忍、不屈不挠的潜艇部队兵士们表达我的敬意。当其他水兵还在收拾珍珠港的一片狼藉时，他们默默地挺身而出、迎难而上，毫无惧色地与日本人作战。赫赫战果背后是巨大的牺牲。正如阿灵顿国家公墓上铭刻的那句话所言：无人知晓这群勇士最后长眠何处。但他们的事迹必将世代流传，万古长存。

第一部

独狼

第一章

1944年10月吕宋海峡

"下潜深度300英尺。"

"明白，艇长，潜到300英尺深。"潜水军官应道。两位升降舵手同时朝相反的方向打起了黄铜方向盘。

加尔·哈蒙德察觉到舱面正慢慢往下倾斜，不过他大部分的注意力仍放在螺旋桨发出的噪声上。自从被日本佬的驱逐舰盯上以来，舱中就一直回响着这声音。航道畅通，速度平稳，没有加速。更棒的是，他用不着做回声测距了。

但是，他望向潜艇执行官罗斯·韦斯特少校，见他一脸勉强地松开了操作手杆，嘴里咕哝着："真是群混蛋。"说完急忙往加尔的方向瞥了一眼，就好像他并不想将自己的想法大声说出来似的。

"放轻松点，执行官大人，"加尔笑了起来，"两个温跃层呢，别搞错，它要往上边过的话，可啥都听不见。"

执行官勉强挤出个笑容，作为回应。但敌方驱逐舰螺旋桨的噪声越来越响，绝不会弄错，就是这种"啪、啪、啪"的声音，令挤在控制室里的每一个人都牙关紧咬。加尔注意到大伙儿彼此之间没有任何眼神交流。丰富的侦察经历早已教会他们：恐惧是会传染的，他也清楚：他们当中是有人想大声尖叫的。如果我们能够听到他们的驱逐舰发出的噪声，那为何他们的声波定位仪探测不到我们的声音呢？因为我们能保持沉默，而驱逐舰做不到。加尔想。

目前他们正处于此次战略中最危险的阶段，他手下有位船员背地里称之为"自讨苦吃"。他们得先于日本佬的护卫舰队出动，潜到深处，让目标和护卫舰队从上方经过，然后升到潜望深度，跟在殿后的护卫舰后，待敌方驱逐舰的声波定位仪因尾流和螺旋桨噪声干扰而暂时失灵时，再对准其舰尾，发射鱼雷。

"接近300英尺深了。"潜水军官通报道。随着水压的不断增大，艇舱不堪重负，发出嘎吱嘎吱的声音。但加尔之前曾带领"海蛾鱼号"潜到过500英尺深处。更重要的是，他们对飞行员的老规矩"理想的安全着陆次数永远等于起飞次数"做了些巧妙的修改——"理想的安全返航次数永远等于启航次数"，并以此作为精神支持。

差不多到了该全速冲刺的时候。

"啪、啪、啪"，这声音现在更响了。驱逐舰几乎就在他们头顶上。如果被声波定位仪探测到，那么他们就等着吃深水炸弹吧，一波又一波的攻击迟早把扇形船尾给卸下来。"只要声波定位仪不发射脉冲信号，我们就不会被探测到。"加尔对自己说。即使声波定位仪发射了脉冲信号，他们上方的两个温跃层应该也会令声呐束偏离方向的。当然，只是说"应该"，并不是"绝对"。

"啪、啪、啪、啪。"

加尔等得有些不耐烦了。只要敌方从他们头上驶过，他们就会加速，紧随其后，升到潜望深度，做个侦察，然后发射鱼雷。担任潜艇指挥官以来，这种任务他已经执行了三次，从未失败过。当然，他也十分清楚手下对这次行动有多紧张。如果鱼雷一发不中，敌方舰尾的侦察兵又发现尾流被划开的话，深水炸弹马上就会把"海蛾鱼号"炸出个口子。

"啪、啪、啪、啪。"

"多普勒低，方位0-0-5。"通讯塔内的声呐兵报告道，从他的声音中可以觉察到如释重负的心情。驱逐舰已从他们身边驶离。每个人都竖起耳朵，试图捕捉些蛛丝马迹，好看看日本佬是不是真的给他们丢了颗深水炸弹。但他们能听见的仍只有螺旋桨发出的噪声。根据转速估算，敌舰离它们大约12海里远。

不错，加尔想，是时候干掉这群混蛋了。

"三分之二动力，全速前进，"他命令道，"就往0-0-5那边去。"

他见执行官深深地吸了口气。每小时8节的航速几乎是他们在海底行进的最快速度了，如果保持这个速度，那不出一小时，电池的电量就会耗光。两人都扫了眼控制室里的仪器和设备。和往常一样,拥挤的控制室充斥着紧张的气氛。空气中混杂着柴油机烟气和汗臭味,电池放电时,还会闻到淡淡的臭氧味。见"海蛾鱼号"仍紧随敌舰身后,加尔忽然涌起一股力量。

"我准备上去了,"他对执行官说,"潜水长官,升到潜望深度。慢些来,别着急。"

随后他便登上了指挥塔,吩咐鱼雷手把鱼雷装好。攻击队的成员们似乎一点也不慌张,毕竟日本佬的驱逐舰(这玩意在他们看来就是个锡罐)连颗500磅的深水炸弹都没扔,就从他们的头顶上开走了。随着"海蛾鱼号"慢慢接近潜望深度,舱面也开始往上倾斜,指挥塔和控制室都亮起了红灯警报。舱外一片漆黑,为了扩大视野,加尔只能尽量让双眼适应黑暗。指挥塔里甚至比控制室里还要挤。

"已上升200英尺。"底下传来潜水军官的声音。

"三分之一动力,全速上浮。"

舵手听令而行。

"目前位于100英尺深处。"潜水军官喊道。

接下来的战略部署对加尔而言并非难事。停止上升是最常规的做法。他们最不愿意看到的,就是潜艇升到潜望深度时冒出水面,然后完全暴露在敌舰舰尾的侦察视野中。加尔推测,目前敌舰应该在前方800码左右的位置,虽然太阳已经落山了,但这么近的距离,绝对在可视范围内。时间充足的情况下,最好的选择就是在这个位置停稳,调整潜艇恢复平衡,然后再慢慢升到潜望深度。

"声呐兵,确认方位。"

"大约在5-9方位,艇长,误差范围在5度左右。我还在听,不过目前受到尾流干扰。"

"5-9,好。舵手,就往5-9那边去,3海里后转向。多普勒给我盯仔细些,声呐兵。"

"收到,艇长。"多普勒,即可听见的螺旋桨噪声的音高,对加尔他们来说是至关重要的提示信息。多普勒低意味着敌舰正离他们远去;多普勒高则意味着敌舰正向他们靠近。多普勒保持稳定是敌舰就在他们附近,可能会转向。所有人此刻都在等待。

"潜望深度,多普勒稳定。"潜水军官喊道。

"此后3海里将转向,航向5-9,多普勒稳定。"舵手汇报道。

加尔也凑到了潜望镜那儿,对着攻击队问道:"准备好了么?"

"我们已有对策。"作战指挥官答道。

"往上方攻击,"加尔说,"这样容易瞄准。"

他们依照命令,将攻击范围定在了水面。下面控制室里的电液压发动机不堪重负,吱嘎作响。手握接目镜操作杆的加尔就像只举起双手,抬起双脚的猴子。他是那么专心,哪怕身边的鱼雷数据计算组正在做比对,将声音数据与他们构想的发射方案结果进行比较,他也充耳不闻。

他调整接目镜,将其朝向最近一次上报的敌舰方位,这样一来,目标只要一露头,立马就会被他发现。加尔花了几秒钟去适应黑暗,然后,他便看到了目标——它就藏身于这片死寂的黑暗中,看上去也是黑乎乎的一团,但尾流处微微散发磷光——刚好指向他的瞄准点。

"快,记录方位,范围1000码,朝下。"

一秒后他听到了攻击策划组的好消息:"方位同测算结果一致。鱼雷将在10英尺深处发射。一号发射管准备就绪,已注水,随时准备发射。"

"一号鱼雷,发射!"

鱼雷出膛的那一刹那,所有人都感受到了突如其来的气压,因为发射管并没有排出一个大气泡,而是将多余的压缩空气都卸在了舱内。按理说,应该再发射一枚鱼雷,但加尔不想这么做。鱼雷陀螺仪罗盘的方位是指定的,所以,像这样的远程射击,如果一发不中的话,第二发很可能也打不中。但只要命中,那群混蛋的驱逐舰舰尾瞬间就会被炸得粉碎,更何况舰后还跟着一堆深水炸弹,要是那些炸弹被引爆,就更不得了了。

"操舵,声呐兵。目前鱼雷温度升高,正在前进,运行正常。"

"运行时间21秒。"作战指挥官站在鱼雷数据计算机前报告道。

所有人都屏住了呼吸。又过了15秒,却还是风平浪静,什么都没有发生。

"侦察上方。"

此刻，在塔下的控制室里，罗斯定是紧咬着嘴唇。他那副样子加尔都能想象得到。这种情况他俩之前已反复讨论过多次。罗斯认为：在双方离得这么近的情况下，鱼雷发射后就别继续侦察了。虽然当鱼雷逼近敌舰时，其尾流的确有可能被敌方侦察兵发现。但这样做有个风险——一旦暴露，敌人不只会看到尾流，还会发现我方的潜望镜。加尔则主张继续侦察。他需要根据情况制定战略：如果鱼雷未能命中目标，反而引来了敌人的话，他们该怎样全身而退。我不能干等着声呐兵那边的消息，执行官大人，敌人可是紧贴着我们，这样做行不通。

视野下方忽然闪现一道红光，悄无声息，稍纵即逝。

"就是它！"加尔往下喊道，"朝下打！"没多久，鱼雷就狠狠地给敌舰来了记威力巨大的重击，几秒钟后，半英里远处传来了一串爆炸声，从声响来看，破坏强度应该不及那下重击，但也够他们受的了。不过，这给"海蛾鱼号"也带来了一点小麻烦：它被爆破产生的气压波层层包围，难以脱身。

听着深水炸弹的爆炸声，加尔想：这把干得漂亮。他吩咐道："注水，下潜到300英尺深处。舵手，三分之二动力，全速下潜，航向3-2-5，往左走。"

根据他的指示，"海蛾鱼号"螺旋下降，与不断下沉的驱逐舰渐渐拉开了距离，爆炸声也从下方转移到了右侧。指挥塔里的声讯兵拿着听筒，小声地向其余水兵播报他们又干掉一艘敌舰的消息。

加尔舒了口气，尽管他明白，一切才刚刚开始。护卫舰一共有两艘，一艘领航，一艘殿后。领航的那艘护卫舰现在应该在掉头，它得去看看后方发生了什么状况。虽然在那艘奄奄一息的护卫舰发出的噪声掩盖之下，敌人暂时还听不到他们的声呐，但他们迟早会发现的。

"海蛾鱼号"已完成了转向，正朝着西北方航行。潜水军官报告道："已下潜200英尺。"这是战略的第二步，也是最危险的一步：从敌人后方发射鱼雷，垂直下潜2000码，航线与敌方保持平行，放慢速度，悄悄前行，看看剩下的那艘护卫舰会如何行动。危险之处在于：为了防止被敌舰发现，所有通讯装置都得关掉。这样一来，他们就成了"聋子"。

潜艇深度已接近2000码，是时候把情况跟攻击策划组说清楚了。加尔告诉组员们，就在日落之前，他们侦察到两道烟柱，没有躲藏的必要——因为这些舰艇就是冲着他们来的。舰队一入侦察视野，他就下了命令：边下潜边用潜望镜侦察。他非常确定，自己看到的是两艘油轮，中间还夹着艘略小的舰艇。舰队前后都有护卫舰，不过后方那艘只露了个船桅。罗斯想在发动攻击前先用雷达确定敌舰的方位，他就是如此小心谨慎。但加尔不这么想。一旦探测时间过长，那些该死的日本佬就会发现他们的雷达。对此他深信不疑。所以，他下达的作战命令就是让地面雷达和对空搜索雷达随时待命，只有在别无他法时，才能进行探测，但也只能扫描一到两次。

他和攻击队一起商讨了下一步的作战计划：逃离第一次的攻击现场后，他们要留在深处，保持安静，确保自己不被发现。如果另一艘护卫舰没能定位到他们，就加速行进，在夜色的掩护下浮出水面，然后打开柴油机，以22节的速度绕到护卫舰的前面。这次的目标是那两艘价值颇高的油轮。作战成功与否，要看他们对敌方舰艇位置的计算是否精确，要是只击中一艘的话，麻烦可就大了。

加尔做了个计算：根据三分法则，在短短八分钟内，他们就会偏离轴线。虽然类似任务他已执行过多次，但自打指挥作战以来，他一直清楚：对"海蛾鱼号"来说，开足马力下潜得冒风险，因为电池电量不够。此刻，这个问题更加突出。如果电量耗尽，他们只能浮上水面，和敌人的舰队面对面地干上一架。也就是说，他们要单枪匹马地对抗五艘军舰，甚至还有可能直接被敌人撞沉。

他靠在潜望镜旁的隔板上，闭目沉思了约莫一分钟。通往控制室的舱口就在脚下，他甚至可以听见那些水兵们的对话。

"海蛾鱼号"的高级士官长是"瑞典人"斯文松。他要是再高点，就进不来了，所以他总是弯腰驼背，以免脑袋碰顶。看脸就知道他是典型的斯堪的纳维亚人：那棱角，那眉毛，明亮的蓝眼睛，和维京人一样高耸的鼻子以及常年红润的面色。他可是这艘潜艇的军士长，叫他"士长"，理所应当。"交给他吧。"斯文松命令道，"这家伙能搞定。""我会让他来的，士长。"罗斯轻声地应道,"但这样做还是太冒险了。我们要打的可是油轮,不是锡罐。"

"执行官,也许就是要把它们当锡罐才能打中呢,"士长说,"反正在哈蒙德艇长的指挥下,'海蛾鱼号'击沉的日本军舰数可比前两次行动都多。"

加尔笑了,士长这话可说到了点子上,"海蛾鱼号"的历任指挥中,就数他最成功。过去,在梅森艇长的指挥下,"海蛾鱼号"倒也有几次出击的机会,只不过他一次都没把握住。梅森为人和善,有同情心,但在战略方面过于保守,总在顾虑长官和手下的安康。作为上级,他无疑是讨喜的。可在战绩方面,他却一无所获,只得提前卸任。

罗斯的接话倒挺有意思:"士长大人,这种担惊受怕的日子,我都过腻了。"

"执行官,其他人也会怕,就算是指挥塔里戴着英勇勋章的日本佬也一样。"

攻击策划组打断了加尔的"窃听":"建议朝0-5-5方位发射,速度3节,更换装备以减少航行发出的噪声。"

"就这么干。"他答复道,"声呐兵,有什么发现吗?"

"没有。目前还没发现有回声测距的迹象。"

"他们大概还没料到来了艘潜艇吧。"加尔边说边爬下梯子。控制室传出压低的呻吟声——为了减少航行发出的噪声,他们关闭了通风口,这样一来,温度升得特别快。

罗斯认同加尔的看法。要是油轮爆炸,那一定是潜艇干的。但驱逐舰爆炸,又是在晚上,那就说不定了,也可能是运行事故。因为不出意外的话,潜艇见到驱逐舰都会避着走。所以他们现在就让"海蛾鱼号"与护卫舰队同向而行,看看另一艘驱逐舰会怎么行动。

"执行官,你来指挥。"加尔说,"我先去吃个饭。让他们稍息,和他们说我大概30分钟后回来。"

他走到军官室,花10分钟吃了个三明治,喝了杯咖啡。军官室比较小,只能同时容纳6个人,室内有张独柱桌,桌旁摆了两张绿长凳,权当是椅子了。他把咖啡杯放到洗碗机里,然后回到船舱,一屁股坐在椅子上。他太累了,想休息几分钟。

他的确需要休息,不过他也需要水兵们看到他放松的状态。这个老头子在干吗?他在打盹。哦,好吧,不管怎么说,至少此时此刻,他们一定是安全的。

30分钟后,他被叫了起来,重新回到了指挥塔。他一露面,作战指挥官霍特·吉布森少校便马上报道:"现由艇长指挥。"穿着皮鞋的吉布森看上去绝对不到57岁。他戴着副特大号的眼镜,看起来活像只猫头鹰。鉴于他的长相及名字,人们便给他取了个绰号,叫"汽笛"。①

加尔问吉布森有什么想法,于是他便把作战策略向加尔汇报了一遍,包括之后的航线、潜水深度、航速以及攻击敌方油轮的地点。

"第二艘护卫舰在哪儿?"

"我们暂时还没有数据,艇长。"吉布森说,"而且也没人在做回声测距。"

罗斯不禁摇头:"两艘驱逐舰都没做回声测距?这说得过去么?"

"我也觉得不太对劲。"吉布森说,"但事实就是这样。声呐兵没有监测到任何脉冲。"

罗斯从人群中开出条道,径直走向声呐兵:"波沛,能不能把波段调整下?"

"那样的话整个系统都得断线,执行官。"高级声呐技术员波沛·沃勒回报道,"您知道会有什么后果。"

后果就是:声呐系统会时不时地不听使唤。失去了声呐系统的支持,他们可就麻烦了。没有声呐,相当于失去了耳目。他们的被动声呐②是根据日本海军声呐的频率波段设置的。罗斯担心日本人已经改变了频率。

"他们弄出的声脉冲,我们在潜艇里听不见吗?"

波沛往里推了推耳机,揉揉耳朵:"假如他们弄出的脉冲有特定的方向,又刚好对着我们的话,我们可能听得见。但如果他们的脉冲是全方位发射的,

---

① 原文为"Hoot"。在英文中,"Hoot"一词既有"汽笛"之意,也有"猫头鹰叫声"之意。
② 声呐可分为两大类:主动声呐和被动声呐。前者类似于雷达,不停地向外发射声信号,根据回波判断目标性质。后者不主动发射信号,只接收目标自己辐射的声音信号。被动声呐因为不发射信号,所以不容易被敌人发现,主要用于隐蔽侦察。

那大部分都会被艇舱挡掉，不过，这也是种保护。"

"要是他们改变频率会怎样？"

"那我们就什么也听不到了，除非他们开到我们面前扔几颗该死的炸弹。"坐在椅子上的波沛转过身来说道。

"你认为他们已经改变了频率？"

"有这个可能。"罗斯说，"第一艘的时候，我们也什么都没听到，但那家伙就在我们头上。"

"好了，"加尔说，"够了，我们就在这儿多待一会儿，然后上去看看。但是，从现在起，到确定另一艘护卫舰没在追杀我们之前，都给我闭嘴，保持安静。"

但愿那艘护卫舰正忙着救援另一艘上的幸存者，顾不上别的事，加尔想。他们的最大速度是3节，而敌人的护卫舰是12节，比他们多了整整9节，难怪把他们越甩越远。他又不能冒着耗尽电量的风险把速度提到8节全力冲刺，所以，只有选择在某一时刻浮上水面，打开柴油机，才能追击敌人。

但他们先得确保自己浮上水面时不会被前来寻仇的日本驱逐舰逮个正着。

要能把通往控制室的舱口关上就好了，加尔想。热烘烘的臭气不断地往上冒，波沛已经把耳机塞了回去，在他的操纵下，外部声头正进行着细致的分区搜索。没有人说话，大家都在静静地等待。

攻击策划组继续利用导航推测技术调整对目标护卫舰队的作战计划。但他们都清楚，这些数据只是理论估值，只能等计划实施后，他们才会知道实际究竟如何。加尔让罗斯下去通知水兵们进入紧急战备状态。

又过了30分钟，他再次问波沛有没有听到什么。

"没有别的，艇长。"波沛回答，"目前只能听到正常的生物活动声和白噪声。"

"好吧，这样下去可不行，"加尔说，"我得弄清第二艘驱逐舰到底在哪儿，还有，第一艘究竟怎样了。"

罗斯已经回到了指挥塔，见状忍不住插话："如果你指的是位置，那它就在被鱼雷击中的地方，不是沉下去，就是拖着残躯浮到水面上了。"

"2000多码的深度呢,那时大家伙儿都该处于高度戒备的状态吧,大人。"

"呵,执行官,我感觉有些不妙,就好像瞎子一样,第二艘驱逐舰现在究竟在哪里、干些什么,我们都不知道。"

啪、啪、啪、啪。

罗斯悄悄嘀咕:"答案来了。"

波沛把耳机固定在头侧,继续操纵着声头。

"艇长,受温跃层干扰,尚未明确具体方位,但敌人已靠近。"

"往右,满舵行驶,奔德士全速前进,"加尔命令道,"控制室,15度角,下潜到400英尺深。"

罗斯下到控制室。在他的指挥下,水兵们操纵着"海蛾鱼号"往右急转,动作猛烈,舱身大幅倾斜。

啪、啪、啪、啪。

敌方驱逐舰距离他们如此之近,以至于他们都能清晰地感受到声音频率的变化。杀手的脚步正在逼近。出于安全考虑,深水航行时水平舵需收进舱内,这个过程对他们来说可不好受,但他们只能咬牙熬过去。加尔忽然想到,螺旋下潜并不是最快的。他问舵手目前情况如何。

"正往1-9-0方位行进。"舵手边打着方向盘边向加尔汇报。他的声音中也透出些许频率变化。

目前敌方螺旋桨发出的噪声近在耳边,就连温跃层这层屏障[①]也挡不住。

加尔明白,其他人也和他一样,正痛苦地承受着噪声带来的精神折磨。不过,那些噪声也只是敌人从头上经过时螺旋桨打水的声音而已。所以,上吧,海蛾鱼号,放心大胆地去吧。

罗斯下令:"传话下去,让他们准备发射鱼雷。"

虽然没有人出声应答,但这还用说么,大伙儿早就迫不及待了。

然而他们却听到了水压引信燃起的响声。

[①]温跃层:垂直方向水体温度分布的不连续面。由于上下水层温度和密度不同,位于温跃层的声源发出的声音,其传播速度在两个方向上减少,最低甚至可以为零,此时声波消失。所以称其为"屏障"。

紧接着,一阵阵巨波汹涌而来,不断地冲击着他们;席卷而来的沙尘交织成密网,令他们几乎喘不过气来;潮湿的水汽形成薄雾,视野开始变得模糊不清;就连艇身的软木隔热层也在猛烈的冲刷下剥落了。该死的日本佬就在那个方位!加尔想,要不是潜得快,他们可能已经去见上帝了。深水炸弹是在差不多250码深的地方爆炸的,离得这么远,"海蛾鱼号"肯定不会被炸到,但免不了受些波及。又是两颗炸弹,这次是冲着右舷来的。

还好,仍在浅层,并没给深处的他们造成太大的影响。感谢上帝。加尔摸了摸他的幸运符——挂在钥匙串上的军士长徽章。

"下潜深度已过400英尺。"潜水军官喊道。

加尔的胳膊一直抵在潜望镜后的梯子横杆上,都搁僵了。过了?他们下潜太快,以至于潜艇现在已经越过了计划深度。是上浮呢,还是继续下潜呢?继续下潜吧。

"左舵,"加尔命令道,"调整到5度角,潜到500英尺深。"

潜艇来了个左急转,艇身朝着与原先相反的方向倾斜。敌人又相继发射了四颗深水炸弹,每颗都给艇身造成了重击,发出震耳欲聋的巨响。他看了看电量。"奔德士"是句行话,意思是不管剩余电量,开到最大马力。但这该死的电池有百分数显示,一直在提醒着他没剩多少电的事实。电量大概还能再撑15分钟。

敌人又扔了四颗深水炸弹,不过这一次炸的地方离他们还算远。加尔再次查看电量。

是时候解决这群混蛋了,都给我下地狱去吧!他想。

"速度放慢到4节,升到潜望深度,"他吩咐手下,"9号和10号发射管做好准备。"除了他本人外,指挥塔里的其他人都露出了诧异的神色。

在他的命令下,"海蛾鱼号"以全副马力上浮,边晃动边朝潜望深度逼近,刚好穿过了温跃层。虽说温跃层可以保护潜艇不被发现,但刚刚他们可没享受到这个好处。那时怎么就没发现敌方的声脉冲呢?

仿佛有归航信标指引般,第二艘驱逐舰已向他们冲来。

啪、啪、啪、啪。当前声音频率有所下降,上方的敌人应该是躲到了他们身后某处，伺机再次攻击。

"在0-7-5方位发现敌人，"波沛喊道，"多普勒低。"

"已过300英尺。"

"在60英尺处稳住。"加尔说。他不打算再做任何调整了，就在那儿露出水面，做个侦察，然后一举将他们拿下。现在那些混蛋自以为一切尽在掌握之中，哼，那就等着瞧吧。

他们按兵不动，随着潜艇上浮。虽然潜水军官努力保持平稳，但潜艇还是时不时会来回晃动几下。

"已到60英尺处。"潜水军官报道。

他们继续等待时机。鱼雷数据计算组正在输入声音方位和预测范围，试着利用计算机，通过计算得出发射方案。

"方位0-8-0，多普勒为零，敌人正在转向。"

看来要再试一次了。加尔希望他们再次回到这个深度时，敌人能潜得深些。

"目标进入我方范围内。"波沛报道。

加尔闭眼沉思片刻，在脑海中构想接下来的战略图景。他们并不知道敌方的波段范围，但敌方却对他们的波段了如指掌。

敌人藏得更深了，加尔想。"海蛾鱼号"的铁舱已经在吱嘎作响，像是在哀鸣呻吟，如果要潜到特别深的地方，哪怕只是一道小小的裂痕，都会成为压死这头骆驼的最后一根稻草。到了那时，他们就成了靶子，驱逐舰会趁虚而入，先是稳稳地浮上来，然后冲着他们发射深水炸弹。

"方位呢？"

"敌人已在我方范围内了。"波沛不耐烦地汇报道，"虽然敌人进入了我方范围，但我还是没法听见他们的声脉冲，这点我不是已经和您说过了么？"

"往后退些。"

"已过200英尺。"

他转向鱼雷数据计算组："把深度设定在10英尺，陀螺仪罗盘方位定在3-0-5，准备好后，从9号管和10号管发射。"

啪、啪、啪、啪、啪、啪。敌人正迅速地靠近他们。虽然"海蛾鱼号"螺旋桨弄出的噪声令外部声头形同虚设,不过,潜艇上的大伙儿自己也能听出来。这就意味着,敌人真的离他们很近。过了3秒钟,他们听到,同时也感觉到第一颗鱼雷冲出了发射管,几秒之后,第二颗鱼雷也跟着冲了出去。

"右舵,360度转向,然后上浮至潜望深度,航向2-7-0,7号和8号发射管做好准备。"

"鱼雷温度升高,正在前进,运行正常。"波沛汇报道。

"运行时间未知。"鱼雷数据计算组负责人汇报道。

"你他妈逗我吧?"加尔骂道。大伙儿笑咧了嘴,虽然只有那么一小会儿。

他将在尚未探明敌人位置的情况下发射鱼雷,但很有可能发射后敌人还是会出现在那个方位,然后冲向他们。

这时传来"咣"的一声,紧接着又是一声,震得整艘潜艇都抖了抖,加尔见罗斯的脸抽搐了一下,他忽然意识到:这不是敌人扔来的深水炸弹,是他们的鱼雷击中目标了!

走运,真是太走运了!听上去敌方的驱逐舰似乎就在他们头顶上被炸成了碎片。这下好,终于不用再转向了,可以上去了。

"平稳上浮。"

"保持平衡。方位1-8-5。"

"已过100英尺,向潜望深度靠近。"

"三分之一动力,全速上浮,3海里后转向。""海蛾鱼号"花了整整一分钟才达到这个速度。加尔喊道:"往上。"

片刻之后,潜艇便恢复了平衡,由于速度放慢,他们受到了表层海浪的影响,但这并不碍事。加尔直起身,离开接目镜。毕竟都已经浮上来了,还有什么必要继续往水底看呢?

"已过80英尺。"

他屏住呼吸。虽然大伙儿啥也看不见,但声音还是能听到的。两枚鱼雷已把逼近的驱逐舰炸成了碎片,爆炸声响彻整个控制塔,当中还夹杂着刺耳的钢铁断裂声——驱逐舰舰壳在海水席卷下四分五裂,毕竟大海欲壑难填。幸好,现在听到的声音是从船尾那边传来的。

"稳在潜望深处。"潜水军官喊道。光听声音就知道,他此刻一定非常紧张。

得让这些家伙振作起来,加尔想。暗中埋伏,袭击一艘巨型商船:从一英里之外发射鱼雷,把它的底给凿穿,这是一回事;而接近一艘日本驱逐舰并与它大战上三百回合,这就是另外一回事了——所以,干脆就再干一票吧。

他凑到潜望镜前,迅速察看周围环境,做了个360度的全方位检查。敌人的驱逐舰正渐渐沉入海底:发动机的残骸仍在叫嚣,往冰冷的海水中喷着蒸汽;隔板则在海浪猛烈的"砰砰"撞击下四分五裂,整个指挥塔里都能听到连续不断的隆隆声。

他的手下们如果被卷到海底,那真和活活被煮熟没什么两样。不行,怎么能想这些?加尔努力地把幻化出的图景从脑海中驱逐出去。

你们这群狗娘养的东西,还记得珍珠港的事儿吗?

"对,"他说,"就是这样,给我做好浮到水面的准备。策划组,把头个驱逐舰的方位数据给我。雷达组,给我做两次小范围扫描,越快越好。"

控制塔里的每一个人似乎都在同一时刻叹了口气,紧接着,所有人都吓了一跳:日本佬的驱逐舰居然还在发射深水炸弹!舰艇沉入海底的同时,炸弹也相继爆炸。这群混蛋直到最后一刻都还在负隅顽抗。即便是曾经死里逃生的水兵,此刻也被吓得心都要从嗓子眼里跳出来了。

别忘了珍珠港的事儿。

"雷达组报告:五英里范围内未检测到通讯信号。"

看来那两艘驱逐舰的确是被他们干掉了。不过,当它们与"海蛾鱼号"缠斗的时候,另外三艘一定在继续前进。

"再做一次扫描,大范围的。"

舰桥上的兵士们手忙脚乱地下到控制室里,加尔都能听到他们弄出的声响。士长正安抚着升降舵手们。他们要维持潜艇的平衡,大伙儿却在舱里走来走去,真是添乱。为了提升成像质量,雷达得把天线杆完全伸展开,这令发动机叫苦不迭,哀鸣不已。

"报告，雷达监测到通讯信号。方位0-6-5，距离21000码。"

"准备浮出水面。"他说。

电喇叭立刻发出通知："准备浮出水面，准备浮出水面，侦察兵到舰桥就位。"

控制室顿时乱成一团。潜水军官忙着扳动压载水舱的操纵杆，士长在旁帮他察看角度。指挥塔里的人恨不得拆了隔板，好让侦察兵和甲板上的士官上来。当首位侦察兵打开舱口时，大家都竖起了耳朵。即便夹杂着海水，新鲜而凉爽的空气仍令他们倍感心情舒畅。

"执行官，你来指挥。开三台柴油机，给可能会出现的驱逐舰备一台。再去把他们的雷达通讯给我截了。"

布置完任务后，加尔继续待在控制室里，见水面侦察已完成，压载水舱也已根据水面运行的要求调整完毕，便唤来潜水军官，要他确保负浮力舱一直处于满载状态。若"海蛾鱼号"需要快速下潜，就可以利用负浮力舱增重，从而达成目的。潜水军官受命，加尔非常满意。对罗斯点头示意后，他就离开了控制室。

5英里范围内没有通讯信号，这表明那两艘驱逐舰已沉没海中。所以，是时候回到正事上来了——继续刚才未完成的作战行动。

但是，击沉两艘驱逐舰并不代表他们就稳操胜券。毕竟，那两艘舰很可能已经向吕宋基地发送了遇险信号。根据珍珠港那边的情报，该基地可是配备了带雷达装置的新型夜间轰炸机。除此之外，他们还监测到另一种雷达通讯。这一通讯不是连续的，而是间歇的，也许就是新型巡逻护卫舰发出的。这种护卫舰日本人也是刚开始用，体积只有驱逐舰的三分之一，但威力却丝毫不亚于驱逐舰。

柴油机发出的咣鸣声差点没把他们的耳膜给震破。要是舱内空气特别浑浊的话，他们通常会把水密门打开，接着轮机舱里的水兵就会用压缩空气发动柴油机，他们也可以在上部的主进气阀打开之前打开甲板舱口盖，呼吸几口新鲜空气，哪怕只有几秒钟也好。这么做不仅能迅速排出舱内臭气，还可以让新鲜空气通过指挥塔舱口进入舱内。不过，这也会在控制室里掀起一阵短暂的"台风"，刮得没钉牢的纸页到处乱飞。

柴油机启动后，燃料便燃烧膨胀，一旦温度急剧升高，罗斯就会下令提到全速，大约20节的样子。加尔算了算追上敌人所需的时间：护卫舰队的速度在10节到12节之间，所以，他们最多也就比对方快了10节左右。差不多要花一个小时，他们才能追上敌人，然后血战一场。

从舰桥那儿传来命令，请各单位水兵就位。

这也就意味着所有水密舱都将打开舱口。借此，加尔也能迅速地把手下们全都检阅一遍。

三台主柴油机源源不断地为推动机输送着能量，第四台就负责给电量几乎耗尽的电池充电。加尔已查看过前部电池的氢压表，确保在高强度充电下，电池释放出的爆炸性气体没有超标。经过军官室时，他顺手倒了杯咖啡，里面的三位下尉还在激动地讨论着被击沉的驱逐舰以及他们"有如神助"的鱼雷。

到底是怎样一回事儿，加尔可比他们更清楚。最后发射的鱼雷，可以称得上是他们的救世主——通过来自深处的声呐判定方位，并据此发射鱼雷，也就是说，鱼雷要先在一分钟内完成出发、转向、初次定向、上升以及在指定深处的再次定向，才能重击气势汹汹地冲来的敌方驱逐舰，给它来个爆头。有如神助，没错，只不过靠的不是出神入化的技术，而是神一般的运气。他再次扪心自问：为何他们监测不到敌方的声脉冲？珍珠港事件之后，他对这类问题不得不多留点心。

美军的潜艇比战舰更具威胁性，不过日本佬对此后知后觉，美军现在已经开始升级声波定位仪和深水炸弹，并着手增强雷达的功能。回想鱼雷刚问世那时，头两年着实把美军潜艇搞得焦头烂额，而现在，美军的鱼雷可是世界上最先进的。

"海蛾鱼号"继续勇往直前。虽然加尔隔着舱板都能感受到深海汹涌浪头的冲击，不过，这在吕宋海峡可是家常便饭。他一路走过，看到不少水兵都是一副快要呕吐的样子。谁让在全速前进状态下，潜艇无论是上仰，还是下俯，都得花上比平时更多的时间呢？都潜在水下这么长时间了，现在他们开始晕船，也是在所难免的事儿。

艇首的水兵们浑身是汗，他们刚刚才把鱼雷重新装填到一号发射管内。艇内的红灯警报状态仍未解除，鱼雷手们看起来像是在烤箱里待了几个小时一样。"海蛾鱼号"可是载着24枚鱼雷驶离珍珠港的：15枚热动力鱼雷，7枚电动力鱼雷以及2枚"小可爱"——他们新研发的自导鱼雷。目前共8枚鱼雷就位，其中4枚已蓄势待发，另外4枚作为后备，还在重新装填中。这样一来，收支算是扯平。加尔可没那么待见电动力鱼雷，要不是上头指定，非得用它来打击那些老是对他们还以颜色的日本船，没准他就不用这玩意了。但是，电动力鱼雷也并非一无是处。用热动力鱼雷的话，倘若敌人在轮机舱那儿发现了气泡，那就该轮到他们提心吊胆了。

今晚，加尔分别对着两艘驱逐舰发射了热动力鱼雷。就技术层面而言，显然是不合规矩的。电动力鱼雷最大的优点在于隐蔽性强，不会留下任何尾流。我方潜艇究竟埋伏何处，敌方驱逐舰也便无从得知。然而，加尔并不是个墨守成规的人。况且，他又是珍珠港事件的幸存者，更加不会拘泥于教条。第二艘驱逐舰已经知道他们的位置了，至于第一艘，不管有没有发现气泡，它都不会察觉到自己的尾流中还掺杂着鱼雷尾流。而且，热动力鱼雷的弹头可比电动力的大得多，杀伤力当然也强得多。不管遇上什么情况，他都能以此为由：身为珍珠港事件的亲历者，日本佬的船就在底下，当然得用热动力鱼雷。这都可以算是一项不成文的约定了，换作是谁都会这么做的。但是，有一个人除外，那就是迈克·福雷斯特，他可不会对加尔言听计从。

他想去艇尾与兵士们交谈几句，看看经历过与驱逐舰的战斗之后，他们情绪如何。路上碰巧遇到了士长，于是他俩就一道过去了。水兵们才刚刚把鱼雷重新装填好，大家简单地聊了会儿，随后两人便动身前往控制室。走到过道时，加尔忽然停住了脚步。他问士长，自己对驱逐舰这般穷追猛打，会不会吓到手下。

"能把日本佬打趴下，他们高兴都来不及。"斯文松说，"但和驱逐舰一对一单挑，风险可不是一般的大啊。"

"跟在他们后面比潜到深处行动要好。"加尔说，"潜到深处，然后等待行动时机，这就意味着我们把主动权交到了敌人手里。我们还击时很有可能会暴露,也许还会被他们糊弄过去。当然,开火时护卫舰冲过来护驾的,我也见过。紧随其后,静观其变,在我看来是最好的对策了。"

"好的,我同意。"士长说,"潜到水压这么大的地方,连我都他妈觉得没救了。但愿那群家伙能适应吧。"

"我也是这么想的,士长大人。"就好比花猫再怎么变,身上的花纹终归是改不了的。

我们的使命就是浴血奋战,只是,我的角色并不是那么讨喜,我得把他们带上战场,而他们也将因此脱胎换骨。

"他们的确不错,艇长,但你也别忘了,大多数人都还只是毛头小伙呢。"

加尔明白士长的意思。他说的没错,水兵们的平均年龄可能只有20岁。

"艇长,请同指挥联络。"广播系统那边传来指令,加尔依言照办。他拿过最近的声能电话听筒,按指挥的号码转了下拨号盘,那头便响起了尖锐的铃声。执行官接起了电话。

"有什么发现么,执行官?"

"根据作战策划组的侦察,那些家伙正呈'之'字形行进。我们很快就会赶上他们,因为他们前进的速度实际上只有6节。除非又发现一艘护卫舰,否则,照我的设想,我们可以在水面发动攻击。要不了10分钟,我就能把水面战位给定下来。"

"就这么干,执行官。在下面留点火力,谁知道该死的驱逐舰会不会突然钻出来。罗斯,我希望由你来指挥接下来的攻击,虽然我会时不时地上来视察下,但大部分时候我都将在后方坐镇,统筹全局。你就负责把那两艘油轮击沉。能行么?"

"没问题。"罗斯答道。

加尔挂断了电话,和士长说让全船人员在10分钟内进入紧急战备状态。士长马上下命,通知各单位做好战略部署。与此同时,加尔正前往艇首的军官室,他得召集士官们开个短会。

加尔这么做不是没有依据的。大名鼎鼎的潜艇指挥官中,有位名叫达德利·莫顿的,外号"粉碎王",因为他击沉过数不胜数的敌舰。莫顿提出了一种新方法，用以指挥及操控潜艇攻击。在他之前，每次攻击都是由艇长一人部署安排的。艇长需要确定攻击范围，与技术资料中心沟通，批准作战方案，选择攻击方位和方式。总之，就是他得搞定一切，除了按下发射按钮——只有这件事用不着他插手。那时候，莫顿的大多数攻击都是在水面上进行的，他因此声名鹊起，但同时他也意识到：每次攻击他要处理的数据量都太大了。所以他决定从实战细节入手，从而更好地把握全局：目标在何处，护卫舰在何处，下一个目标又将前往何处，哪条路线最适合逃跑，雷达图像提供了哪些线索等等。莫顿让他的执行官理查德·奥凯恩（这也是位风云人物）负责单次鱼雷攻击，而他本人则负责确保其他作战细节万无一失。

依照他的理念，凡是训练有素、在与日舰作战方面经验丰富的执行官都能独当一面，指挥进攻。奥凯恩就是个成功的例子。不过，这样做不仅需要一位自信满满的艇长，还需要一位同他一样能力出众的执行官。虽然加尔目前还没完全采纳这种制度，但是，既然护卫舰队中的战船都被他们消灭了，也是时候让罗斯练练手，看看莫顿的法子到底管不管用了。指挥潜艇就是这样，你不去尝试，就永远不会知道结果是什么。

加尔回到控制室。室内仍处于红色警报状态，但作战人员业已就位。他对所有人说：接下来的攻击将由执行官负责，而他会在后方坐镇，提出批评建议。周围有人咧开嘴笑，虽然笑容中透着紧张。他清楚，这问题得解决。兵士们心存害怕，就意味着他们已置身危险之中——可不像那些因受追捕而焦虑激动的人，满怀恐惧的人一下子就会浑身僵硬，动弹不得。

锻炼，他提醒自己，我们还需要更多锻炼。

"把战位定下来，范围设在水面。"

加尔爬上梯子，进入指挥塔内。警报尚未解除，红灯虽然黯淡，但还亮着。新鲜空气从舱口灌入，拂过舰桥，带给他一丝凉意，这感觉倒还不错。他听见柴油机发出"咕噜咕噜"的声音，费尔班克斯·莫斯公司生产的发动机，质量也就这样了。执行官罗斯已准备登上舰桥指挥手下对着斜上方的两艘油轮发射鱼雷。待会儿他打算用目标方位发送器，而不是普通的潜望镜。

所谓"目标方位发送器"，其实就是焊接在可移动框架上的高倍双筒望远镜。但这个框架可不一般，它接入的是技术资料中心负责武器控制的电子计算机。负责开火的军官先把目标方位发送器对准想要打击的舰艇，接着按下按钮，该舰艇的方位就会被传输给电子计算机，随后，计算机便能得出相应的作战方案，若是攻击队认为该方案切实可行，那么鱼雷的陀螺仪罗盘和深度设置则会根据该方案不断地进行调整，直至合适，然后，发射鱼雷。虽然目标方位发送器看起来有些简陋，但非常实用，因为这样一来，军官根本用不着担心传输给计算机的相关数据会有所延误（比如说因上调或下调攻击范围造成的延误）。

这一次，加尔将端坐在舰桥正下方的指挥塔里统筹整个战略布局，并且，他也将密切关注技术资料中心输出的数据。他得及时发现误差，同时，他还得注意有没有什么蛛丝马迹，暗示着他们并不是黑暗中唯一的杀手——敌人也正对他们虎视眈眈。

罗斯命令以 10 节的速度下潜，随即便听到主发动机那边传来巨大的轰鸣，像是在咆哮一样。攻击策划组已经就位。虽然他暂时还看不见那两艘仍在黑暗中行驶着的油轮，但根据雷达扫描到的数据，他们已能在海图桌上绘制出两个目标的移动轨迹。

"第三个家伙在哪儿？"加尔问作战指挥官。

"没找到，""汽笛"回到战位，答道，"不过领头那艘，技术资料中心已经定好了作战方案，我们只要靠上去就行。"

加尔研究了下鱼雷数据计算机上的示数盘。目前目标范围是 3200 码，他们需要把它缩小到 2000 码以内，这样才可以确保鱼雷能够抵达目标所在位置。

"别老给我把雷达开着，"他说，"我可不想这玩意变成灯塔。"

"其实啊，""汽笛"说，"执行官也说过这东西就像个灯塔，所以他才用目标方位发送器来定位。10 分钟之前我们进行过一次雷达扫描，原本还打算在开火之前再扫描一次。"

"我的天，"加尔道，"这他妈不是船尾发出一束光么？真是个要命的错误。"

"是的，长官。哎哟，来了个急转！"

加尔后退了几步。策划组在海图桌上用铅笔画了一串小小的"x",来记录目标的移动轨迹。从图上可以看出,两艘油轮呈"之"字形前行,并努力保持着松散的纵队队形,这可能也是领头舰舰尾为何发出黯淡黄光的原因——给它们引航。罗斯下令:根据目标的新航线调整航向。

加尔很想到上面去,弄清楚罗斯究竟看到了些什么,但他也明白,罗斯得学会独当一面。就目前的情况来看,没有人用潜望镜,视野足够清晰,罗斯他能看到目标,计算机正在努力地处理那些数据。似乎一切都进展顺利,于是他便走到了夜视镜前,往指示方位看了一眼,什么也没看到,压根毫无发现。

"目标航向转至0-3-0,""汽笛"报道,"看样子他们会继续往这个方向走。"

"告诉我目前雷达的作用距离是多少,"罗斯朝下喊道,"给我单次扫描的数据。"

于是雷达手打开雷达,几秒钟之后便匆匆关闭,汇报道:"作用距离是16000码,目标在我们的0-3-5方向。"

"准备标记目测方位。预备——标记!"

"准备就绪!""汽笛"应道,"方位和范围与测算结果一致,随时准备发射。"

"二号鱼雷,发射!"罗斯喊道,控制台操作员随即用力地摁下了蘑菇形的发射按钮。显而易见,他已经有了艇长的做派,而且接下来还会继续这么干。加尔微微一笑,把侦察范围调向鱼雷的发射方位,等待罗斯下令发射第二颗鱼雷。

"汽笛"手握秒表报道:"运行时间1分30秒。"

"目前鱼雷温度升高,正在前进,运行正常。"波沛报道。他可是时刻紧盯着这颗不断行进的椭圆形炸弹,唯恐出现半分差池。

"准备标记二号目标的目测方位。预备……标记!预计范围为1200码。"

"攻击策划组尚未准备就绪,""汽笛"说道,"方位和范围与测算结果不一致。"

加尔离开潜望镜,快步走向攻击策划组那儿,见技术资料中心估算的二号目标航线和速度与罗斯目测所得并不相符。

罗斯朝下喊道:"敌人还在转向,一分钟之内,我会把新方位给你们。"

"他妈的,我们干吗不用雷达?""汽笛"咕哝道。

"因为还不知道三号目标在哪里,而且,我们也不清楚那会是啥玩意儿,"加尔说,"很可能是艘驱逐舰,就等我们发出雷达信号,然后它好借机追踪。"

忽然冒出一道黄色亮光,先是出现在舰桥附近,随后又跑到了指挥塔那边,紧接着就是一声巨响。是油轮!

"二号目标,目测方位已确定……标记!预计范围为1000码。"

"方位与测算结果接近,范围一致。""汽笛"报道,"准备完毕!"

罗斯一声令下:"三号鱼雷,发射!"

加尔回到潜望镜旁,换上眩光过滤器继续侦察。第一艘油轮已沉到深处,从头到尾都烧了起来:汽油从左舷那儿不断涌出,燃起一团又一团的火焰。

他把潜望镜往右打,看看另一艘油轮的情况。第二艘离第一艘差不多半英里远,在熊熊火焰的映照下,他才得以一睹其全貌:它的体积比第一艘大,目前正朝右转向。但"海蛾鱼号"的鱼雷没给它任何机会,直中要害,操舵室后方旋即掀起一阵巨浪,片刻之后,这艘油轮的龙骨终于支撑不住了,整艘船断成两截,在黑暗中沉入水底,可它没烧起来,看样子,轮机舱并没被鱼雷击中。今晚罗斯表现得太好,甚至都有些出乎他的预料。

他把潜望镜往后调,对准第一艘油轮,看样子火是越烧越旺,于是他又转向左侧,审视四周,汽油燃烧的缘故,小小的白帽浪划出一道道绿色的波纹,别有一番风致。忽然,他看到有东西出现在油轮左侧20度方位处,这一发现吓得他心跳骤然一停。

"此刻开始,由艇长负责指挥!"为确保上方的罗斯也能听到,他大声吼道,"现在进入紧急状态,全速前进,"他喊道,"左满舵,紧急下潜,给我马上下潜,下潜!"

指挥塔里的其他人还没反应过来发生了什么,仍望着加尔,只有舵手即刻听命照办。一秒之后,潜艇便开始右转,高速运转的螺旋桨将海面撕出个口子,随即潜艇便在电喇叭的响声中钻入海底,排出舱外的空气掀起一阵轰鸣。

与此同时，侦察兵们也开始一个接一个地往下爬，撤回指挥塔内。不过，更准确地说，应该是摔入指挥塔内，因为他们的鞋尖几乎连梯子的横杆都没碰到。之后，总值日军官也回到了舱内，最后是罗斯。他确认了舱口安全后才下来，"砰"的一声关上了主进气阀的阀门，每个人都感觉耳膜为之一震。渐渐地，柴油机的噪声从耳边消失，又过了10秒钟左右，电池重回战场。

加尔则继续俯在潜望镜前："技术资料中心，把我们此时的方位标记下来，八号管做好紧急发射准备，运行深度20英尺！预备……标记！"

"标记方位为3-5-0，八号管已就绪。"

"发射，调转航向，深度300英尺，角度10。"

鱼雷如离弦的箭般冲出发射管，舱内空气受到挤压，令人几欲窒息。

"舱内压力值在绿区。"从控制室那边传来潜水军官的声音，有些延迟，应该是在水下的缘故，加尔想。

"深度300英尺，好的，长官。"

"目前鱼雷温度升高，正在前进，运行正常。"

"艇长？"是罗斯的声音。

潜艇继续下潜，加尔起身，把潜望镜放回原处，审视塔内。

罗斯望着他，一副不知所措的表情，T恤湿答答地贴在身上：紧急下潜那时掀起的浪可不小，直接打到舰桥上，将他浇得透湿。

"潜望视野，"加尔报道，"和白天一样明朗。"他瞥了眼罗盘，"减少舵量，左舵行驶。"

"三号目标出现。"罗斯轻声道，"该死，是艘Ⅰ级潜艇。"

"注意，有鱼雷。"声呐兵报道。指挥塔里的每个人都感到后背一阵发冷。他们理应是安全的，加尔想，除非在他下令紧急下潜时，日本佬的艇长猜到了他们的航线以及下潜深度。应该是安全的，除非日本佬他们发明了自导装置。

"多普勒低，"波沛报道，"那些鱼雷连艇尾都打不中。"

大伙儿这才松了口气。

"哪儿有温跃层？"加尔问。

"刚就经过一个，在320英尺深处。"

深处传来鱼雷爆炸的声音——是那颗从八号管发射的鱼雷。究竟它是命中了日本佬的潜艇，还是自身大限已至，他们无从得知，但击中另一艘潜艇的概率几乎为零。

"紧急潜航，下潜深度400英尺，速度降至4节。得往东走会儿。"

后方传来爆炸的响声，第二艘油轮已被击沉。显而易见，第三艘潜艇仍在水面，伺机在太平洋上燃起战火。这时候应该喝一杯，犒劳犒劳自己。加尔想。不过他并没有这么做，而是转向罗斯，称赞了他的出色表现："用两发鱼雷就干掉了两艘油轮，真行啊，你小子，谁教你的？"

第二章

1944年10月珍珠港太平洋舰队潜艇基地

周一早晨十点，加尔抵达了太平洋潜艇基地指挥处。他同迈克·福雷斯特上校有约。迈克是海军中将查尔斯·洛克伍德手下的参谋长。要知道，太平洋里的美国潜艇都得听洛克伍德的指挥。通常情况下，加尔同他的分队指挥官都是一道行动的，但分队指挥官最近休探亲假回国了，所以今天只来了他一个。文书军士问他要不要咖啡，暗示他坐到外面的办公室去等。

三天前，他们凯旋归来。基地在码头边为他们举行了盛大的欢迎仪式，查尔斯将军亲自前来迎接他们。太平洋海军潜艇部队中，无人不知查尔斯·洛克伍德的大名，兵士们亲切地称他为"查理大叔"。尼米兹司令慧眼识才，将他提拔为三星中将，并把整支潜艇部队的指挥权都交给了他。现在看来，这个选择着实明智。洛克伍德虽然对下属要求严格，但如果其他长官一时糊涂，提出有损潜艇部队利益的建议时，他一定会站出来为部下据理力争，毫不退让。加尔与参谋长福雷斯特时常单独碰面，就在周五下午，他还向福雷斯特交了份巡逻报告，估计福雷斯特是想和他讨论下这事儿。

好不容易等到文书军士从福雷斯特的办公室出来，提示他可以进去了。迈克·福雷斯特是个身材高大的壮硕男人。他在1942年末的一场战斗中负了伤。那时他担任"金枪鱼号"的艇长，在敌方深水炸弹的狂轰滥炸下，他终究未能逃过一劫。直至现在，创伤仍未痊愈。现役艇长中，大多数人都觉得他一直饱受疼痛折磨。他尖酸刻薄的性格可能也是因此而致。

毕竟他们可是满载而归，应该不会挨批。果然，福雷斯特首先表扬了"海蛾鱼号"在此次巡航中的出色表现。他告诉加尔，根据截获的无线电报，他们的战果几乎全部属实。

"两艘油轮，两艘货轮以及两艘驱逐舰被击沉，一艘油轮被击伤。"福雷斯特说，"好家伙，这一下干得漂亮。"

"多谢长官。"

福雷斯特背靠椅子，沉思片刻："又是两艘驱逐舰，之前你已击沉过三艘，战绩差不多都快赶上马鲁萨了，这可不一般。我都在想，你这家伙是不是故意追着他们打，然后装成是瞎猫碰上死耗子，特地演给我看呢。"

加尔回想了一下，归根结底，任务不就是要他们把日本舰艇击沉么？而且还要特别"关照"那些妄图从东南亚把战略物资运回日本的货船。谁不想击沉敌方的航母或战舰呢？但太平洋潜艇部队的战略，至少目前看来，是以遏制日本，避免其发动战争为重点的。而采取何种战略则会影响到艇长发号施令，布置行动时，所留有的回旋余地也会受到限制。在这种战略的指导下，只有日本舰在视野范围内却不发动攻击，才算是"犯了大错"，其他情况都不算什么。

"我不是想报仇，也不是为了立功。"他终究还是开了口，"如果你当真是在问我，那我可以声明，我绝对没有刻意去找那些锡罐来打。我只是觉得，给日本佬保驾护航的船绝对是越少越好，所以能打我就打了。当然，有时候我们也打不了。"

"大多数艇长都不会刻意去打击一艘护卫舰，"福雷斯特说，"他们会去打击更有价值的目标。必要的话，他们也会承担行动的后果。"

"这要分情况，有时我也是这么做的，"加尔申辩道，"问题是，这样你就把主动权交给了敌人。他们就在我们头顶上自由自在地四处行驶，而且深水炸弹一般都炸不到他们。要是真被炸中了，那他们可绝对是走运了。"

"所以你就要夺回主动权？时刻关注那几艘护卫舰，把他们也当成目标，紧跟他们身后？"

"对，长官，我的确这么做了。此外，如果护卫舰队本身规模就不大，再减去几艘的话，水面攻击不是更容易成功么？我们的速度可比他们快。"

"万一情况不像你想象的那样呢？"

"什么？"

"比如说这支看上去'不堪一击'的护卫舰队中忽然钻出一艘潜艇。"

"恕我直言,长官,那您想要我们怎么对付那些护卫舰呢?"

"难道你能把它们一网打尽么?"福雷斯特反问道,"上校,我觉得你对付护卫舰的战术有漏洞。要么就把敌人一网打尽,不然就别浮到水面追击,因为这样做的话,你和驱逐舰周旋的时间就少了。如果你有帮手,就好像狼群一样,追击的话可能还有点效果,单枪匹马的话,就别这么干了。"

回顾那场战斗,加尔意识到,要不是汽油燃起的那场大火,他才不会发现潜在的危险呢。他算是走运,那艘藏在舰队中的Ⅰ型潜艇没有像第二艘驱逐舰一样折回来寻找他们,不然他们绝对死定了。参谋长的批评也许是出于对他的憎恶呢?但不管怎么说,他娘的,这家伙讲的确实有道理。

"好好想想吧,"福雷斯特说,"这次是你走运,'海蛾鱼号'又表现了一次。我这儿有枚奖章,给你的,当然,你觉着干得不错的伙计也有份。"

"谢谢,长官。"

"还有,过几天你到干船坞那里去一下,有件大事:我们要装备新的调频声波定位仪了。我们打算花一个礼拜时间安装,之后两个礼拜给大伙儿休养恢复,穿插一些训练。今晚有例行的作战指示会,在'宫殿'那边开,查尔斯大叔也会过来。记得参加。"

临近傍晚时分,加尔站在淋浴喷头下,闭着眼,双手抵着墙,尽情享受热水冲刷全身的感觉,这会儿可不用担心热水会供应不上。但凡在潜水艇上服役的水兵,只要进了酒店,都会享受一把如此"奢侈"的冲澡,而且一天至少来两次。这点他非常肯定。除此之外,令他们欲罢不能的还有内置弹簧的厚实床垫。虽然皇家夏威夷酒店的优质热水器已经尽了最大的努力,源源不断地为他提供热水冲澡,他仍能从自己身上嗅到柴油的味道,哪怕距离上次战斗已经过了三天之久。

战争刚打响时,潜艇部队指挥官征用了这家豪华老酒店的顶楼,以便潜艇艇长们和执行官们休息恢复。潜艇兵士们从战时巡航中归来,将潜艇交由驻守码头的水兵托管——这已成了例行之事。此后,他们便如释重负:终于能摆脱那种拘束感了。整整45天都闷在"铁棺材"里,沉在水下,没人做伴,这滋味可不好受,是时候放松放松了。军官室里的文职人员、长官和其他水兵都会被安排到岛上的各个中心休息恢复,而指挥官中,没受伤且军衔为上校级别的,则会被安排到"粉红宫殿"入住,毕竟,总有些机警的下属会对他们的生活产生好奇。在那里,他们可以睡觉,想喝酒的话也能喝上几杯,更重要的是,他们能与其他艇长开诚布公地讨论巡航经历、仪器问题、海军政策、流言蜚语、航海故事以及各自的执行官。

就在他们楼下,执行官们正和他们做着同样的事情。酒店大堂以上的楼层一律禁止女士入内。不过加尔倒认为违反这条规定可比服从它要光彩些。酒店大堂及周边都有海军保安驻守,以防有人窥听刺探。

每个礼拜,中将大人查尔斯·洛克伍德,太平洋舰队潜艇部队的总指挥,都会亲自到"粉红宫殿"来一趟,开个作战指示会。会上他会和艇长们分享他对部队的担忧,恰好在此休养的艇长们也可以坦言自己对潜艇战的感受和想法。加尔看了眼手表,要不了30分钟,中将大人就将造访,而在他到达之前,所有艇长都得在甲板上集合,恭候他老人家大驾光临。于是他走到壁橱前,取出一套新制服换上。

与参谋长会面之后,他先是回到船上,列了张单子给手下,告诉他们对处于干船坞中的潜艇来说,哪些保养项目是可以进行的。他猜测左舷螺旋桨大概有片叶片凹了,所以哪怕放慢速度,都会传出噪声。一旦下潜深度超过250英尺,艇首的外部鱼雷发射管盖上就会出现多余的缝隙,深水炸弹轰炸过之后,这些缝隙里还会塞满照明器材的残骸。驻守的水兵们不仅会对潜艇进行全面检查,而且还会列出一张清单:哪些部分需要修理,哪些部分得更换。临近入港日时,大多数高级军士长和军官室里的文职官员都会回到艇上,到各自负责的部门去检阅核查,看看维护和修理工作做得怎么样。

巡航回来的第一周对于他们来说是段好时光,告别了工作,可以尽情休息,但之后大多数人都会觉得有些无聊,因为没事可做。

加尔站在高窗前,俯瞰威基基海滩,啜了一口苏格兰威士忌,他得保持清醒理智。同在酒吧里的艇长们已轻声向他道贺,恭喜他上次巡航取得了令人瞩目的战绩,他也恰如其分地发出几个含糊不清的音节回应他们。

这儿除了他之外，还有十二位艇长，但没有一位能称得上"基地明星"。明星们才不会在基地呢，他们不是在外面巡航，就是在巡航中以身殉职了。艇长们聚到一起时也会讨论牺牲，虽然这事令人伤感，但却时常发生。战争刚打响时，都没人愿意提起牺牲的战舰，不过，随着时间的推移，牺牲战舰以及它们当时所处的环境已逐渐成为讨论战略时的固定话题。这样的讨论通常放在深夜，就在这家私密性极好的酒吧里进行。

"请问，"身后传来一个声音，"您是加尔·哈蒙德先生吗？"

加尔转过身。一位看起来挺年轻的指挥官向他伸出手。他叫钱德勒·斯科特，是"蝙蝠鱼号"的新任艇长。

"欢迎来到'粉红宫殿'。"加尔说。

"您上次巡航的事，我略有听闻，"斯科特说，"听说您去猎杀驱逐舰了，是么？"

加尔露出个微笑。"不能说猎杀，"他说，"只不过觉得我们不能干坐着，一次又一次地眼看杀敌良机擦肩而过。"

斯科特点点头："我认同您的观点。但每次我试着去攻击敌舰，噪声都太大了，以至于我不得不放弃，因为看这样子，我们肯定打不中。"

"一旦被侦察到，敌人就会想尽各种办法逃跑，不能说绝对不可能，但难度的确很大。不过，你还是能给他们扔个鱼雷的，至少可以让他们知道，你们不会一味躲藏，也会还以颜色。最好的办法，就是悄悄跟在他们后面，然后丢枚鱼雷。即使没炸中，护卫舰队也会惊慌失措，防守自然就会出现漏洞了。"

"您就是那位29岁就拿到部队拳击冠军的哈蒙德先生？"

"是的。"

"看来这对您思考问题大有帮助啊。"斯科特说。

加尔1930年从海军军官学院毕业，他在校际拳击赛、长曲棍球赛和全速跑橄榄球赛中都有出色的表现。280人的班级中，他的成绩能排入前100名。刚开始，他被编入的是战舰部队。但五年之后，他主动提出要进入潜艇学校学习。之后七年，他先后在两艘潜艇上服役。1942年7月至1943年11月，他在一艘舰队潜艇上担任执行官，搭档年纪比他大，是位老手。但某次巡航令他发觉他与搭档在理念上存在分歧,如果他是指挥官的话,他绝不会像搭档那样。未来的指挥官就这样初现雏形。1944年初,作为一位初出茅庐的指挥官,他登上了"海蛾鱼号"。开战后,他进步神速,没过多久就执掌了这艘潜艇。他将自己的迅速成长归因于两方面:个人能力及战友牺牲。钱德勒·斯科特是他的校友,比他低两级。虽然斯科特现在也升为了艇长,但他仍记着加尔曾是一名拳击手,一名作战风格直截了当,会直接走到对手面前,打得他满地找牙的拳击手。

"你这话我可就听不懂了。"加尔说。

"从潜艇学校开始,他们就一直给我们灌输这样的理念:千万别和驱逐舰纠缠不清。"

加尔将剩下的酒一饮而尽。"听着,"他说,"我不是说让伙计们无视他们的大型油轮,只要跟在护卫舰队后头,看看能不能干掉一艘护卫舰就好。油轮才是目标。我只是觉得,有机会的话,当然要抓住,干掉那群混蛋,反正这样干我们也不吃亏。但是,如果说对手是巡逻艇或携带着深水炸弹的扫雷艇的话,一切免谈。那些家伙太鬼了。"

斯科特刚要回话,甲板那儿就传来了"立正"的口令。

加尔转身,背对窗户,稍稍直起背,漫不经心地做了个立正的姿势。在一群笔直挺立的艇长中,身旁还放着酒的他看起来特别不协调。中将大人走进酒吧,挥手示意他们稍息,亲昵地叫出他们的名字,向他们问好。他给自己倒了杯啤酒,然后坐到了扶手椅上。这张扶手椅可是专门为他备着的,特地加了层厚厚的软垫。加尔在沙发后找了个位置坐下,听他做日常总结。中将大人不仅宣布了好消息,也提到了坏消息,还毫不吝啬地把在场的人一个接一个地夸了个遍。

真是场精心设计、意义非凡的表演啊,加尔心想,难怪他能当上三星中将。总之现在,大家都知道,洛克伍德将军可不像某些澳大利亚前线基地的舰队司令那样,他非常关心大伙的福利、舰艇、武器以及手下的士兵。他们也明白,将军如此频繁地与他们私下会面,就是想看看他们的身心状况,会不会有人任务过重,需要在基地多休养一阵。这种把戏,他也在他的执行官们身上用过，但是，不止一次，执行官瞒着他偷偷跑到中将那里告状，说是对他有些不放心。

自从上次巡航归来之后，虽然得到了隆重欢迎——从码头到基地，铜管乐队夹道演奏，但加尔一直在想：这次他的执行官，一个参加过四次战时巡航的老兵，会不会又去打小报告。作战指示会快结束的时候，服务员悄悄递给他一张便条——参谋长写给他的。看来他的预感很可能是准确的：将军邀请他共进晚餐。

被将军邀请共进晚餐倒不是件稀罕事，关键在于，这儿收到便条的只有他一个。他把便条收进口袋，坐回原位，继续听会。作战指示会现已进入"提问与回答"环节。

一个小时后，管家把加尔带到餐厅，领他走到角落。餐桌位于三折屏风和精心摆放的盆栽内侧，隐蔽性很好——毕竟餐厅里到处都是熟人，既有在潜艇上服役的水兵，也有其他海军官员。中将大人起身迎接他。加尔与他握手，就好像两人是初次见面一样。比起开会那时看到的，此时近距离观察到的将军要苍老得多，浓重的眼袋特别明显，不过楼下的人是看不出的。这眼袋可能是和第三颗星一起来的吧，加尔想。服务生给他们上了酒，接过他们点好的菜单，然后消失在了屏风背后。酒一上来，将军便开始切入正题。

"嗯，"他率先发话，"近来如何？觉得指挥官这个职位怎么样？"

要是此刻说自己觉得糟透了，不想干了，会是怎样一番情景？加尔忽然冒出这样一个念头。不过，实际上，他觉得当个指挥官还不错，虽然体力消耗确实很大：战舰舰长24小时都得工作，但潜艇指挥官比他还要累十倍。和浮在水面上的船舰不同，潜艇部队作战时，所有决策都得由指挥官一手包办，下属没有任何话语权。指挥官得根据指挥塔提供的有限战略数据以及自己匆忙侦察到的景象，在脑中设想战略图景，进而做出判断。

"将军，这职位挺适合我的。"他简明扼要地答道，"我的手下都很棒。我有很多老兵，他们经验可丰富了。'海蛾鱼号'也是艘优秀又牢固的潜艇。我已经准备好了，随时都可以再次出发。"

"上次巡航干得很不错，加尔。你们这群家伙真的是满载而归啊，消灭了一整支护卫舰队呢。一艘Ⅰ型潜艇，外加三艘驱逐舰。"

"算不上一整支护卫舰队，将军，"加尔说，"我们没击中那艘Ⅰ型潜艇，真打中的话，那可算得上是奇迹了。"

"你都看到了那家伙，这差不多也称得上是奇迹了。"将军说完啜了口饮料。得，要来了。加尔想。

迈克·福雷斯特亮出了刀子："你有像'粉碎王'莫顿那样，在战斗中给执行官侦察的机会吗？"

"通常情况下，我负责侦察。"加尔说，"但那天晚上，我自认为已经干掉了所有的护卫舰，所以让罗斯·韦斯特上舰桥，对油轮发动攻击。我就待在下面的指挥塔里，看着战斗进行得怎么样。我只在第一艘油轮爆炸后做了次侦察，的确也看到了些东西。"

"我能理解为，你尽可能地避免使用雷达么？"

"可以，长官。我也用雷达，只不过很少用。我认为敌人会监测到雷达信号，从而推断出我们所在的方位。"

"你让执行官指挥对高价值目标进行攻击，那你肯定也觉得他够格当指挥官了吧？"

加尔犹豫了。说"是"的话，他的执行官就得换人当了。说"不是"的话，又会影响罗斯的前途。就好像是在问，什么时候开始，你不再殴打妻子了……

"你在犹豫。"

加尔微笑，将军看穿了他的心思。"罗斯的确够格当一名指挥官。"他说，"我也极力推荐他做指挥官。"

"好，你说的也正是我们想听到的。还有什么要补充的吗？"

"他善于思考，"加尔说，"举个例子，他会觉得跟在驱逐舰后面是种有勇无谋的战术。"

"你怎么知道？"

加尔又笑了一下。"他的声音可不轻。"他说，"那时我们都在控制室里，等护卫舰从我们头上经过。我觉得他不是故意的，只不过心里这么想，然后顺口就讲出来了。"

"你刚刚还犹豫了一下。"将军说，"我问你，你犹豫是不是因为他，唉，我也没有更好的词来形容，没有那种杀手的直觉？"

"您这样会让我觉得对不住他，"加尔说。他转移视线，看向别处，过了一会儿才继续答话，"罗斯·韦斯特技术高超、经验丰富、很少犯错。文职人员和水兵都非常尊敬他。"

"你知道，我问的不是这个。"

将军没说错，他的确是在逃避他的提问。"这可能只是个人指挥风格不同吧，将军，"他说，"他比我要谨慎得多，至少我是这么认为的。他会先看看所处的环境，深思熟虑一番，然后再采取行动。我嘛，我喜欢立即行动。要是没想好该怎么做，就主动出击，才不会便宜那帮混蛋。"

将军笑了："我心目中最理想的艇长会先弄清自己所处的战略环境，仔细思考对策，然后出击，直击要害。刚好把你们两个的优点结合起来。虽然啊，我还没遇到过这样的人才，但我可没放弃。"

"请容我插个话，将军，我那时没料到护卫舰队里有艘Ⅰ型潜艇。"

"但那个时候负责侦察的是你。"将军说，"你疏忽了，没有对下方进行侦察。燃烧油轮发出的火光吸引了你的注意。而且你已经干掉两艘驱逐舰了，难免会大意。进攻由执行官指挥，没错，但后果得你来负责。这就是为什么你拿海军十字勋章，他只能拿银星勋章。你才是头儿。"

"好也罢，坏也罢，都得我担着。"加尔说。刚好服务生过来给他们上菜。

"的确如此，吃饭吧。"

晚餐用毕，将军又叫了两杯酒、两杯咖啡。

多亏了屏风，加尔能听到其他艇长的声音，却不会被他们发觉。看得出，将军对战争进程以及其他普遍问题都进行了深入的思考。就在加尔觉得这顿晚饭即将结束时，将军问了他一个出乎意料的问题：

"你对丰后水道了解多少？"

"离那该死的地方越远越好。"加尔不假思索地答道，"我们有五艘舰都折在那一带。在那块地方，杀手的直觉一点用场也派不上，根本救不了你。"

"现在也是一样?"

"现在情况更糟。"加尔说,"那儿水浅不说,还到处都是水雷,岸上有雷达站,空中掩护的飞机更是数不胜数,从早到晚,从不间断。此外,那里还有大漩涡,附近有数百名搭乘着船和舢板的渔夫,都配备着无线电装置,一有情况就会汇报。"

"但那里也藏着很多重要目标。比如说,残存的主力舰。这水道就好比是他们的珍珠港。"

"只要他们藏在那里,就不会对我们构成任何威胁。日本佬在那边埋了这么多雷,要我说的话,排雷是哈尔西的菜,我可不行。他们要出来,也得经过那些到处都是潜艇巡逻的水域。要么等他们出来,要么我们自己进去。"

将军点点头。那一刹那加尔觉得他有些恍神,不过他随即便恢复了常态,看了眼手表。加尔明白他的意思,于是站起身,感谢他的招待。将军也站了起来,对加尔的到来表示了感谢,然后离开了餐厅。加尔坐回椅上,把剩下的酒喝完,接着起身,走向靠海滩的那几扇门。他不知道有没有其他人目睹他们的交谈,但他一点也不想有人对此说三道四。

但愿这不会影响罗斯当上指挥官。

罗斯的确是个优秀的执行官,办事踏实牢靠。加尔只是觉得他俩指挥风格不同而已,并没有其他意思。潜艇战刚打响那两年,任谁看了都会沮丧泄气。他们的鱼雷存在缺陷,战斗时也没有明确的策略,而且水兵们整整三十年都没打过仗,还没从安逸中缓过神来。所谓的"战争明星":山姆·迪利、"破坏王"莫顿和迪克·奥凯恩,之所以被称之为"明星",是因为他们能迅速调整到战时状态,提出更激进的新战术,重击敌人的船舰,把它们打到水底。侵略性不断增强是他们指挥风格的主要特点之一。所以,将军们任命指挥官时通常会反复思考这样一个问题:这家伙是谋多于勇,还是勇多于谋?倘若勇胜于谋,那他又会做到什么程度?就好比追着驱逐舰打——这有点过了吧。加尔清楚:连同期生中都有人觉得他做过了头,而现在,他猜自己的执行官应该和他们抱着同样的想法。

哦,好吧,他想。难怪指挥官得由三星中将来任命,轮不到他们这种三条上尉。

他走到奢华的阳台上,俯瞰威基基。海滩上的帐篷里传出音乐声,混杂着女人的声音,夕阳西下,在沙滩上划出长长的影子。"现在看起来更像一回事儿了。"他自言自语道,随即便一头跳入水中。宁静的海滩与残酷的潜艇战形成了鲜明的对比,令他沉醉。对指挥官来说,在战斗中,血洗敌方战舰就是成功,炸弹没炸到敌方,潜艇被击沉就是失败。失败通常以死亡为代价。一旦潜艇被击中,艇舱就会像忽然被点着的柴油汽缸一样,顷刻间便乱成一团。

他的老家在萨默塞特县。那是座位于宾夕法尼亚州西南部的小城,离这儿很远,煤矿资源丰富,他过世的父亲就曾是个矿工。那时他们全家都住在一间小房子里,离最近的一个煤矿只有9英里远。现在那房子还在,不过他们已经搬出去了。他母亲有点老年痴呆的苗头,现在和他妹妹住在一起。他弟弟也是个矿工,18岁就下了矿,但三年前的一场车祸夺去了他的性命。加尔一点也不想和煤矿扯上什么干系,他把才干都用在了橄榄球和拳击上。凭借着出色的表现,他被宾州州立大学录取,还获得了奖学金。大一才刚结束,他就被调往海军军官学院,在那里进一步学习深造。

忽然他视野中出现个女人,回忆戛然而止。那个女人看上去醉得一塌糊涂,正东倒西歪地朝酒店走去,当时敌人也用了这招,不过目的是迷惑他们。见她摇摇晃晃,马上就要撞到棕榈树上,加尔赶紧跑过去把她拉开。她后退了几步,口中不断咒骂着这棵该死的树。见面前多了个人,她抬起头,眼睛直愣愣地盯着他,说她想撒尿。

"在找厕所么?"他问道。

"妈的,是,没错,"她说,"话说,你哪位?"

"碰巧知道女厕所在哪儿的家伙。"他说道,架起她的胳膊,"跟着我。"

"你也要撒尿么?"她靠在他身上问道。虽然他看不清她的脸,但他能感受得到:她的身材还是女人味十足的。

浓密的金色长发就像瀑布一样,遮住了她的半边脸。她一身酒气,站都站不稳,一定是朗姆酒喝多了,当然,她这副样子,在沙滩上弄丢的那只鞋也有责任。她身着一件扣子扣到顶的无袖衬衫以及一条松松垮垮的深色长裤。他一手从背后抱住她,以防她倒下,然后轻轻地拖着她往酒店走去。

"你确定你带我去的是厕所?"她紧贴着他的胳膊,含糊不清地说。

"穿过这儿就到了。"他说,"出了大堂往下走,就在餐厅旁边,喏,这就是女厕,我在门口等你。你是不是喝了'迈泰[①]'?"

"天哪,"话音刚落,她就打了个响亮的酒嗝,"就喝了点掺了朗姆酒的饮料,唔,还加了很多菠萝汁。哦,该死,我觉得我就要——"说时迟那时快,加尔及时伸出援手,将她拖进了厕所,使她不至于吐在外面。看来菠萝有个优点:吃进去是那味道,吐出来也是那味道。

看她吐得差不多了,胃里的翻江倒海应该已经消停了,他便把她扶回过道上。她呼出的气味十分难闻,恐怕会熏死许多无辜的小飞虫。他递给她一张餐巾纸。

"走,"他轻声说,"你还得去撒尿。"

"还得去撒尿,"她重复了一遍他的话,"不好意思,给,给你添麻烦了,我叫——我叫——妈的,想不起来了。"

"对此我十分怀疑。"加尔见她身子一歪,眼看又要瘫倒在地,忍不住露齿一笑,说道。

他架着她进了女厕,一路上倒没出什么岔子,站到隔间门口时,他忽然意识到自己面临着一个重大决策,好比指挥官在打仗时所做的决策。用英国人的话来说,她醉得像摊软泥,如果他撒手不管,她绝对会一头栽到地毯上。

他仍抱有一丝希望:"我们到了。"

"我们到了。"她一边回答,一边努力地盯住门看。他终于看到了她的脸。她有双非常漂亮的眼睛,虽然眼白充满血丝,仍然难掩丽色。她双颊苍白,没几分血色,嘴上的口红已经掉得差不多了。加尔这才觉察到:尽管她身材比例不错,但她的前额刚好抵住他的胸骨——她个子其实不高,在外面的时候他还没发现,大概是因为她那头浓密的金发吧。

这时隔间的门开了,一位年纪较大的妇女走了出来,在他们身边停了会

[①] 迈泰(Mai Tai):以淡质朗姆酒或黑朗姆酒、橙皮甜酒、柠檬汁、红石榴糖浆以及糖水为原料配制而成的酒,酒精度数约为15度。

儿。加尔之前在酒店见过她,但他并不知道她是谁——也许是酒店的经理吧。

"嗯,"他说,"请问您能不能——"

老妇女看了他一眼,那眼神将加尔好不容易鼓起的勇气瞬间化为乌有。"你都不觉得丢人么?"话虽这么说,她还是帮他把"喝醉的妻子"扶进了隔间。

加尔也盯着门看了会儿。真是个糟糕的夜晚,他简直背到家了。

抛开别的不说,她长得倒还不错。要不要等她出来呢?

还是算了吧,谁叫他忽然想起她那句"要撒尿"呢?这他可不能忍。

第三章

加尔站在舰桥上,看着"海蛾鱼号"从水中浮起,身旁还有执行官罗斯·韦斯特以及身材矮小的作战指挥官霍特·吉布森少校。除了"海蛾鱼号",干船坞里还有一艘潜艇。另一艘潜艇的执行官则站在被称为"吸烟甲板"的地方,一边抽烟一边阅览今早的报文通信量。

"海蛾鱼号"需要更换一颗新螺丝(这颗螺丝控制着三个压载水舱的阀门)和两个鱼雷发射管盖,还要再装根带雷达的潜望镜桅,外加一台新型调频声波定位仪。艇身也清洗了一番,因为上面缠着许多海生植物。弄掉这些东西后,潜艇最快的行驶速度起码能提高两节。

"新的声呐系统真能发现水雷?"吉布森问道。

"用过的家伙都说它是'地狱丧钟'。"罗斯说。

"扫雷时,水雷的爆炸声也和丧钟一样。"

"在我看来,对付水雷可不能硬碰硬,满舵行驶,绕开就行。"

"这可办不到,除非你事先知道这片水域就是雷区,才会往边上走——谁叫日本佬总是喜欢在一条直线上全部布满雷?"

"但我们怎么知道哪里是日本佬的雷区?"

"大半夜有爆炸的地方?"罗斯说,"基地那边提供的情报称日本佬的战略有所改变,从反空袭转变为反潜艇。看样子,敌人潜得更深了,当然,这一转变也有更深远的意义。"他望向另一侧,"和我们现在干的事一样。"

"新的声波定位仪装在哪儿?"

"艇首底部。这东西能上下侦察,据说侦察范围有五六百码,不管敌人玩什么花样,都逃不过我们的眼睛。装好后会统一给艇长们发一份操作说明,应该就在下礼拜。"

干船坞的坞室墙已经干了,随着平台甲板浮出水面,坞室内的水也经由排水沟流了出去。穿着橡胶靴的建筑工人们已经下到了平台甲板上,他们先四处走走,顺便把奄奄一息地躺在甲板上的鱼踢回水里去。"海蛾鱼号"艇身散发出的刺鼻气味让他们觉得恶心,几欲作呕。但整个船坞里都弥漫着这股味道,其他人却不像他们那样反应激烈。作为水兵,他们早就习惯了。加尔见其他潜艇的艇长和指挥官正顺着侧壁的"Z"形梯往下走。

"如果我们现在就撤,艇长大人您应该不会介意吧?"吉布森一边问加尔,一边做了个被臭气熏到的表情。

"尽量吧,"他答道,"执行官,和我一起到甲板上去。这副样子的'海蛾鱼号'可是难得一见呢。"

"海蛾鱼号"在干船坞内修整完毕后,加尔便乘上班车,前往军官俱乐部吃午饭。在那儿他碰见了海军上尉马蒂·麦克维。马蒂是他的朋友,他俩曾是同班同学。一毕业他就加入了海军情报部门。作为参谋人员而非前线作战人员,马蒂的军衔比加尔高一级,他被分配到马卡拉帕基地最具潜力的参谋手下,效力于太平洋舰队总司令切斯特·尼米兹将军。在与加尔共进午餐时,两人先聊了聊战争进展,随后转到谁要升官了,谁要被开除等老生常谈的话题。接着,马蒂告诉加尔:他们在"海蛾鱼号"上的生活很快就会变得非常有意思了。

"尼米兹办公室那边有传言,说是司令大人想派艘潜艇深入濑户内海。"马蒂说。

"那得先穿过丰后水道再说,"加尔说,"就当是满足我临死前的愿望吧,原因是什么,你知道么?"

"传闻是日本佬在那里藏了艘全新的巨型航母,已经准备就绪,就要开出来了。据说比我们现役的任何一艘航母都大。日本即将入侵菲律宾。司令大人可不希望这艘航母加入战斗。"

"所以,把那该死的航母给炸了,不就好了?"加尔问道,"关岛和天宁岛都已经被我们拿下了。可以说,马里亚纳群岛都在我们的掌控之中。而且,随便问个空军部队的家伙,他们都会和你说,还没有B-29式轰炸机到不了的地儿。"

马蒂点了根烟,故意挥手去驱散冒出的蓝烟。"那些家伙就知道吹牛,"他说,"这不明摆着的吗,他们远距离轰炸的功夫可没说大话的功夫好。没错,他们的确能到那儿,但问题是无论让他们炸什么,他们都炸不中。战斗机可走不了那么远,不能和他们一起去,所以那些轰炸机只能从三万英尺的高空丢下炸弹,结果大多数都扔到稻田里了。不管怎么说,联军的头儿们已经和部队打过招呼,要用B-29轰炸机招待日本城市。至于日本舰,那是海军操心的事。你也清楚,无论哪个军种,政治问题都是摆在第一位的。"

加尔只能摇摇头。我们都知道,他想,这些飞行员喜欢单干。

"离我们进攻菲律宾主岛的日子还有多久?"他问。

"六天左右。信不信由你,他们还没决定从哪里登陆。还是老样子,麦克阿瑟坚持他自己的想法,尼米兹也有他的打算。"

"所以他们就想让一艘潜艇潜入丰后水道,去看看到底有没有传说中的航母?妈的,我倒不是不愿意去看看,但这完全是多此一举,等它出来不就好了?我们不是有很多战舰么?沿着海岸线一路过去都是。"

"我听到的消息是:那艘航母能载300架飞机。要是它像头受伤的熊那样,对我们发起猛攻,那后果可就严重了。"

受伤的熊,加尔想。太平洋舰队的潜艇水兵都记得那场惨败。日本那艘在珊瑚海海战中负伤的巨型航母"翔鹤号"曾受到八艘严阵以待的美军潜艇的猛烈攻击,却仍能毫发未伤地逃回濑户内海。

他和马蒂说,他还是觉得潜入丰后水道是个有去无回的任务。马蒂说他听见查理大叔也是这么和尼米兹将军说的。"你知道司令大人是怎么答复的么?他说,那就找个不怕死的去。"

"慈祥的老好人原来也会露出毒牙啊。"加尔说。然后他便想到与洛克伍德中将的对话。中将曾经问过他要不要挑战一下丰后水道。

"来赌一把,你觉得我们什么时候会打到日本本土去?"他问,下意识地想远离这个话题,毕竟它牵涉到好几条要人命的海峡以及许多在那边被击沉的潜水艇。

"明年年末，或是后年年初。"马蒂说，"很多计划已经提上议程了。从华盛顿跑来马卡拉帕的重量级嘉宾越来越多。麦克阿瑟在那儿也有个小团队，他是想确保即将开始的盛大演出有他的一份。"

"我信。"

"我们见到的将军也越来越多。就在两天前，一个叫莱斯利·格罗夫斯的二星少将出席了清晨的情报作战指示会。他块头挺大，有点胖，看上去就像颗鱼雷一样。不管怎么说，只要有将军出现，尼米兹的副官都会悄悄向上司汇报的。接着尼米兹将军就和那家伙一起走了。"

"那家伙一定是麦克阿瑟手下的。"加尔说，"我听说麦克阿瑟的人不到万不得已是不会出现的。"

"除此之外，"马蒂说，"一位二星少将的到来，竟能让一名四星上将起身离席，这也有点非同寻常。"

"也许他是联军头儿们派来传话的，"加尔说，"不管怎样，反正他的工资肯定比我高。这些天来，我最关心的就是怎样把'海蛾鱼号'调整好，准备下一次巡航。我也在想，下次巡航究竟会去哪儿。"

"也许他们会让你们去执行濑户内海的任务呢。"

"看在上帝的分上，千万别叫我去。"加尔说道。他是真的一点也不想去。

离开军官俱乐部后，加尔前往海军第十四军区的总部大楼。总部门口有配枪的水兵轮值站岗。水兵把他的身份信息和预约来客名单核对了一遍，确认无误后，便将他领到楼梯口，由另一位水兵领他上楼。

如此重要的行政管理总部，居然交给水兵把守？加尔有些想不通。距离珍珠港事件才过了三年，看来他们是居安却不思危，好了伤疤忘了痛。只想着离他们最近的日本舰队也有数千英里之遥，况且它们已被征召回撤，正往老家赶，没想到危险随时可能降临，就像上次那样。

他是过来听作战指示会的——由专人来给他们介绍新装的扫雷声呐系统。"海蛾鱼号"的武备部门长汤姆·沃尔什少校和声呐员波沛·沃勒都已经到了，就差他了。人到齐后，水兵带他们三人进了一个看起来很像教室的房间。

房间里摆着一张长桌，桌旁站了两位工程技术军官。桌子前端摆着一台幻灯机，机后坐着位四条上校。接着又来了位上尉，他先做了个自我介绍，说自己是从太平洋舰队总部过来的，然后又介绍了加尔，说他是"海蛾鱼号"的艇长，最后他介绍了那位上校。上校姓韦斯特福尔，是新型声呐系统项目的负责人。

加尔同军官们及上校分别握手，然后介绍了他的部下们。上校让他们就座。

"哈蒙德艇长，你好，"他说，"我是大卫·韦斯特福尔，海军舰艇局水雷检测调频系统部门的主管。其实该系统是专为扫雷艇研发生产的，而非潜艇。我们来此是因为洛克伍德将军和金将军说要把这种系统用在太平洋的舰队上。"

加尔被逗乐了："海军舰艇局，嗯，对你们部门还算满意吧？"他是真不了解。与大多数潜艇艇长一样，加尔对华盛顿的各类机构可没啥兴趣。

上校有些不快，低沉着声音说："这不重要。但我希望你了解，要把这系统应用到潜艇上还是有些困难的。"

"已经装上了，没用么？"

"有用，但效果不太好。"他说，"我们用潜艇做过个虚拟寻雷测试。第一次，系统直接自动退出了。第二次系统倒是发出了警报，但第三次测试时它又不灵了。情况就是这样。"

"不太靠得住啊。"

上校耸耸肩："这是一套全新的电子系统。通过调整频率，可以发现藏在水下的水雷。实际操作起来，你可以看得非常清楚。峰值和微调值、潜艇所处水面环境、操作者的能力、供电质量以及技术人员的灵活机动性，对系统来说，都是至关重要的变量。下面，我给大家简单介绍一下这套系统。"

他用幻灯片向大家展示了一套图片，并简明扼要地讲解了该声呐系统所采用的技术。讲完后，他问在座的各位还有什么不清楚的地方。

"你说潜艇版侦察上方时有个仰角。"汤姆·沃尔什说，"那它能侦察前方或下方吗？"

韦斯特福尔把幻灯片调到讲述声透射路径的那张。"因为在潜艇版中，传感器是装在顶部的，有个倾斜角，所以向上侦察会有仰角。"他说，"假设你在250至300英尺深处航行，我们设计的参数只能帮助你检测250英尺以上的水域，看看在那区间有没有布雷。"

"也就是说，即使300英尺深处有颗雷，声波定位仪也检测不到。"加尔说。

"如果倾斜角减至10度，也许可以检测到。"

"也许可以。"

韦斯特福尔坐回位置上，叹了口气："艇长，所有声呐系统所做的侦察检测都是以概率分析为基础的。设计初衷就是提醒使用者避开雷区。你的意思是，系统得提供雷的准确位置？"

"倒也不是这个意思。"加尔说，一边想着如何圆场，一边又得注意，千万别把话题扯到丰后水道上去，"我的意思是，万一我们闯进了一片陌生的雷区，总得想办法脱身吧，这种情况下该怎么办。"

从韦斯特福尔脸上的神情可以看出，他觉得这个问题还挺有价值的："该系统会告诉用户所处区域中水雷的平均深度，但我们的假设是所有水雷几乎都布在同一水平面上。如果水雷是随机分布的，并不在同一直线上，也不在同一水平面上，那么……"

"换句话说，这地方不适合潜艇待。"

"是这意思。接下来就是大难临头。"韦斯特福尔说道。

两位工程技术官都吓了一跳，加尔却笑了，他很欣赏上校的坦诚。

"正如我之前所说，"韦斯特福尔继续说，"该系统起先是为浮在水面的扫雷舰设计的，以助其探测藏在水中的水雷。而潜艇是潜在水底的，可能还在水雷下方，所以它只能帮助潜艇避开雷区，而不能起到扫雷作用。除非下潜深度在100到150英尺，否则，请别关闭系统。如果你听到'地狱丧钟'，也就是水雷的爆炸声，记下此时所在位置，然后马上撤离，尽可能躲到别处去。"

"好的。"加尔说，"目前，我们的水下声呐大多都是被动的，因为如果用主动声呐，那对于正在监听的日本驱逐舰来说，我们就像灯塔一样。但这个系统用的是主动声呐，不怕被敌人发现么？"

"应该不会被发现。"韦斯特福尔说。"理论上来看，距离在500英尺，甚至600英尺之内都有可能被监测到。但注意，声波频率是可以调整的。若以降低功率为代价增强隐蔽性，可供选择的方案之一就是改变小波段频率。我们建议操作员经常调整频率，因为所处水域环境的变化会对系统性能产生影响。而这一过程通常难以察觉。"

"好吧，"加尔说，"那它的显示屏该往哪儿放？"

一位造船厂那边的工程技术官告诉他，波段频率显示屏要放在指挥塔里，摆在声呐显示屏旁边。"其实今天我们已经开始安装了。"他说。

轮到加尔叹气了。指挥塔本来就不宽敞，得容纳水面搜索雷达、空中搜索雷达、被动声波定位仪、潜望镜、攻击策划组和技术资料中心的工作人员。现在又加了台主动声波定位仪。也许是时候采取"粉碎王"莫顿的方法，让执行官来指挥进攻，指挥官则坐镇后方，处理各类信息。

"未来技术发展的趋势就是如此。"上校好像读懂了加尔的心思一般，"我们正尝试将电子技术运用到战场空间分析上。目前的话，甚至那些和驱逐舰差不多大小的水面战舰都有一个隔间的技术人员来分析其所处的战略环境。他们把这个隔间称作'战情中心'，即战斗情报中心。"

"我们叫'指挥塔'，"加尔说，"不过现在那里挤得很，到处都堆满了东西。话说，我能用这调频声波定位仪猎杀其他舰艇么，比如敌人的潜艇？"

"我们探讨过这种情况。"韦斯特福尔说，"目前，只要声呐探测到鱼雷，显示屏上的相应位置就会出现梨形图案。同理，敌方潜艇也会出现在显示屏上。显示的图案是由它的外形、大小和与我方的距离决定的。如果敌方潜艇与我方处于同一深度，就在我方旁边，那整块显示屏都会变绿。要是敌方潜艇与我方头碰头，面对面，那显示屏上的图案会略微放大。这个问题只有一个解决办法。"

加尔朝他扬了扬眉。

"那就是发射鱼雷啊！"韦斯特福尔叫道，随即便把声音压得极低，"然后马上躲到深处去。"

加尔身旁的工程技术官们忍俊不禁，轻声笑了起来。看来，无论是谁，都有搞笑的一面，他想。

那天晚上，当福雷斯特上校出现在酒吧时，加尔正与其他两位艇长喝酒，刚一杯下肚。福雷斯特上校常在夜晚光临皇家酒店，五楼还有他的房间。晚间的艇长交流会一直都对他敞开怀抱，原因有二：首先，他是洛克伍德将军的参谋长，清楚一些战事的内幕；其次，他自己也是位艇长。指挥官一般不会与参谋长有太多接触。他们的直属上司是军衔四条的战队长，拥有更大的指挥权。但在战争初期美国潜艇鱼雷悲惨经历的警示下，洛克伍德和福雷斯特一致认为：与指挥官们保持联系十分必要。

大概过了半个多小时，他对着加尔做了个暗号，于是加尔便跟着他去了角落处。他掏出个棕色的信封，从中取出两张光面黑白照片，将其中一张递给加尔。上面是幢暗色的建筑物，形状就像个鞋盒，一边有个看起来像干船坞的东西，另一边是个码头。

"好，我会跟进的。"加尔说，"看起来像是航拍照片。这照的是海军工厂的一幢楼吧？可能是造船厂？"

"你说对了。"福雷斯特说，"照片底下有比例尺，白字，右边。也就是说，这幢楼足足有1500英尺。"

"哦，好吧。不过船坞那边的起重机看起来有点不对啊，太小了，是拍摄相机有问题吗？"

"相机没问题。如果你凑近些看，你就会发现它们和旁边码头上的起重机是一样的大小。是这幢建筑太大了。"

"照片是在哪儿拍的？"

"广岛旁边，就在濑户内海上。实际上，这是日本海军建在吴市的兵工厂。照片是一架从中国飞出的B-29轰炸机在做目标地形勘察时拍到的。"

"没炸了它？"

"没炸。要是带着炸弹，它还怎么返回主岛？那可是架负责勘察地形和拍照的飞机，所以它能比满载炸弹的轰炸机飞得更远。这张照片是两个月前拍的。"

好的，加尔想。日本造船厂里的一幢巨型建筑。即便是三万英尺的高空，从天宁出发的B-29轰炸机也应该能炸中。所以他完全没有必要为此次会面感到惊慌。他望向福雷斯特,参谋长把第二张照片也递给了他。

"这是那幢建筑下藏着的东西。"他说。

第二张照片的场景与第一张几乎是一样的,但多了几丝纤细的白云,就像边框一样,框住了画面。建筑所在的位置有个航母形状的轮廓,绝不会弄错,那就是艘仍未完工的航母。这一定是马蒂说的那艘航母,加尔想。

"这玩意儿真大,"加尔说,"还是那个比例?"

"对。这是两个星期拍的。那艘航母的长度刚过1000英尺。相片解译人员看到了这张照片,然后又回去找到了那张,两张一对比,他们立马意识到这事得向珍珠港方面汇报。"

"嗯,连B-29轰炸机出马都解决不了,看来只能靠水军了啊,上校。那让哈尔西把他的第五舰队开来不就行了?"

"我们讨论的可是主岛地区,加尔,"福雷斯特说,"我非常尊重哈尔西将军,但就事论事,和航母对着干他们会输得很惨。让他们去那儿不合适。尼米兹将军认为这任务应该交给一艘潜艇去做。"

哦,该死,加尔想,在这儿等着他呢。他们想派艘潜艇去丰后水道那儿打探情报——居然还是尼米兹将军的意思?抱着一丝希望,加尔把刚和马蒂讨论的战术,即让轰炸机从天宁岛出发,又和福雷斯特说了一遍。

"但天宁岛的机场很可能在接下来的两三个月内都无法全面投入使用。"福雷斯特说,"除此之外,那些起重机以及航母飞行甲板上的装备可不是建材,加尔。那艘航母就要完工了。尼米兹将军说了,目前我们绝对不能容忍太平洋上再出现一艘规模如此之大的日本航母,特别是在日本即将入侵吕宋的节骨眼上。要知道,日本佬已经把大批舰队往南调了。"

加尔感到心一沉,他努力令自己别去管它。"航母总有一天会开出来的。"他说,"到时候我们挑艘在日本附近巡逻的舰艇去解决它不就行了?多大点事啊。"

福雷斯特清清嗓子:"加尔,你还记得那头受伤的熊么?"

刚才马蒂已经和他说过了,谁让他俩"碰巧"在军官俱乐部相遇了呢。首先是查理大叔"不经意间"问起了丰后水道，接着是马蒂，现在福雷斯特又来找他了。再加上"海蛾鱼号"上新装的加强版调频声波定位仪。好家伙，真是厉害！他想。

他仍不死心，继续抗辩："现行命令不是让我们离主岛那边的海峡远些么？尤其是丰后水道。我们在那附近已经损失了五艘舰艇。那儿到处都布着水雷，潜伏着敌方最厉害的驱逐舰，分布着无数的渔船和舢板好给他们通风报信。空中巡逻更是一刻不断。而且我们关于那块地区的海图也没那么准确——"

福雷斯特打断了他，就好像这些话他已经听过了一样："尼米兹将军打算让一艘潜艇潜入濑户内海，拖着那艘航母，不让它有机会驶离日本，开往战场。我知道，这个任务几乎不可能完成，就连他们也没抱多大期望。所以，如果成功，他们将喜出望外。"

"这倒是个好理由。"加尔说。他意识到自己的抗辩是那么无力，每一条都被总部否决了，"这好比让一艘潜艇直接经过诺福克海军基地，潜入切萨皮克湾一样。"

福雷斯特没答话。

"然后呢？就算我们的潜艇真的潜入了，又能怎样呢？你们是不是还要它从五六十英尺深的浅滩开到吴市的兵工厂去，然后用鱼雷凿穿码头停放的航母？可那么浅的地方，潜艇根本没法下潜！"加尔故意放大了音量，好引来其他艇长的注意。

福雷斯特靠了过来，意味深长地看了他一眼："但我们派去的可不是一般的潜艇啊，加尔。"

第四章

第二天加尔便开始了他的闭关生活——同总部水文局的工作人员一道研究日本濑户区域的海图，因为濑户内海就在日本境内。福雷斯特上校已经告诉过他，这个任务难度非常大。而且，潜艇艇长本身就会受到诸多限制。在得到特许之前，加尔不打算与任何人谈论此事。"这样想会好些，"他说，"在实施计划前，将军们通常都会再考虑考虑，要是觉着不靠谱，就取消行动。但我得说明下，尼米兹将军例外。他一旦做出决定，就不会轻易改变主意。"他本来想说，尼米兹将军也是艇长出身——如果真要派艘潜艇潜入濑户内海，那让他亲自上阵，不就得了？不过，他虽然勇敢，但也还没勇敢到这个地步。

整个下午，他都待在"海蛾鱼号"的甲板上，督促技术人员们对其进行维修以及安装新的声呐系统。"海蛾鱼号"是白鱼级潜艇，1944年初翻新过——加固艇舱，并且升级了内部装备。韦斯特福尔上校在这点上的看法是正确的：电子技术将被广泛应用到战舰设计上。之前"海蛾鱼号"只配备了两个潜望镜，但现在又给它加了两个。出厂时它只能发射一种无线电波，还是高频的，而现在，它能发射六种不同频率的无线电波，还装置了水下电话系统。战争刚开始时，他们得用掌上计算器来计算火控问题，将战术布置直接标注在海图副本上。不过现在他们有了鱼雷数据计算机和轻便的海图桌——可实时显示目标地理位置的变动，运用了"自动航迹绘算仪"。指挥塔里实在是太挤了，哪怕再添置一套新设备都不行——那样的话，每次全船进入战略部署状态时，指挥塔里的人都会"亲密无间"，但这可不是什么值得高兴的事儿。

不能撇开执行官，又得做好保密工作，不许把即将执行的任务和盘托出，这对加尔来说可不容易。当罗斯对指挥塔中新安装的设备评头论足时，他还故弄玄虚地来了句"我们很快就会用上它了"。这应该是罗斯最接近真相的时刻了。

那天傍晚，加尔连身上的卡其工作服都懒得换，直接去了楼下餐厅。因为马卡拉帕刚好有场大会，餐厅里挤满了人，他都没地方站，只能去阳台。不过这也还不错。尽管天气有些热，但阳台上足够暗，暗到他都不用与其他艇长进行眼神交流了（这只是个借口，如果他当真想交流的话，还是可以做到的）。只要他愿意，他可以在这儿一直待到晚上。他对一般人并没多少忍耐力，即便花了整整一下午的时间，听取船坞工人、调频声呐定位仪工程师和执行官冗长枯燥的日常问题汇报以及太平洋总部工作人员的建议，他的脾气还是没有任何改善。他让女服务员给他上两杯加冰的苏格兰威士忌，然后就不用出现在他眼前了。他已经决定了，除此之外，什么也不吃，什么都不喝。

几分钟之后，女服务生端来了他的酒。接着，餐厅领班推开了门。他带了个人来，就是几天前他帮助过的那个女人。这次，毫无疑问，她是清醒的，没再喝醉。这样的她的确非常迷人。让加尔有些诧异的是，她穿着海军少校的制服。刚才两人在拥挤的餐厅里转了一圈，发现并没有空位。领班见加尔也穿着制服，就悄悄对他挤了下眉。加尔心领神会，点了点头。他便把她带了过来。加尔起身相迎。她先对加尔允许她和他待在一起表示了感谢，然后介绍了自己。

"我叫莎伦·德维尔斯。"她说。

"加尔·哈蒙德。"他回道。他俩紧紧握手。她有双灰绿色的眼睛（这次眼白可没充血），浓密的金色卷发倒是和上次一样，斜梳到一边。

"你是过来做客的消防员吗？"

"不，我是被分配到太平洋舰队总部的。我是个律师。"

他做了个手势，招来服务员为莎伦点单。她点了杯姜汁汽水。服务员走后，他对她说自己还以为她会点酒。她微微一笑，说她还没从上次的那场宿醉中恢复过来。

"我能理解——那的确对你影响不小。"

她盯着他看了会儿，然后把手捂到嘴上："你怎么知道？"

"那种情况对你来说还是头一回吧,而且我觉得你是被迈泰暗算了。"

"真不好意思,"她说,"我从来没喝成那样过,第二天我清醒的时候——简直了,上帝啊!"

"让我猜猜当时是什么情况,一群办公室里的同事让你试试看,就喝一杯,或是三杯。"

"你猜对了。"她说,"喝了一杯后我觉得这是我喝过最好喝的果汁,因为里面加了一点点酒。我真蠢。"

"呃,这个描述基本没差。我爱喝苏格兰威士忌,加不加冰都喜欢。"

"嗯,我也喜欢苏格兰威士忌,但得和关系亲密的朋友一起喝。"她说道,眼睛都发亮了。加尔正试着估摸她有几岁时,她发问了:"你住在哪儿?"

"这可是高度机密的,"加尔郑重其事地说道,"要是连这都被泄露了,那我们为战争所做的努力一半都化为乌有了。"

"哦,"她说,"我看啊,那些人不过是一般的潜艇水兵罢了。而你不同,你是指挥官。所以我猜你是被锁在酒店高层的特殊人员。"

"听着。"他说。

她装出一副认真倾听的样子。

"听到'化为乌有'了么?"

"没。"

"他妈的,"他说,"大多数女人都会注意到这个词的。"

"你不用刻意吸引我的注意,艇长。"她说,"你那天晚上的表现真的特别绅士。所以今晚晚餐就由我请吧,略表谢意。"

"好啊。"他毫不犹豫地答应了,逗得她展颜一笑。在律师中,她的笑容算是非常和善的了。服务员过来给她上了姜汁汽水,他俩举杯相碰。

"你有带家属过来吗?"她问道。

"没有。"加尔说,"我就是普普通通的一个老兵,忙完这个任务,又得开始准备下个任务,连老婆都不需要了。你呢?"

"我法学院刚毕业的时候,"她说,"差点儿就要步入婚姻殿堂了。那个男人很优秀,但也很花心。在那之后,我就决定要一个人自立自强,把过去的事都抛到脑后。"

"那么，"加尔说，"总部要一群律师做什么？"

"嘿，你是不知道我们的工作量有多大。军事法庭、法庭调查，比如说一艘船失踪了，这时候就需要法院方面介入调查了、国际法问题——举个例子，我们的潜艇不小心击沉了一艘救援船、海洋法、暴行案例、《日内瓦公约》、特殊任务……这些我们都得操心。"

"哇哦，"他说，"我的确不知道。但你应该从来没调查过潜艇失踪的案例。"

她脸上的表情像是在问，为什么？

"因为还没有人能活着回来，然后到法庭上回答你的提问。"

"说得很对。"

"能告诉我你负责的是哪块工作吗？"

"要是上了军事法庭，通常情况下军事法官都是我。"

"你看起来这么年轻，要当法官恐怕还不够格吧。"他说。这可不是在献殷勤，他是实话实说——不过被他猜中了，她确实没当过军事法庭的法官。

"在这该死的战争打响之前，"她说，"我的确是个法官，在州法院任职。至于实际年龄，上个月我刚过了41岁生日。"

这次加尔就开始调情了。"我就要35岁了，"他说，"你在我这岁数时都做些什么呢？"

她又一次露出了微笑，笑容光彩照人，像是在他俩之间擦出了火花。"那时满脑子都是不切实际的幻想，艇长，"她说，"我节制饮食、注重打扮，常到百老汇街上的一个菲律宾发型师那里做头发，那个发型师可不一般。"

她比他大六岁，却仍吸引着他，令他动了心。此时，一支小型爵士乐队开始演奏乐曲，他便问她愿不愿意与他共舞。她反问他有没有点菜。他说还没有。

"倒不如你先点菜，我们把这首歌听完，然后直接上楼？"她一边征求着他的意见，一边用穿着丝袜的脚摩擦着他的右腿。

"海军部队有规定，三层甲板以上的地儿不能出现女人。"他尽量压抑着语气中透出的怨意。

"我住的楼层一个水手都没有，"她说，"也算是个好处吧。"

确实是个好处。姜汁汽水小姐还在房中私藏了一瓶麦芽酒，他俩都品尝过了，确实品质上乘，入口甘醇。房间的窗户开着，依稀能听到酒吧中演奏的乐曲声。

"现在，我想跳舞了。"她说，于是他俩便跳起了舞。她往右前进一步，一手拿起杯苏格兰威士忌，另一只手仍扶着加尔。跳完舞后，两人都舒舒服服地洗了个热水澡。还是很久之前，加尔就从关系亲密的老职员以及各个驻地的已婚妇女那里了解到：要是一个女人心情不错，也清楚自己想要的是什么，那他只需要乖乖听命，发挥最大的能力就行——就和在海军部队里一样。要是她想用几杯威士忌来抑制自然天性，那么，她只能自求多福了。愿上帝保佑她。

他俩穿好衣服，回到餐厅吃了顿夜宵，然后一起走到阳台上。这个时候外面就没多少人了。真是个美好的夜晚。借着美丽的夜色，他问她为什么会来这儿。

"我想为国家尽一份力。"她说，"要知道，整整一代的年轻人都在逃避战争。而且州法院法官的工作单调又无趣。我单身，年近四十，已经厌倦了日日与琐碎的诉讼文件打交道的日子。我想要改变一下生活的节奏。"

"那现在的生活你还满意吗？"

她点点头，露出微笑："今晚很满意，好心的先生。"

"这话我听着舒服。"他说，"你那么体贴，甚至还为我着想，作为男方，我感到十分荣幸。"

"我必须小心行事。"她说，"毕竟这是在总部。每个人都是孤身一人，凡事都得靠自己，哪怕他办公室的桌子上还摆着妻儿的照片。四条上校，对我来说是最危险的敌人。"

"没错，"加尔说，"四条上校都是官场上的老油条，想升官想疯了。"

他的话逗乐了她："他们当中许多人都觉得自己很快就要被提升为将军了。"她边说边给服务生做了个手势，让他再上杯酒。

"但只有一个人能获得提升，也许两个？我也说不准。"加尔说，"要是放到1942年，升职的机会还多些。现在？别提了。我感觉再过一年左右战争也就打完了，到时候，大多数将军以及他们的助手都会收到海军人事局寄来的遣散信。"

"那你呢？"

"你是说卸任之后？说实话，我也不知道。我可能会离开部队，到别处找份实实在在的工作。不过我尽量让自己别去想这些事。"

莎伦问他有没有结过婚。

"结婚？"他重复了一遍她的话，"你的意思是组成自己的家庭，生几个孩子，再在郊区买栋房子么？正如我之前所说，我觉得没这个必要。除了在潜艇学校和在研究生院学习的日子，其他时间我都在海上执行任务。我的同班同学里也有政治敏感性强的，他们转职去了华盛顿，在岸上信号台里工作。但我和他们不一样，我是那种一条道走到黑的人，就喜欢在水下作战。第一次登上潜艇时，我就为自己定下了职业目标：当一名指挥官。这场战争对我而言是个福利，因为它，我才能如愿以偿。"

她露出诧异的神情。"哦，我的天哪，"她说，"这场战争是个福利？听起来有点荒谬啊，不是么？"

"那英军军队里还流传着这么一句古老的祝酒词呢——敬长久又残酷的战争。因为在英军部队里，职位晋升是根据资历深浅和服役时间来定的，你要升职，那肯定得有人死，你才有机会。"

"我很少听闻太平洋舰队潜艇部队战士牺牲的消息，你们升职应该挺难的。"

她可是总部的法律专家，他居然都忘记了这点，但他知道文职人员，尤其是那些身居高位的，都喜欢说长道短。潜艇被击沉是常有的事儿，因为在每次较量中，日本佬出手都是又快又狠，一下子就把美国潜艇给干掉了。他们甚至都以为美国的潜艇已经被他们消灭完了，虽然事实并非如此。不过，他们那么想，对于太平洋舰队来说，倒是件好事——可以利用他们轻敌的心理，来个出其不意。回到他这边，莎伦居然把英军的规矩用到他的情况上，还真有点煞风景。

"听着,"他对她说,"我们作战就像搞谋杀一样,躲在敌人看不见的地方静静地等待,直到某艘大型油轮或是货轮进入侦察范围。然后我就会从大约半英里之外发射半吨重的鱼雷,打烂它的内脏。就算船里的家伙能挺过这一劫,后面还有鱼雷爆炸引发的大火、船体不断下沉以及饥肠辘辘的鲨鱼在等着他们呢。如果敌方有比较厉害的护卫舰,那接下来几个小时就该轮到我们受罪了。我们会潜到深处,以躲避他们的深水炸弹。哪怕只有一枚炸弹击中艇身,我们都会像刚击沉的油轮或货轮那样彻底完蛋,沉入海底。要是真那样了,除了该死的日本佬,谁都不知道我们曾经历了些什么。在他们眼中,我们就这样毫无痕迹地消失了,运气稍好些的话,刮海风时还能看到我们的柴油机留下的油痕。至于升官,又是另外一码事。在陆军中,如果一位上校牺牲了,那么,就得另派一位上校接管他手底下的部队。但在潜艇部队中,指挥官只负责指挥作战。手下的部队没了他也能正常运转。"

"所以对于指挥官来说,升职不一定非得有人牺牲。"

"说得对。"他说,"指挥官想升职,就得看他指挥作战的水平了。如果把潜艇指挥官比作是一艘潜艇,那其他文职官员、士官长以及普通水兵就是潜艇的零部件。他们也很重要,但是,别忘了,指挥官本身可是一整艘潜艇。作战的时候,所有决策都得他一人负责,无论后果是好是坏。此外,我们也是'结果至上'的,我当指挥官不仅因为我够格,能力出类拔萃。还因为我的前任颗粒无收,没有任何战果。"

"看来他完全不擅长谋杀。"

"也可以这么解释吧。但我很擅长谋杀。我感觉得到,其他艇长虽然不是很待见我,但他们喜欢我的战术。我能把日本佬的舰艇打到水底去,这也就是我所说的福利。我一直努力地将和平年代中所学到的知识运用到实战中,不过这事我也挺擅长。"

"这听起来有些像在自吹自擂哦,好心的先生。"

他耸耸肩。"我可不是在吹牛,"他说,"只是在陈述事实罢了。'海蛾鱼号'就是个把理论用于实战的例子,而潜艇就代表了艇长,碰巧艇长是我。"

"战争结束后呢?我的意思是,我们都知道,战争不会一直打下去,日本佬撑不了那么久。"

"我尽量不去想这些。"他说。

"有那么可怕吗?"

他笑了笑。"未来的事,谁知道呢,"他说,"那你呢?恕我冒昧,我看你手上没戴婚戒,如果不介意的话,能和我说说原因么?"

"错过那次机会后,我就觉得没这必要了。"她一脸真诚地对他说,逗得他大声笑了起来。

"唉,我是认真的。"她说,"在法学院读书的时候,我是班上唯一的女生。但现在情况不一样了,而且又是在大多数男性都被征召入伍的情况下。但在那个时候,所有人都想知道我到学校究竟是为了什么。就是为了拿到法学博士学位啊,和你做运动一样。之后,我运气不错,进了政府当了名地区检察官。但后来爆发了经济危机,当然,政府也破产了。不过这也给我带来了机遇。发生金融危机或经济衰退的时候,律师会很抢手,检察官更是如此。因为大家都想把责任推给别人。我当上法官也是因为这场战争,因为比我更有资格的男人们都投身到了战争当中,虽然他们采取的方式不一定相同。"

"既然你也入了伍,那军法署的那些家伙对你怎么样?"

"嗯,有那么一段时间,我觉得自己仿佛又回到了在法学院学习的那段时光。你在这儿干吗?我的回答和之前一样:我在这儿和你们做着相同的事情。军法署竞争激烈,这是毫无疑问的,因为律师行业天生就是极富竞争性的,即便律师们不一定会一直从事这个职业。我做得还算成功,因为这项工作我擅长。我的竞争力可不仅仅体现在金发和露的腿上,我已把当检察官和法官的那些岁月都抛到了脑后,专心致志着眼于现在。他们基本上看不到我进法庭,因为我几乎一直待在那儿。"

"这点你和我挺像的,"加尔说,"日本佬也看不到我,除非他们刻意去侦察,这样一来就有意思了。"

"至于婚姻嘛,嗯,我一个人过得相当开心。要是我家里有孩子和丈夫,那很多事我可能就不会去做了。举个例子,比如今晚的事。"

"说到今晚,我能再见你一面吗?在……"

她露齿一笑:"在你不得不回到那艘对外保密的潜水艇上,然后在某个我们无从知晓的时刻启航,去完成一个更为机密的任务之前么?"

"我可不能告诉你。知道么?这是机密。"

"我敢打赌,连我的发型师都知道。他不仅知道你什么时候出发,而且还知道你要去哪儿。"

加尔摇摇头。"也许吧。"他说。在这点上,火奴鲁鲁的确是个"大同社会",人与人之间的相处毫无保留,"回到我之前的问题?"

她悄悄地牵起他的手:"答案是就算我们再见面,对彼此的感觉也不会像今夜这么好了。除非我们都深深爱上了对方,爱到要是不能永远在一起,就不愿苟活于世的程度。"

"这是拒绝的意思?"他问道。尽可能地让自己的神情看起来泰然自若。

她又绽开一个微笑,将杯中的酒喝完:"你知道,对于这类事情,我的判断还没出错过。"

加尔注意到她有些含糊其辞,便决定放弃,不再挽回。"毕竟我们不是同一类人,"他说,"我认同你的做法。虽然我还是想向你证明,你的某些理论是错误的,但是,这其实挺荒谬的,就像墨菲定律——只要有人一直在你旁边说你被某件事糊弄了,到最后,你肯定也会这么想的。"

"就到这儿吧,"她说,"以后如果你需要律师,我又还在这儿的话,我一定会尽全力帮你的。"

他俩互道了晚安,就此分道扬镳。看样子她是回了卧室,而加尔也回到了自己的卧室———间有水兵把守的房间。

他躺在床上,想着今晚这段欢乐的时光。他俩重逢,在他看来就是生命中的一段插曲。

有时候他也会质疑,自己放弃过妻儿相伴生活的选择是否正确。但今晚他没有。莎伦·德维尔斯绝对是个体育模特。加尔毕业后登上的第一艘船是"纽约号"战舰。经济危机爆发后,他会给家里的父母寄钱。大多数尉官都是这样,除了那些结了婚的。社会需求大幅减少。既然工厂关门了,那煤矿自然也没生意可做了。在海上执勤的他并不需要多少钱,能用金钱援助亲人们,他觉得十分开心，同时也备感欣慰，自己没有像同班同学一样转职。之后，"纽约号"被分配到了太平洋舰队，归到所谓的中国驻地，在那儿，单身可是再好不过了。

莎伦是对的。他想。一夜情虽然表明了他们各自的态度，但也让他们背上了心理包袱。他确实很喜欢她，但在这样的战争时期，他俩之间毫无未来可言，她也清楚这一点，所以才会那么说。除此之外，他也告诫自己，要当独狼，就别在狼群旁边转悠。

在一片漆黑中，他露齿一笑。他几乎说服了自己。这可不是个好迹象啊，加尔·哈蒙德，他想。完蛋，你居然都开始相信自己了。

第五章

本周接近尾声的时候,"海蛾鱼号"终于告别了干船坞,回到指形突码头旁。加尔让执行官把"海蛾鱼号"的所有兵士都召集到军官室去。不一会儿,罗斯便回来了,和他说大伙儿都已经到了,就等他了。加尔让他先进房间,然后放下了窗帘。

"我们很快又要出发,"他和罗斯说,"特殊任务。"

罗斯抱怨了一声:"又是充当飞行员救助站?"最近,潜艇越来越频繁地被用于充当救助站。它们潜伏在航母舰队打击目标的四周,伺机行事。肩负着左右战局的重大职责,它们得克服重重困难,不仅要躲避追杀,还要在合适的时机主动出击,歼灭敌人。

"不是。"加尔说,"我们要去帝国附近巡航,听上去简单,但有个潜在的麻烦。"

他说前半句时,罗斯还是一副信心满满的神色。巡航地区离日本主岛较近,有利于他们猎杀敌人。但后半句话却引起了他的警觉。

"潜在的麻烦?"

"他们想要我们穿过丰后水道。"

罗斯瞪大眼睛盯着他,完全说不出话来。"你在开玩笑吧。"他好不容易开了口。

加尔没答话,只是看着他。

"你不是在开玩笑,我知道。"罗斯叹了口气,"五艘潜艇折在那里,这还不够么?他们是想让我们成为第六艘吧?"

加尔没法回答他。显而易见,罗斯是被吓到了。虽然潜艇部队目前还不能证实，但他们非常确定：从1942年年初至今，他们已经在丰后水道一带损失了五艘潜艇。

自从"火树号"一去不返之后，日本主岛附近的海峡就成了他们的禁区。传奇人物"破坏王"莫顿曾带领着"火树号"潜入过日本海的一处雷区，并造成了一些实质性的破坏，但他们却没能出来，从此杳无音信——"火树号"凭空消失了。最合理的猜测是它在从宗谷海峡撤离时撞上了一颗水雷。在潜艇"活不见人，死不见尸"的情况下，他们也只能猜测了。基地所能做的，就只有在日本区域的情势图板上插上一面黑旗，以示警戒。虽然，派出的潜艇经历了些什么，他们一无所知，但事实摆在眼前：所有潜艇都是有去无回，没有一艘成功返航。

"知道为什么派我们去么？"罗斯问。

"上头并没有给出正式的解释。"加尔说，"我们是在出航前才接到机密命令的。"

"其他解释呢？"

"和一艘航母有关。在这个节骨眼上，我只能给你透露这么多，别和其他人说。"

罗斯勉力想摆出个好脸色，但怎么看都像是皮笑肉不笑："要是成功了，迎接我们的将会是一顿丰盛美味的自助大餐。"

"新型声呐系统应该能派上用场。"加尔说，"主持那个项目的科学家给我简单讲解过，我们装备的是更新过的版本，但愿更新版比没更新过的要好吧。据说，如果五六百码范围内有雷，这东西会提示你，也会告诉你大致的方位。但它不会告诉你下一步要怎么做。"

"逃离那个地狱？"

"但你要往哪个方向逃呢？"加尔问道，"日本佬又不蠢，他们犯的唯一一次傻就是挑起战争。之前，他们埋雷是想干掉我们的战舰，确保他们的基地和战舰的安全。所以他们的水雷都埋在浅处，而且个个威力巨大。但现在，他们埋雷是想消灭我们的潜艇。"

"所以他们就把战舰埋伏在水底。"

"对，真正的威胁来自何处，他们现在已经意识到了，所以他们在不同的深度都布了雷，有时候甚至连250英尺深的地方都有雷。过去，潜到深处，开入雷区，小心翼翼地避开所有水雷并拆除一颗带走只是在理论上可行，实际并不能做到。但现在，也许这个声呐系统能把理论化为现实呢。顺便问下，人都到齐了吗？"

"是的，长官，您想和大家说些什么？"

"就想告诉他们，我们这次得早些出发，去执行一个特殊任务。"

"您要和他们说是去丰后水道么？"

"不，我会和你一道保密。"

罗斯点点头。加尔清楚他在想些什么：如果"海蛾鱼号"要去丰后水道的消息传出去的话，他们当中肯定会有人打退堂鼓。潜艇作战得战士们自发自愿，如果有人主动提出不想在潜艇上干了，那上头绝对尊重他的选择，即便他想调到水面舰艇上，从事其他工作，上头也二话不说，替他办妥。

"可是这对他们公平么，长官？"罗斯问道。

"你和我提公平，执行官，搞得好像什么事都是公平的一样。"

"我不是这个意思，我是说……"

"我知道你什么意思。"加尔说，"但他们是自愿参军的，不是么？我们可以把责任推给传话的家伙，就是那个和他们说我们要去执行一个特别危险的任务的人。不过这次我不打算这么干。我已经想好了借口，就说我之前也不清楚具体是什么任务，我自己都是打开文件袋后才知道命令的。"

"但调职申请需要时间审批，艇长。"

"没错。现在你也知道我们要执行什么样的任务了，所以，你要退出么？"

"你要我说实话吗，艇长大人？我当然想，因为我们将要去的地方，可以说是地狱，对，就是地狱。丰后水道？正常人都会选择退出的。但我是执行官，如果连我都退出的话，那这仗还怎么打？所以，我选择继续。"

"这个回答不错，罗斯。我希望其他军官和水兵也能和你做出同样的选择。没人想去丰后水道那儿。但愿日本佬也是这么想的，然后对那一带放松警惕。也许他们压根不会料到有人会从那儿过。"

"他们的确会这么想，理由太他妈充分了。"罗斯说道，在这点上，他认同加尔的看法。他拉开窗帘，声音也严肃起来，"报告长官，各单位官兵已集结完毕。"

"不错。"加尔说。

他们明天就得上路。临行之前，加尔最后一次在"粉红宫殿"洗了个奢侈的热水澡，然后换好衣服下楼吃晚饭，顺便喝点东西。刚才的会议气氛有点压抑。虽然他只和兵士们说要执行一个特殊任务，但他们已经有所意识：他透露的只是冰山一角。因为，对于他们所提出的任何问题，他都犹犹豫豫，不怎么愿意回答。而且，执行官冷着一张脸，说话的音量也有些不自然。不过，他们都清楚，最好不要逼长官们吐露实情。加尔明白他们的心思，觉得有些对不住他们，只好不断地告诫自己：任务就是任务，潜艇也是件具有攻击性的武器，以此粉饰自己的所作所为。他坚信他们即便知道前方充满危险，也会义无反顾地勇往直前。有些官兵已经结婚生子，他们外出执行任务时，家中的妻儿必然会担惊受怕。这些加尔都知道，但他不得不硬起心肠。这一次他们很有可能会一去不返，但炮火仍未平息，战斗必须继续。况且，如果把海军比作一支矛，那潜艇部队就是最具杀伤力的矛尖。

他下楼时刻意绕过了六楼的接待室，习惯性地走到阳台上，找了张空桌子坐下，点了两盘司苏格兰威士忌，然后靠着椅背享用美酒，将思绪放空。今晚，他不打算与任何一位同仁交谈。他甚至都不愿见到他们的脸。

你们这次要去哪儿巡航？

我不能说。

噢，别这样——我们可是一伙的。

不能说。该死，应该说"不会说"的。不过，这也不是什么大不了的事。就算让你们知道了，你们也只会说"我有种"。说实话，你们这话说对了，我也觉得我他妈怎么这么有种。上帝啊，那可是丰后水道！这四个字就好像深深地刻在了我的脑海里一般，怎么也挥之不去。新的声呐系统装不装其实都差不多，你们知道么，那玩意儿时灵时不灵，而且还不是为潜艇设计的。声呐能让我们看到前方的水雷，帮助我们开进雷区，嗯，真是棒极了，但接下来我们该如何脱身呢？是得有多爱参谋长大人，才会答应接下这个任务啊？

他忽然感到十分恐惧。之前他也曾害怕过。身处一片漆黑的深水区，耳畔却传来深水炸弹计时器的滴答声，随后便是爆炸声。就好比你漂流在河中，却依稀听到下个转角处传来瀑布的水声那般，至今他仍心有余悸。正是这种无助感，让他最终下定决心，不告诉兵士们上头究竟想要"海蛾鱼号"做些什么。怎么了，独狼艇长？你不一直都是这么干的么？对，没错。那还有什么问题吗？

他长长地吁了一口气，将杯中的威士忌一饮而尽。服务员刚好经过，见他杯子空了，便扬了扬眉毛。加尔朝她点头，示意她把杯子倒满。

对，就这样，给我点刺激吧，再狠些，再重些。两盎司的威士忌开始发挥作用，即便如此，加尔的头脑仍有一部分始终保持着清醒。彻夜激动兴奋过后，一切还是照旧。

"嘿，这儿，水手！"忽然响起一个熟悉的声音。

他闻声扭头，莎伦的面容映入眼中。

"谢天谢地，是你啊。"他说。她朝他露齿一笑，在他身旁坐了下来。她的脸颊已带上一丝潮红，手上还拿着半杯苏格兰威士忌。

"你看起来有点紧张。"她说。

"我觉得我都快疯了。"他说，"我们接到了特殊任务，很可能就回不来了。"

她的脸上瞬间就蒙上了一层乌云："什么？"

"具体情况我不能告诉你。"他说，"但我害怕。当兵这么多年，这是我第一次感到害怕。现在我算是了解到，我的手下们是怀着怎样的心情进行最后一次巡航的了。"

她只是盯着他看，好像拼命想要弄清楚：这究竟是他信口雌黄的胡扯，还是千真万确的事实。加尔的表情让她确信：这不是他随口乱说的，事实就是如此。

"现在看来，'福利'也不怎么样啊，不是么？"

"我的老天呐，女士，你的记性可真是好得讨人厌。"

"艇长，我们做律师的，记性都那么好。"

他摇摇头。"他们要派我们去丰后水道。"他说，"在那块地方我们已经损失了五艘潜艇。五位艇长和执行官殉职，我还都认识他们。约300多名水兵牺牲。那些该死的鱼现在可能还在他们的嘴里穿来穿去，可能……"

"别说了，加尔·哈蒙德，够了，还有这也够了。"她说道，夺过他面前的酒，放到自己这边。

他看了她一眼，像是在说：你是要和我说教，嫌我喝得太多咯？她迅速理解了他的意思。

"我可是专业的酒鬼，加尔，"她轻轻地对他说，"你只是在装醉。唉，对，你是士官86号。但你也是普通人，和我们一样，都有七情六欲，这很正常，所以对此你该理智看待。"

加尔闭上眼睛。他不需要她的安慰。承认这一点，他就已经觉得尴尬了：堂堂潜艇艇长居然也真真切切地体验到了恐惧的滋味。她伸手握起他的手。

"要不要上楼呢？"她问道，"反正你酒也喝完了。"

他叹了口气。他现在不想做爱，但也不想继续喝酒——这点她倒猜对了。他想——他妈的，他也弄不清自己究竟想干吗。

"来吧。"她起身把椅子推进桌下。

他环顾四周，就好像自己并不想让任何人看见他俩一样。但此时阳台上一片漆黑，什么也看不见。他这才意识到自己的行为多么荒谬。他对着收据叹了口气，然后便跟随着她穿过餐厅，走上电梯，前往她的房间。

第六章

"海蛾鱼号"启航前的那个下午,加尔被召到基地指挥部参加最后的作战指示会。执行官罗斯·韦斯特也得参加,于是他俩一同前往。抵达指挥部大楼后,首先映入眼帘的就是门口那根老旧的旗杆,顶端的三星旗依旧迎风飘扬。10分钟后,他俩被带到了将军的办公室里。加尔有些惊讶,因为在办公室里等待他们并不是将军本人,而是参谋长福雷斯特。更让他大吃一惊的是,会议桌上居然还坐着两个日本人。年纪较轻的那个穿着美国海军少校的制服,另一个穿着长袖棉质白衬衫和卡其色的裤子。福雷斯特为他们做了引见。

"哈蒙德艇长,"他说,"这位是来自太平洋舰队总部情报处的田中少校,英文名波比。站在他身旁的那位是桥本实先生。他从1943年末开始就一直被关在欧胡岛战俘营。"之后,他又转向那两位日本人,"先生们,这位是哈蒙德艇长,美国'海蛾鱼号'潜艇的指挥官,他身旁是执行官韦斯特少校。"

两位日本人同时站了起来。田中波比与加尔和罗斯握了手。年纪较大的桥本实对着他俩默默地鞠了个躬。加尔想试着从他的外貌和穿着入手,大致估算出他的年龄,却发现这并不容易。他中等个头,十分纤瘦,头发几乎全白,有着一副饱经风霜的面容。虽然他低着头,双手紧贴腿侧,但前额和手上仍能见到一道道沟壑,表明他多年从事某种体力劳动,很有可能是捕鱼,而且还是商业性质的。站在他身边的田中少校则气度不凡,举止文雅。

加尔之前就见过田中少校。他是土生土长的美国人,父母都住在纽约。常春藤名校的教育以及一口流利的日语极有可能为他从事情报收集工作提供了极大的帮助。他已经在"粉红宫殿"参加过好几次作战指示会,每次他的日本面孔都会在人群中引起一阵骚动。

福雷斯特让大伙儿就座，然后自己坐到会议桌的主位上："田中少校，能不能请你和哈蒙德艇长解释下，为什么安排桥本先生随'海蛾鱼号'一同出巡？"

什么？加尔想。搭乘"海蛾鱼号"？在此次任务中？一个从战俘营中放出来的囚犯？他们是脑子进水了吗？

"是，长官。"田中说道，"艇长，桥本先生出生在本州岛广岛市旁吴市外的一个小渔村，也在那里长大。他从一名学徒开始做起，一步步地成长，逐渐有了自己的渔船，最后甚至发展成了一支捕鱼船队。但一场台风让他失去了一切。之后他在村边开了一家造船厂，帮助渔夫们修理船体和发动机。1928年，因吴市海军兵工厂需要扩大规模，桥本君所在的渔村和他的造船厂都被海军征用了。村民们被赶出家门，流离失所，生活没有保障。对此，政府没有任何补偿，他们也不敢有怨言，抱怨的话，让地方官员听见了，只会被扔进监狱。战争打响之后，广岛市所有的渔民以及和渔业有关的人员都被当地的军事指挥官给控制了起来。你们可能还没意识到这一点。但实际上，广岛是个军事重地，日本陆军第二军总部就在那儿。第二军下辖驻扎韩国和九州的十四个师以及十五区的军队，包括驻扎本州岛和四国岛的八个师。桥本君正是突然被日本军队控制的数千渔民之一。日本军队可不是慈善机构，所以这并不是个好去处。1943年末，他在四国岛离岸地带被'青花鱼号'俘虏，当时他们一群人正在攻击一队拖网渔船。一个月后他被带到了欧胡岛。他在主岛上有亲戚，那些亲戚早在1928年就离开了日本，已经在加利福尼亚州定居。当然，他们现在也在战俘营里待着。他是个鳏夫，今年五十九岁，厌恶东条英机以及军国主义分子在日本的所作所为。他愿意配合我们，也盼望有朝一日，美国能击败那些狂热分子，让日本清醒过来，重回正轨。"

"这倒挺有意思的。"加尔说，"但你们放个日本平民到我船上和我一起执行任务，到底是想干吗？"

"你的任务需要潜入日本的濑户内海，而且你还得往丰后水道那边的海峡走。那一带的水域，对桥本君来说就像自己的手背一样，是再了解不过了。他会带领你们穿越丰后水道，作为回报，你们也得在某个地方放他上岸。"

加尔想了一会儿,然后转向那位老人问道:"您会说英语么,桥本先生?"

桥本望向田中,征询他的同意。田中点了下头。于是他开了口:"会说一些。"他说道,带着当地夏威夷人的口音,这种口音加尔他们都听惯了。

"夏威夷英语说得挺好啊。"

"桥本君在战俘营里上过英语课。"田中说道,"所有的日本战俘都要学英语。这也是我们为他们安排的改造项目之一。他对英语的理解能力比口语能力要好。你也能听懂夏威夷当地语,艇长,就和对夏威夷人一样,只要你习惯他的口音,你就能和他交流。当然咯,他日本语说得很流利,只不过也带着当地口音。那些来自东京的家伙可能会以此取笑他。他带来了一样东西,我觉得可能会对你大有帮助。"

他对桥本点头示意。桥本便从会议桌底下取出了一样东西,看起来就像卷起来的海报。他站起身,把"海报"放到桌上摊开,展现在他们面前的竟是一张濑户内海西端的手绘海图。他把海图推到加尔面前,浅浅地鞠了一躬。

果然是件好东西啊,加尔边看海图边想。即使他压根看不懂日本文字,他也意识到:对于丰后水道那块,这个当地渔民知道的可能比日本海军水道测绘员还多。

"哈蒙德艇长,"田中说,"要知道,带桥本君回日本是上头的命令。是尼米兹将军办公室的人问我上级,这儿的战俘营里有没有了解丰后水道又愿意帮助美国海军的囚犯的。"

"这儿就有个有趣的问题了,田中先生,"加尔说,"对美国尽忠,不是背叛日本么?一颗忠心可不能切成两半用。"

"没错,先生。"田中说,"我也清楚,特别是想到大多数日本军人是何等抵触投降这一观念的。但桥本君是个平民。他与那些军人看问题的立场不同。我只能说,我和他谈过这个问题,一说到即将遭到破坏的家园,他便情绪激动,愤慨地咒骂那些军国主义分子,说他们背叛了日本人民。濑户那边的日本人民,濑户就是濑户内海的那个濑户,是很传统的,而军国主义分子对待他们,就像中世纪时主人对待奴隶那般。濑户内海沿岸,你随便挑一处上岸,都有种回到过去的感觉。"

"但'青花鱼号'之所以会去剿灭桥本先生的捕鱼船队,就是因为那一带的大多数渔船都携带着无线电收发装置,而且还会把获取的信息汇报给日本军方。"加尔说,"他们当时发现了一个潜望镜。然后,我们就在那里损失了一艘潜艇,不好意思。"他瞪着福雷斯特说道,"不是这艘,是另一艘。"

"那是因为他们每次出海,哪怕只出一天,都得带上个士兵。宪兵队,也就是日军的秘密警察,就像监视出没于海岸线一带的侵略者和间谍那样,时刻密切关注着他们。对于乡下的老百姓来说,这场战争简直就是灾难。我认为他们也清楚:情况只会越来越糟,终有一天,美国会攻入日本。"

"这个说法真有意思,田中少校。"福雷斯特参谋长打断了他,"但哈蒙德艇长的意思是:他能信任桥本先生么?万一他直接把他们往雷区里带呢?"

"嗯,首先,关于雷区,涉及细节的具体信息,他也无从得知。因为他们都是在日本海军的扫雷舰带领下进出雷区的。战争打响后,桥本原本打算洗手不干。但军方征用了他的造船厂,为了生计,他也是迫不得已,才重操旧业,出海捕鱼。他只知道丰后水道的水文地理和进出途径,深水珊瑚礁和暗礁分布在哪些地方,哪里埋伏着深坑,哪里可以布雷,哪里不宜布雷之类的信息。"

桥本实用日语对田中说了几句话。

田中语速飞快地回了他一串日语,甚至连对日语一窍不通的加尔都听出了他俩口音的差别。桥本实认真地听着,点了两次头,说了声"哈伊",表示赞同,然后又向田中提出一个问题。

"他问你们的船为什么要进入濑户内海。"

加尔望向福雷斯特,征求他意见,他能和这个日本人透露到何种程度?但参谋长依旧面无表情,不动神色。他便明白自己该怎么做了。

"嗯,少校,"加尔对田中说,"要等到离开关岛之后,我才能打开密封的文件袋,知道具体的命令是什么。我目前还没有接到正式的通知,只知道要想尽一切办法穿越丰后水道,只有成功了,才能去执行特殊任务。对了,你不就在总部工作么?也许你能给我们点内部消息?"

"对不起,长官,对此我无能为力。"田中说。

"是做不到还是不能做?"

"我不能，长官。我知道你是受命前往，但这项任务开始后，每一环节都没有情报人员插手。要有谁胆敢多嘴发问，就等着掉脑袋吧。"

"好吧，现在你可以回答桥本先生的问题了。我什么都不能说，虽然我也没什么可说的。"

田中对老人说了几句，他嘟哝着回答了他。

"你和他说了些什么？"加尔问道。

"保密。"田中说道。

明白了，加尔想。他站起身来，走到窗前，俯瞰基地的指形突码头。秘密任务里还有个秘密任务。航空母舰并不是真正的目标，尽管他还没想好要怎么解决它。

不过，他并不打算把这件事告诉站在他面前的日本平民，一个刚从战俘营中放出来的人。更让他心烦意乱的是那些平日聪慧过人的官员，比如参谋长大人，此时并不信任他，至少没那么信任，不然的话，为什么不告诉他丰后水道那儿到底发生了什么事呢？这不仅刺伤了他那颗骄傲的心，而且还会影响到任务：要是他对日本人在那儿搞什么鬼清清楚楚的话，或许在他们离开珍珠港，往西面出发之前，他就能想好谋略，定好计划，作战成功的概率也会提高。带一个外国人，特别还是敌国人，一道踏上此生最危险的征途，光是听起来就足以令人大吃一惊。没有理由让一个日本人和他们同行啊，就算海图是日语的，需要他帮忙解读，那也说不通——他们完全可以事先找人翻译好再带上潜艇。哪怕现在他宣称效忠美国，带他上艇也不合适。

他做出了决定。"不行，"他说，"我不干了。"他转向参谋长，"我是'海蛾鱼号'的指挥官，很明显，我是真的不知道这个任务到底想让我们做什么。不过我觉得您也不知道。这位情报处的官员说他也不清楚。在这样的情况下，你们还命令我带一名战俘上艇。这个任务究竟是高度机密，还是某些人一拍脑袋做出的轻率决定？甚至到现在，都没人愿意向我坦白一切。我觉得你们还是另请高明吧。"

福雷斯特参谋诧异地瞪了他一会儿，最终还是开了口："你是在申请卸任？"

"我再说一次，如果我的上级不信任我，不告诉我究竟发生了什么事，那好，我申请卸任。"

"你知道自己在说什么吗，艇长？"福雷斯特问道。

"当然知道。"加尔大声地笑了起来，"你以为我不知道别人是怎么说我的吗？说我是个疯子，就因为我去追杀驱逐舰！你们这群人只注重结果，但我可是受够了酒店里那些指挥官们异样的眼神！战绩好，先生，在我看来他妈连个屁都不算！好，现在是怎样，你们想要我带领'海蛾鱼号'穿越丰后水道，再带个日本人当领航员？那最好来个人给我把事情讲清楚！"

他对罗斯做了个"走人"的手势，尽可能礼貌地对田中和桥本点了点头，拿过帽子起身，离开了会议室。福雷斯特的神情，就好像他被一条鱼甩了一脸水一样。

那天晚上，加尔在皇家酒店吃了晚饭，餐后又叫了一杯苏格兰威士忌和几杯咖啡。不用说，从会议室出来后，他就一直在想自己对参谋长大人说的那些话。他是不是真把事情搞砸了？正如他和莎伦·德维尔斯解释的那样，倘若未在战争时期被提升为潜艇指挥官，那他的海军生涯定会黯淡无光，平平无奇。他们派"海蛾鱼号"去削弱敌人的作战能力，让日本帝国无法发动新的战争。在他想来，这仅仅只是一个主张而已。好吧，他也承认，他制定的某些海战战术确实是剑走偏锋，但结果证明他是对的：高价值的目标被他击沉了，驱逐舰被他炸成了碎片，敌方的水兵纷纷落入海中，被自己投放的深水炸弹炸得五脏六腑都移了位。这场游戏就是这么残酷。他每干掉一个"锡罐"，"海蛾鱼号"也就少了个敌人，少了分畏惧。

是日本人先偷袭珍珠港，挑起这场该死的战争的，而不是我们主动向他们宣战。要知道，对于职业海军军官们来说，"牢记珍珠港事件"可不仅仅只是一句需要时刻谨记的口号。美国会好好地教训日本一顿，打它个落花流水，把它打回东京，然后放把火，把整个国家都夷为平地。"老公牛"哈尔西从一开始就定下了再正确不过的目标：干掉日本佬，消灭日本佬，消灭更多的日本佬。他也听说过，日本是个非常漂亮的国家，但有些嗜血的混蛋崇尚以死效忠的武士道精神，要是他们能和自己的祖先一样，安分地开个餐馆做做菜，那没准日本还可以更漂亮。

　　服务员送来苏格兰威士忌和咖啡时，他正迫使自己冷静下来。参谋长这一整天肯定心烦意乱，加尔心里也存着一个无法明言的疑虑：福雷斯特是不是巴不得他卸任。尽管，出于某些古怪的缘由，他并不想卸任离职。他这次发脾气，查理大叔会怎么处理呢？如果当时面对的是三星中将本人，他还会这样造次吗？不管怎么说，他都出名了，在基地里，像这样的事儿可不多。"海蛾鱼号"明天早上10点就要出发了，除非在明早之前，上头派的人就找上了他，让他解释解释他的"疯狂"举止，否则到时候他就会关上发动机，收起通讯线路，让所有水兵解散。要是那时候码头上出现了另一位三条上尉，脸上还挂着露齿微笑，那就让他上吧，反正他加尔是不干了。天知道有多少人觊觎着指挥官的位置，成日蠢蠢欲动，内心暗自盼望着像加尔这样的人犯错误。

　　发完脾气后，他和罗斯一道走回去。回到甲板上后，他叫执行官和他一起到艇首去，故意避开那群正忙着把装有储备物资的箱子运到艇上，累得汗流浃背的水手们。

　　"好了，"加尔说，"说点什么吧。"

　　"我觉得要当指挥官，我还不够格，"罗斯说，"你刚才说的那番话，换成是我，绝对说不出来。"

　　"你当然做得出，执行官，"加尔说道，"特别是他们还要求你带这艘潜艇，一艘古里古怪的潜艇。"

　　罗斯低下头去，凝望着码头下方的海水，良久才发话："是这么……"

　　"啊哈？"

　　"是这么一回事：他们总是教导我们不要去质疑法定上级所下的命令，因为有时上级掌握我们不知道的，或是无法得知的内幕消息。我只是在想……"

　　加尔意识到：他俩想到一块儿去了。"啊，当然，我想的也是这事。"他说，"但当你意识到，你的领导并不知道接下来会发生什么事的时候，你就不会像往常一样乖乖听命了。我认为福雷斯特上校和我们一样抓瞎，这也就意味着查理大叔也不了解情况。而且这次我们要为他们两肋插刀，居然还让我们去依靠一个日本老头，让他像印第安向导那样给我们带路？还记得卡斯特的事儿吗?"

"就我所知,"罗斯刻意解释,"卡斯特无视了印第安向导的话,导致身亡。向导告诉过他,成千上万活生生的苏族人就在他旁边的山上。"

"这些都是细节,执行官,"加尔"哼"了一声,说道,"我是指挥官。要想让我信任他们,他们就得先信任我。"

"是,长官。"罗斯说道。即便加尔也意识到,他的执行官很可能只是顺着他的意思往下说,但他的确说到了点子上。三星中将从来不需要向三条上尉解释他的命令。是,他们知道目标是什么。可是加尔仍然存有一丝怀疑:让他们把一位日本老人送上岸,又是在濑户内海一带,当中定有许多内情。虽然福雷斯特上校已经把那艘神秘航母的照片给他看了,但他却回避了加尔的问题——他们该如何去接近目标?

他耳边不断回响着那句老话:真他妈的该死,有完没完?

餐厅里忽然出现一阵骚动,他听见椅子移动,有人起身,接着身后响起一个声音:"请问你是指挥官哈蒙德么?"

加尔抬头看了来人一眼,马上起身把椅子推入桌下,笔直立正站好:"您是尼米兹将军么?"

"请问我能坐在这儿么,先生?"

"能,长官,嗯,当然能了,请便,长官。"

尼米兹坐在了加尔对面的位子上,见他不动,便示意他也坐下。加尔重新拉出椅子坐下,一半注意力在自己身上,另一半注意力则完全放了尼米兹身上。将军的脸看起来犹如石刻一般。加尔之前见过将军的照片,当时只觉得照片上的他是在故作姿态,而今天见到真人,才发现事实并非如此。尼米兹冰蓝色的双眼一直盯着加尔看,良久,他才发话。

"我听说你想知道为什么我们想让你在一个日本战俘的帮助下潜入丰后水道。"

加尔做了个深呼吸。在太平洋舰队参谋长面前摆谱是一回事,面对面公然反抗司令切斯特·尼米兹就是另一回事了——这他妈的都是什么事啊,他想:"是的,长官。我的确想知道。潜入丰后水道就意味着我得踩着前五艘潜艇的尸骨前行。所以，没错，长官，我很想知道其中的原因。"

尼米兹将军点点头。"因为，是我下的命令。"他轻声说道。

加尔眨了眨眼，将军的意思再明白不过了："是的，长官。"

"整个太平洋地区的作战以及命令执行都由我负责。我们的目标始终如一，那就是彻底摧毁日本这台战争机器，彻底磨灭日本国民的作战意愿。"

加尔往后坐了坐，"是的，长官，"他说道，"我能理解。但是丰后水道——"

尼米兹抬手示意他打住。"攻克丰后水道只是技术问题，艇长。"他说，"要是你觉得这任务的确超出你的能力范围了，你可以退出，没关系，我会找别人。你也知道，随时待命的，想当指挥官的人多的是。但他们出发启程前，你心里一定会很不好受。"

"是的，长官。"

"你的潜艇和部下都不错，而且你在削弱日本作战能力方面表现得也很棒。除去这些，我也希望你能明白：在这场战争中，还有某些势力正企图将'海蛾鱼号'和你们所做的努力化为乌有。如果这次任务结束后，你还能活着回来的话，也许那时候你就能明白我的意思了。但是现在，我只想和你们说：'你们接到的命令绝对是经过深思熟虑后才颁布的。'"

"是的，长官。"

"我希望你明天早晨就启程出发。把那个日本人桥本实带上。他会带你穿过丰后水道，并且，更重要的是，他还能带你接近目标。之后会怎样，就要看你和你部下的表现了。我说得够清楚了吧，艇长？"

将军的气势完全凌驾于他之上，这点他还是清楚的："我们会尽力的，将军。"

"我们就靠你们了，艇长，你们根本想不到自己肩上的担子有多重。"将军稍作停顿，如寒冰一样的目光再次扫到加尔身上，"不许再有质疑，年轻人。"

加尔察觉到洛克伍德中将和福雷斯特上校正坐在餐厅的另一侧，观察着他俩。事实上，餐厅里的每一个人都注意着他俩，虽然他们刻意装出一副毫不在意的样子。尼米兹将军站起身，对加尔说了句"好运"，然后便向洛克伍德中将走去。越过将军的肩膀，加尔见中将对他挤了个微笑，带着同情的神色朝他摇摇头，之后跟着他的领导离开了餐厅。

好吧，至少我在将军面前展现了自我，不是么？加尔边躲避着其他人朝他投来的疑惑目光边想：我说了六句"是的，长官"和一句"啊，好的"。不过他可不是第一个被切斯特·W.尼米兹将军"碾压"的海军军官。这点倒给了他些许安慰。

那些日本佬没有抓住机会，但是，我们和他们不一样。他想。

咖啡已经冷了，冰凉的液体流入胃中，那种感觉就好像胃壁上打了个洞。莎伦·德维尔斯应该对这种感觉印象深刻吧，他想。也可能不会，那时候她应该会再点一杯苏格兰威士忌，然后嘛，估计连切斯特·尼米兹那样的怪物都不敢去靠近她。他看见了服务生，对他竖起一根手指，表示要续杯。但当服务生走到他面前时，他又改变了主意。回想昨晚，他觉得哪怕是假装也好，至少得表现出：他还是能够掌控自己的命运的。但一想到莎伦伏在他身上的样子，他便不自觉地露出一抹微笑。他的生活可谓是一波未平，一波又起。不过他乐在其中。

第七章

菲律宾海北部

加尔在潜望镜中看到了一个光秃秃的尖顶,还闪着光。他研究了一会儿:"是孀妇岩,方位2-9-5,"他汇报道,"侦察下方。"

"与我们预估的位置非常接近,艇长,最好用雷达扫描下。"

加尔对罗斯说,他用攻击潜望镜观测就能把水面搜索雷达调整到合适的位置,让它对准孀妇岩。因为它确切的海拔高度,他们已经知道了,所以只要用潜望镜的手操测距仪就能把雷达的距门位置给定下来。这块300英尺高的峭壁被日本人称作"孀妇岩",位于菲律宾海的最北端,往北再走400英里就是东京。进入帝国巡航区域的美国潜艇都得参照它来定位。显而易见,往南行进,开往日渐缩小的"大东亚共荣圈"地带的日本战舰也得用它定位,或者说,至少在那一带还没有被太平洋舰队的潜艇塞满的时候,他们习惯用它来定位。"做完侦察,下潜至250英尺深处,然后以每小时5节的速度朝汇聚点行进。天黑之后,我们会浮到水面,然后重新回到预定航线上。"

"3-3-5方位看起来不错。"

"好的,部门负责人都给我听着,航线确定好之后,就到军官室集合。我们要研究下丰后水道的地形图和桥本实给我们的海图。"

"得令,长官。"

加尔爬下梯子,进入控制室,走到他的房间里。再过两个小时,黑暗便会笼罩一切。由于关岛一带天气恶劣,他们已比原定计划落后了整整十二个小时。加尔想稍微加快些进度,这样的话,他们便不必一整天都潜伏在丰后水道的入口处。

他的计划是：天黑之后，如果这块区域没有敌人出没，那再过一小时，他们就浮到水面，然后对着目标发射深水炸弹。

他一屁股坐在行军床上，习惯性地检查了航线和脚边的深度尺，然后闭上了眼睛。到目前为止，一切进展顺利。他们准时出发，离开珍珠港，所有人都在艇上，包括那个日本老人。带个日本人出行可不是常有的事儿，水手们对此的反应应该会挺有意思的，但执行官的预防工作做得不错，他和大伙儿再三强调：桥本实痛恨日本军队，因为他们让他无家可归，还让日本与美国战斗。田中少校也来到了码头，与那位老人告别。穿着海军制服的他站在那儿，也为执行官的说法提供了凭证。他还给桥本带了份离别礼物：一个圆柱形的盒子，外面紧紧地裹着一层薄纸，不知道里面装着什么。

桥本实和军官们睡在一块儿。"海蛾鱼号"已在北太平洋上航行了三周，而他看上去似乎也已习惯了潜艇上的生活。他的价值业已彰显——有一次，潜艇的二号主发动机跳闸了。机械员们便爬到费尔班克斯·莫斯发动机上，想看看出了什么问题。这时桥本刚好路过。他在旁边看了几分钟，便边比画边用带着夏威夷口音的英语问他们需不需要帮助。他就像巫师一样，对付柴油发动机可有一套了，一下子就拆开了燃油泵机组，找到了断裂的联动装置——这就是问题的根源所在。之后，他便成了轮机舱的常客，终日忙于调试各种各样的机器。

他向"海蛾鱼号"的机械师们传授了日本人维护机器的方式。他们把"注重每个细节"这点做到了极致。每个螺母、垫圈、螺钉、衬垫……只要是机器上拆下来的，无论哪种零件，他们都会认认真真地清洗、上油、打磨，然后再用带校准肘的维修扳手将它们重新装回原处，这与他们"给它两下子，直接送回老家"的技术截然不同。桥本修过的泵机组运行得是那么顺畅，总工程师都得把手放上去，才能判定它们是否在运转。

在"海蛾鱼号"抵达关岛之前，都会有艘驱逐舰一直相伴左右，以便它在水面上航行。从珍珠港到关岛，最大的威胁倒不是日本佬，而是喜欢乱炸的美国战机。它们通常不分青红皂白，看到海面上有潜艇就炸，炸完再问是谁家的。只需一队B-29轰炸机，潜艇就得花上整整两天，才能开出关岛，因为这群家伙大多喜欢伸长脖子，东张西望，稍不留神，就会被它们打到。以防万一，要是那些笨重的轰炸机真朝"海蛾鱼号"开过来了，驱逐舰就会发出信号弹，告诉它们：这是自己人。"海蛾鱼号"曾与被俘虏的驱逐舰一道进行过一些非常有价值的训练，能在水下以任意角度行进。驱逐舰的声呐员也用"海蛾鱼号"做了些训练，初步了解了最新的技术进展。潜艇和驱逐舰都会在关岛加油，然后分道扬镳。"海蛾鱼号"将独自驶入1600英里之外日本帝国的水域。

"海蛾鱼号"驶离关岛后，加尔依照指示打开了密封的文件袋，里面有三样东西：一个密封的信封、一张黑白照片，上面是那艘神秘的超级航母外加一份两页的作战命令，上面有伦萨勒尔将军的签名。这位将军是太平洋舰队总部的副参谋长，负责指挥作战。与其他作战命令不同，这份命令特别简洁明了：进入濑户内海后，再打开第二个信封，在这之前，不许开封。此外，"海蛾鱼号"要穿过丰后水道，潜到吴市兵工厂附近，然后打击一艘不知名的航母。在濑户内海区域行驶时，不许攻击任何船只。你只有一个目标，就是航母。无论是在吴市兵工厂，还是沿途，一旦发现，格杀勿论。攻击完毕后，回到濑户内海上，并向总部汇报。另外，除非确认所处海域没有敌方舰艇，否则无线电都得保持静默。

接下来的技术操作指示就有意思了：攻击航母时，将潜艇深度设为10英尺。

在加尔看来，这个指示根本就是胡说八道。一般航母的吃水深度都在30到40英尺。如果他碰上那头受伤的大熊——翔鹤号航母的话，他会让"海蛾鱼号"潜到25英尺深处。

10英尺？看来关于这艘神秘的航母，有人知道得比他更多。

这张照片是俯拍的，对于俯冲轰炸机来说，俯视图就足够了，但潜艇不一样，就算它发现航母，它所看到的航母也只是超出水面1英尺的那部分，只有凭一张俯视图当然不够。好消息是：如果他们当真干掉了那个大家伙，他们也就达成了一项成就：一击歼灭万吨级排水量航母。这个战绩，足以让他们享誉太平洋舰队，他本人也会跻身最出名的潜艇艇长之列。

但是那艘航母得够大才行。

除了那张照片外，作战命令还有份附件：一张海图。上面标注了他们前往濑户内海的航线，沿途的已知雷区业已注出。此外，图上还标出了疑似雷区的地带，并提供了清晰明白的推论。

就是这些。文件里没有提到那位老人，尽管关于他的命令是尼米兹本人亲自对加尔下的。第二个信封看起来像是装了封信，但裹了好几层胶带，上面还有标签注明：只有指挥官能看，而且必须等到进入濑户内海之后才能看。

他叹了口气，又看了下表。今晚他们要经过"射水鱼号"的巡航区域，并在那儿与它会合。"射水鱼号"的艇长是个经验丰富的老兵，名叫乔·恩赖特。他将和他们简单介绍在这一带通常会观测到的景象以及关于日军巡航、雷达使用和空中侦察的最新消息。"射水鱼号"会先行踏上预定航线，进入丰后水道，探测水文和声呐状况，为"海蛾鱼号"开路。这样一来，"海蛾鱼号"便能在抵达丰后水道之前就将声呐系统调至最佳状态。当他们浮上水面寻找"射手鱼号"的踪影时，加尔手下的那帮家伙便挥起了缆绳，姑且算是种防御吧，也许碰巧能挥到敌人埋下的水雷串呢？加尔在心中记下：提醒执行官看夜空中的星。毕竟潜艇能不能成功会合，得看定位是否准确。

读完作战命令后，加尔与战术组开了几次会。大家都对那艘航母有兴趣。加尔曾期盼在途中收到总部传来的详细消息。但到目前为止，他们还没收到任何消息。事实上，"海蛾鱼号"离开码头后，就失去了总部的音信。这次出巡本身就是个大谜团，加尔想，要么就是总部已经放弃他们了。

他也与执行官和桥本实共度了许多时光。桥本实的英语进步了很多。他们一道想方设法，试图将美国海军关于丰后水道的海图与桥本实绘制的海图合二为一。桥本实的海图是用日文标注的，他们费了很大的劲儿，才将深度和障碍标志"翻译"成双方都认得的文字。桥本实对雷区一无所知，但他却给他们讲解了一些有趣的水文地理特征。若是某水域具备这些特征之中任意一项，那基本可以断定该水域无雷。穿越丰后水道后的攻击计划在他们共同努力之下逐渐成型。进一步讨论攻击计划也是今晚部门负责人会议的主题。

珍珠港，太平洋舰队潜艇基地

"最后,"福雷斯特上校说道,"关岛那边报道说'海蛾鱼号'已启程前往帝国巡航水域。目前没有出现机械问题,但有一名水手患病,请过一次紧急事假。但若非如此,它现在根本上不了战场。"

"还是一样不情不愿啊。"洛克伍德中将说道。福雷斯特咕哝了一句,表示同意。

"那天晚上切斯特·尼米兹将军亲自造访,来和加尔·哈蒙德'分享他个人的一些想法'。我本来还以为等将军讲完,我会大为破费呢。"

"我猜他们肯定没聊多久。"福雷斯特说道。

洛克伍德笑了:"是啊,加尔就说了六个'是的,长官',大概90秒吧。凡是在餐厅里的都看见了,虽然大家都装出一副没在注意他俩的样子。好家伙。"

"哈蒙德算是有点成绩的,"福雷斯特说,"但他也有毛病,口无遮拦,而且不分场合。"

"真正的杀手就是那样的,迈克。他还没结过婚,职业生涯几乎都贡献给了海洋,一找着日本佬,就直击要害。这么晚才发现他这个人才,我还觉得有些遗憾呢。"

"要是他1942年就到了这儿,恐怕现在早已不在人世。"福雷斯特说,"'破坏王'莫顿、山姆·迪利都是战斗明星,在我印象中,他们从来没有失控的时候,但哈蒙德有时就会失控。"

"迈克,但像这样的人我们现在要到哪里去找,嗯哼?"洛克伍德问道,他知道福雷斯特答不上来,"要是让他去坐办公室,我也觉得不合适。但执行这种看似不可能的任务,他是最佳人选。"

"他问我我们为什么不直接派轰炸机去炸掉那艘该死的航母,而且那家伙现在还待在干船坞里,大大增加了轰炸成功的可能性。我当时虽然找理由说服了他,但现在想想,他的提议倒还蛮有道理的。"

"尼米兹将军有他的理由。而且,就我所见,还没有人胆敢让将军大人亲自解释一下行动的原因呢。但哈蒙德是个例外。还有什么要说的吗?我想去喝点东西。"

"没有了,长官。但我还是要提醒您一下:只有等到'海蛾鱼号'进入濑户内海或是结束任务又返回那儿的时候,我们才能联络它。"

"但愿它回得来。"洛克伍德说道。

"这个时候就别触他们霉头了吧,将军,他们一定会胜利归来的。"

与"射手鱼号"的会面定在 0130 位置,借助着 1830 年的四星定位法,"海蛾鱼号"在约定时间到达了会面地。加尔用夜视镜对周围进行侦察,这可花了他不少时间。

他们浮在风平浪静的海面上,一动不动。头顶的夜空是那么澄净,四处点缀着闪亮的星。他让"海蛾鱼号"停在他们称作"雷达深度"的位置,甲板与海平面齐平,这样能尽可能地缩小目标,躲避夜间巡逻的日本飞机的雷达扫描,以免被侦察到。加尔让艇上的雷达随时待命,因为他还没决定好用哪个扫描。他们离日本海岸足足 60 英里远,但能够截获雷达信号的范围可比雷达扫描的范围要大得多。潜艇甲板空无一人,以防万一,因为他们有可能会紧急下潜。大伙儿都待在艇舱里,候在炮台前,毕竟日本潜艇可能就潜伏在他们周围。

"就好像两只蝎子,在黑暗中找寻着对方。"他低声咕哝道,继续操弄着夜视镜,缓慢地进行他的 360 度无死角侦察。

"万一其中一只是日本的 I 级潜艇就糟了,"罗斯说道,"你们俩谁先动?"

"我们不是正在'射手鱼号'的地盘上航行么?"加尔说,"我们先得用柴油机,加足马力开到约定地点,然后才能不出声。要是它在我们附近的话,绝对会听到柴油发动机的声音。如果真是这样,那现在它应该已经盯上我们了。"

"和我们一样,等待着合适的时机?"

"嗯,也许吧。雷达手,把对海搜索雷达设为短时作业,扫描一周。"

"雷达手,听令,"指挥塔另一端的接线员说道,"一周,短时常数,就位。"

他们安静地等待着结果。

"侦察到非常微弱的信号,在 1-5-0 方向,距离 2000 码。"

应该就是它了,加尔边想边把潜望镜调到1-5-0方向。

什么也看不见,于是他打了三下信号灯,这是他们先前约定好的见面暗号。如果雷达或是潜望镜捕捉到了"射手鱼号"的踪迹的话,那他只要打两下就够了。

"找到它了!"加尔喊道,"第二个暗号是什么?"

"先打D,再打T,如果是它,应该会回复F。"

加尔重新打起了信号灯:长,短,短,暂停,长,信号"DT"发送完毕。

很快便收到了对方的回复:两短一长一短,"F"。它应该就是"射手鱼号"!加尔用信号灯给它发送了"在途"的信号,然后命令"海蛾鱼号"全速前进,开向"射手鱼号",并让控制室把潜艇升到正常的浮潜深度。

"舰桥瞭望员就位,"他命令道,"四位侦察兵就位,航程方位调至3-3-0,改用主发动机,速度10节。"他转向罗斯,"执行官,候在潜望镜前,它过来的时候我们得帮它在前方打光,不然光能电话用不了。空中搜索雷达六分钟扫描一次,水面搜索雷达范围定在十英里,十分钟扫描一次。"

"是,长官。"执行官说道,把他的夹克和双筒望远镜递给加尔。

现在是11月,他们正在北太平洋上航行。吕宋海峡的热带高温已成了遥远的回忆。

十五分钟后,两艘潜艇终于成功会合。它俩肩并肩停在水中,仅仅相隔75英尺。加尔拨通了声能电话,与恩赖特艇长来了个"驾驶台对驾驶台"的对话。

"捕猎情况如何?"他问道。

"屁都没捞到,"恩赖特说,"我们在那个鬼地方蹲了整整一个月,有价值的目标一个都没干掉,伤口倒是添了不少。要我的水温日志,你们这群家伙是要去哪儿?"

"这可是个大秘密,"加尔说,"不过我可以给你点提示:我们要往3-4-0方位那边去。"

"你倒是试试看,你们会一头扎进丰后水道的雷区里的。"

"没想到吧?"加尔说。

"你疯了吗？"恩赖特说道。

"疯的人可不是我，"加尔说，"上级直接下达给我们的命令就是这样。"

"濑户内海？想都别想，加尔，那儿简直就是个地狱。再过去二十英里，你就会看到许多飞机，空中掩护一天二十四小时就没断过，我们曾亲眼见到它们带着一打护卫舰从那儿经过。"

"也就是说有条穿越雷区的通道咯？"

"当然，"恩赖特说道，"经常有大船出入那儿。但通道在哪儿？哪里是入口？离岸有多远？这些只有日本佬知道。你装了个新的调频声波定位仪？"

加尔和他简单介绍了一下更新换代后的探雷声呐系统。恩赖特说但愿这东西能起到作用。

"要给我看的水温日志，你整理好了么？"加尔问道。

"这还用问吗？过去的三十天里，我们都在离岸较近的海域活动。我们在确保没有敌人跟在屁股后面的情况下，尽可能地往丰后水道那边靠。水温越低，温跃层越厚。但丰后水道里却连一个温跃层都没有——因为那儿海浪太大、水流太急了。"

"这些我们都知道，他们和我们说过了。你们需要备用零件么？"

"不用了。我们现在状态很好，目前为止，还没有哪个部位出故障的。如果你们愿意的话，倒是可以和我们换几部电影。对了，我在水温日志里加了些数据，这可都是前人的经验，包括敌人的空中搜索模式和它们晚上下班的大致时间。"

"它们是指那些装备雷达的飞机？"

"是的，有两次我们才刚冒头，他们就朝我们直冲下来。"

"那时你们的空中搜索雷达是开着的吗？"

"一次开着，一次没开。我们只在晚上浮上水面，而且大多选在水不怎么干净的地方。飞机似乎不怎么喜欢在可见度低的情况下出动。不过，要是有个大家伙开进来或者是跑出去的话，可能他们就坐不住了。如果目标还在海上行驶的话，它们会借着空中掩护靠近海岸，或是进行远距离支援干扰。"

"有人成功过么？"

"反正我是没听说过。自打"火树号"在那儿失踪后,我就觉得没人能通过下关港市海峡了,宗古海峡也一样。"

他俩又聊了几分钟,主要讨论了下岸边的海浪以及他们能够监测到的通讯频率。除了"射手鱼号"外。还有四艘美军潜艇在这一带巡航,但他们的运气也没见得比"射手鱼号"好多少。恩赖特说,但愿加尔无论碰上多么疯狂的事儿,都能化险为夷,这就够了。

加尔与前甲板水手再三确认,确保水温日志和前人留下的手记都到了潜艇上,等集成电路员与对方换完电影后,重新打起光束,为"射手鱼号"照路。五分钟后,"射手鱼号"便隆隆作响地消失在黑暗中,往它巡航的地区开去。三人电话会谈的成果就是那个小小的防水包,"射手鱼号"把它放到了"海蛾鱼号"的舰桥上,水手们又把它送到了控制室里。加尔决定:只要雷达没有侦察到敌人,他们就继续待在水面上,直到电池电量耗尽为止。他告诉值日军官和舰桥上的水兵们,光眼观六路是不够的,还得耳听八方才行。

之后,他回到指挥塔内,看看潜艇有没有偏离航线,顺便调整了下行驶速度,好让潜艇能在拂晓前两小时抵达预定的入口。做完这些后,他又下到控制室里,阅读恩赖特给他的东西。通常情况下,此时他应该向总部汇报所在位置,但给他的命令写得清清楚楚,让他保持无线电静默。不过"射手鱼号"会将此次会面上报,所以珍珠港那边还是能知道"海蛾鱼号"目前进展如何的。

他们即将踏上征途,也许会一去不返,从此杳无音信。除了桥本实以外,艇上的每个人都清楚得很,他们很可能会成为又一艘在帝国巡航区域失踪(估计已沉没)的潜艇,就像之前的"小梭鱼号"、"奔跑者号"、"鲳参鱼号"、"火树号"和"戈莱特号"一样。

加尔试着把这种想法从脑中驱逐出去。避开雷区,穿越丰后水道——这不是他和新型声呐系统大显身手的好机会吗?无论那些溺亡的游魂们在何处长眠,他都没必要把注意力花在他们身上。

第八章

"大家注意,艇长有话要说。"

广播里传出的通知令整个艇舱都安静了下来。他们目前处于300英尺深的海底,基本静止不动,因为通向丰后水道的入口处有股急流,就在他们西边,正朝他们涌来。

"我们即将面临异常凶险的处境。我们要通过丰后水道的海峡,潜入日本的濑户内海,猎杀一艘巨型航母。根据空军侦察机的消息,目标位于吴市海军兵工厂。我们的任务是找到这艘航母,然后用鱼雷干掉它。"

加尔停顿片刻,理了下思路。他很少用广播给部下训话。在这之前,他一直守口如瓶,但最后他还是决定告知他们密令中的任务,好让他们认识到任务的危险性。

"你们当中的许多人都知道,将近一年多的时间,上头都不许我们潜艇靠近主岛一带的海峡,包括丰后水道。我们在那里已经损失了五艘潜艇。如果我们今晚过去,没准沿途就能看到它们的残骸。也可能什么都看不到,毕竟,没人知道他们究竟沉在哪儿了。重点是日本佬在那儿布置了很多驱逐舰、巡逻护卫舰、陆基战机、水雷、小型潜艇和路基雷达站。而且沿岸到处都是渔船,每艘船起码配备了两个士兵,一个负责侦察,另一个负责用无线电汇报情况。日本佬知道,我们可想闯入这块被他们护起来的地方了,所以他们铁了心要把保护进行到底,绝对不能让我们进去。

"目前,丰后水道外面以及北部入口纪伊水道那儿都有日本佬的船。他们知道我们在这儿,所以他们很快就会开过来,而且还是在重重掩护下,很难发现。我们有能力击沉一般的舰艇,这点早已得到证明,但对付主战舰还是头一回。不过有一点对我们是有利的，他们盲目自大，总以为没人能闯进去。这次我们就要试试看，突出重围，冲出海峡，一路闯到濑户内海。

"我们装备的可是新型调频声波定位仪的升级版，这装置能发现水雷。知道水雷在哪儿，就能避开它了。但即便我们能安全穿越雷区，我们仍将面临许多非同寻常的挑战。濑户内海不大，相对我们这边的海域而言，也不算深，但分布着许多小岛和暗礁。多亏了桥本实先生，我们现在用的海图可比水文局给的要完善得多。不过，我们也得穿过丰予海峡，那儿有大漩涡等着咱们。之后，我们得接近日本佬最主要的海军兵工厂之一——吴市兵工厂，确保它在鱼雷射程之内。我们可能会成功，毕竟他们可从没想过他们的码头边就潜伏着一艘美国潜艇。"

他再一次停了下来，因为接下来的话有些难以启齿。

"要是我们成功了，也就是说，我们对准那艘停在码头里的崭新航母，发射了一串鱼雷，然后我们就得跑路了。我们要想方设法逃出濑户内海，回到安全的深水区去。到时候我们该怎样逃离，这取决于许多因素。现在我只能和你们保证，那时我们肯定会把速度加到最大，至于其他，就不好说了。你们当中可能有人会觉得这有点像是自杀式任务，但我向你们保证，绝对不会让你们去送死的。我打算进去，狠狠地教训他们一顿，然后再出来。所以在接下来的24小时到36小时里，我需要每一个人，在场的每一个人，都把脑袋拴到裤腰上，然后放手一搏。

"好，我看那边的潮也快退了，下一波潮得再过一个小时左右，在这期间，我们就在静水里待着。如果一切进展顺利的话，要不了两个小时，我们就能穿过丰后水道，进入丰予海峡。之后我们就得留意自己所在的方位以及目标是否出现了。请把声能电话的通话音量调到最小，除非接到通知，否则不许调大。全艇将进入战备部署，别弄出太多声音，但也别搞成一根针掉地上都听得见，正常呼吸还是允许的。15分钟内，全员战备部署，就这样。"

他关上了1号线路的麦克风，走出了控制室。他知道，控制室里的人会对他刚才的话评头论足一番，相互间还要交换意见。要是他还站在那儿的话，他们是绝对不敢开口的。

他回到了自己的舱内，唤来执行官，让他把士官长叫来。士官长绝对是猜到他要见他了，因为还不到一分钟，他就出现在了加尔面前。

"听着，瑞典人，"加尔说，"这个任务特别难。"

"对我来说是小菜一碟，艇长。"士官长说道。

"是，没错。但是，听好了，你得见机行事。我们第一次拽着水雷的系泊链，把它拖到扫雷器下面去时，那些家伙肯定会被吓到都要尿裤子。我要你去给他们壮壮胆，让他们别分心，保持安静。可能有人会出岔子，但为了活命，我们得确保万无一失，明白了吗？"

"小菜一碟。"士官长又重复了一遍，"只要给他们准备点尿布就行。"

加尔被他逗乐了："记得给我也带一包。"他说道。

"海蛾鱼号"在静水中向着海峡前进。潜艇在潜望深度运行，艏下沉角已减至5度，雷达桅高高竖起，以便他们用雷达进行导航。

夜空依旧宁静澄澈，看不见月亮。在最后一次潜望观测中，加尔发现四下已弥漫起小块薄雾。他倒希望起大雾呢，但他清楚，事事遂人愿是绝对不可能的。桥本实增补过的海图已经摊在了新的航迹推算海图桌上。借助自动航迹绘算仪，指挥塔和控制室里的人员利用雷达就能定位。

桥本实告诉过他们，在丰后水道里要居中行驶，在丰予水道里则应该靠左或靠西行驶。丰后水道里布满了水雷——这他们是知道的，但丰予水道有没有雷，他们就不清楚了。桥本实说丰予水道西侧水非常深，又有潮汐造成的大漩涡，基本不可能有锚雷，不过还是得小心，因为那边有个暗礁。穿过丰予水道就是广岛湾了。

"这自动航迹绘算仪可真不错。"罗斯说道。海图桌上压了块玻璃，玻璃下面有个小灯，灯光在海图上投影了一个指南针。不管潜艇往哪个方向转，灯都能和转向保持一致，因为它是由受制于潜艇主陀螺仪罗盘的齿轮和制动器控制的。因此，他们在桌上就能看到自己的实时位置以及前往的方位。

"我们只相信雷达定位，执行官，"加尔说道，"除此之外，其他都是估测，不够精确。"他倒不介意对着新换的海图桌，但是用新桌子的话，他就得再叫两个标绘员进来。控制塔本来就已经够挤了，"靠那些玩意儿怎么行，它们能给我们一堆不一样的方位。"

雷达操作员报出海岸标绘点的预估范围，自动航迹绘算仪标绘员则用铅笔记录下这些结果。现在，"海蛾鱼号"已经回到预定航线上，正以每小时5节的速度驶入丰后水道的怀抱，尽管对方看起来并不怎么友好。由于处在静水中的缘故，并没有水流干扰，所以实际速度与行驶速度一致。指挥塔里的温度也没有高到令人喘不过气来，非得开舱换气的地步。舱外的水温是55华氏度，与北太平洋热带海域中炙热的海水相比，这儿的水简直称得上冰凉。加尔从那群操作员中挤了出来，站到了调频声波定位仪屏幕（操作员们称之为"排气管"）的后面。波沛·沃勒就在那儿，他戴着耳机，正调试着信号强度及屏幕亮度。

加尔其实更想让潜艇沉到水底，这样就可以用新的声波定位仪检测上方是否有雷区。问题是：如果潜到深处的话，他们就不能用雷达导航了。他下令将艏下沉角再减5度，好让声波定位仪探测更大的区域，但即便是这样，声波定位仪仍未探测到水雷。他们下方是否有雷，目前还是不确定。加尔只能赌一把，敌人只装了触发水雷。要是他们还装了磁性水雷的话，那"海蛾鱼号"的麻烦可就大了。

连接着声呐的扬声器中传出"吭"的一声，恍如地狱丧钟。

"相对方位，左舷偏30度方向，"波沛说道，"往左方漂流，不构成威胁。"

总算"看到"第一个水雷了，对他们而言，也算是个安慰吧。加尔一眼瞄着自动航迹绘算仪，一眼盯着声波定位仪的屏幕。屏幕的一侧有个琥珀色的"污渍"。这块"污渍"随时变化着形状，就好像某种孤魂野鬼一样。它在屏幕上不断地移动，最终在底端消失。

"标绘员，测绘下这东西。"

"遵命，长官。"

虽然测绘结果并不是那么准确，但聊胜于无，总比他们回来时，我们却两手空空，毫无准备要好。要是他们当真回来了，那么，又会是"吭"的一下，接着是第二下。

"海蛾鱼号"目前置身于雷区当中。指挥塔里一片寂静，连轻声的对话都听不见了。

"目标有两个,相对方位,一个在左舷偏20度方向,另一个在右舷偏25度方向。"

"插到它俩中间去。"加尔命令道。

"建议往3-3-0方位行驶,以插到两者中间。"波沛说道。

"舵手,就按他说的办。"

因为这儿是静水,并没有急流,所以水雷的系泊链应该只会上下浮动。水雷通常都布在20英尺至250英尺深的水中,每个都有一根系泊链,一端固定在头上,一端固定在底部。他们目前航行在龙骨深度。坏消息是:他们恐怕已经置身雷区中了。好消息是:这下可不会有日本驱逐舰追在他们屁股后面了。驱逐舰才不会跑到雷区里来呢,所以打不着他们,但用飞机的话,不进雷区也可以打着他们。加尔提醒自己。

咣。

"正前方,范围500码,"波沛报道。他的声音听上去不再像往日那般镇定,已流露出一丝慌乱。

咣,咣。

"又是两个,相对方位分别是左舷偏20度,左舷偏30度。"

"往3-5-5方位开,"加尔命令道,"声呐员,得到漂移方位数据后就马上确认。"

咣。

"相对方位右舷偏20度。"

"舵手,目前我们在什么方位?"

"3-4-2方位,艇长。"

"稳住,转到3-4-5方位。"

"3-4-5方位,遵命,长官,我这就转舵。"

咣。

"又一个,就在我们正前方!"波沛喊道,"范围600码。"

"全都给我停下,"加尔令道,感谢上帝,他们没有一头冲进那个速度足足有6节的大漩涡里。原来这儿并不是没有急流的,只是之前没碰到罢了。

"我们目前正在漂流。"波沛说道,"您应该给个明确的方位。"

"给个明确的方位?"加尔重复了一遍他的话,"有道理。"

没人发笑。加尔这才意识到指挥塔里的大伙有多紧张。

"往4-5方位转向正前方,循岸航行,别再漂了。"

"与水面垂直的时候报一下。"

"方位有变,现在往3-5方位转向正前方。"

前方动力减小的缘故,加尔感觉到潜艇的速度有所减缓。但他等不起,潜艇必须尽快完成转向,否则受到的阻力会越来越大,舵的效率也会越来越低。

"往2-5方位,哦,我们就要和水面垂直了。"

"三分之一动力,全速前进,5海里后转至0-1-0方位,满舵行驶。"

"0-1-0方位,满舵行驶。遵命,长官。"

"目标范围250码,进入海面信号反射区。艇长,我看不到它了。"

加尔看了看头顶上的回转复示器,心里暗喊"还不快开始转",但潜艇却没能和他心意相通,那玩意对他不理不睬,仍是一动不动。

"右舷停,改成奔德士前进。"他命令道,声音里带了一丝惊恐,就连他自己都觉察到了。稳住,他告诉自己,不要慌。

接着他们感到右舷螺旋桨停住了,然后开始猛力地往后划。整艘潜艇像是被一只手忽然拽了一把一样,一下子就被带到了右边。加尔见回转复示器开始动了,他们转向了!于是他关闭了右舷发动机,命令左舷和右舷同时开动,全速前进,速度5节。

哐啷。

加尔脖子上的汗毛都竖起来了。

哐啷,哐啷,哐啷。

他们听到的是水雷系泊链擦过艇侧发出的声音,还好,没碰到嵌在艏导缆钳当中的铁制扫雷器系链、前端的水平舵以及后端的水平舵。只要水雷啥也没碰到,他们就安全了。

咣,咣。

"又是两个,右舷偏20度方向,右舷偏30度方向。看来我们得往左走。"

"舵手,转向,尽量稳点。"

"遵命,长官。转向,并且尽可能保持平稳——方位0-0-7。"

随着潜艇朝左转去,"哐啷哐啷"的声音也消失了,看来他们暂时是逃离水雷系泊链的怀抱了。加尔等了一分钟,以确定四周没有水雷。

"右舷方位没发现水雷,适宜漂浮。"

加尔轻轻地呼出一口气,感到如释重负,指挥塔内的其他人也同他一样,暂且松了一口气。

咣。

"有水雷,左舷偏10度方向,也许比这还要小。我看屏幕上图像闪现了一下,又消失了。很可能在深水处。"

咣,咣。

"又是两颗,一颗正前方,另一颗右舷偏10度方向。"

"双车停,给我换到满舵再开,范围?"

"最近的那颗离我们就45码,而且还没炸。"

加尔等了一会儿,感觉到所有螺旋桨都已经运转起来了,便关闭了发动机,仅凭舵效前行。他想让潜艇保持一个合适的速度,既不能太慢,要能够控制,又不能太快,不然会一头扎到前方的雷区里去,而且他还得确保他们不会又折回到之前经过的雷区中去。他尽量避免与指挥塔中的其他人进行眼神交流。大家都知道,他们像是被关在一个盒子里,身旁到处都是蜘蛛。

他的大脑飞速运转,想着有什么法子能让他们脱身。脑海中逐渐勾勒出一副3D图景,上面是所有已探明的水雷。还有些地方虽未探测,但他觉得很可能也有雷分布。

加尔意识到自己需要别人的帮助。

罗斯朝他靠了过来。"要不要把潜艇转一下?"他轻声问道,"看看是不是被炸出了一个洞?"

加尔点头表示赞许。这个想法好:"你有泡么?"

在潜艇上,"泡"可是句术语,专门用来描述战略构想的。"有泡"意味着你对此事成竹在胸。"没泡"则是你对此事不太有把握。"有。"罗斯说道。

"好,那就由你来指挥。原地转向60度,顺时针或逆时针都可以,尽量不要前进。"

"得令。"他说道。

"从现在开始由执行官指挥。"加尔报道,"声呐员,通知下去。"

他离开调频声波定位仪,来到装有自动航迹绘算仪的海图桌前。执行官已下达了操纵车令,并让全员保持安静。他便让雷达操作员和标绘员借机做个探测,看看他们目前究竟置身何处。

雷达桅升了起来,快速地做了个360度扫描,旋即便降了下去。自动航迹绘算仪随后便绘制出了航迹图,虽然整个过程略显草率,但结果还是显而易见的:他们已偏离预定航线,正向北面驶去,但那儿水流湍急。

"指挥官,声呐员来报。"

"有什么新消息么?"

"我已经做了回声测距,方位1-5-0,多普勒略偏高。"

来做汇报的不是波沛,而是声呐操作员中的二把手。波沛此时还在听波段频率呢,现在监听的波段可比之前跨度更大,但他别无选择,只能迎难而上。

加尔看了下海图。1-5-0方位在他们后方。看来有艘日本驱逐舰正朝丰后水道的右侧,或者说是北部开去。

在螺杆的作用下,"海蛾鱼号"做了个逆时针轴线翻转,艇身微微颤抖。潜艇的翻转可不比驱逐舰——毕竟它体型笨重,行动又迟缓,而且潜艇翻转时还会弄出巨大的噪声。

加尔听到右边传来罗斯和波沛的说话声。他俩正讨论着关于雷区水雷分布的问题。

"有什么发现么,执行官?"加尔问道。标绘员们正记录着回声测距仪被动接收到的信号,并把得出的方位汇总起来。他们仍无法确定那玩意儿是什么,可能是一艘小型巡逻艇,也可能是艘全尺寸的驱逐舰。

"暂时还没有,长官。"罗斯说道,"我们再转到右舷看看,检查下那里是不是有个洞。"他转向舵手,"双车停,右舷回转120度,左舵行驶,三分之一动力，调转航向。"

加尔回到标绘员后面站着，脑中正组织着想法。四面八方都是水雷，看样子他们是插翅难飞，无路可逃；更何况现在又来了一艘日本战舰，就追在他们屁股后面。究竟是什么舰艇，和他们离得到底有多远，他们却都还一无所知。但是，只要他们身处雷区之中，除非收到声呐信号，确定他们的位置，否则那艘战舰绝不会贸然进攻，接二连三地朝他们扔去深水炸弹。而且，因为敌方在雷区不敢轻举妄动，"海蛾鱼号"刚好可以借机先发制人，先送他们一颗鱼雷再说。不过在送礼之前，得先探明敌人的位置。他命令雷达操作员把雷达桅杆升上去做个扫描，范围就定在10英里。

"雷达发现目标，方位1-4-5，距离1600码。"

他忽然想起了上头的命令：在解决航母之前，不许发动任何攻击，不许擅自行动。除此之外，其他任务都在那个信封里。他让攻击队制定个对付战舰的方案，并且再做一次雷达扫描，标记下目标的位置。这一切都要在五分钟内完成。他已经准备好朝着那家伙开炮了，不过得在它弄出些乱子的情况下，不然他不好交代。目前他们亟需从这个满是蜘蛛的盒子里跳脱出来。

"现在呢，有什么发现么，执行官？"他问道。

"我们现在已经回到了预定航线上，艇长。我会再让潜艇往右舷方向转60度。我们可能需要潜到潜望深度以下，也就是200英尺深的地方，才能弄清楚情况。"

加尔闭上眼睛，在脑中构想了一幅3D的战略图景。但他突然想到：他们不能这么做。下方很可能有水雷，而且还不止一个。

"根据回声测距，多普勒仍为高。"声呐员汇报道，"但敌人不像是朝着我们来的。估计它只是碰巧路过，不是专程来攻击我们的。"

"路过的话，那它一定知道往哪儿走是安全的，艇长。"罗斯说道，"如果我们能跟在它后面……"

"波沛，你能告诉我们，屏幕上看到的雷在什么位置吗？"

"换能器在潜望深度，艇长。"波沛说道，"所以往上看会有个5度的仰角。屏幕上看到的任何一颗雷都在水面五六十英尺以下，目标是在潜望深度航行的潜艇。"

加尔的头脑飞速运转着。潜艇已经做出了相应的调整，为声波定位仪提供所需的5度仰角。要是他把潜艇调整到与水面平齐，身边围绕的一圈雷中，有些就会"消失"，这样他们就能逃出生天了——让潜艇浮到水面上去，接近水面的地方也可以。如果要这样做，首先他得再测测那艘日本船离他们有多远，然后还得做个导航定位。

他命令雷达组开两个雷达，一个测潜艇收到的信号，另一个测导航范围。万一追在后头的日本战舰装备了被动雷达传感器呢？他可不能冒这个险，让同一个雷达做两次扫描。毕竟，之前已经让己方得手了一次。不然他们哪能跟在后面？

"根据回声测距，多普勒稳定。"声呐员报道，"敌人很可能就在我们附近。"

"雷达组，准备好了吗？"

组员们点点头，手持油笔，盯着复示器。最新数据表明驱逐舰离他们只有8英里。所以，不出意外的话，日本佬的侦察兵绝对会看到他们的雷达桅。加尔看着它步步逼近，直到近得不能再近的时候，才开口发号施令："上。"

桅杆升起，雷达快速扫描四周。他察觉到螺丝渐渐停止了晃动，便检查了下回转复示器，不过并没发现任何异常。"海蛾鱼号"仍在缓缓地朝着右舷方向翻转。控制室里，潜水军官正努力地摆弄着纵倾平衡系统泵，想帮助潜艇保持平衡，他都能听见那边传来的吱吱嘎嘎的声音。既然无路可走，他们就只能在原地徘徊，连水平舵都用不上。他问执行官，向右翻转60度后有没有看到洞，执行官摇摇头。他们依旧被关在盒内。

加尔讲了讲他的计划：等那艘驱逐舰，或是别的什么玩意儿开到他们身边时，先升到水面，让他们开过去，然后悄悄跟上，与它一同穿越丰后水道和丰予水道，抵达相对安全的濑户内海。

"我们先别动。等到波沛确定近水面那带没有专门针对水面舰艇的水雷后，再行动也不迟。"

"要是真有水雷怎么办？"

"又他妈得再转一次，看看有没有被哄出洞来呗。执行官，航行组，位置能确定了吗？"

"距离和方位我们都有两组数据，艇长。虽然不是非常精确，但至少能确定敌人在我们的东北方向，距离为2海里。海水流速很慢，等同于静水，基流几乎可以忽略不计。"

加尔转向技术资料中心："你们有什么发现？"

武备部门长汤姆·沃尔什正在操作鱼雷数据计算机："我们已经拟好了对付这家伙的方案，艇长，这次用自导鱼雷，往五号和六号发射管走。"

"伙计，自导鱼雷有多快？"

"12节，也可能达到13节，艇长。"

"那还是别用了吧，太慢了。要是非得动手不可，就换上电动力鱼雷。"

"我们要怎么安全地浮到水面上？万一水面有颗雷正候着呢？"

他还真是想到什么说什么啊。加尔想："这个问题提得好，执行官。但我们已经原地翻转了120度，在这过程当中，我可没听到有系泊链摩擦舱体的声音。控制室，让潜艇上浮到甲板深度。"

"遵命，长官。"

潜艇目前仍朝向敌方舰艇的尾流。在控制室的操纵下，压载水舱开始排水，潜艇也开始上浮。加尔决定让它前进，以便控制。

"执行官，三分之一动力，全速前进，4海里后转向。"

正如执行官先前所指出的那样，他们正冒着极大的风险。波沛还没有探明水面是否真的埋伏着雷，不过对此，他其实也无能为力。调频声波定位仪只有在水深20英尺到250英尺的范围内才能运作。但加尔也清楚，他们得想些法子，确保平安过关，才能跟在日本船后面，潜入相对安全的濑户内海。

"前方没有发现水雷，艇长。"波沛说。

"是在给我吃定心丸么，波沛？"

"并非如此，长官。若水雷与声呐设备所成的仰角小于5度，就不会被发现。"话音刚落，气氛一下子变得紧张起来。指挥塔里一片寂静，水兵们连大气都不敢出一声。妈的，搞什么呢，加尔想。要么不干，既然干了，就要干到底。而且，要是上头当真有颗雷候着的话，那玩意的链子得往哪儿藏？

"执行官，我们一到它后面，就得弄出和它一致的声定位音响方位。到那时记得换柴油机，别再用电池了。"

"遵命，长官。"

他开始有点喜欢这种"指挥-控制"的模式了。他可以坐镇后方、统筹全局、做出决定，而不是困在狭小的指挥室内，缩手缩脚，尽管些鸡毛蒜皮的事儿。"破坏王"莫顿的方式是对的。哦，对了，"破坏王"莫顿和他深爱的"火树号"都是在这块海域牺牲的，也许他们长眠的地方就在不远处呢。

"往左转，方位3-4-0。"罗斯命令道。

"控制室得令。我们目前处于甲板深度。主发动机已就位。"

加尔走到夜视镜旁，用它做了个侦察。他的双眼过了好一阵才适应黑暗的环境，不过他一无所获，什么都没看到。

"那家伙离我们有多远？"

"根据测算，至少有一万码。雷达？"

"没发现敌人。"

相隔五英里，他想，敌人会听到潜艇柴油机弄出的声音么？他叹了口气，听到又怎样，他们根本别无选择。要是那家伙进了没有雷的安全通道，而他们又不幸地没有跟上，就只能重新开回雷区里去了。他拿过话筒："机动组听令，打开主发动机并点燃柴油。舱里放些扩音器，三个就够了，我还想听听敌人在哪儿呢。"

接着，他转向罗斯："执行官，雷达扫描要多做几次，每次都只扫描一下，这样频率高些，看看我们是不是还紧跟着它，任何一次转向都不能错过。接下来这一个小时就靠它导航了。把舱口打开吧，放点新鲜空气进来。"

"侦察兵？"

"没有情况，长官。一有飞机，我们就马上躲到水里去。我可不会让任何一个伙计折在这儿。"

第九章

在接下来的45分钟里,他们跟着驱逐舰做了一堆幅度颇大(都快赶上狗腿了)的转弯。在黑暗中,两船的行驶速度都保持在12节。定位组每隔一段时间,就得做个雷达定位扫描。这种状况一直持续到加尔发现海岸上有亮着的导航灯为止。

他把桥本实唤上指挥塔,让他用潜望镜看下那些灯,然后在海图上把它们的位置标出来,这样一来,他们就能更为准确地判定自身所处的位置了。根据扫雷声呐系统,他们正驶向雷区的北部,在那一带,深度在40英尺以下的水域没有水雷分布。而驶离那一带后,他们才意识到,原来那儿压根没有布雷。接着他们到了丰予水道,因为大量潮水才刚开始涌入,还不足以形成声名远扬在外的大漩涡,所以他们也少了个大麻烦。跟在日本舰后头,他们平平安安地通过了丰予水道。

午夜时分,他们就已在濑户内海上了。加尔让潜艇放慢速度,好让"向导"——日本驱逐舰甩开他们,驶向广岛湾。然后,他让部下关闭柴油机,最后做了次目测定位后,便又令潜艇缩回了水中。根据桥本实的海图,这儿水深450英尺。该数据与潜艇的回声测深仪测出的结果完全一致。加尔令潜艇沉到250英尺深处。因为200英尺深处有个温跃层,可以阻绝声讯信号,为他们提供保护。

罗斯给水兵们分发了专供午夜时分的口粮,然后在全船各处都设立了简易作战基地,并告诉部下们:能睡的话就到基地里睡会儿。加尔与行动事务长以及导航员一道,在军官室里研读着海图——这可是集美国海军版与桥本实版之大成为一身的加强版海图呢。

濑户内海就像个浴缸，四周被悬崖峭壁包围，中间深，外围浅。最深处足足有700英尺，最浅处却只有40英尺。周围的岛屿都是海底山脉露出水面的顶峰。海床上还分布着许多山脉，只不过它们可没那么高，探不出头来，这给导航倒平添了不少麻烦。但是桥本实清楚这些山脉的位置，因为那儿可是捕鱼的最佳去处。他也在海图上将它们一一标注出来了。知道日本渔船通常会去哪儿，不往哪儿过，对他们而言是至关重要的情报。因为在执行任务期间，他们的大多数时间都将用于躲藏，以避开日本人的追杀。

露出水面时，他们顺便打开了舰队广播，并录了个备份，里面刚好有濑户内海区域十二月份的天气预报，这简直就像是特意为"海蛾鱼号"准备的一样。根据预报，冷锋将经过日本海。明日上午时分，日本南部岛屿将出现降雨、降雪及大雾。这样的天气对于导航来说，绝对是糟透了，但对于他们能否在日本皇家海军的眼皮底下成功地躲藏起来而言，却是妙极了。黎明即将到来。加尔想，到时候水面上会出现各种各样的船舰——岛际渡船、拖船、货船、渔船……不用说，肯定还会有码头巡逻船、扫雷舰甚至海军军舰。所以明天他们得潜在深处，等到晚上再悄悄行动，在夜色的掩映之下，接近吴市海军兵工厂，找到那艘世界上最大的航母，确认无误后，就开炮干掉它——趁它还停在码头的时候。

就像士官长说的那样，简直就是小菜一碟。

加尔忽然想起自己还有一个信封要拆。不过在这之前，他们得先找好躲藏的地方。他带着海图爬上指挥塔，在导航员的帮助下，用自动航迹绘算仪在图纸框出了濑户西侧海底盆地的最低点，又用醒目的符号标出了两个顶峰。这两座海底山脉距离水面都只有不到50英尺的距离。

"就待在这一块儿，速度2节，"他与导航组说道，"别弄出噪声，别越过温跃层。放机灵些，要是感觉到有漩涡来了，就马上转为漂浮模式。用调频声波定位仪找到那两个峰尖，把它们作为定位参照点。"之后他唤来执行官，带他进了自己的房间，然后当着他的面打开了第二个信封。里面只有两张纸，第一张上印着两段指令，从指挥官的立场出发，告诉他该如何指挥"海蛾鱼号"。第二张印着张图，附了一大堆文字，应该是某种设备的操作说明。加尔大声地把那两段话读给罗斯听。

"安全抵达濑户内海水域后,在对目标航母发动攻击前,先前往渔村秋津(坐标:北纬34°19'0",东经132°49'18")。抵达秋津附近后,以最适宜的方式送桥本实上岸。务必确保他随身带着田中少校在珍珠港赠予他的小盒子,理解并且认同下一页上的操作说明。此任务优先级高于先前发布的任务。对航母实施攻击应在此后尽快进行,速战速决。有鉴于此,攻击须灵活机动,以达成目标。

"除非情况紧急,'海蛾鱼号'极有可能无法逃离濑户内海,否则,潜艇需保持无线电静默,直到安全驶离该海域。"

"要么带盾胜利归来,要么就战死沙场。这完全就是斯巴达嘛,只不过换了种说法而已。"罗斯说道。

"没错啊,"加尔边说边看向第二张纸,"这是啥玩意儿?"

越过他的肩膀,罗斯看到纸上印着的设备形状和热水瓶差不多,高约10英寸,底部有个蝴蝶型的开关,顶部有一根细细的可伸缩天线。操作说明非常简单:桥本实将潜入广岛市工业发展厅外围的花园,该花园就在广岛市内元康河东岸。抵达目的地后,他要拉出天线,把蝴蝶型开关往右旋到"开启"位置,并且不能被任何人发现,之后再把该设备藏到园区内。他得在广岛市下起纸雨的那天执行任务。

"纸雨?"

"别问我,"加尔说,"我也不知道,暗语吧,把桥本实带上来,问问他知不知道。"

桥本实对此毫不知情,"纸雨"在他眼中就好比某种高深莫测的俳句。他把装着"小热水瓶"的纸盒也带上来了。该装置重约3磅,天线能拉伸到2英尺左右,开关上清楚地标着"开启"和"关闭"的指示刻度。

"明摆着的,这就是我们送你回家的交换条件。"加尔对桥本实说。

"这是武器么?"桥本实问道。

"如果是的话,那它也太小了。"加尔说道,"我们可不知道这是什么。我们接到的指令就是到了秋津后送你上岸,然后走人。你知道秋津么?"

"知道。"桥本实说,"我有家人在那儿。"

"你有纸质的物品么?比如身份证,纸钞一类的?"

"田中君给了我这些。"他边说边从一个小袋子里掏出几张纸,"好用来应付警察。"

"要是你出现在秋津,会有人去报告警察吗?"

"怎么可能?"他愤愤地哼了一声,"大家都恨警察,他们偷东西,还打人。我在那儿的家人非常可靠,不会说出去的。"

"真到了那个时候,你要怎么去广岛?"

"走过去,骑车去,也可能坐公交去,肯定没问题的。"

加尔揉了揉一边的脸颊:"我也希望我能把这一切和你解释清楚,桥本君,但我真的什么也不知道。"

"田中君和我说过,秘密任务。"桥本实说,"我明白的。"

"好的,"加尔说道,"我们再去看看海图。如果你已经准备好了的话,我们今晚就送你上岸。"

珍珠港太平洋舰队总部

和往常一样,福雷斯特上校例行公事般地敲了敲洛克伍德将军办公室的大门,不等应答就走了进去。洛克伍德将军正在阅读一份行动后的巡逻报告。他边读边做笔记,好把他的心得同其他艇长们分享,毕竟他们每周都要在粉红宫殿共同度过一段欢乐的时光。

"有什么发现么,迈克?"将军一边看一边问道,并没有抬起头看他。

"恐怕又来了一艘'阿波丸'。"

洛克伍德抬起头,双目透过镜面直视着他:"你不是在和我说笑吧?"

"当然不是,长官,虽然我也希望是在和您开玩笑。这是刚从国内发来的消息,一艘被击伤的日本货船已进入台北境内,宣称另一艘叫'霍生丸'的船受到鱼雷攻击,已被击沉。该船上有400多名英国战俘。日本人称'霍生丸'上有标志表明这是艘医疗船,并且也有亮灯。"

"这艘船出发之前有没有征询过我们的意见?还是说和'阿波丸号'那

样，已经得到了我们的许可？"

"没有，长官。我们也是第一次听见这个名字。太平洋舰队总部认为这是日本人捏造的，是个阴谋。问题是英方已经证实，那艘船上的确有他们的战俘。"

"真该死，"洛克伍德骂道，"知道是哪艘船干的吗？"

"我们正在核对信息，长官。我们需要知道船沉没的位置，当然，时间和地点也是必须提供的。行动事务员正在研究关于沉船的报告，并且对在场人员展开了调查。"

"'阿波丸号'是通过外交途径得到明确认证的医疗船，当时不仅有标记，还有亮灯，足以让人辨认出其医疗船的身份。我们也和手下所有的舰艇说明了情况。这次的情况有所不同，但结果却是一样——400名英国战俘？天哪。"

"的确如此，长官。太平洋舰队总部已经派来了一名军法官。要是日本人提出索赔要求的话，我们就得挨罚了。"

"好吧，让我仔细想想这事儿。你去和总部派来的法官见个面，告诉那位先生——"

"是女士。"

"什么？"

"女士——德维尔斯少校，海军少校。听康尼·怀特说，她是常驻国际律师。"

"那就更得你去见她了，迈克，我见到女律师会紧张。"

一个小时之后，莎伦在一名文书军士的陪同下进了福雷斯特的办公室。她身着白色制服，因为早上马卡拉帕有场颁奖典礼。福雷斯特起身迎接她，问她要不要来杯咖啡，她说不用了。

"德维尔斯小姐——这么称呼您可以吗？"福雷斯特问道，"德——维尔斯小姐，我通常称呼一名海军少校为先生，但是，您的话……"

"没事，上校。"莎伦说道，在他对面坐下，福雷斯特在那一刹似乎有些不悦，但莎伦不以为意，反倒觉得挺有意思的。白色制服裙凸显出了她优美的身姿，上校几乎都不能把注意力集中到那艘日本船上，"您收到我们发来的简报了么？"

"收到了。误杀了战俘的船很可能出自我们这儿，我和洛克伍德将军都感到十分震惊。不过艇长们可不知道他们的目标是什么。"

"是的，长官。我们理解。虽然这和'阿波丸号'事件不同，但马拉卡帕上下都感觉得到：日本人想把事态扩大，使之同'阿波丸号'一样，变为一场国际争端。"

福雷斯特想起了"阿波丸号"事件。在瑞士红十字会的斡旋下，美日借由外交途径达成了以下协定：如果日方同意将2000吨由红十字会提供的战略物资运输到东南亚，以供被困此处、饥肠辘辘的联军战俘的话，无论执行运输任务的是何种船，美方都将保证该运输船的行程安全。日方需要在船的两侧标上大大的白色十字，打出特殊的灯光，以示这是艘医疗船。他们也确实照做了。"阿波丸号"一帆风顺地抵达了新加坡，装载完战略物资后返航。但日本人利用安全通行的协定，不仅悄悄地让2004位要人上了船，还在船上放了数千吨锡和橡胶，以期浑水摸鱼。但是，由于沟通上出现失误，一艘美国潜艇没能领会"阿波丸号"发来的信号，直接将这艘12000吨的巨舰打入了海底，搭载的人员中仅有一人幸存，其余全部身亡。幸存的那位是艇长的勤务兵，美国潜艇直到救起他之后，才从他口中得知：这艘船就是"阿波丸号"。

当"阿波丸号"被美军潜艇击沉的消息传出后，美国海军上下一片哗然。潜艇艇长刚回到关岛就被解职了，金将军亲自下令，对他进行军法审判。但尼米兹将军对此次审判的结果并不满意，他觉得给予那位艇长的惩罚相对而言有些轻了，于是，参与审判的所有人员都收到了将军大人的谴责信。

"还真是个愉快的圣诞节，"福雷斯特轻声自语道，"接下来怎么办？"

莎伦查阅了下她的手记："我们得先弄清，哪艘船嫌疑最大，然后再查明它有没有向'霍生号'发送什么特殊警告。"

"嫌疑？"福雷斯特问道，"目前我们只听到日方的证词，他们自称该船是艘医疗船，而且上面也有标记表明身份。他们为了把这批战俘运回日本，已在海上航行了几个月。算了吧，这样的船只能把人送到地狱，送不到天堂，根本不是什么医疗船。"

"上校，"莎伦说，"请原谅我拙劣的措词，但我不得不说，我们需要用事实说话。要是能确定下来的话，我们希望知道，哪艘船需要负责，攻击队是在何时、何地开火的，又是何种场景让他们最终决定开火的。"

福雷斯特露出了诧异的神情："船？攻击队——德维尔斯小姐，你是从哪里学到这个词的？"

"我和您手下的一位艇长待了一段时间，"她说，"应该是哈蒙德指挥官吧，他现在应该已经出海巡航去了。"

"这可是机密消息，德维尔斯小姐，他不该和你说这些的。"

"他什么都没透露给我，上校。回来，然后又出发。大多数船都是这样，不是么？他只是说有个特殊任务，但具体细节是什么，他没告诉我，我也没问。毕竟，要消磨时光的话，我俩有更好的选择。"

福雷斯特从最后一句话中嗅到一丝粉红，但他没有揪住不放，旋即便岔开了话题："说回正题，德维尔斯小姐，我想知道，总部主持此事，到底是想给我们剥层皮，兴师问罪呢，还是想让我们往这把火上撒泡尿，息事宁人呢？"

"他们只想查明真相，上校。"莎伦又重申了一遍之前的说法，"尼米兹将军知道真相后会如何处理，我想，这不是你我这个级别的人该考虑的事。虽然事情才开始，但上头要求我们优先处理此事。所以，若你们能知无不谈，尽快把所有的信息都告诉我们，我们将不胜感激。"

"好的，"他说，"我们马上就会这么去做的。"

莎伦起身准备离开，福雷斯特的目光仍停在她身上。

"之后，我能就此事直接联系您么？"他问道。

莎伦捋了捋制服裙，把弄出的褶皱抚平："可以，长官，要是您想这样做的话。"

第十章

日本濑户内海

两个小时后,"海蛾鱼号"升到了甲板深度。加尔命令控制室让艇尾的螺旋桨停止运行,因为他们需要把艇首的舱门打开一段时间,好让一小队人员把橡皮筏拖到甲板上。海面上浮着一层薄薄的雾气。一打开舱门,他们就嗅到了一股亚洲乡间特有的味道——烧木炭的烟味、鱼腥味和些许污水味。沿岸的渔村一片漆黑,但对桥本实来说毫无影响。只需一台回声测深仪,他就能带领着他们往岸边行进。他说主码头所在的地方有一处长长的暗礁,从陆地一直延伸到海里。只要看到它,他就能判定他们所处的位置。唉,可惜现在就得把他送上岸,不能带着他一起去吴市,这可真是糟透了,加尔暗想。

在他们离开珍珠港前,田中少校和他解释了几件事。日本军队对待战俘的手段之残暴,令人难以想象。造成这一现象的原因有二:在战争刚开始时,日本人完全没料到,也根本没打算要俘虏一整支军队,这是其一;其二,在日本军人看来,投降敌人是对本国文化的大不敬。他们理应战斗到底,直至战死沙场。因为战死是一种荣耀,是日本武士生命中最辉煌的一刻。他们会认为对手和自己一样,对武力怀有崇尚之情。投降是对个人荣誉的抹黑,有时甚至可以上升到令人失去身份地位、使家族永远蒙羞的程度。正是因为他们对投降抱着这样一种态度,他们压根没料到敌人会投降,所以对于该如何处置这些战俘,他们毫无准备。他们打心眼里看不起那些选择投降的美英战俘。战俘们到了集中营,觉得他们的战争已经结束了,但事实上,他们的战争才刚开始呢。

有鉴于此,美方审讯者们在平民奥蒂斯·卡里的带领下,设计了一种特殊的策略:首先弱化日本战俘内心的羞耻感以及被俘的绝望之情,然后试着拉拢他们，让他们为美方效力，向他们保证：战争结束后，他们定将在家园的重建工作中发挥举足轻重的作用。光有保证是不够的，还得人道地、甚至是亲切地对待他们，尊重他们的文化观和道德观，对他们进行教育——这点是最重要的，但做起来可真当不容易。而且，最近刚进来的几个日本战俘还特别冥顽不灵，因为他们都是军人出身，但桥本实不同。他不是军人，他只是个平民百姓，小生意做得红红火火，直到军队征用了他的一切，并勒令他重回渔船作业。他的亲戚早在战争打响前就已经逃往了美国。他们曾经劝说过他，让他和他们一起走，但是他没有答应。这为美方说服他提供了便利。桥本实最终同意接受任务，把一个看起来像热水瓶的东西带入广岛。作为交换，美方会送他回到家乡，并会尽可能地帮助他改善生活——乡间的生活环境是出了名的艰苦恶劣。加尔一开始还觉得桥本实可能是在耍他们，但相处了一段时间后，他便不再对老人的动机有所怀疑。

潜艇停稳后，加尔把桥本实拉到一边。"日本的境况是越来越糟了，"他对桥本实说，"大型轰炸机很快就要开过去了，你们的日子会过得很苦的。"

桥本实点点头。他在水兵当中交了不少朋友，其中以军官居多。从他们口中，他也得知了许多关于家乡近况的消息。

"我一直在想，你们打算放到广岛郊区的东西到底是什么。我觉得这应该是和天气有关的仪器，而不是武器。我不清楚什么是纸雨，但是，如果轰炸机要开过去的话，天气会是个重要的因素。"他望向加尔，沉默了一会儿，最终还是开了口，"你是让我放弃任务？"

加尔摇摇头："不是，可能我对这事儿还有点误解吧。总之，我想和你说的就是，藏好那玩意儿后就马上跑，逃出广岛。要不了多久，城市就会变成人间地狱的。"

桥本实冲他眨眨眼，又一次点了点头。刚好有部下过来向他报告，说橡皮筏已经准备好了。于是加尔向老人伸出手，祝他好运。桥本实握了握他的手，退后一步，恭恭敬敬地朝他鞠了个躬，然后上了梯子，向控制塔的舱门爬去。他的手中仍攥着初次见面时就随身带着的那个杂物袋。

从把桥本实送上岸到平安回到舱内，行动小组总共用了45分钟。在这期间,南边水域的雾气变得越来越浓重,以至于他们得用雷达扫描两次,才能确认当前的水流会不会把他们送到暗礁那边去。

靠岸的水域不深,龙骨离水底只有区区100英尺。要是不幸被巡逻船发现了,可没什么地方好躲。加尔有些不安,因为到目前为止,他们既没有看到,也没有听到任何巡逻船只靠近。也许日本人以为这儿再安全不过了——毕竟和濑户内海离得那么远。驶往秋津的途中,他们与许多小岛擦肩而过,却连一个人影都没看到。趁着潜艇还没潜入水中,他便继续待在舰桥上,黑暗中仍能看到海岸线的轮廓,它就像一道更深的阴影,虽然周围一束光都没有。现在大概是熄灯就寝的时间吧,他想,他们应该都待在屋子里。

他看了看表,再过90分钟左右,航海曙暮光就将笼罩他们。罗斯正在底下的指挥塔里指挥他们行动。目前"海蛾鱼号"靠电池运行,以躲避敌方的侦察。在它沿岸徘徊的时候,令人愉悦的新鲜空气也借机从通风口中溜进了舱内。良久,橡皮筏终于冲破了黑暗,快速地向码头这边驶来。趁手下们忙着将橡皮筏拖上艇的时候,加尔用带目标方位发送器的双筒望远镜观测了下海岸,然后把它挂到底下的梯子上。接着,艇首舱口那儿传来"咚"的一声。

"全体归位,前舱口安全。"控制室播报道。

"好的,执行官,我们走吧。"加尔说道,"离岸5英里远后,改用柴油发动机,重新回到那个盒子里去。我们将在破晓时分下潜,找个温跃层,然后接下来的一整天都待在它下面。"

"遵命,长官。"罗斯说道,"前往2-0-0方位。"

加尔仍站在舰桥上,看着他们在越来越厚的雾中穿行。雷达桅会定期升高,迅速地发射信号,接收反馈,然后再缩回去。离岸下潜后,他们有大约10个小时的时间,待在黑暗里,谋划着下一步的行动。之前他本想潜在深处,但在深入研究了桥本实的海图之后,他觉得浮在水面接近吴市似乎是更好的选择——全都是因为导航的问题。广岛湾有两条狭窄的水道,但海军兵工厂沿岸的水太浅了,哪怕保持在潜望深度,都会有搁浅的可能。这就意味着他们必须挑个可见度极低、天气又极为恶劣的夜晚行动。他们还得计算再次下潜前,电池得充多少电,他们才不至于殒命广岛湾。

最终他还是下到了控制室里,在那儿他遇到了恩赛因·布朗军官。"情况怎么样?"他问道。

"一切正常,艇长。"布朗说道,"桥本实已经告诉过我们在哪儿着陆了。就在城镇旁的几块礁石附近。那一带比挖井人的屁股还要黑,根本看不见,所以我们只能划桨行进,直到碰到那几块礁石为止。"

"没有发现守卫塔和探照灯吗?"

布朗摇摇头,"我们没看到人,也没看到光,但我们能闻到味道。喏,一股眼屎味。桥本实说他们会把鱼放到室外的架子上风干,这就是臭气的来源吧。我都无法想象,真有人能吃下它,那东西简直和屎一样。"

"他们的文化和我们不一样,布朗先生。"加尔说,"我们正忙着把他们的船都打到水底下去呢,他们很快就只能用石头熬汤喝了。话说回来,也没有发现东西从那里出来吗?比方说哨兵、船只一类的?"

"什么都没有,艇长。四下一片漆黑,非常安静。我们可以看到北边隐隐约约有城市的光亮,广岛可能就在那儿,但却没有任何声音传来,连声狗叫都没有。"

"估计桥本实已安全抵达目的地。"军士长插了进来。

"好的,干得好。他把那个小盒子也带上了,是吧?"

"是的,长官。我们送他上岸的时候下了点小雨,他还拼命地护着那个盒子,不让它淋湿呢。"

"难道说这就是纸雨吗,应该不是吧?"加尔问道。

"长官?"

第十一章

　　他们原以为只要挨到第二天就好，没想到足足等了三天，才把合适的时机给盼来。也就是说，整整三天，他们都待在濑户内海中部的水底，困在闷热的舱内，无所事事，无聊透顶。为了省电，潜艇白天都潜在250英尺深处，保持着2度的仰角，以5英里为半径转圈。只有到了晚上，他们才敢浮上水面，把柴油机打开（只开两台），好给电池充充电，尽管电量似乎怎么也充不满。一整个晚上，他们都提心吊胆，不仅得提防敌方的侦察机，还得注意有没有举止异常的巡回巡逻船出没。等到距离破晓还有一个小时的时候，他们便会关上柴油机，启用电池，驶回那个可怕的"盒子"里去，继续等待。艇上的水兵们能忙活的事就只剩下训练、睡觉和做些轻度的维护工作了。

　　在日常例会上，加尔和各部门负责人已就作战计划进行了无数次的讨论。他们拟定的计划非常简单：如果把濑户内海看成是一个浴缸，那么广岛湾就好比是一端连接着浴缸的水池，吴市则是摆在水池上的肥皂盒。要从广袤的濑户内海驶入广岛湾，只有两条水道能走。而在广岛湾和吴市的兵工厂之间，就只有一条狭窄的水道，这条水道很长，从广岛湾东岸出发，穿过沿途大大小小的岛屿，一直延伸到海军兵工厂。水深变化幅度也很大：濑户内海那边，水还是极深的，到了靠广岛湾的浅滩处，水就很可能只有八九十英尺深了。而吴市码头那边的水还要浅，可能只有60英尺深。除此之外，他们还得算准潮汐的时间，因为退潮时会有速度6节的巨流涌入前两条水道。他们通常会下潜来躲避岸上的追踪，只要在那两条水道中随便挑一条钻进去就行，但要是刚好碰上了退潮的话，因为那股巨流，他们只能在2英里以内的范围活动。深入敌腹？想都别想。

因此，他们最主要的议题就是：到底要不要下潜。

若是要下潜的话，他们可以分两个步骤进行：在夜晚时分驶入广岛湾，找个洞躲起来，等到第二天晚上再浮上水面，然后开到吴市，动手。之后怎么办，就要看日本佬能不能发现他们的腹地里闯入了一艘美国潜艇了。不过，日本佬发现也好，没发现也罢，他们应该都能逃离吴市。回到广岛湾后，他们会先在接近水底的地方安静地躺上一整天。但就算他们待在水底，仍躲不过四伏的危机，因为有许多不确定的因素，比如，海水的澄澈度。要知道，潜望深度离海面大概只有30英尺，若海水清澈见底的话，飞行员只要朝下一看，立马就能在广阔的海面上发现他们的身影。

另外一个选择是花一晚时间完成整个任务。太阳一落山，他们就离开那个"盒子"，连夜开到吴市。他们会浮上水面，一边行进，一边投放深水炸弹。狭窄水道中的污浊海水也能作为掩护，帮助他们躲避敌人的侦察。他们将在凌晨一点左右抵达兵工厂，发动攻击，然后夺路狂奔。如果敌人追得太紧，一直跟在他们屁股后面大喊大叫的话，他们可能会选择下潜。如若要浮上水面的话，他们也有准备——多亏了桥本实，现在他们手头上的海图可谓是丰富翔实，而且广岛湾也有许多可供躲藏的岩洞。先对着航母发射鱼雷，然后掉头，以最快的速度开到广岛湾，下潜，选一条水道钻进去，驶回相对较深的濑户内海——这下就安全了。

在大伙儿闲得发慌，空等两天之后，加尔终于做出了决策：不下潜，在水面上完成任务。要是中途被敌人发现了，就重新部署、改变策略。

吴市码头其实还有一个出口，就在海军兵工厂的南边。这条水道非常狭窄，只有500英尺宽，36英尺高，水深仅为18英尺。一般情况下，"海蛾鱼号"浮于水面时，吃水深度是16英尺。如果他们真的没有选择，不得不走这条水道，那可能要挤挤才能过去。但这样一来，就连一个手端高性能来福枪的家伙都能给他们带来大麻烦。查阅潮汐时刻表后，他们发现：在吴市发动攻击的时间刚好是涨潮的时间。那样的话，水深就有24英尺了，可是，等到他们到咽喉口的时候，潮水就开始退了，这使得导航难度上升，行动的灵活机动性下降——可以说，他们的处境会变得更加危险。

加尔和导航组已经尽可能地把所有路线都列了出来，但无论"海蛾鱼号"往哪儿逃，都有遭遇巡逻船和驱逐舰的可能。他们设想过在艇身上弄些编号，涂个红色的大圆球。这样的话，就算在驶入广岛湾时被岸上的瞭望兵瞥见，他们也能蒙混过关。问题是"海蛾鱼号"看起来完全不像日本的潜艇。它的艇首和艇尾都有结实的支架，上面安装着天线；而且，它的艇身线条也和日式潜艇截然不同。之后，他们便想在艇身两侧画上纳粹党所用的十字记号，好让日本人以为"海蛾鱼号"是德国的U型潜艇。毕竟，日本和德国可是一伙儿的。加尔知道，广岛湾到处都有海岸站，特别是在通往吴市的水道一带，那儿的海岸站可以说是密密麻麻。就算他们提前得知了日本海军部队的行动、联络信号甚至是密码，那又能怎样呢？最关键的因素是天气。他们需要的是伸手不见五指的、弥漫着大雾的雨夜。到了第三天时，他们终于等来了这样一个夜晚。

"再过15分钟左右，我们就会经过情岛，它在我们左侧方向。"导航员报道，"右侧是诸岛。可见度怎么样？"

"比较差，就像蒙了层沙子一样，看不太清。"罗斯的声音从舰桥那边传来。舱口已经打开，灌入的新鲜空气又湿又冷，但对于一整天都待在密闭的舱里，没透过气的他们来说，这还算是个福利。

"而且没有光，至少我是没看见。"罗斯又补充了一句。

此时加尔仍然用着"破坏王"莫顿的那一套——自己坐在下方的指挥塔里，思考着战略性的问题，至于驾驶潜艇这种事，就让罗斯去吧。每隔五分钟，他们都会用海面搜索雷达侦察一次，看看有没有情况。日本岛屿有着尖锐陡峭的边缘，放到标绘图上，倒是不错的风景。对面一英里处就有条水道，他们等下就要开进去。为了降低噪声，四台主发动机并没有全部打开，只开了一半。加尔让潜艇潜到最深处并保持进气管干燥，以削弱己方的雷达信号。要是他们也有台雷达信号探测仪，那该有多好啊。这样他们就能掌握敌方的行踪了，而不是像现在这样，得在波涛汹涌的大海和短暂的暴风雨的掩护下，悄悄地穿过水道。加尔也知道，那种想法只不过是自欺欺人罢了，但现在的他们确实需要些出其不意的举动。美国潜艇就是出人意表的代名词，不是吗？

开到水道中央时，罗斯忽然喊叫起来，说是他们遇上大麻烦了。他看见靠情岛那边有束琥珀色的灯光,正闪烁着。在暗夜中,岛屿轮廓模糊不清,看起来就是漆黑的一片,但那束光并非来自岛上——它是从水岸那边射来的,按常理,那儿应该建有防御工事。也就是说,有人看到,或者说听到他们了。

他给了加尔一个方位。加尔把潜望镜对准那儿,一分钟之后,他意识到:那些家伙并没在发送莫尔斯电码。所以现在,他有两个选择:发些毫无意义的东西过去,或是把潜艇上的灯全部关掉。敌人貌似只能看到"海蛾鱼号"的一鳞半爪,即便他们的海岸雷达已经侦察到水道里有东西,他们也无法确定"海蛾鱼号"的具体方位。但是,如果加尔他们把桅顶的信号灯亮起来的话,要不了多久,敌人就能确定他们所在的位置,然后第二个麻烦就来了——架设在岸边,足足有6英寸长的大炮。

"把灯关上。"他和罗斯说,"让舰桥上的人撤下来,我们可能要下潜。"

随后两位侦察兵便从梯子上滑了下来,跟着罗斯也下来了。他一着地就去关舱口,但加尔阻止了他:"就让它开着吧。"他让舰桥上的人下来,主要是怕岸上的敌人向他们开火,朝着桥上扔榴霰弹。他的潜望镜仍对着那束闪光,只见它渐渐黯淡了下去。但愿那些敌人只是将它朝向水道而已,他们其实并没弄清在水道里隆隆作响的柴油机究竟在哪儿。一分钟之后,那束光就从他的视野中消失了,他的耳畔也没有枪声响起。

看来第一关是过了,但更难的还在后头呢,加尔提醒自己。

他让舰桥上的人员重回战位,并吩咐机动组把另两台发动机也打开。现在他们需要的是速度。以20节的速度前行,不到一个小时,他们就能深入广岛湾的腹地。之后,他们会往东北方向转,穿越两条狭窄的水道,再转向东南方,抵达江田岛北部,日本海军的大本营就安在那儿。天公作美,不仅为他们提供了狂风暴雨,甚至还下了一点雪。根据珍珠港方面的天气预报,这样的天气将持续到明晚,之后天气就将放晴,但气温会下降。那时他们应该已经在"盒子"里了。要是一切顺利的话,根据计划,他们在黄昏之前就能回到濑户内海。

但是,他咧嘴一笑,他们又怎么可能会出错呢?

第十二章

午夜刚过，他们就到了第二个瓶颈处。此时海上风雪交加，他们得同时用上回声测深仪和海面搜索雷达，才能进行导航。水深只有80英尺左右，这更加坚定了他们浮在水面上驶往吴市的决心。在这样的天气状况下，要是还仅凭肉眼观测在海上航行的话，那他们早就迷路了。多亏了桥本实的海图、岩岛的峭壁和时不时冒出头来的海底山脉，雷达才能为他们指出明路。沿岸一带仍然没有任何光亮，就连广岛市都是一片漆黑。加尔已经放弃与敌方雷达较劲了，毕竟他们也毫无优势可言。他只能期望一向警觉的日本人能大意一次，别在自家后院里还要把雷达打开，搜寻周围有没有美军潜艇的踪迹。

凌晨1点15分，他们正慢慢地朝着海军基地旁的海岬行进。所有的柴油机都关闭了，"海蛾鱼号"现在完全靠电池运行。干船坞的凹口和装有长隔板的码头反射的雷达信号也是各具特色。透过雪幕，他们看到岸上有光——这还是他们第一次见到岸上的光。靠码头一带，电弧焊发出蓝白色的光芒，火星四溅，运作正欢。旁边还有更亮的光源，大概有数十辆起重机聚集在那儿吧。虽然广岛市的万家灯火业已熄灭，但造船厂却还是灯火通明。加尔命令罗斯和雷达定位组：让潜艇行进800码，深度40英尺，然后稳在那个位置别动。他本人则继续坐在指挥塔里，用潜望镜观测着浮云与飘雪掩映下的海滩。

好吧，他已经把观测范围从左边换到了右边，转了180度，都没发现那艘巨大的航母。港口靠海的那侧亮着光，靠岸那侧坐落着仓库和钢材置放场，插在建筑物之间的不是指形突码头就是干船坞。他还看到主码头那儿有两艘驱逐舰头靠头地停着，电弧焊发出的光照出了它们的轮廓。干船坞里似乎还有船，可能就停在里面，也可能躲在沉箱墙后面，停在入口那边。

根本找不到,哪怕是看起来像航母的东西都没有。那该死的玩意儿不会已经开出去了吧?难道说他们勇闯虎穴、深入敌腹,也只是徒劳无功?

起重机作业发出的灯光以及电弧焊的光亮投射出的阴影笼罩了那些仓库和钢材置放场。即便有滤光器,加尔每次将潜望镜聚焦到某物上时,都会被电弧焊的光亮"闪瞎"。也许这样一来,敌人也看不到他们了。忽然,他看到最左边那艘驱逐舰的左侧还系着两艘大驳船。它们看起来就像是珍珠港西海湾停泊着的军火运输船一样。美国海军有个传统,把一艘船送进干船坞前,得先把它上面的武器弹药都给卸下来。要是某艘船得在干船坞里进行六个月的彻底检修的话,它必须先开到军火仓库去,把所有的武器装备都给卸了,才能入坞。要是只进行一周或两周的快速检修的话,干船坞旁边就会出现像这样的运输船,别人卸下装备,它负责接收。如果这两艘船也是为此而来的话,那他就有办法找到目标了。

"把艇首所有的舱门都给我打开。"他轻声命令道,然后打开了潜艇的广播系统。

"我是艇长,"他说道,"我们目前距日本一个重要的海军兵工厂800码远。外面现在在下雪,海军兵工厂就在前方,但我们几乎看不见。"

"一旦我们开火,一切都将飞速进展。我们应该可以算是出其不意,居然潜入了日本人的老窝。现在时间是凌晨一点,亮的地方是有人在连夜干活,暗的地方都有船停着。找到那艘航母,验明正身之后,我会马上下令,把所有发射管里的鱼雷都射出去。所以当前的头等要务就是尽快完成重新装填,每根发射管都要填上鱼雷。对着那家伙发射鱼雷,然后给我用上吃奶的劲儿拼命跑,跑到濑户内海的深水区去。敌人肯定会追杀我们,但只要天气还是这副样子,飞机就炸不着我们。各部门就位,随时待命。可别忘了珍珠港的事儿。"

他把报务员叫上指挥塔,"听到第一颗鱼雷出膛之后,就用高频把我们预先准备好的信息发送出去。"

报务员点点头,爬下梯子,重新回到控制室里。

加尔和罗斯准备发送给珍珠港那边的消息是:他们正在攻击吴市的海军兵工厂。他们已经给信息加了密。这将是基地从他们那里得到的第一个消息——

他们已经顺利地通过了丰后水道，并且抵达了吴市。日本佬的高频测向网络非常先进，以至于他们迟迟不敢向基地通风报信。但如果他们动手的话，日本佬也就没必要动用测向网络来追踪"海蛾鱼号"了，所以他想趁这个时机给基地传些话，毕竟，有可能还没到濑户内海，他们就已经壮烈牺牲了。

接下来，他打算花点时间，好好考虑下该用什么样的战术。技术资料中心这次面临的任务和以往不同。因为这次的目标是停泊着的，所以不用模拟发射航线或是输入速度进行计算，只要朝着它直接发射鱼雷就行。那艘该死的航母究竟在哪儿？这儿连和航母差不多大的玩意儿都没有。也可能那混账航母就藏在工厂里，但他却一眼扫过，并没有认出来。要真是这样的话，那得多给他打些光，帮他照亮视野才行。他让罗斯留在舰桥上指挥，顺便帮忙找下航母。

至于那两艘驱逐舰，他估计它们停在造船厂里是有原因的，而且可能不会马上下水。但猜测毕竟只是猜测，目前也没有证据能证实他的想法。

现在，他们仍可以继续待在原地，做好准备，一边等着鱼雷发射一边待命，只要艇长一声令下，他们5分钟就能进入状态，扛起枪，回击敌人。但事业在先，享乐在后，是时候行动了。

"初始发射方位定在0-8-5，范围800码，运行深度10英尺。目标是停靠在码头的驱逐舰。之后我们会右转8度，然后攻击另一艘驱逐舰，也是停在码头的。一枚鱼雷，一艘驱逐舰。然后我们会向左转，转到0-5-5方位，对着停泊在那里的两艘驳船发射一枚鱼雷。这一圈攻击完后，我们就马上进入全面戒备状态。毕竟这儿可没有深水庇护了。听明白了吗？"

舱内响起一阵窃窃私语，水兵们纷纷表示得令。

加尔做了个深呼吸。"一号发射管。"他说道。

"一号发射管已就绪，随时准备发射。"

"发射。"

大伙儿都感受到了那股熟悉的反冲力。加尔觉得他都可以在潜望镜里看到鱼雷尾流的气泡。

"换下一个目标。发射方位0-9-3，范围800码，用二号发射管。"

"二号发射管已就绪，随时准备发射。"

"发射。"

又是一波巨大的反冲力。

"两枚鱼雷均温度升高,正在前进,运行正常。"

加尔将潜望镜移到第一艘驱逐舰所在的方位,刚好看见鱼雷狠狠地给驱逐舰来了记重击,直接将它打成了两截,掀起的巨大水浪瞬间便席卷了残骸。几秒钟之后,他才听到爆炸的响声,硝烟仍未散尽,船体的中间部分就已漂到了港口那边。

"第一艘驱逐舰已被击沉。"加尔报道。他将潜望镜移往右边,恰好看到第二颗鱼雷掀起的水浪——第二颗鱼雷同样是正中驱逐舰。他见水浪底部闪过一道红光,然后第二艘驱逐舰就像一本翻开的杂志一样,裂成了两半,沉入水中。

好吧,他想,看来我猜错了啊,它们居然是装着弹药的。

鱼雷爆炸后,紧接着又是一连串更为震耳欲聋的爆炸声,似乎完全停不下来,毕竟上面可装了600枚直径5英寸的炮弹呢。那群日本人现在应该已经放下了手上的电弧焊了吧,他想。

光是多了些,但还是不够亮。

"执行官,有没有看到航母?"

"没有,艇长。"罗斯回报道,"大型干船坞的右边有东西,但那玩意看起来更像是一栋楼,而不是一艘船。"

加尔把潜望镜转了一圈,再次确认两艘驳船的方位,然后对着它们发射了第三颗鱼雷。

那两艘驳船离他们有点远。这次他猜对了——这两艘船果真载满了弹药。爆炸产生的巨大冲击波压迫着耳膜,整个夜幕都被驳船燃起的硕大无朋的火球给点亮了。和它相比,第二艘驱逐舰燃起的火焰就好像是露营时的篝火。估计广岛市那儿都能看到这里的动静了,他想,好吧,又干掉两艘驱逐舰,战绩簿上再添两分。

接着,第二艘驳船也爆炸了。

"艇长,"罗斯喊道,"0-9-9方位,用高倍镜看。"

加尔迅速将潜望镜往右打，转到0-9-9方位，调到高倍镜。驳船被炸得粉身碎骨，冲击波把碎片掀到了半空，到现在耳畔还不断回响着"扑通扑通"的落水声。船上装载的弹药还在爆炸，水花此起彼伏，犹如"国庆日"的喷泉盛景。

从潜望镜中，加尔看到整个造船厂都被红橙色的火光给照亮了，甚至连细节之处他都能看得一清二楚。在0-9-9方位有一幢黑色的大楼，顶端有两个突出物，与水平面呈30度的夹角。加尔定睛细看，努力想辨认出它的原貌。碰巧驳船上运载的镁在此刻燃了起来，照亮了水面，他往下一看，忽然反应过来，这是干船坞的弹药船！难怪刚才认不出来，因为当船驶进干船坞，停在坞内时，浮坞门早已沉到底下去了。

那才不是什么大楼，而是他们要找的目标——航母！

但那该死的家伙偏偏在他们的射程之外——它竟然躲在干船坞里！

舱外传来金属落水的声音，罗斯与两位侦察兵只得爬下梯子，回到指挥塔内。身旁还是不断地响起爆炸声，虽然威力不及先前，但加尔还是担心会烧到"海蛾鱼号"。

"是航母么？"罗斯问道。

加尔点点头，思考着接下来的对策。他们没多少时间了，过不了多久，他们就得迅速撤离。今晚发生的这一切铁定会让日本佬震惊，但他们随后就会采取行动。不管怎样，他才不会让那扇该死的浮坞门毁了他们的行动呢。

他们还剩3枚鱼雷，他想把四号发射管的鱼雷留给前来追击他们的日本舰，以防危急情况。他们得出手自保。

有个体型巨大的东西落在了甲板前方，然后翻了个面，听起来像是颗深水炸弹，加尔连忙凑到潜望镜上。第一艘驱逐舰已倾覆海中，而第二艘正在倾斜，很快也将步上同伙的后尘。

加尔命令罗斯用另外一个潜望镜继续侦察，把两个雷达都打开，看看有没有正向他们逼近的"麻烦"。那两艘驱逐舰已经成为历史了，但附近至少还藏着两艘以上新型的"日振"级护卫舰。它们很快便能带着深水炸弹赶过来。第二艘驳船又发出了一声巨响，燃起的火球足有几百英尺高，再次照亮了夜空。

"往回撤，执行官。"加尔说，又一块巨型碎片落了下来，擦左舷而过，差点就砸到了他们。绝对给码头那边造成了破坏，肯定有人伤亡。他想。

他将潜望镜回转，瞄准干船坞里的那艘巨型航母。即便在火光的映照下，它的后端看起来仍像一幢大楼。看样子它好像有两个机库甲板。舰尾的栏杆上架着几把枪。现在他终于弄明白自己看到的是什么了。因为他发现了钢梁——那是用来支撑悬伸的飞行甲板的。

"方位！"他叫喊了起来，"标记！四号发射管准备。范围——预设为1000码。运行深度设为20英尺。"

"四号发射管已就绪，随时准备发射。"

"发射！五号发射管准备，用同样的参数！"

四号鱼雷势头凶猛地冲出了发射管，后劲十足。一分钟之后，五号鱼雷也出膛了。"运行正常。"声呐员报道。

仅凭潜望镜观测，加尔还不能断定这艘航母究竟是浮在坞室内，还是停在龙骨墩上。但既然浮坞门沉在下面的话，应该是停在龙骨墩上的可能性更大。他希望用三发鱼雷干掉那个该死的家伙。就算没干掉它，至少也要把干船坞搅得天翻地覆。

"六号发射管准备。"他命令道，此时四号鱼雷击中了浮坞门，激起一大片水花。水花席卷了坞门，一路往坞外漂去。但在驳船弹药刺耳爆炸声的掩盖下，他们根本听不见鱼雷弹头的爆炸声。

紧接着，五号鱼雷也到了，就在四号右边。又是一波巨浪，在厚厚的粉尘、烟雾及碎屑的掩映下，浮坞门若隐若现。加尔怀疑鱼雷可能根本没有造成什么实质性的破坏。

干船坞的浮坞门是个中空的大屏障，底部有压载水舱。船要进坞的话，先得将坞内充水，然后用牵引船把浮坞门拖开，再把船拉进去。进入坞室后，用系泊缆将船拴好。之后将浮坞门推到干船坞的出口，也就是靠港的那一头，让压载水舱开舱注水，以使浮坞门固定在这个位置。固定好浮坞门后，将坞内的水抽出。由于坞内无水，这就导致坞门内外产生了一个水压差，门外的水会把门紧紧地压在原处。水抽完后，没有浮力的干扰，坞内的船便能稳稳地坐落于龙骨墩之上。接下来就可以对船舱进行一系列检修了。

两枚鱼雷击中了浮坞门，但好像并没有产生预料的效果。这种程度远远不够，得把门挪开或者彻底炸毁才行。他转了转潜望镜，把十字准线对准浮坞门的左侧。

"六号发射管：方位，标记！范围1000码。运行深度15英尺。"

"艇长，雷达侦察到江田岛方向有两个目标，正往我们这边过来。"罗斯喊道。

"让计算组准备下射击方案，等我解决了这个家伙，再来收拾它们。"加尔说，"现在进度怎么样，准备好了吗？"

"六号发射管已就绪，运行深度15英尺，随时准备发射。"

"发射！"

他们再次感受到了猛烈的后冲力。鱼雷起初设置的运行深度是10英尺以下，但后来又调整到了15英尺，所以加尔能清楚地看到它的尾流。鱼雷朝着干船坞冲去，温度上升，运行正常。声呐员如是报道。加尔听到罗斯在后面喊叫，让技术资料中心的人员把那两个目标的距离和方位给他。它们很可能是"日振级"巡航护卫舰，虽然体型较小，但杀伤力却非常强。得跑路了！

第十三章

加尔亲自挂帅,令手下打开柴油机,往右急转,向南方行驶。他们没法原路返回,只能往早濑—濑户那边跑。他把潜望镜转回到干船坞那边,第六颗鱼雷已经爆炸了,但究竟是命中了浮坞门,还是打到了坞门旁的石壁,他根本没法判断,因为潜艇正在行驶,方位不断变化,顷刻间视线便被干船坞南面的大仓库给挡住了。

哦,好吧,他想,至少我们努力过了。换掉浮坞门也需要些时间,所以,起码敌人最大的干船坞被他搞得不能用了。要是他真打烂了浮坞门的话,42英尺高的水墙将会以排山倒海之势涌入空荡荡的干船坞中,直接将航母带离坞室,扔进石壁围出的内室。如果航母足够走运,可能只会受点轻伤,比如螺丝松了或舵坏了。但倘若底部和旁侧的余隙被拉大,那可就惨了,大量的水会涌进机炉舱,届时后果将不堪设想。

运气,可能,将会。去他妈的!什么玩意儿。

他把潜望镜转向左边,对准弹药船所在的位置,那艘驳船早已葬身海底,袅袅硝烟却仍未散去,不绝如缕,大有直冲云霄之势。整个吴市一片漆黑。也许日本佬以为自己遭遇了空袭。现在,他们唯一需要做的,就是把速度提到30节,甩开那两艘愤怒的巡航舰。

"火炮组就位。七号、八号发射管准备。"加尔喊道。潜艇以20节的速度向南行驶了一段距离后,又以迅雷不及掩耳之势转向西方。他们正夺路狂奔,想尽快逃离吴市。加尔一边指挥着潜艇撤退,一边搜寻着目标。等到部下们都准备完毕,打算扫荡港口,剿灭敌人时,加尔让无线电部门再给珍珠港那边发一份电报,告诉他们有关这次进攻的具体信息以及那个令人沮丧的消息——巨型航母停在干船坞坞室里，被浮坞门挡着。

加尔本想汇报说，他们自认为对目标造成了一些损伤，但他心里一清二楚，航母很可能毫发未伤。这时，从海图桌那边传来罗斯的声音："已确认在3-4-0方位附近有两个高速移动的目标，浮于水面，目前距我们13英里。"

日本佬的射程范围是8英里左右，要是他们的火炮装备了雷达瞄准装置的话。它们很可能装备了这种装置，因为它们是径直冲着拼命狂奔的"海蛾鱼号"来的。入口就在前面，离他们仅有2英里之遥。驱逐舰绝对无法通过那条水道，这点加尔非常确定，但小型巡航舰肯定能通过。可是，加尔并不确定"海蛾鱼号"能不能通过，毕竟水是那么的浅，底部岩石距离水面只有18英尺。

看来我得亲自上舰桥了，加尔想。他让罗斯负责指挥，用雷达导航，带领潜艇通过水道。至于在入口那边等着他们的家伙，不管是驱逐舰，还是巡航舰，都留给他来解决吧。

他先令控制室把目前潮汐的状况汇报给他，然后让部下们把所有镜筒和桅杆都收起来，不过用于雷达侦察的除外。入口的桥洞高36英尺，而"海蛾鱼号"浮于水面上的帆型结构就有25英尺高。

入口的宽度不足300英尺，而且他们还要在里面来个幅度颇大的转弯，以绕过浅滩。潮汐对于行驶来说是个至关重要的因素。因为水不深，潜艇龙骨到水底只有2英尺。涨潮的话，潜艇会被抬升，龙骨到水底的距离也会增大，但以防触顶，桁架上的潜望镜就得拿下来了。

如何应对后方穷追不舍的两个"锡罐"？这件事上，他们目前没有别的选择。在一名舵手的帮助下，加尔换上了连裤衫和充气式航空救生衣，接过舵手递来的双筒望远镜，爬到了潜艇顶上。

天空仍飘着雪花，吴市码头一点点冷清下去，方才还是火光冲天，现在却有偃旗息鼓之势，只是偶尔响起几声"闷雷"罢了。

海面平静无风，但由于潜艇的疾速狂奔，站在甲板上的加尔仍能感受到微风擦身而过。柴油机发出巨大的轰鸣声。艇首的炮兵已经架设好了口径5英寸的大炮，只要加尔一声令下，立马就能开炮。"海蛾鱼号"舰桥后面的吸烟甲板上有两门口径20毫米的双筒高射炮，加尔让那儿的炮兵也做好准备。入口那儿肯定会有人把守，岸边应该会有监察站，可能左岸，可能右岸，也可能两岸都有。没准还装备了海岸炮呢。近距离作战的话，小口径的高射炮可比大口径的火炮管用多了。他望着前方挟卷着雪的灰色漩涡，陷入了沉思之中。他们到达海峡之后必须减速，以防水底的吸力效应——高速行驶的潜艇会将大量动能传输到水中，在接近水底的位置形成一个半真空带，由于压力差，艇身将会被该半真空带下吸，直至触底。该死的广播突然响了起来，打断了他的思绪。

"那里有座桥。根据计算，潜艇龙骨到水底的距离至少得有11英尺，顶盖至桥洞顶端的距离至少得有8英尺，才能保证通行。"

简直就是擦边而过嘛，一个不留神，搞不好就碰壁了，加尔心想。他听见负责高射炮的炮兵们打开防水的弹药箱，把炮弹装入炮膛。在他们头顶上，火炮手们站在重炮后面，挤成一团以抵御寒冷。视野一片漆黑，几乎什么都看不见。他忽然想起自己还戴着红色镜片的夜视护目镜——指挥塔里的每个人都戴。于是他把护目镜摘了下来。

光线果然好了些，但除了纷飞的雪花外，他还是什么都看不见。

是时候该做些思考了。首先，他们得把速度放慢。想用20节的速度通过这条狭窄的海峡，并且还要来个幅度颇大的转弯，避过浅滩，根本是痴人说梦。加尔让罗斯把速度降到10节，然后尝试着在脑中构建出当前的战略图景，但马上又想到：这应该是在指挥塔里做的事吧。他有些犹豫了。在战斗中，艇长理应待在舰桥上，除非在上面他什么都看不见，就好比此时的他，只能看见前方的火炮手。如果是这种情况的话，那跳到海里都比待在原地来得好。于是，他干脆把罗斯叫了上来："换好衣服到舰桥上来，我得去看着雷达。如果等会儿敌人朝我们开火的话，你就指挥炮手回击。"

三分钟后，他听到重物撞击梯子的闷响，罗斯爬上了舰桥。他又重新戴上了红色护目镜，回到了指挥塔。航迹绘算图、海图、雷达及扫雷声波定位仪尽在眼前。他向部下们宣布：从此刻开始由他来指挥，并把速度降到了8节。入口就在面前，离他们一英里不到。但他们突然听见舱口传来渺远的炮声。不是他们的炮——是敌人的海岸炮。加尔还没反应过来，罗斯就已经喊了出来。

"是海岸炮，两岸都有！"他大声喊道，"但听起来他们瞄准的是我们上方，是高空！"

"不要回击，"加尔下了命令，"原因我待会儿再和你解释。"

"艇长，那些驱逐舰改变了航线，现在正往东行驶。它们周围有攻击留下的残迹。"

这下加尔总算弄明白了，海岸炮攻击的是他们自己的驱逐舰。耳畔的炮响还在继续，听得出来，它们离"海蛾鱼号"远着呢。炮弹相继爆炸，点亮了漆黑的夜空。

"我认为他们瞄准的是己方的船。"加尔对攻击策划组说，"目前的重点是导航问题。我们即将进入海峡。一过浅水区的浮标就马上向左急转，接着往右急转，把接下来的两个浮标冲散。然后往西南方向走，到水深的地方去。"

导航员指出，第一处浮标旁边有个鱼梁。

"我们可能会撞上它，长官。"他说。

加尔点了下头。"撞上就撞上吧，"他说，"总比撞到桩上好。离入口还有多远？"

"800码。"导航员说，"到时候右舷方向应该会有个装着反射器的浮标。"

加尔把这消息告诉了罗斯，顺便问他有没有看到什么东西，他说没有。

雪越下越大了。又过了漫长的一分钟，海岸炮仍孜孜不倦地发动着猛攻，打得那两个目标落荒而逃，就像没头的苍蝇一样，到处乱奔。

"我听得出来，右舷方向有海岸。"罗斯朝下面的指挥塔喊道。因为岛屿边缘的岩石陡峭崎岖，无法反射声波，所以柴油机的轰鸣也就不会有回响了。

"你能看到桥上的灯塔么？"加尔朝他喊道。

"目前暂时还看不见。"他说，"再给我点——等下！等下！看到了，确认无误。我们得再往左转两度，才能对准入口。"

"终于到了，"加尔说道，"导航员，你来指挥，就按他说的去做。"

根据海图，这座桥横跨海峡，而且中间还有一座亮着灯的灯塔，为定位导航提供参照，帮助船舰顺利地通过水道。一分钟之后，他们驶到了桥下。不幸的是，日本佬恰巧在此时听见了他们发动机的声音。

海岸的探照灯旋即便往桥下照来，一道白光打在舱口之上，照亮了四周的一切——"海蛾鱼号"暴露了！

"干掉他们！执行官，"加尔喊道，"用20毫米的高射炮。"

口径20毫米的高射炮立刻行动，霎时头顶便响起了炮火的轰鸣，夹杂着空弹壳落到甲板上发出的叮当声。

"左舷方向发现未点亮的浮标，朝向垂直于龙骨。"从这一片噪声中传出罗斯的声音。

"左转，方位1-3-0。"导航员叫道。

第二台高射炮也进了水道，轰鸣声和叮当声逐渐减弱。忽然，打在舱口上方的白光灭了，海岸炮也停止了攻击。

"满舵行驶，右转，方位2-0-0！"导航员喊道。

右急转时，加尔能感觉到潜艇是倾斜的，左舷那边还能听到刮擦声，因为他们去势汹汹，直接朝着鱼梁冲去，把许多小桩都给撞飞了。

他屏住呼吸。也许他们本不该左转的，他想。接着他便听见了从深处传来的轰鸣声，应该是螺旋桨撞上了什么东西。

他想让潜艇停下来，但在这个节骨眼上，他可是水兵们的精神支柱，要是他出尔反尔，势必对士气造成影响。轰鸣声越来越响，但稍后便渐渐平息，多亏了工程师们，他们揽下了责任，关闭了柴油机，锁上了螺旋桨。

"潜艇目前稳在2-0-5方位，"导航员报道，"艇长，现在速度是多少？"

我们需要的是20节，但现在肯定没到，加尔想。"开足马力左转。"他说，"往诸岛行进。控制室，把损耗情况整理成报告给我。"

然后他爬上舰桥，炮手们正忙着把高射炮踢倒、推到中间去。天空中仍飘着雪花，潜艇加速行驶，向着广岛湾的深水区行进。

"有人受伤吗？"他问道。

"负责左舷高射炮的库奇烧伤了手。"罗斯说，"不过日本佬准星可差了，连擦肩而过的炮弹都没有，更别提打中我们了。他们可能一看到高射炮就吓傻了吧。我们撞上啥了？"

"该死的渔栅吧，应该是，"加尔说，"我们得停下来，派个人潜下去看看究竟。但在这之前我们得先到水深点的地方去。"他看了看表，距离拂晓时分还有三个小时，也可能是四个小时。等到那时候，日本人哪怕是翻天覆地，都要把他们找出来。

只要速度在15节左右，他们就能转向。离水深300英尺的诸岛海峡只有12英里。过了诸岛后，他们就进入濑户内海的腹地了，到时候他们可以先上岸，再谋划之后的行动。

"接下来我们就得待在水面上了。"罗斯说。

"是的，我觉得看这天气，他们应该不会出动飞机。他们肯定能料到我们要往哪儿跑，但他们可猜不到我们会从哪个海峡进入深水区。"

"诸岛是最近的，"罗斯说，"如果让我部署的话，我肯定会让巡逻船重点盯防那一带。"

"我也是。"加尔说，"所以把雷达都给我关上，等到海峡入口了再开。把炮都给我收起来，让上面的人也下来。谁让我们碰上了一群该死的混蛋呢，叫他们动作麻利点，快点下来。"

"你的意思是诸岛那边埋着雷？"

但加尔其实并没考虑到这点。恐怕他还没意识到，自己已身心俱疲。"据我所知，我们想要过去，就只有一个办法——下潜。周围可能会有雷，要做好地狱丧钟随时响起的准备。"他想得出神，忍不住说出了声来，"你说得对。我们应该防到这点。好，你先待在这儿，我下去看看，问问我们的工程师是怎么想的。"

他爬下梯子，回到指挥塔内，先查看了航行制图，再吩咐士官长，抵达诸岛之前，让部下们在战位上稍息，吃些东西，喝点咖啡。他和声呐组说，他们将在诸岛海峡入口那儿下潜，很可能又会钻进雷区。听闻此言后，指挥塔里的每个人脸上都露出了欣喜的神色——比起丧命，这个结果还不算太坏。说完后加尔便离开了那儿，他得来杯咖啡。他们这次特意带了炊事班过来，为有需要的兵士们提供有热汤、三明治和咖啡。加尔让炊事员把食物和咖啡送到舰桥上去，然后去了工程部。

总工程师比利·班格尔一定早就知道加尔要过来了，因为加尔到的时候，他已在那儿等候多时了。

"现在状况咋样?"加尔问他。

"我们正努力尝试,想让它回归正轨,可是不行,这振动简直太糟了。"比利说,"我觉得我们得停下来,找个人拿着应急手提灯到那儿去看看。"

"在这儿做这事?不太安全吧,比利。"

"是的,长官,我也清楚。但要是螺旋桨的损伤程度和我所想的一样,那我们就得炸了它。否则的话,就算是我们拖着它走好了,它照样会弄出很大的噪声。"

"炸了它?"

"是的,长官,用传爆索。"

"谁去放这个?"

"我去,艇长。"他露齿一笑,"我可是有潜水证的。我在潜水学校受训过,那儿教过我们怎么使用传爆索。"

"你潜水经验很丰富么?"

"不,长官,我没什么实战经验,"他语气轻松,"但我还在学校的时候就以优异的成绩获得了证书,外加破解传爆索的诀窍。"

轮到加尔对他咧嘴一笑了:"我先问问士官长,看看我们当中有没有人曾经执行过类似的任务。"

"遵命,长官。"

"我们准备在进入下一个海峡之前下潜。这样的话,就算当中埋伏着水雷,我们也能提前看到。我给你差不多30分钟时间,找人,决定好谁去,然后给我把那该死的东西炸了,听明白了吗?"

"是,长官。小菜一碟,包在我身上吧。"

显而易见,士官长的乐观精神已感染了他们。要求越是不合情理,越有可能从他们嘴里听到"小菜一碟"这样的字眼。

咖啡并没有对加尔起到任何帮助,倒是给他的膀胱增添了不少负担。

他爬上舰桥,与兵士们交谈,告诉他们接下来的任务以及即将前往的地点。然后他视察了无线电部门,他们说第二封电报已经发送出去了。走访完艇首后,他回到自己的舱内,靠在行军床上。他们正在穿越濑户内海,与此同时,整个日本海军可能也在搜寻着他们的踪迹。虽然天空中飘着雪,但他们的所在地离原定入口非常近。他们击沉了两艘驱逐舰、两艘弹药船,把吴市兵工厂搅得天翻地乱,有可能还击伤了他们的新航母,然后趁着海岸炮攻击己方船只时全身而退。"海蛾鱼号"目前只靠一个螺旋桨行驶,浮于水面的话,速度最快为15节,要是潜在水下的话,可能就只有5节了。而且,更要命的是,他们已不能像之前在丰后水道雷区里那样,靠左转右转从那个小小的蜘蛛盒中脱身了。

加尔看了看表,再过45分钟,他们就开到诸岛了。他拿起声能电话的话筒。

"这里是控制室。"

"我是艇长,告诉执行官,开出诸岛5英里后,做一次雷达扫描,如果我们身旁没有雷的话,就停下来,让工程师出去检查下左舷的螺旋桨,别打灯光。等他完事儿了,我们就继续下潜,直到驶出诸岛海峡。"

"得令,艇长。"

"好的,"加尔说,"我要去睡一会儿。"

两分钟不到,他的指令便传到了全艇上下。

此时加尔已躺倒在床。"小菜一碟。"他喃喃自语道,随即便进入了梦乡。

第十四章

珍珠港，太平洋舰队潜艇基地

通讯部的信使走进"粉红宫殿"时，将军正在听清晨简报。信使将一张纸递到福雷斯特上校手中。上校扫了一眼，又把纸交给了将军。

汇报者见状便识趣地闭上了嘴。将军读完信后点了点头。

"加尔·哈蒙德进去了。"他说道，抬头看到众人的神色才反应过来，他们还没搞清他在说些什么。

"是'海蛾鱼号'，他们穿过丰后水道，进入濑户内海，袭击了吴市的海军兵工厂。这消息还不错吧？"

在场的艇长们纷纷窃窃私语，既对将军的话表示赞同，又诧异于"海蛾鱼号"的出色表现。许多人甚至从未想过，他们当中居然能有人成功穿越丰后水道，更别提对日本海军基地发动进攻了。接着又来了位信使，他也带了张纸。洛克伍德将军读完后摇了摇头。

"真是令人惊叹啊，"他说，"他们到了吴市兵工厂，但那该死的航母却躲在干船坞里，所以哈蒙德对干船坞发起了猛攻，击沉了两艘驱逐舰，外加两艘运送弹药的驳船。"

"这种事只有哈蒙德才干得出来，他就喜欢打驱逐舰。"福雷斯特轻声自语道。

"他们伤到航母了吗？"

洛克伍德将军耸耸肩："谁知道呢，但如果他用鱼雷把浮坞门炸塌了，那肯定会对航母造成一些伤害。你能想象一艘航母刚从坞室里出来，就一头撞上了船坞的石壁么？那些日本佬现在绝对抓狂了。"

"但麻烦在后头呢，"福雷斯特说道，"他们要怎么逃？"

"天哪，的确如此。如果说日本佬是一群马蜂的话，我们的哈蒙德伙计这次可是捅了马蜂窝了。把这消息转告太平洋舰队，再问问他们能不能派几架飞机增援。"

"遵命，长官。"福雷斯特说道。将军吩咐完后，便示意汇报者继续清晨简报。

福雷斯特打算上楼给马卡拉帕那边打个电话，但走到半途就被一名助理行动事务长给拦了下来。他递给福雷斯特一个文件夹。

"这里是您要的关于被击沉的'霍生号'的信息。"他说，"看样子是加尔干的。"

"加尔？"福雷斯特重复了一遍，"这事也只有加尔干得出来，不是么？"

"长官？"

"没事。"

"您需要我再寄送一份副本给军法署么？"

"不用了，"福雷斯特说，"交给我来处理吧。"

他回到自己的办公室，迅速将文件浏览了一遍，然后让助理给总部军法署打个电话，请莎伦·德维尔斯少校过来一趟。

一个小时之后，莎伦出现在了指挥部。这次她穿着蓝色制服，不仅是因为外面太冷，更主要的是，每到这个时节，他们都得换上蓝色制服。福雷斯特把文件递给她，让她浏览一遍，看看是不是他们所需的资料。莎伦翻阅着文件，他则透过高窗，审视起了停泊在指形码头旁的潜艇。

"对，上校，这正是我们所需的。"她说。

"日本方面有没有大肆宣扬此事？"

"我不清楚，上校。"莎伦说，"政府不会什么事都和我们说。"

"报告里提到的巡航区域，你弄清了么？"他问道。

"不是特别清楚，长官，我能大致推断出'帝国区域'是指哪一块，但是……"

"我可以帮你，"他说，"我带你到作战指挥室去一趟，那里有张大海图，所有区域都在上面。"

虽然莎伦并不明白福雷斯特上校这么做究竟用意何在，但她还是接受了他的提议。于是福雷斯特打了个电话，搁下话筒后他便让莎伦跟他上楼。她跟着他进了作战指挥室，只见三面墙上都挂满了海图，有些还用帘子遮了起来。福雷斯特带她走到最大的一幅海图前。整个太平洋战区都在这张海图上。值班人员都在盯着莎伦看，她自己对此也有所意识，毕竟他们此前从未见过身着海军制服的女人。福雷斯特上校就站在她旁边，和她靠得很近，为她讲解着不同巡航区域的所在位置。他的脸上写满了骄傲，就好像毕业舞会上拥有最漂亮舞伴的少年一样。

莎伦在心里叹了口气，看来又有位上校心动了，想给手上添枚婚戒，办公桌上添几张家人相片。接下来应该就是邀请她共进午餐了吧，打着进一步讨论潜艇战事的幌子；再下一步，可能会请她一起去酒吧坐坐，喝点烈性的热带酒饮料，再到舞池里跳跳贴面舞。回想起与加尔·哈蒙德共度的短暂时光，她忽然意识到，自己已经开始思念这位远行在外的独狼艇长了。

福雷斯特终于介绍完了："正如你所见，德维尔斯小姐，范围相当大。"

"喔，的确，"她说道，继续扮演着自己的角色，"我之前可完全不知道这些。顺便问问，加尔·哈蒙德现在位于哪一块呢？"

福雷斯特清了清嗓子，告诉她这是高度机密的事，不便向她透露。她连名带姓称呼哈蒙德时，某些标绘员甚至要竭力克制，才不至于当场笑出来。她的问题像是抛出了信号，预示着这次参观即将画上一个圆满的句号。

离开作战室后，他们在通往第二层甲板的楼梯处遇见了洛克伍德将军。福雷斯特把莎伦引见给将军，将军问她"霍生号"的事进展得怎么样了。她告诉将军，自己对此所知甚少，但刚刚福雷斯特上校带她参观了作战室，她觉得非常有意思，简直是她在这儿最有趣的一次体验了。

"那就好，"洛克伍德将军仍是一脸严肃，但总感觉是在克制着笑意，"我也相信那肯定特别有意思。一有任何进展就通知我，好吗？如果华盛顿方面什么都不透露，要想不被蒙在鼓里，我们就只能自力更生了。"

"上校之前和我提过。"莎伦答道，"我们这边一有消息，我就会通知他的。"

洛克伍德将军飞快地瞥了福雷斯特一眼，眼神仿佛在说"你这老狗，下手倒快"，然后便辞别了他俩，转身进了作战中心。莎伦对着有些狼狈的上校甜甜一笑，随后便带着文件返回了马卡拉帕。

濑户内海

尖锐刺耳的电话铃声将加尔从睡梦中惊醒："我是艇长。"

"艇长，工程部说他们准备把那个螺旋桨炸了。传爆索已经准备好了，就等您一声令下，然后……"

"批准，让他们炸完后尽快返回舱内。雷达那边，有侦察到什么东西么？"

"没有，长官。我们周围什么都没有。海峡就在我们正前方，外面目前还在下雪。"

"回声测深仪呢？"加尔看了看表，他才睡了一个小时，不该这个时候起来的。他起码还要再睡12分钟才能养足精神。记得让罗斯也去睡下，养精蓄锐，他提醒自己。他需要罗斯的头脑。

"水深280英尺。"

他听到后方传来"砰"的一声，是传爆索炸了。工程部的人把传爆索系在尾轴上，就在螺旋桨前面，要是成功的话，就能彻底摆脱这个该死的螺旋桨了。

"我马上就上去。"

他往脸上泼了些水，好让自己清醒些，然后去了艇尾的控制室。

"上面还有多少人？"他问道。

"十个。"潜水军官说，"两个下了水，留下八个坚守岗位。"

"哪两个下去了？"

"比利·班斯和士官长。"他答道。

好家伙，加尔想，估计他根本没问士官长，就直接拉他下水了吧。

"这里是控制室，请求接到工程部。现在情况怎么样？"

"报告控制室，爆破任务顺利完成。潜水人员现已返回舱内。"

加尔对着声讯员点了点头，那人立马领会了他的意思："艇长说你们干得好。"

之后加尔又爬上了指挥塔。他终于想明白了，自己应该坚守在这儿，而不是待在舰桥上。这儿有战略图、实时显示他们所处位置的定位海图、雷达、声波定位仪和技术资料中心，可谓是潜艇的"神经中枢"。不是有个艇长说过么，指挥塔就相当于陆军的战斗情报中心。虽说按照惯例，艇长应该待在舰桥上，但前提是他得看得见东西。要是什么都看不见的话，哪还有待在上面的必要？

"有数了。"他自言自语道。

第十五章

他们重新下潜,开始进入诸岛海峡。潜艇稳在浅处,运行深度为150英尺。加尔想用扫雷声波定位仪检测下前方是否有雷,但他得速战速决,因为他们还需要做一到两次雷达扫描,来看看潜艇目前所处的位置以及行进的方向。他命罗斯先到底下去睡一个小时再过来。

"就一小时?"罗斯无奈地笑笑,问道。

"我们到时候会叫你的。"加尔说,"相信我。"

罗斯下去了。加尔吩咐部下们:一进诸岛海峡就把雷达打开。现在先等待。

五分钟后,忽然响起"咣"的一声。

他妈的。

虽然他们的演出拉开了帷幕,但舞台并不够大,"海蛾鱼号"又少了一个螺旋桨,动作自然不如先前敏捷。屋漏偏逢连夜雨,工程部恰好在此时前来报告,说左轴管漏了,很可能是因为传爆索的爆破点离尾轴管密封装置太近了,一不小心把密封装置也炸出了个口子。

"双车停。"加尔令道,单车就够了,他想。

"波沛,哪儿还有爆竹,大致方位知道么?"

"前面就有两个,"波沛答道,"左舷方向一个,右舷方向一个。深度不确定。"

技术资料中心那儿传来作战事务长的声音:"潮开始退了,所以雷区应该会往西南方向移。这边的水雷很可能埋设在非同寻常的深处。"

波沛开始分析屏幕上的图像,加尔在一旁等待结果。

"这两个水雷都在漂移，我们可以从它俩中间过去。"

从它俩中间过去，加尔想，说得倒轻巧，万一两百英尺深处埋伏着一串雷，就等他们上钩呢？声呐员正在侦察上方，毕竟他们也不能只盯着水下吧。加尔忽然意识到，一旦他们下潜到可能有雷区分布的水域，他们就陷入了进退两难的境地，既不能贸然上浮，也不能轻易下潜。

"我们头上有东西么？"加尔问道。指挥塔里的其他人正竖起耳朵听着他俩的对话呢，他清楚得很，他们当前正处于可能布有1000磅雷的水域中，大家都想多了解些消息。他仍站在潜望镜前，倒不是为了侦察，而是为了给挤在这里的参谋们、声讯员们和技术员们让路。

"目前还没发现任何目标。"波沛说道。舱内的紧张气氛瞬间得到了缓解。这一问问得值，加尔想。

"动力三分之一，全速前进。"他令道。要是声波定位仪以5度的仰角侦察上方，可能就会发现一块雷区，但不是针对潜艇的，而是针对水面舰艇的。当然，有种情况例外，那就是这块雷区布了两层雷。他让潜水军官下到控制室里，研读下桥本的海图，好对海底地形有个大致的了解。

"海蛾鱼号"沿着精密计算得出的航线悄然前行。涨潮时，海浪最大速度能达到5节，虽然最大的那波潮早在两小时前就已涌过，但余波仍未平息，正为"海蛾鱼号"推波助澜，帮助其在水中穿行。

咣。

"又发现两颗雷，都在左舷方向，可探明。"

加尔摊开桌上的海图，细细研读，发现海浪流向为1-9-0，就是正南方偏右一点。海峡内水深为180英尺，但海峡外面有个坑，那儿水深约400英尺，过了那个坑后，水深又回到了180英尺。他让负责回声测深仪的技术员留意那个坑。他们要往坑的上方驶过。驶过那儿的话，他们甚至连雷达都不用开，就能判定潜艇所处的位置了。

咣，咣。

"正前方有两颗雷，建议往右偏10度行驶。"

"就按他说的办，舵手。"

负责回声测深仪的技术员举起了手:"龙骨以下水深200英尺。250英尺,300英尺,刚刚经过一块暗礁,现在水深400英尺。"

他们对这条海峡可谓了若指掌。

咣。

但对这块该死的雷区可是毫无头绪。

"现在龙骨以下水深为180英尺。"

加尔又将海图研读了一番。航线左边水稍浅些,布雷难度相对较低,有雷埋伏的可能性较大。

"右转至2-1-0方位。"他令道。

"往2-1-0方位走的话,刚好可以扫除前方的雷。"波沛说道。

"我们过了这关就回到潜望深度,然后一直保持在那儿。波沛,上浮的时候可得给我看仔细了。"

"艇长,"行动事务长喊道,"我们得往后退才能稳在水面上。"

加尔点头表示认同。他应该考虑到这一点的。但就凭仅剩的那个螺旋桨,"海蛾鱼号"很可能压不过时速6节的海浪,无法后退。但他们已经出了海峡,按理说,海浪应该没那么猛才是。

咣。

不妨一试。

虽然只有一个螺旋桨,但它产生的离心力也足以令舵手无法自如地控制舵的方向。不过这对他们来说是件好事,潜艇往右倒,咣啷声也便停止了。

加尔下令:"右车停,改用三分之二动力后重开,全速前进。"

他见波沛有些走火入魔,不断地审视着屏幕,便将视线从他身上移开,转到液压记程仪上。指针已离开零刻度,正慢悠悠地往前走着。他将动力减至三分之一,继续等待。

"前方雷已扫清。"波沛说道。

他们又等了一会儿。加尔见十分钟过去了,这儿始终风平浪静,毫无波澜,便下令上浮,做个雷达定位。他瞄了眼隔板上的钟,当地时间凌晨4点40分,再过一个半小时左右,第一道晨光就将照亮海面。到了那个时候,他们就得再次下潜，返回水中。

加尔感到十分疲惫。大伙儿都是筋疲力尽，但想到能在350英尺的深处度过接下来的一天，他们又备感欣慰，即便这意味着一整天都呼吸不到新鲜空气。

正当大伙儿都在等待时，声讯员带来了几个新消息。

其他人忙着摧毁吴市的军事设施时，他一直在调频，试着找到太平洋舰队广播的频率。显而易见，见他们成功进入濑户内海，珍珠港方面感到非常满意。加尔期待能听到第二次报告中谈到的事儿——他们没能干掉那艘航母。但珍珠港方面对此只字不提，就像老话说的那样，没有喜报，不如不报。

"声呐员要求接入。"

"批准。"

"我听到有噪声，微弱且间断，方位2-7-0。目前还不能判定是什么东西发出来的。"

加尔一把夺过主麦："进入紧急潜航状态。"通风口旋即关闭，掀起的一阵凉风拂过皮肤，这感觉倒还不错，"开始新一轮测算，打开艇身的外门。"

发出噪声的可能是正在搜寻猎物的驱逐舰，可能是敌方的潜艇，也可能只是一艘渔船。

"漂移方向？"

"目标无漂移。"

看来那玩意儿是冲着他们来的。加尔想起吕宋海峡的那几艘驱逐舰，他们完全听不见它们的声呐。只有一个方位的话，他们根本不知道目标距离自己有多远，有没充足的时间进行发射测算。

"回声测深仪上显示的深度是多少？"

"龙骨以下，水深255英尺。"

"鱼雷准备得怎么样了？"

"一号和二号发射管已装填完毕，三号正在装填，都是热动力鱼雷。"

"控制室，把深度调整到200英尺，与水平面夹角为3度。波沛，继续给我盯着，我可不想又一头扎到雷区里去。"

"目前为止没有发现雷,艇长。"

"温跃层呢?"

"也没有。至少到现在我还没看到。"

就算真有温跃层,应该也是在下面。没有了温跃层的庇护,看来这场较量中,双方都别想占到便宜。

"控制室,声呐员报告称噪声振幅稍有增加,仍不能推断目标类型,漂移方向略偏右。"

"下潜深度已过200英尺,需调整。"

加尔绞尽脑汁,试着想些好点子,但却一无所获,这才意识到自己太疲劳了,以至于什么都想不出来。

"叫执行官起床。"他说。罗斯的一小时应该到了,可能还多给了他几分钟呢。加尔清楚,此时的他需要个聪明人来帮他一起思考。

"潜艇已稳在200英尺深处。"

"报告长官,在190英尺深处发现一个薄温跃层,温差5度。"

并不能起到多大的保护作用。两层海水之间的温差越大,反弹的声波就越多,对他们的庇护也就越强。屏幕上显示噪声来自270英尺深处,略微往右漂移。他们得往左走,拉开与敌方的距离,等到它浮上来,就只能看见"海蛾鱼号"的屁股了。但也不能太偏左了,不然就会一头扎进雷区。除此之外,还要注意,诸岛海峡南边出口的东侧有处海底山脉,那儿的浅滩水深只有9英尺。

加尔原本计划浮上水面,做次雷达扫描,但现在看来……唉,他们连自己究竟在哪儿都不知道。

"左转至1-8-0方位。"他说。

"遵命,1-8-0方位。"

"回声测深仪测出的深度和海图上标注的深度一致吗?"

"并不一致,长官。根据我们目前的定位,此处水深应为300英尺,前方浅滩水深24英尺。"

加尔的终极目标就是回到安全水域,耐心等待——那儿水深可有600英尺。但要往那儿开的话,难保不会在途中遭遇正儿八经的反潜艇搜索,被敌方发现。毕竟航程中途经的水域都不够深，而明早敌人又是铁定要展开反潜艇搜索的。

没别的法子了，尽人事，听天命吧，加尔做出了最终的决定。他们只能上浮，能跑多快跑多快，直至第一缕晨光照上海面，宣告他们可以重返水底为止。

"波沛。有什么发现么？"

"没有，长官。屏幕上什么都没有。"

"声呐那边呢？"

"噪声还是在那个位置，艇长。目前方位是2-9-5，过了艇尾。我能断定，那是柴油机发出的声音。"柴油机？能装柴油机的船多了去了，比如渔船，比如浮在水面的Ⅰ型潜艇。从西南方过来的，是打算返回老巢么？

"上浮至潜望深度，"加尔下令，"随时待命，准备目测。"

他们浮到了潜望深度。加尔拿起潜望镜，环视四周，什么也没看见。

他看了眼深度计，确认侦察范围是否在水面上。没错，侦察范围的确在水面之上。

仍一无所获，什么都没看见。

"做次雷达扫描，范围定在下方。"

水面搜索雷达桅竖了起来，大概过了一分钟后又降了下去。盯着屏幕的几位测绘员忙把刚在屏幕上看到的东西用黄色可擦铅笔画了下来，可以看出，是三个岛屿的边缘部分。

之后他们要做的就是计算出潜艇到这三个岛屿的距离，并在海图上标出这些岛。他们目前所处的位置标到海图上的话就和那三个岛的位置重合了。你以为只不过是标个点罢了，但通常标上去后你才会发现，那哪是一个点，分明是个小小的三角包。不过对于加尔来说，这就够了，能让他看出往哪儿走可以在深水区中找到绝佳的藏身之处就行。目前最大的问题是：是选择浮在水面，以12或13节的速度前行还是潜至100英尺深的水底，以6节的速度前行？晨光帮他们做出了决定。他们得浮在水面上。不然的话，还没等他们潜到水下，反潜艇部队就已经开过来猎杀他们了。

"有看到发出噪声的目标么?"加尔问雷达组的成员们。

"没有,长官。我们没有搜索到任何信号。"

"声呐员,有可能发生这种情况么?"

"有,长官。也许声道就在这附近,潜艇边上,或是在20英里之外的地方。"

加尔看了看表,是时候做出决定了。他的眼睛火辣辣地疼,鼻翼也开始收缩。这时罗斯爬上了指挥塔。

"各单位人员随时待命,准备浮上水面。定位组,计算到深坑的航线,航速15节。这就是目前的情况,执行官。"

他简明扼要地把情况和罗斯介绍了下,然后便把指挥权移交给了他。

之后,加尔给主厨打了个电话,让他趁着潜艇浮在水面上时,给大伙准备一顿热乎乎的大餐。他们要在水中躲上整整十个小时,要是艇舱里没有食物的香气,气氛就会变得特别糟糕。他也让工程部在接下来的九十分钟内把电池裹严实些,他们接受了任务,并征询他的意见,希望他能批准他们对出现裂缝的轴封装置进行维修。加尔都忘了还有这事儿,但那些家伙们却看出了问题。他们知道,一旦潜艇潜到深处,哪怕是一条细小的裂纹,都会有演变成一道大裂缝的可能。

15分钟以后,他们浮上了水面。天空黑得和沥青一样,依旧飘着雪花。他们又做了一次雷达扫描,没有检测到任何水面信号。即便是旁近的岛屿,显示在屏幕上的图像也略有模糊。

千万别在这个时候出岔子啊,加尔看着眼前的图像,心里暗自祈祷,要是雷达失灵的话,他们就得永远留在这个鬼地方了。

柴油机启动,发出阵阵轰鸣,听起来性能不错,令人欣慰。他们往东南方位行进,寻找更为安全的水域。罗斯坐镇指挥塔,一位军官和三名侦察兵把守舰桥。对于水兵们来说,能呼吸到干净凉爽的空气就是福利。加尔闻到了许多种美食混杂在一起的味道,他们应该有做炸鸡,他想。既然已经浮到了水面上,声呐也没检测到任何信号,那要不要再用空中搜索雷达做次扫描呢?但就目前情况来看,似乎没有这个必要。

丰后水道的幽灵

他靠在指挥塔的角落里,闭上双眼。一旦晨光出现,他都能料到,日本佬马上就会发动地毯式搜寻。他们已经两次检测到"海蛾鱼号"发射的高频无线电信号。这就意味着他们已经知道濑户内海里有艘美国潜艇,所以,哪怕不眠不休,他们也要把那艘潜艇给找出来。虽然"海蛾鱼号"没能完成摧毁航母的任务,但它的所作所为足以让主管濑户内海片区的海军将领蒙羞。一艘美国潜艇居然闯入了他们至关重要的海军兵工厂,而且还对着前方停泊的驱逐舰和干船坞浮坞门发射鱼雷?这家伙恐怕只有切腹自尽,才能谢罪了。

他思考着接下来将采取的行动。在那个水深600英尺的坑里躲上一天。然后呢?浮上水面,将电池充满电,准备再次挑战丰后水道。必要的话,他们也可以在水下待足36小时,直到舱内的二氧化碳多得涤气器都排不尽为止。如果我是日本海军指挥官的话,他想,我会认真研究濑户水域的海图,然后安排四艘驱逐舰驻扎在丰予海峡,在诸岛海峡和丰后水道之间形成一道防线。它们甚至可以连着几个礼拜什么事都不做,只要守在那儿等待猎物行动就成,因为"海蛾鱼号"只有两条路可走,不是杀出一条血路,就是垂死挣扎。

但是濑户内海还有一个出口,那就是纪伊水道,即北出口。一直躲在水下,直到撑不住了,再往东北回撤,进入濑户内海?他们带的食物至少能撑过四个礼拜,而且他们还有鱼雷。再开回吴市也不是不可能。

那帮日本混蛋绝对料不到他们会杀个回马枪。这儿的水不深,大多数地方都只有165英尺,但好在冬天来了,天气变得恶劣,时有暴风雪;白昼时间变短,夜晚黑得像打翻了墨水一样,可见度很低。

我们能行,他想。我们可以重新潜入广岛湾,从头再来一次,但这次换个出口,从北出口纪伊水道出。他想象着罗斯听到这个计划时的神情,脑海中自动幻化出他的面容,脸上不禁露出了笑容。纵使大脑已超负荷运转,疲惫不堪,他仍不忘告诫自己:先别说出去。

第十六章

　　天色临近破晓时，他们抵达了坑洞，空中仍飘飞着雪花。方圆20英里范围内，雷达都没有侦察到敌人的任何踪迹。在水面上能待多久就待多久，加尔是这么盘算的，这样能尽可能地给电池多充些电，毕竟接下来他们就得潜至350英尺深处，而且还要停驻在那儿。要知道，300英尺深处还有个厚厚的温跃层。但他们最后还是扑进了濑户内海的怀抱，潜入了幽深、黑暗又冰冷的深水区。

　　之后大伙儿便去补觉了。加尔让轮值军官加个左舵，夹角2度，速度2节。然后他们便开始在漆黑一片的深水区原地绕圈。工程部和控制室4小时换一次班，其他人有倒在行军床上呼呼大睡的，也有在角落里边站岗边打盹的，趴在鱼雷发射装置上睡着的，躲在文件储藏室里补眠的，躺在军官室长凳上闭目养神的。大家都已筋疲力尽，只要看见块6英尺宽，够安静的地儿，立马就躺倒了，而且，睡眠能减少他们呼吸所消耗的氧气量以及排出的二氧化碳量。

　　加尔吃了点东西，回到自己的艇舱，进门时还不小心碰到了头。他躺倒在行军床上，打算睡上八个小时。但愿上帝保佑，一切顺利。

　　可惜天不遂人愿，没过多久，左轴密封装置便出了岔子。

　　声讯电话刺耳的噪声又一次令他从睡梦中惊醒。

　　"我是艇长。"

　　"艇长，我们有两个轮机舱大量进水，"罗斯报道，"得上浮了。"

　　加尔斜眼看了看深度计——目前处于350英尺深处。

　　"有回声吗？"

　　"没听到有回声，长官。"

"我很快就上来。"

当他踏入控制室时,潜水军官正忙着使潜艇保持平衡。由于进水,艇尾变得越来越沉,他们得用压载装置把水排出来,才能使潜艇在水中保持平稳。加尔又去了工程部,总工程师比利正在和抢险队通话。

"我们要上去么?"总工程师问道,"就算回去,情况还是一样的糟,而且水泵还得超负荷运转才行。"

"300英尺深处有温跃层。"加尔说,"要是日本佬现在往我们上方经过的话,他们一定会听到我们的声音,但到了那儿,他们就听不见了。"

"看来只要上浮区区50英尺,情况就会大有不同啊,艇长。"比利说道。

加尔让控制室把潜艇下潜深度调整到300英尺。

潜水军官说他担心仰角会超出控制范围,不过即便如此,他也将尽力而为。他们已经把舰尾的鱼雷手全部叫了出来。罗斯也来到了工程部,他刚从左轴那边过来,卡其裤的裤脚还是湿的。

"我们得升到潜望深度。"他说道,"轴上开了道口子,场面看起来就像黄石国家公园的喷泉一样。"

"但我们的境地也可能会变得更糟。"加尔说道。

罗斯举起了双手,"海水很快就要涌进艇尾的电池组里了,"他说,"一旦涌入……"

一旦海水涌入,就会和电池中的电解质发生化学反应,生成氯气。那全艇人都得完蛋。

"这儿你照看下,"加尔说道,"我得到指挥塔去一趟。"

"艇长,得尽快采取行动,"罗斯说道,"海水正在不断地涌进来。"

加尔心里有数,不需要他来提醒。涌入的海水增加了舰尾的质量,他们离水面越近,潜艇"脚重头轻"越厉害;而且他们只有一个螺旋桨,势单力薄,潜艇很可能会因此失去平衡,栽入水中。之前一直为他们提供庇护的深水,到了那时反而会消耗他们的力量,给他们添麻烦。

抵达控制室后,他命令手下们把水密门都给关上,鱼雷手就位,随时待命,哪怕"海蛾鱼号"当真闯进了日本佬的"马蜂窝",他们也能及时出击,用鱼雷给那群混蛋一个下马威。攻击驱逐舰的话，加尔用得最顺手的是电动力鱼雷，虽然速度慢，但自带导航装置，命中率高。但这种鱼雷储藏在艇尾，现在看来，绝对是用不上了，因为人都撤走了，真他妈的倒霉！

"上浮至潜望深度。"他令道，"开足马力给我上，不到万不得已，不要排水。"

"排水应该还是需要的，"潜水军官说道，"仅靠一个螺旋桨，是带动不了那么沉的潜艇的。"

加尔的大脑飞速地运转着。通常情况下，若是海水涌入，他会将压载水舱中的水都排干净，然后让两个螺旋桨开足马力，帮助潜艇浮到水面上，即便如此，风险还是特别大。而这次的情况甚至可以说是"雪上加霜"："海蛾鱼号"只剩一个螺旋桨，而且已经在水底待了一天，电量应该消耗得差不多了。行动的危险程度，可想而知。

"你只管做你该做的事，"加尔说道，"轰轰烈烈地大战一场，总比缩头乌龟似的躲在水里要来得痛快。"

他爬上指挥塔，他所信任的伙伴们已经回到了各自的战位上，随时准备战斗。潜艇正在上浮，与水平面所成夹角约为10度。舱内的每个人都能感受到右舷螺旋桨的颤动——它正勉力地带着潜艇往上走。接着他们听到了压缩空气涌入压载水舱的"咕隆"声。深度计显示潜艇当前所处深度为265英尺，他们浮得太慢了，再这样下去可能会出事。好消息是他们每上浮一英尺，海水涌入艇尾的流速便减缓一分；坏消息是潜艇弄出的噪声太吵了，令他们苦不堪言。艇舱简直就像地狱一样。

另一个压载水舱也响起了"咕隆"声，潜艇与水面的夹角减至8度，他们已浮到了245英尺之上。

"声呐员，有听到什么吗？"

"有，压载水舱发出的声音。"波沛严肃地说。因为压缩空气的干扰，他所有的装备暂时都不能用了，要等到水排完，他才能恢复他的"听觉"。

"已过200英尺。"控制室那边报道。

"可以的话，升到100英尺时稳住。"加尔一边回道，一边看着树脂玻璃材质的情势图板，上面写着当地时间17点45分，太阳落山。图板上方钟的指针已指向17点30分。他们喜欢与黑暗为伍，要是再下点雪、冻雨、冰雹，起点雾的话，那就更好了。

"已过150英尺。"

加尔朝着工程部里的罗斯喊话，"情况好些了吗？"他问道。

"是的，长官，纵倾平衡系统泵的效率提高了。"

"快给我找几个家伙到艇尾去，越快越好。"加尔说。但他并不打算向罗斯和盘托出自己的计划，还不到时候。幸好鱼雷是防水的。

"已稳在100英尺深处。"控制室那边回报道。加尔什么也没说。潜水军官的手一刻都没停过，可以看出，他是拼尽全力才将潜艇稳在这个位置。他能感觉到，艇尾积水挺严重的，就好像里面装了条巨大的蚯蚓一样。目前有两个大问题，第一，他们失去了温跃层的保护；第二，他们发出的噪声太大了。就连他也不知道上方等候着他们的究竟会是什么。

"控制室，能让潜艇浮到潜望深度，但不冒出水面吗？"

"暂时还不能，艇长。目前我们还没完全稳定下来，周围还有气泡呢。"

"调整好以后就继续上浮。"

加尔已经和所有可能上潜水军官战位的人都打过了招呼，无论何时，只要他问起潜艇的平衡状况，他们都得据实以告。

控制潜艇的平衡可是门艺术。潜水军官们甚至都不愿承认，有时就连他们都很难做到让潜艇恢复平衡。下潜中的潜艇像是在耍弄着海洋一样，虽然看似漫不经心，不断下降，仿佛要沉入水底，实际上却始终保持着警惕，以防被吞噬。潜水军官必须对自己的能力有个正确的估计，因为潜艇一旦失去平衡，那所有人都会陷入生死危机当中。加尔能听见纵倾平衡系统泵运作的声音，潜水组正试图增加浮力，以平衡压载水舱内外的水负载。他们需要不断地进行调整，就好比送一架固定翼飞机上天那样。

别人会不会听到柴油机发出的噪声呢？加尔想。

"潜艇目前处于上浮状态，目标为潜望深度。"控制室报道。

"侦察水面。"加尔早早地下了命令，虽然他们离水面还有一段距离。他就候在目镜旁,潜艇才冒出头,他便立刻侦察起了四周环境。外面一片漆黑,徐徐不断的微风安静地拂过泛着白沫的海面。白沫可是个好东西,能掩护潜望镜,使其不会轻易地被敌人发现。加尔刚开始设定的侦察高度是海面以上1英尺,后来扩大到了3英尺。

视野范围内空无一物。声呐员也确认过了,这是一片净土,万籁俱寂,根本听不到柴油机的轰鸣声、砰砰声或是飞机起降声。加尔让手下把潜望镜收起来,然后出动水面搜索雷达,做次扫描。

"指挥官,我是雷达部门的,我这里看不到图像了。"

"是没发现敌方的图像,还是屏幕上没图像了?"

"屏幕上没图像了,长官,"那位技术员愤懑地说道,"这该死的玩意儿不会是坏了吧?"

加尔命令他们马上把雷达桅收起来,这可不是开玩笑的事儿。

雷达已然成了潜艇机柜中必不可少的设备,他们不能没有雷达。天这么黑,又下着雪,谁知道敌人是不是就潜伏在身旁?他根本不敢让潜艇浮出水面,甚至连柴油机都不敢开,生怕引来敌人。也是因为天气原因,他们完全没法定领航座标,只好在水下随波逐流、漫无目地地转悠了一天,唯一能做的事,就只有将测得的水深与海图上标注的水深相对照,然后大致推断出自己所处的位置。

他爬下梯子。得见下总工程师,因为他刚才和他汇报说维修队需要再去一趟,给那道裂缝添层"外套"。这样一来,潜到深处时,巨大的水压自然就会挤压"外套",从而填补裂缝。比起把内部的密封装置推出来修补,这可要轻松得多,但维修队得浮上水面作业。

"电池电量只有百分之三十。"加尔说,"舱内都是柴油机的气味,无论如何,我们都得露个头。雷达有电子调谐接收器吗?"

"刚装,"指挥塔那边传来罗斯的声音,"谢天谢地,这玩意儿我们有。"

"执行官,你觉得怎样行动会比较好?"

"架好机关炮。"罗斯不假思索地答道,"我们得有大战一场的觉悟,既然决定浮上水面,就要做好开火的准备,让技术资料中心团队计算好鱼雷的发射路径。如果没发现敌人的话，就关一台柴油机，给电池充充电，把轴封修好。要是这些干完还有时间剩的话，那我们可就赚了。"

"说得对，"加尔说，"就照你说的办。"

罗斯点点头，然后出了艇舱，他得去指挥部下们行动。加尔意识到，指挥这活儿，罗斯是越来越得心应手了，不过这是必须的，不然日后他怎么独当一面？看来罗斯确实具备了执掌帅印的能力，加尔想，下次得当面和他说说。

潜望镜再次缓缓升出水面，但这次在下面观测的是罗斯。这时一位雷达技术员带着两个真空管爬了下来。

"这玩意管用么？"加尔问道。

"但愿吧！"那位技术员说。他进了艇尾的一间储藏室。

可别像复活节彩蛋那样，中看不中用，加尔想。他让士官长传话下去，就说他们可能会在水面上与敌人大战一场，希望大家做好准备，同时他们也要借机把轴封修理好。通常情况下，若是要与敌人在水面作战的话，加尔都会坐镇指挥塔，就算不在指挥塔，起码也会在控制室里督战。但这次他想让罗斯全权负责。他不应该还像以前那样，站在罗斯身边，越过他的肩膀审视屏幕，指点一二了。

他听见梯下传来舰桥组人员集结的声音，全员到齐后，他们就将重返舰桥，全心备战。口径5英寸的火炮也已运上了甲板。"海蛾鱼号"的水兵们行动快捷顺畅，就好像刚上了润滑油的机器一样，加尔甚至都不用宣布"全艇进入战备部署状态"了。战斗组的端起了枪、装填好了炮，负责到扇状尾去修理轴封的人员业已确定。每个人都清楚自己的职责：关掉柴油机，打开舱口通风、除去舱里的臭气；调整好纵倾平衡系统泵、托起船尾，以便驾驶；密切注意四周、任何风吹草动都不能放过；修理该死的雷达。大伙上下一心，势必保证潜艇平平安安地露出水面。有那么一刻，加尔觉得自己好像是多余的，他们并不需要他这个指挥官。除非黑暗中忽然杀出了一艘驱逐舰，他才有用武之地。

"出水！出水！火炮手就位。"

"海蛾鱼号"从水中探出头来，仍是"头轻脚重"的状态，发出的噪声比加尔预想的还要大，毕竟所有压载水舱都排空了。千万别再让水涌进来，他想，万一我们很快又得回到水里去呢？

"别让艇尾进水，保证安全。"罗斯令道。好小子，和我想到一块儿去了。加尔想。

厨师穆克走了进来，他给他们送来了一托盘夹了煎蛋的三明治。

加尔拿了一块，和控制室里的其他人说他要回房间了。他知道，他们会转告罗斯的。他对罗斯有信心。他感觉舱口已经打开了，于是便就地等了会儿，直到新鲜空气灌入舱内，拂过他的脸。氧气可是好东西。

他回到房中，忽然想起自己忘记过问声呐的情况了，有没有发现敌人？但这个问题只困扰了他9秒钟。睡意席卷而来，很快，他便进入了梦乡。

两个小时后，尖锐的电话铃声再次吵醒了他。

"我是艇长。"

"轴封已经修好了，艇长。"罗斯说道，"但雷达组还在排查故障。我们没看到任何敌人，声呐系统那边也没侦察到。炊事班正在准备热乎乎的大餐。我让控制室往南开，向海峡前进。火炮组目前在战位上稍息，一有情况，马上行动。"

"天气怎么样？"

"天色很暗，目前没下雨，月亮没出来，四周一片漆黑。"

"好极了，"加尔说，"我马上上来。"

他接了杯咖啡，穿过控制室，爬上指挥塔。罗斯待在潜望镜前，和他一样，360度地转着目镜，侦察四周。

"哪些人在上面？"加尔问道。

"值日军官，两个侦察兵，双筒高射炮组和火炮组。电池电量已经充到百分之八十了。暂时还没用水面搜索雷达，因为声波定位仪没有探测到任何目标，几乎可以肯定，附近没敌人。"

加尔走到海图桌前，看看他们目前所处的位置。"海蛾鱼号"现在处于濑户内海的中央位置。前一晚，他们还在吴市海军兵工厂前的那片水域，仍是浮在水面上，击沉了两艘驱逐舰，引爆了弹药船，还炸了干船坞的浮坞门——那个干船坞里停着一艘巨型航母,他们从未见过这么大的航母。

没有探测到任何目标?

加尔脊背一寒。如果日本佬弄明白他们用意何在的话,就会猜到他们要往丰予水道那边逃,所以他们的驱逐舰很可能已经埋伏在途中了。他们会悄悄地跟在"海蛾鱼号"身后,等到潜艇"踩上捕鼠夹",再开始动手。

"让大伙都进来。"加尔轻声吩咐道,"确保炮手和侦察兵的安全,等到他们都进舱后,就把调频声波定位仪打开。"

"你觉得敌人就在附近?"

"对,我怀疑他们就在附近。无论是哪个日本指挥官,只要了解这块水域,都知道我们肯定会往这个地方走。因为我们还没逃离濑户内海。"

"如果他们就在附近,那为什么不动手?"

"他们在等增援,"加尔说,"装备了雷达的夜间轰炸机。"

"我们可以先侦察一下。"罗斯说,"对空搜索雷达已经准备就绪了。"

"你这么做,等于给敌人竖了座灯塔。"加尔说,"先试试调频声波定位仪吧。"

15分钟之后,炮手和侦察兵都安全地返回了舱内。要是黑暗中没有敌人躲藏的话,那一整个晚上他们都将待在水面上,等到第二天清早再回到水下,然后朝着丰后水道行进。他们已对那儿的雷区分布有了初步的了解,也大致知道该如何穿越。再次进入丰后水道之前,加尔想先把电池的电充满,再让部下们吃饱喝足,好好地睡上一觉。虽然之前他们没能击中航母,但干得也不算赖。

吭。

这声音令指挥塔里的所有人都后背一寒。

闯进雷区了么?是刚跨进去,还是已置身其中了?

吭,吭。

加尔望向波沛,后者正用衣袖擦着前额的冷汗。

"波沛,"加尔说道,"上帝啊,我们可是在水面上,怎么还会有这玩意儿?"

"不记得了么，长官？"波沛问道，"有种暗器就布设在浅水区，专门针对水面舰艇。"

"目标离我们有多远？"

"最多也就几千码，但有三颗，两两之间相距40度。"

脚底泛起一股凉意，逐渐蔓延至周身，加尔觉得浑身的血都凉了："你是说，在几千码的范围内，有三颗水雷？"

波沛无奈地举起手。"不是水雷，"他说，"至少我觉得不是。那东西布设在水表层，深度不超过40英尺，体积不大，但我能肯定，它们就在附近。"

我们在这儿待了有一段时间了吧，加尔想，居然还自信满满，以为身旁没有敌人？天哪，要是有办法侦察到敌人的雷达就好了，那群该死的日本人一定已经发现我们的雷达了。

通往舰桥的舱口仍未关闭，只不过除了新鲜空气外，暂时也没别的东西会从这儿进来了。负责操作对空搜索雷达的两位技术员相互耳语，明显是在讨论声波定位仪的探测结果。柴油机依旧隆隆作响，但谁还顾得上它呢？罗斯望向加尔，脸上一副"长官，下一步该怎么走"的神情。

"我得先上去看看再说。"加尔说。

指挥塔里的人都戴着防红外线眼镜，夜幕下藏着潜在的危险，他们不得不防。

"这儿简直和沥青一样黑，艇长，"罗斯说，"一千码范围内居然埋伏着三个暗器，它们像是在等些什么。不管怎么说，我们都得下潜。"

等些什么？有什么可等的？

飞机，他忽然想到，它们在等一架装备了雷达的轰炸机，好将几乎静止不动地停在水面上的美国蠢蛋逮个正着。

"我得上去看看。"加尔又重复了一遍。

罗斯点点头，把防护服和救生衣递给他。他听到技术员骂了句脏话。看来修理轴承雷达进展得并不顺利。他拿起双筒望远镜，爬上甲板，将望远镜安到架子上，让部下用声波定位仪测出最近那个目标的方位，然后告诉他。

又是个冰冷的黑夜，不过此次出航，这样的夜晚他可没少见。

他扣好防红外线眼镜,往目标方位眺望。潜艇目前速度2节,向南行驶,几乎没有尾流——柴油机振动造成的细微波纹除外。

电池差不多充满了,他们没必要继续待在水面上了。但如果想在破晓之前赶到丰后水道的话,还得在水面上行驶才行。丰予水道没有雷,他们也清楚该怎么走,可丰后水道不同。他们只知道怎样安全进入,进去之后,得一边左闪右避、躲开水雷,一边摸索出路。这不仅费时,而且还费电。

"把对空搜索雷达桅升起来,做两次扫描。"加尔吩咐道,"准备紧急下潜,关闭柴油机,改用电池。"

罗斯立即照办。加尔一边凝视着漆黑的夜色,一边听着雷达桅上升的声音。

他也知道,有所收获的可能性微乎其微。这儿什么都看不到。柴油机的轰鸣声戛然而止,他听到潜望塔底部主感应阀"砰"地关上了。之后控制塔那边传来雷达技术员的喊声:"有敌机!方位2-7-0,正向我们驶来!距离只有5英里,离我们非常近!"

加尔还没来得及把这个坏消息消化掉,就见海面霎时被照亮了,三束白光突如其来,打在潜艇上。他站起身,想说些什么,但一颗炮弹从天而降,从他头顶上方掠过,带着刺耳的啸声坠落水中,就在潜艇面前炸开了花。

"快下潜!下潜!下!"他对着舱口喊道。第二颗、第三颗炮弹接踵而至,都与潜艇擦肩而过,弹片都溅到潜望塔和舰桥上了,"往下潜!"

他往指挥塔的舱口那边跑。第四颗炮弹离甲板就差一点点,激起一片水花,掀起的浪头拍到舰桥上,巨大的冲击力将他推到了一边。他只能寄身于舰桥一隅,听着压载水箱发出的"咕咚"声。他能感觉到,"海蛾鱼号"正在加速下潜。

舱口,舱口还开着!因为他还没进去。

他朝舱口滚去,但第五颗炮弹就在此刻降临,他不得不放弃。炮弹从舰桥上方越过,扎入水中,再次掀起汹涌的巨浪,他无计可施,只能趴在甲板上喘气。水声掩盖了一切,他什么也听不见。

他往前方望去,只见海面翻腾,甲板倾斜的幅度是如此之大,以至于他根本无法重新站起来，黑色的海水已涌到了他的脚踝位置，正发出怒吼，妄图把他卷入其中。他侧身滚向舱口，纵使下半身完全浸入水中，也在所不惜。他必须尽到自己的职责。他合上舱口，闩上门闩，用尽全身的力气拼命打舵。但这时刚好有个浪头打来，一把将他推下了舰桥。

一代艇长就这样坠入了冰冷的海水中。

第二部

劫后余生

第十七章

没过多久，加尔就从水中探出头来，露出水面后，他才回过神，潜艇已经从他身边驶离了。刚才听到的那阵噪声是右舷螺旋桨发出的。

"海蛾鱼号"一边躲避着接连不断的炮弹，一边往水底钻，翻出一道白色水花后，便消失在了海面。片刻之后，他听到了飞机的引擎声，接着便是炮弹的啸声，霎时脑中一片空白，不知如何是好。紧接着，水下传出一声震耳欲聋的巨响，他感觉自己的五脏六腑都拧到了一块儿。愣着干吗，还不快逃！他这才反应过来，马上划起了水，手脚虎虎生风，犹如飞速转动的风车叶片。

渐渐地，他开始体力不支。终于，他感觉自己再也游不动了，便扯下了救生衣上的指挥官徽章。光是这么一个简单的动作，却耗尽了他最后的体力，令他两眼一黑，失去了知觉。很快，他便沉入了海中。

当他醒来时，他发现自己趴在湿漉漉的木质甲板上，呈一个"大"字形，头朝向一边，手心朝上。即便耳中响着回声，但他仍能听到日本佬兴奋的嘀咕声。这艘船忽然来了个急转弯，甲板骤然倾斜，激起的海浪将他打了个透湿。幸好救生衣还有气，不然左耳可就难逃进水的厄运了。他眨了眨酸涩胀痛的双眼，好甩掉睫毛上沾着的海水，这才注意到原来身旁有好几束探照灯光，刺破了周遭的黑暗。一束是从他身后打来的，另一束炫目的强光则来自上方，应该是头顶那架"嗡嗡"盘旋的飞机机翼发出的。借着灯光，他见一艘日本扫雷舰驶入这块颇不宁静的水域，打捞起一颗颗深水炸弹。

加尔浑身湿透，冷得发抖，但这并不影响他思考。他已经大致猜出是怎么一回事了。吓得"海蛾鱼号"魂飞魄散的敌人原来并不是他们所料想的驱逐舰，只是一艘扫雷舰罢了——木质舰体，不到200英尺长，装备着柴油发动机、深水炸弹投放架和扫雷声呐系统。

加尔愈发沮丧，但还是看着那艘扫雷艇载着打捞上来的深水炸弹，驶离灯光照射的水域。忽然甲板又斜向了一边，他所在的扫雷艇紧跟同伴的步伐，也驶入了那块水域。飞机降低了飞行高度，好为他们照明。这些日本佬应该是在找"海蛾鱼号"，一旦找到，定然格杀勿论。他努力了几次，仍然抬不起头来，索性闭上了眼，什么都不去理会。

他们下潜得够快么，够深么？那些炮弹爆炸的时候离海面那么近，所以，可能，可能……但他已看到了不祥的预兆，海面翻腾着泡沫，通常情况下，都是泄漏的机油作祟。身后传来发号施令的声音，然后他感觉到一股冲击力，是从船中部传来的，大概是深水炸弹出膛了吧。扫雷艇正全速前进，柴油机高速运转，震得整个木质舱体都在抖动。

跑啊，"海蛾鱼号"，快跑！他想。快下潜，转向，再下潜，再往另一边转向，但这一切都只能靠一个螺旋桨完成。与此同时，敌人还动用了两个声波定位仪，派出了装备雷达的飞机，疯狂地搜寻着它的踪迹。他们的魔爪已经伸向了水底。

忽然，上方和后方的灯光都灭了，接着他听见水中传出两下爆炸声，一颗落在了船的左侧，另一颗在右侧。

太浅了，他想，炮弹爆炸的位置离目标还差得远呢。但那些日本佬倒是很兴奋，他们才不会去深究呢。夜幕之下，爆炸掀起了巨大的水花，进一步证实了加尔的想法。炮弹并没有造成任何实质性的破坏，虽然激起的水花确实很壮观。要想炸到潜艇，看到水面上浮起碎片、尸体、死鱼和燃油的话，炮弹可得钻到300英尺深处才行。他察觉到扫雷艇悄悄地放慢了速度，估计日本佬想看看刚才那两炮的战绩如何。

有人踢了踢他的右脚。他听见两个日本人在争执。他们的语速非常之快，就像打机关枪一样。两人好像是在争论是继续将他丢在甲板上、置之不理，还是把他扔到海里去。

这时又有个低沉的声音插了进来，貌似是位挺有威望的长者。因为他一发话，那两位日本人立马不约而同地应道："哈伊！"争议解决了，就按他说的办。加尔继续装死，尽管他并不太想重返冰冷海水的怀抱。他听到有人过来的声音，那人二话不说，伸出双手撕扯起他湿透的衣裤来。恰好在此时，水底响起了震耳欲聋的爆炸声，虽然只有一下，但顷刻之间，完好无损的扫雷艇就变成了两截。是鱼雷干的么？

爆炸就发生在身边，对于这点他非常肯定。那个日本人一定是被震慑到了，不然他也不会停下手中的活。加尔没被伤到。他们刚把他挪离甲板，"海蛾鱼号"的告别礼物就悄然而至，瞬间便干掉了一艘扫雷艇。

他再次滚入水中，不过他暂时无暇顾及自身，满脑子都是别的事儿：他们做到了。他们躲到了水底，用声波定位仪找到了日本的破铜烂铁。噢，不对，这艇可是木头做的。难道说是它自己踩到雷了？

眼前的那截艇身歪斜着倒入了水中，艇上的人也不得不跟着跳进水里。

所有人，无一幸免。

在夜色下，几个日本官兵游离了沉船。加尔看不见他们的身影，但听得见他们的声音。好像是长官下令让部下们离开这儿的。他这才想到，船上装载了深水炸弹，再不走的话，非死即伤。按照日本佬的作风，出去巡航怎能不备武器呢？

他也准备逃离此地，但肌肉貌似不怎么听使唤。救生衣的气还没完全漏光，但对此刻的他来说，这东西反倒成了累赘。他只能用狗刨式游离这块是非之地、这艘沉船、这群日本佬以及在海面上不断扩散的柴油。爆炸发生时，他在艇首位置，就算还有炸弹的话，也应该是埋伏在艇尾位置。他转向右方，用力地划动着手脚，勉力地克服着不适，柴油的味道让他直犯恶心，差点没吐出来。但他的腿就好像是冷冰冰的橡胶做成的一样，而且他完全不能把注意力集中到划水上来。有好几次，他都忘了自己正在逃离这片遍布残骸碎片的危险之地。被炸翻的是艘扫雷艇，海面上浮着木屑。日本佬肯定会想方设法查明他是谁的。一旦真相大白，他的噩梦也就拉开了序幕。那群混蛋是绝对不会给他好果子吃的。

他隐约觉得事情不是那么简单。爆炸声来自深水区，却不像是深水炸弹发出的，倒像是别的东西造成的，比如说鱼雷。他想起上次他们的鱼雷击中了一英里开外的日本舰,那次听到的声音就和这次有点像。他忽然觉察到,又炸了!但这次爆炸是悄无声息的,位置应该比第一次深。

难道是"海蛾鱼号"触雷了?加尔不敢想象。但下潜位置那么深,应该不会布雷才对。

突然一道白光照亮了这片水域。但海水糊住了他的眼睛,他啥也看不见。他感受到了压力,因为冲击波正朝着他逼近,舱体的残片也即将降临他身边,与他一道颠簸海面。他又听到了一串连珠炮般的日语,就在他头顶上方。接着,他们朝他扔出了缆绳。出于本能,他抓住了面前的那股绳。他们粗鲁地把他拉上了船。此刻的他就像一条臭烘烘的鱼,被甩到甲板上,发出"啪嗒"一声。他听到周围有人"嘶嘶"地抽了几口气。之后的境况也没好到哪里去——他翻了个身,然后吐了一地。可惜了他们漂亮的木甲板。有人喊了几句,随即大伙儿便散了,回到各自的工作岗位上去,该干吗干吗,只有一个人例外。那家伙看起来就像相扑选手一样。他蹲坐在地上,目不转睛地盯着加尔,仿佛是在思考要怎样才能与他结为密友。

日本佬们忙着去营救更多的幸存者,而加尔则蜷缩着身子,躺在自己的呕吐物里。

此时此刻,"海蛾鱼号"很可能已经驶到安全地带了,除非他们打算再来发自导鱼雷。

夜晚的冷风令他霎时清醒过来。这次可遇上大麻烦了,要是日本人知道他们逮到的人是美军的潜艇指挥官的话,那他就要被送到东京的酷刑室里去了。他们从防护服上肯定得不到任何关于军衔的提示信息,但他在防护服里穿了件卡其的制服衬衫,上面挂着闪闪发亮的银橡树叶。扫雷艇上的人可能不知道,那个图案代表他是指挥官。可岸上的人没准就知道。

他睁开双眼,看看那个相扑手是不是仍旧盯着他。

还好,那家伙已经走了。他尽可能小心地取下橡树叶,悄悄地将它扔进了海里。但衬衫上还印着个明显的提示——他的军衔徽章。

他忽然想到自己的护身符是军士长徽章。

他蜷缩得更紧了,其他人正忙着救援,根本没空顾及躲在阴影里的他。他花了好几分钟才把军士长徽章从军刀上解下来。他把徽章别到了衬衫的领子上。

但愿这招管用，他想。这个年纪担任军士长，可谓合情合理。他又想到，衬衫左边的口袋盖上还别着金海豚。军士长只能别银海豚。日本佬会据此猜得他的真实身份吗？毕竟海豚没抛光，已经严重磨损，失却了原本的光泽。即便如此，这个细节仍很有可能出卖他。

忽然有人伸手将他抬了起来。他们把他调整成半蹲姿势，然后用消防水管将他一顿猛冲，好洗去他身上的机油和各种各样的分泌物。他的脸一定特别脏，因为他们花了不少时间给他冲脸。洗刷完毕后，来了个身材矮小的军官。他戴着白色的手套，手持一根5英尺的竹杖。虽然这家伙的身高应该还没到5英尺。他操起竹杖，颇为熟练地抽打起加尔来。这种打法，深谙拳击之道的他还从未见过。随后他发现，竹杖的末端被分成了六片，以加剧受刑者的疼痛。他一直在对加尔大喊大叫，直到加尔瘫倒在地，整个人蜷成一团，后背火烧火燎的疼。还好他穿了防护服，不然更加受罪。

严刑拷打结束后，他们将他扔进了艇首水手长的储物间里。那儿堆着细索、麻绳、系泊缆绳、破布、油漆罐、马尼拉席、马尼拉挡泥板以及帆布。舱口"砰"的一声合上了。谢天谢地，没人看守他。直至昏迷前一刻，他仍沉浸在对上帝的感激之中。

不知过了多久，直到一桶冰冷的海水浇在了头上，加尔才恢复知觉。他根本动弹不得——竹杖抽得他浑身上下没一块好肉，每块肌肉都遍布着淤青。那个相扑手爬下梯子，一把抓住他的衣领，将他扔出了储物间。他"叭"的一声摔到了甲板上。这一下可不轻，但加尔已疼到麻木，自然辨别不出个中差别。面前站着的仍是那位"老朋友"，竹杖矮子。他故技重施，又狠狠地抽了他一顿。和上次一样，每次举起那根神奇的竹杖时，他总会大声叫喊，好像在与俘虏对话。加尔注意到：天已经亮了，雪还没有停，他们正驶向一个码头。他认出了那儿，是吴市！他回到吴市了！不，应该说是身到，心还未到，但要不了多久，他就能重拾信心。

这是他第二次来。他曾一度以为这儿是铁制船舱。身旁好像有人，但他却一个也看不见。他的眼睛肿得老高,尽管他强忍疼痛一再努力,也只能睁成两道狭缝。右眼还能隐约看到一点东西,左眼根本什么都看不见。汩汩的鼻血早已凝结成块,堵住了鼻孔,他只能靠嘴呼吸,这还挺伤牙的。被人扔上甲板、揍了个半死,他哪还能知道他们开了多久才开到这儿?

"放轻松些,伙计。"旁边这家伙说话带着澳洲口音,也可能是英国口音。

"都到这儿了,还有什么可紧张的?"

加尔压下心头的抑郁,故作乐观地哼了一声。

"公正合理地痛打了你一顿,"那人说道,"是吧,美国佬?"

加尔闷哼了一声,算是认了。

"看到你衬衫上的海豚,"那人说,"知道你是从哪儿来的了,是吧,伙计?"

他哼了两声。

"这是沾满鲜血的'信浓号',你已经上船了。能给你提些建议么?"

他哼了一声。那家伙伸出手,帮他摘掉了镀金的海豚挂饰。

"在这儿还戴着这些玩意,小心他们找个武士来把你剁了。他们真干得出这事儿。你们的潜艇堂堂正正地击沉了他们,而且用的方法都不一样。你知道吗,某天晚上啊,我的天哪,有艘潜艇击沉了两艘驱逐舰,用一船的弹药把整个造船厂炸翻了天,甚至连干船坞的浮坞门都炸了。所以这艘航母就开出了舱室,船头狠狠地撞上了石壁,断了个螺丝,结果整个机舱都进水了。这些家伙真是绝了,是吧?"

他哼了一声。

"那是你们干的吗?"

他哼了一声。

"真是太神了。"他说,语气中明显透出一种被折服的感觉。之后他的口音也变了。

"看着我。"他轻声说道。

加尔试着睁大眼,他只能用右眼看。他努力地将视线聚焦到对方身上,但还是看不出个所以然,不过他没气馁,继续尝试着,终于看清了那张脸。

对方居然是个日本人，正面带微笑地直视着他。"千真万确。"他说道。这次是完美的新南威尔士口音。

加尔这才反应过来，他被人耍了。

"艇长，是么？"他说。

的确被耍了。

那个日本人读懂了加尔的心思，邪恶地笑了一下，点了点头，证实了他内心的猜想。

第十八章

珍珠港太平洋舰队总部潜艇基地

洛克伍德将军坐在办公桌后，手中攥着刚传来的信报，神情痛苦。他有预感，大祸即将来临。"海蛾鱼号"发来报告，称已识破了丰后水道和扫雷艇的陷阱。它在空袭中负了伤，一瘸一拐地回到了关岛。这还不算重大消息，真正重大的消息是加尔·哈蒙德在一次紧急下潜中不慎落水，至今仍无音信。更大的问题还在后头，他是牺牲了，还是被俘了？要是他被俘的话，日本人一定会严刑逼供，让他知无不言的。这种事只有日本人干得出。这样一来，他们为战争所做的努力很可能面临着化为泡影的威胁，因为潜艇艇长们都知道，美军的解密员已经破译了日本海军的密码。

"我们就假设他被俘了吧。"他说，"你明白的，做最坏的打算。"

福雷斯特点点头："我们通知总部了么？"

洛克伍德摇了摇头："我正打算去马拉卡帕一趟，亲自向切斯特·尼米兹将军汇报这个消息。真他妈的见鬼，万一他们发现那个……"

福雷斯特坐不住了。他站起身来，在中将宽阔的办公室里来回踱步。

"尼米兹将军不会忘记哈蒙德这号人的，"他说，"在所有艇长中……"

洛克伍德转向他："看来你是真的不喜欢哈蒙德啊。是么，迈克？"

"是，长官，我不喜欢他。这家伙自尊心太强、太不服管、太目中无人了。像他这样的人，一般都是上级的眼中钉吧。我们多得是素质绝佳的人才，他们也翘首以盼，希望组织能委以重任，可最终选中的却是这家伙。上帝啊，我们可是把最核心的机密都透露给他了啊！"

"但他把潜艇开进了濑户内海，"洛克伍德一针见血地指出，"穿过了丰后水道，那地方简直就是墓地；溜进了吴市码头，而且几乎能说是全身而退。不管怎么说，这种事可不是谁都能做得到的。"

"当日本佬拿出烧红的铁钳，准备把他的牙齿一颗颗拔下来的时候，我们就知道他到底是个什么样的人了。"福雷斯特说道。

这话让洛克伍德吃了一惊，没想到他对加尔的敌意竟如此之深。他摇摇头，"我从来没有，期盼或祈祷手下牺牲，但就在刚才……好吧，把司机叫来，我准备上山了。"

"我会给'海蛾鱼号'发封信的，"福雷斯特说，"让他们提供更多细节，究竟是怎么一回事。问问他们对加尔是否还活着的看法。现在是十二月了，冬天的日本冷得要死，简直就是人间地狱。"

洛克伍德一言不发，紧抿着嘴唇。他即将动身去觐见他的上级——尼米兹将军。

日本濑户内海

没想到最后出卖加尔的竟是一个微不足道的细节，真是令人扼腕。他忘了防护服后面绣着"艇长"两个字。金海豚则进一步佐证了这一事实，它背后刻着加尔的名字。那个日本军官用流利的英语向加尔解释了这一切，语气中不自觉地流露出欣喜之情，像是在同他炫耀一般，他故意用了好几种方言，还宣称自己会七国外语。看得出，他的模仿能力很强，而他本人也以之为傲。他也是日本宪兵队的一员，隶属于大日本帝国陆军。根据基地的简报，宪兵队就等同于德国的盖世太保。这家伙年近四十，穿着陆军制服，军衔上的黑条十分醒目。他看起来非常健康。

加尔试着去环视四周。除了他之外，这儿还有几个囚犯。他们都坐在地上，被脏兮兮的破布蒙着眼，背靠隔板，手反剪着绑在背后。那个日本人给自己点了根烟，顺便递给加尔一根，他小心翼翼地转过头去接，生怕烟掉到地上。

"知道自己在哪儿吗，艇长？"那家伙问道。

加尔记得他有提到过"信浓"之类的字眼，但那对他来说根本毫无意义。

嗯——嗯，他咕哝了两句。

"你现在可是在大日本帝国最新的航母'信浓号'上！"他说道。讲到'信浓号'这三个字时，连加尔都能听出他语气里的自豪，"世界上最大的航母，你以为我不知道你们为什么来吗？你们是来击沉'信浓号'的。别做梦了，不管怎么样，'信浓号'都不可能栽在一艘潜艇手上的，况且你们的鱼雷又那么袖珍。我承认此前你的确战无不胜，但要想击沉'信浓号'？绝对不可能！"

加尔什么也没说。

"给我听仔细了，艇长，有些事我们必须问清楚，但我们不会在这儿问，也不会马上问。之后会有人送你到东京的大船驿，那儿有我们的海军特殊情报中心。大船驿多得是，我该怎么说好呢？检索情报的专家。他们对付潜艇官员可有一套了，几乎就没有他们撬不开的嘴。上头派我护送你去那儿。船已经备好了，很快就能启航。我们将从吴市出发，去横须贺海军兵工厂，完成最后的装配工作，顺便送你去大船驿，听明白了吗？"

加尔点点头，弯曲脖子时，他听到自己的骨头吱嘎作响。还是继续"嗯啊"算了，他想。日本人又换上了一口英音。

赤裸裸的炫耀。

"很好，老兄。听着，我有个提议。我们军衔相近，理应互相尊重。当然了，我们并非朋友，彼此敌对。但现在，至少在这次旅程中，如果你同意的话，我想我们可以暂时休战。我不会再审问你，也不会再，嗯，给你施加任何身体上的刺激。你也别试着去逃跑或搞什么破坏。而且，我会带你参观这艘巨舰，我想让你知道，大日本帝国是不可战胜的，我们比你们美国佬所想象的还要强大。你觉得这样如何？拿出指挥官的样子，给我个答复。"

绝对答应啊，加尔想，虽然这可能是自以为聪明的亚洲人想骗取他的信任所设下的圈套。看似为他提供保护，实则是企图从他那儿套得一些绝密情报，也算是等价交换吧。他的任务就是这样。加尔的任务是提供他们所需的信息，比如姓名、军衔、部队番号等，以保全性命。他们知道他就是那位大闹吴市兵工厂的艇长，这可能也是他们留他一条命的原因。日本人想弄清楚那天究竟发生了什么事。艇长们可掌握着不少信息。而且，来日方长，日后有的是时间慢慢折磨他。

"我同意。"加尔勉力从牙缝中挤出这几个字。他感觉自己说话时牙齿在晃。

"请告诉我你的姓名、军衔和部队番号。"

加尔照实说了。

那个日本人喊了几句日语，一旁站岗的两个警卫便走了过来，搀起加尔，扶着他一瘸一拐地走出了囚室。他们带他进了一条长长的走廊，他的左眼视力貌似有所恢复，虽然还没回到正常状态，但起码现在两只眼睛都看得见东西了，也算是个慰藉。与美国海军的舰艇不同，日本航母甲板用的材料不是瓷砖，而是锃亮的钢铁。加尔也注意到，他原本以为是舱口的地方连水密门都没装。但之后他便想到，航母又不用潜到水下，哪还需要什么舱口？

接着他被带到了一个房间里。这间房看起来像是为军官准备的头等舱，不过目前还没人入住。房里的生活用品不多，只有一张双层床、一张桌子、一把椅子、一个床脚箱和一个脸盆而已。房间约10英尺长，6英尺宽。头顶上有个通风口，墙上挂着台电话。他们将他扶到椅子上坐下。加尔的双掌仍疼痛不已，他把手夹到大腿中间。谁知道他们又要搞什么花样，走一步看一步吧。

片刻之后，一个膳宿管理士官来到了房内，也可能不是，但他穿成这样，很难让人不误会——白色长袍、白色棉裤、木屐。因为面前有个宪兵队军官，他的举止格外恭顺，从进来开始就一直低着头，视线从未离开甲板。他端上一个木制托盘，盘里盛着几个饭团，一杯饮料（加尔觉得是茶）和一小叠热乎乎的湿布。那个日本人让他把托盘放在桌子上。膳宿管理士官放下托盘后就离开了，边走边对着那个日本人不停地鞠躬。

"我也得走了，"那个日本人说道，"你自己清理一下，吃点东西，稍作休息。我差不多两小时后回来。"

"请问，我该怎么称呼您？"加尔问道。

那人犹豫了一下。"我们是绝对不能透露身份信息的。"他最终给出了这样一个解释，"等等，我想到了，你可以叫我陈查理。"

加尔撑着肿胀的双眼望向他。"陈查理是中国的名侦探。"他说。

"没错,"那个日本人说道,"但我们已经征服了中国,不是么?接下来就轮到你们了。"

他跨出门外,走到长廊上,带上了门。加尔听到轻轻的锁门声。他在椅子上坐了一会儿,理了理刚才发生的一连串事情。这般待遇:食物、热乎乎的湿巾、头等舱——他怎么有种感觉,自己好像是内布拉斯加州饲养场里的阉牛一样?管他呢,放开吃吧,想吃多少就吃多少。反正他心里有数,对,有数。

要是他不答应的话,日子可就没那么舒服了。他们会给他戴上镣铐,扔到底舱里。他只能靠喝从泄漏的蒸汽管的栅板中滴下来的水(谁知道那是什么水)活下去。他知道,从某种程度上来说,这就是场博弈。但他也清楚自己肩负的重任。他要尽可能地保存实力,不能把任何有价值的信息透露给他们,把握时机逃跑。所以他满怀感激地把自己清理干净(用上了所有的湿巾),喝了茶,狼吞虎咽地吃完了糯米饭团,然后一头躺倒在床上。这一连串动作只花了他几分钟时间。经历了两次拷打后,他浑身上下都是淤青。食物和茶是对伤情有点帮助,但毕竟没几片阿斯匹林来得有效。

他一边强迫自己忘记疼痛、立即入睡,一边想着他们是不是已经驶到海上了;这艘航母是不是和他在雪夜看到的那艘一样大。但又有谁能回答他呢?

他睡了整整八个小时,而非两个小时——他醒来后看表发现的。

他吃了一惊,他们居然能容许他这个俘虏休息这么久。房间里漆黑一片,唯一的光源来自外面的长廊。灯光穿过门上方小巧的通风栅,照进房内。他想走动几步,却发现自己压根动弹不得。心头瞬间升起一股恐惧——他们把他绑起来了?片刻之后,他意识到原来是自己的肌肉不听使唤。原本他有一身结实的肌肉,但扫雷艇上那个凶残的恶魔硬是把他那身硬邦邦的肌肉给整软了。

他好不容易才坐起来,摸索着找到了电灯开关和脸盆。他想接点水,但水龙头里放出的却只有空气——水管还没接好。这艘河马般的巨舰究竟还有多少设施是未完工的?他想。外面的走廊是很安静,但其他地方就不一样了。他都能听到远处传来的声音,应该是施工发出的声音。他试着去辨别他们航行的方向,弄了半天却发现他们压根就没动,仍旧停在码头里。

15分钟后,他听到房门上的锁响了一下。陈查理回来了。他换下了制服，穿了件薄夹克。那两个警卫仍跟在他身后，见他进门，便自觉地站到门外把守。

"嗨，艇长大人，"他嘻嘻嘴，朝加尔打了个招呼，"要我说，你现在这副样子真是糟透了。"

英国的陈查理。加尔搜肠刮肚，想找几句幽默话，但实在想不出，只好一言不发地盯着他。

"是时候带你去参观了，就我们俩。嗯，先去上个厕所怎么样？然后我再带你参观我们大日本帝国最令人叹为观止的新型航母。"

他说了几句日语，然后就见门口的暴徒走了进来，给加尔戴上了手铐。虽然镣铐是铁制成的，但中间连接的部分却是丝制的。丝链很长，加尔甚至可以把手插在口袋里。之后他又给加尔的左手系上了一根白色的皮带，并把皮带的另一端交到了陈查理手中。

"有几点得和你说清楚，"陈查理说，"首先，你必须走在我的后面，至少离我两英尺远。你必须低头，眼睛看地，除非我明确表示想让你看某样东西，并把它拿给你看，你才能抬头。就算船员或者兵工厂工人对你指指点点，你也必须保持沉默，不许直视他们。还有，不许说话。听明白了么？"

他拽着皮带走出房间，加尔跟着他往下走，来到了舰首。陈查理解开皮带，让加尔去上个厕所。加尔假装没注意到自己的尿是红色的。离开舰首前，士兵递给他一件宽松的白袍，款式与和服的上半部分相类似，背后绣着日文。然后他带着加尔往上方走去，应该是往上，因为脚下的甲板坡度越来越大了。过道里还有其他人，经过他们身边时，他都能听到刻意压低的嘘声和笑声。在他们眼中，他不过是日本宪兵队军官的一条狗，美国狗。

加尔按陈查理说的，不去理会他们，只管往前走，双眼盯着地面，嘴巴闭得紧紧的。虽然他比周围任何一个人都高，但他却觉得在他们面前，自己的形象是那么的矮小。两位暴徒一位领路，一位殿后。殿后那位手上还拿着一根大木棍。加尔都能猜到这件丝袍上绣的日文是什么意思了。

他们先后爬了三架梯子，才走到通往机库的舱口。进入机库后，陈查理停住了脚步，让加尔抬起头来环顾四周。眼前所见令他大吃一惊。他们目前处于机库后端。这机库起码有三个足球场那么长。这儿暂时还没停飞机，地上铺满了施工设备——小型拖拉机、焊接机、电缆卷盘——还有数千名水手以及工人，正带着一脸疑惑四处乱转。他往上望去，看见两束正方形的灯光，边长大概有50英尺。灯光刚好打在飞行甲板的两侧，距离他们站的地方差不多有60英尺。加尔猜测光照的地方应该是电梯洞，尽管他并没有在这儿看到电梯。

"能同时供300架飞机起降，"陈查理吹嘘道，"而且还没算上在飞行甲板上起降的。这儿什么都有：机工车间、维修设备、通往下方舱房的电梯、弹药和各种备件。比你们的'埃塞克斯级'航母大多了，对吧？"

加尔点头。他在珍珠港登上过一艘"埃塞克斯级"航母，当时他觉得那航母真他妈的大。但今天见到的这艘航母比"埃塞克斯级"航母还要大得多。

他置那两束灯光不顾，抬头凝望天空。不看则已，一看吓一跳，天上的云居然在动！他的吃惊一定清楚地写在了脸上。

"啊，对，艇长，我们是在海上，现在还没出濑户，但很快就要前往东京，也就是你接下来待的地方了。没想到吧？你根本感觉不到航母在航行，因为它太大了。"

肯定感觉不到，毕竟濑户内海如此风平浪静。有本事换作广阔的北太平洋试试看？保准让你东倒西歪。加尔想。要真驶到那儿，它还得左闪右避，候在那儿的潜艇可不是吃素的。当中可能还会有"海蛾鱼号"，如果它没步前辈们的后尘，长眠在丰后水道的深水区之中的话。

他们继续前行，走了四段楼梯，用海军的行话来说，就是爬了四架梯子。

陈查理把加尔带到了飞行甲板上，冷风拂过他的脸颊，这儿就连阳光都是灰暗冰凉的。毫无疑问，他们仍在濑户内海上，他都能看见周围的绿色小岛。即便已是冬天，岛上仍郁郁葱葱。航母破风而行，烟囱中冒出的袅袅蒸汽不绝如缕、直冲云霄。说起来，这烟囱也有些古怪，它居然不是笔直的，而是往右斜的。在场的工作人员估计得有几百号人。他们正忙着焊接捆绑带、装安全网以及把短波天线接在甲板边上。

经过电梯洞那边时，加尔看到飞行甲板上铺了层4英尺厚的钢板——看起来像是脱氧钢材质的。

陈查理见他一直盯着甲板看，忍不住发了话："对，艇长，这就是装备了脱氧钢铠甲的飞行甲板，足以抵御1000磅重的炸弹。"

"那这甲板绝对是'头重脚轻'。"加尔说道。

"他们是这么和我解释的，"陈查理说，"原来都是弄两个机库甲板的，但那样的话，航母结构就没有现在这么扎实了。相较前人，'信浓号'做出了转变。"

"是么？"

"是的。它和'武藏号'、'大和号'是一个级别的。你知道这两艘战列舰吗？"

加尔朝他笑笑。这两艘战列舰，日本人一直对外保密，直到1943年才公开。它们是迄今为止最大的战列舰，排水量七万吨，装备有口径18英尺的火炮。也许日本人原本是想把"信浓号"打造成第三艘巨型战略舰的，但中途岛海战过后，他们改变了主意，于是一艘巨型航母诞生了。

"嗯，我们听说过。"加尔说，"那两艘战列舰也很大。"他并不打算提到"武藏号"被击沉的事。陈查理正洋洋自得呢，因为加尔居然知道这两艘战列舰的名字。那他又何必坏了他的兴致呢？

他们走到飞行甲板的右侧，风越来越大，吹得他们缩起了脖子。船厂的工人和航母的官兵们默默地看着他们的宪兵队军警用皮带牵着一个战俘，参观这艘航母壮观的水上部分。此刻加尔特别想知道他背上绣的日文到底是什么意思，因为他们才刚走开，身后的工人们就发出了嘲笑声。

他们走到了飞行甲板的前端，欣赏沿岸美丽的风景。村野景致如画，简直让人难以相信，凡间竟有如此美景。几艘小渔船围绕在艇首前，为这艘巨舰保驾护航。

桥本实会不会就是乘这样的船走的呢？加尔想，他应该还在耐心地等待"纸雨"吧。在桥本口中，宪兵队军警与叛国贼无异，是万众唾弃的。所以，要他把陈查理当成最好的兄弟？想都别想。他根本没对这家伙抱任何希望。那家伙是在耀武扬威吧，居然把堂堂美军潜艇长当成狮子狗牵在身后，而且还把"这条狗"带到航母上游行示众。

"没有飞机弹射器吗？"加尔问道。他身上的袍子那么薄，完全不能抵御如此之大的寒风。

"没这个必要。"陈查理说。"飞行甲板的长度大概有一千英尺，只要航母顺风行驶，在强风的助力下，即便是满载弹药的俯冲轰炸机也能轻松地完成助跑，顺利起飞。"加尔见陈查理抬起头，便顺着他的视线望去。航母上层建筑采用岛状结构。他看见有人正站在舰桥上朝陈查理挥手。那人四指弯曲，对他做着"过来"的手势——这古怪的手势是远东地区独有的。

"走，"陈查理说，"跟我去见安倍大人。他可是'信浓号'的舰长，很想会会你。"

加尔已十分疲乏。天气实在太冷，他感觉浑身上下的肌肉都他妈要痉挛了。但他知道自己没资格讨价还价。哪怕是简单的走路和爬梯，对他而言都成了痛苦的折磨。他费了老大劲，终于到了舰桥。

安倍舰长中等身材（以日本人的标准看），头发花白，年纪大概在五十岁上下，穿着蓝色制服、戴着军礼帽和白手套。看他的面相，他应该是个果敢的人，做事干脆利落。几位官员围绕在他身旁。巨舰正行驶在海洋中，穿过一条条水道，绕过一座座小岛。与此同时，导航组正埋头苦干，默默地计算着接下来的航行路径。

航信士官掌管着驾驶台两侧的翼台。每隔三分钟，他们就会报告航母相对于沿岸定位基准点的方位。

加尔站在两英尺之外，听着陈查理和安倍解释情况，介绍这个被他用皮带牵着的人，或者说狗（他觉得陈查理说得出来）。他又听到了"欧弗那"这个词。那些官员脸上露出了笑容。这不明摆着的吗，"欧弗那"肯定有某种特殊的含义，加尔想。他其实还是非常介意系在手上的这根皮带的。但他没有抬头，一边盯着地面，一边告诫着自己：比起其他战俘来，他的境况算不错了，至少他还登上过航母舰桥。

"安倍舰长想知道你带领的是哪艘潜艇。"陈查理说道。

做出抉择的时候到了。是死守到底，坚决不透露半点有关姓名、军衔和部队番号的信息呢，还是对无伤大雅的问题照实以答（比如这个问题），到关键性问题再胡编乱造呢？

他选择了后者。

"海蛾鱼号。"他说。陈查理把他的回答翻译给安倍听。安倍回了他一句日语。

"白鱼级的。"陈查理说道。看来现在轮到安倍炫耀了。

加尔点点头，小心翼翼地用余光扫视着安倍。

安倍又问道："从这里到横须贺，一路上会遇到多少艘你们的潜艇？"

陈查理把他的话用英文转述给加尔。

"十艘。"加尔毫不犹豫地答道，"我们把濑户内海这边的水域划分成十块巡航区。有些区域只有一艘潜艇巡逻，但有些区域就不止一艘了。你们这次旅程定会十分精彩。"

陈查理对着他看了很久，才开始翻译。听完他的答复，安倍哈哈大笑，简短地嘟哝了一句，引得在场的其他官兵也大笑起来。

"他说，值得一试。"陈查理说。加尔重新把目光聚焦到甲板上。

安倍走到舰长椅旁的小桌边，打开抽屉，掏出一把手枪，然后走到他们面前，问了陈查理一个问题。

陈查理将他的话翻译给加尔："安倍舰长想问问你，是否愿意马上自行了断。做出这种行为，你应该感到羞耻。鉴于你是个指挥官，他会为你保留最后一点尊严。他甚至可以把自己的手枪借给你用。你可以到驾驶室两侧的翼台上自尽，那边有排水沟。"

舰桥霎时安静了下来。所有人都望向加尔，看着系在他手上的皮带以及他那张饱受摧残、血肉模糊的脸。加尔斟酌词句，想着该如何化解这一窘境。

"请你告诉安倍舰长，对于我们来说，被俘虽然不幸，但这只是暂时的。一旦被俘之后，哪还有什么忠诚可言。"

听完陈查理的翻译后，安倍轻蔑地哼了一声。其他官员也跟着笑了笑，以示鄙视。接着他又发话了："你这条美国狗根本没有羞耻心。你说对了，你这种状态的确是暂时的。你不愿意自行了断，那只能我们为你代劳了。暂时，对，这我也清楚。"

"我能说几句话吗？"加尔问陈查理。安倍傲慢地挥了下手，表示同意。

加尔一边说，陈查理一边翻译。

"就我所知，"他说，"1942年的时候，日本海军在西太平洋一带所向无敌。但现在，瞧瞧你们的海外兵团吧，马来亚的驻军正在忍饥挨饿，新几内亚的驻军遭受了沉重的打击，我们已经把你们的驻军赶出了所罗门群岛，哦，对，连你们自己都称它们为'没饭吃群岛'。拉包尔失守，塔拉瓦失守，关岛和天宁岛相继失守。冲绳遭到了轰炸。菲律宾那边也已经有人侵入你们的领地了。在日本，目前石油、食物、橡胶、锡和煤的流通量只有1942年的百分之十。

"你们的确有艘宏伟的巨舰，令人印象深刻。但一艘航母算不了什么。哈尔西将军手下有42艘埃塞克斯级航母，还有35艘体积稍小些的航母。他麾下战船的数目即将突破500大关。整个美国海军共有一万多艘船。

"很快，就连日本本土都会失守。想去横须贺？舰长大人，你就等着看吧，这一路上美国潜艇绝对会给你们点颜色看看的。"

加尔描述日本实际所处的战略环境时，陈查理稍稍放慢了语速。他仍不敢直视安倍，毕竟他手上还拿着枪。而且，他都能猜到，安倍肯定被他气得暴跳如雷。但编造借口对情况起不到任何帮助。陈查理译完时，安倍简直怒不可遏。

"胡说，"陈查理译道，"简直是一派胡言。东京那边告诉我们，日本海军连战连胜，击沉了数百艘美国潜艇。你们的人在热带雨林里成片成片地死去，就像虫子一样。你们的飞机坠落在太平洋里，就像垃圾一样，你说的全都是谎言，谎言。"

"我们不是要去东京么，那航母加满油了吗？"加尔问道，"船上的食物够吗？你们口中的几十架飞机又在哪儿呢？"

陈查理对他的话将信将疑。安倍见状拍了拍他，不耐烦地"嘘"了一声，下完命令后便转身离开了。

他这条命令倒简洁明了。"不管怎样，都没你的事，你不过是个战犯，"陈查理说道。这还是加尔第一次看到他神情紧张，"有一点你倒是说对了，来日方长，所以他让我带你去工作。"

他把皮带交到其中一个暴徒的手里。那人拽着加尔离开了舰桥，往梯子走去。那边的梯子是通往船底的。安倍留给加尔的最后一个画面，是他一手握着枪，另一只手拍着枪管，好像是在思考自己到底该不该开枪。

噢，好吧，至少小命暂且是保住了。他想。

第十九章

　　他们下了七层梯，也就是说，从舰岛到舰底一共有九层甲板。加尔被带到了机舱下的夹层甲板上，下面就是主机炉舱。这层甲板上有条通往右舷的过道，过道两旁有备用机器室、通风设备室、电动发动机室以及几间小舱室。这儿大概有50多名战俘，五人为一组。每组都配备了一位日本军官，专门负责看守他们。从今天开始，加尔也加入了他们的行列，成为了苦力军中的一员。

　　那个暴徒把加尔带到了一个四人组。组员们递给他一把木锤、一把生锈的凿子和一篮麻絮。至于要他干什么，这不明摆着的吗？面前就是一堵堵舱壁，他们得先用麻絮塞满舱壁之间的空隙，再用锤子进一步固定接缝处的电缆、水管和电线束。每个国家都在想方设法，以确保其战舰具有良好的防水性，但舱壁之间的空隙少说也有上百处，美国海军别出心裁，用一件简单的金属设备就解决了问题。他们的独门武器叫做水密穿线管。但这艘航母的情况又有所不同——他们得用麻絮把钻孔堵上。但这是17世纪的做法，现在还这么干，未免也太不合时宜。舱壁一漏，要不了多久，整个船舱都会水漫金山，用损害防控的术语来讲，就是累进进水，一旦发生，后果不堪设想。他们竟然还敢用麻絮，是在开玩笑么？但这玩笑也太蹩脚了吧。

　　空中索道凌驾于他们头顶之上，他们要站在小凳上才能够到。何必这么麻烦呢？加尔想。用水密穿线管固定两个金属轴套之间的填隙材料不就好了？利用水压，就能将两个轴套紧紧地合在一起，轴套之间严丝合缝，密不透风。把麻絮塞到缝里看上去似乎也能起到密封的作用，但他清楚，只要外力稍作挤压，不管塞得多紧，麻絮都会跑出来。

　　他们简直是在自欺欺人，而且这层可是要下水的。

工人们不能互相交头接耳，甚至连眼神交流都是明令禁止的。要是东张西望被日本看守撞见的话，他们可不会客气，操起竹杖抬手就是狠狠的一下，专打脑门。战俘中盟军士兵和水手占了大多数。他们衣衫褴褛，瘦骨嶙峋，身着五花八门的制服。加尔算是他们当中最胖的了。除此之外，每个人都是遍体鳞伤。看来日本人对战俘还真是一视同仁。难怪之前舰长令他自行了断，加尔想。只能等了，等B-29轰炸机开来吧。

日本看守突如其来的命令打断了他的思绪。他们拿起篮子，排成一列纵队，进了旁边的隔间，继续刚才的工作，把麻絮塞入舱壁另一侧的缝隙中。高级看守这才看到加尔还戴着手表。他一把扯下表，命令加尔继续工作。

几小时后，这一大群人又爬了几层梯子。穿过像洞穴一样的机舱以及一条长廊后，他们最终来到了航母的尾部。头顶上就是飞行甲板，由十字钢架支撑着，向两舷张出。看守们命令他们靠着最后一面舱壁坐下，按军衔坐，背部紧贴冰冷的钢面，双手放在大腿上。接着其中一个看守便开始挨个检查，让他们掌心朝上，好看看他们手中是否藏了东西，确认无误后才允许他们把手翻个面。被检查的那个人动作稍一迟疑，看守便重重有赏，操起竹杖对着他的胳膊肘就是一下。

检查完他们的手后，看守给每个人都戴上了手铐，用一根铁链把所有的手铐都串了起来，然后把铁链的两头安进甲板上的铁扣中，并用锁锁好。过了一会儿，两个炊事兵托着两盘饭团走了进来。每人只能拿两个饭团，而且这饭团只滴了一滴酱油调味。分发完饭团后，他们又不知从哪儿变出一口黑锅和一个长柄大勺来。黑锅里是茶水，一人一勺。

从看守们的神情来看，他们甚至还觉得战俘们受到了莫大的优待，即便这些战俘正坐在冰冷的铁板上，不仅没有夹克或外套御寒，而且还得忍受风吹日晒——他们正处在露天甲板上。夕阳西下，金属色的冷光照亮了附近的岛屿及远方的海岸。两艘驱逐舰正沿着航母激起的大片尾流破浪前进。加尔估计它们的行驶速度为20节，但他没料到它们螺旋桨的振动频率会这么快，毕竟它们可是新船，这才第一次下水。此时排气管却突然排出一股烟气。烟气迅速席卷了整个扇形尾，熏得他们眼泪都出来了。那些看守们站在后面，背后就是救生索。其中有四个人穿着棉背心和羊毛裤,头戴日本军帽,手戴黑手套,竹杖从不离身。

夜幕已经完全降临,加尔觉察到队伍正在移动,大家都在往中间挤,这样彼此都能暖和些。他们头顶上亮起一盏小小的红灯,看样子应该是在飞行甲板下方,要是站在甲板边上往下看,肯定看不到。甲板上又弥漫起了食物的香味。看守们确认铁链锁好后,便进了头上的一间小舱房。为能密切监视战俘们的一举一动,他们连舱门都不关。

加尔浑身酸痛,心情低落,冻得发抖,累得要死。但他的战俘生活才刚刚拉开序幕。身旁的战俘中,有一部分人穿的衣服看起来和英军制服很像。要真是英军的话,那就应该是在从新加坡回国的途中被俘的。说到新加坡,那地方不是早就被日本人占领了么?大概都有三年了。唉,这苍事一点也不带劲,就和接下来要在东京过的日子一样,令人沮丧。日本佬想知道美国潜艇埋伏在哪儿截杀他们,所以他们会先逼迫被俘的艇长吐露相关细节,然后再处决他。

没准审都不审就直接处决了呢。这样一想,加尔的心情也稍微好了些。他带着这个"美好"的愿望进入了梦乡。

珍珠港太平洋舰队潜艇基地

晚上七点三十分左右,洛克伍德将军才回到指挥部。

"尼米兹将军反应如何?"福雷斯特问道。

"感觉他瞬间老了一岁,"洛克伍德说,"但我们仔细讨论后,决定不采取任何措施。就算加尔招了的话,也就两种可能:换密码,或是不换。但即使他们换了密码,我们也定能再次破译。"

"说起来容易做起来难,"福雷斯特说,"他们怎么可能不换?担心是假消息么?"

"对,他们可是日本佬,你懂的,精明的东方混蛋。要是他们发现我们读得懂他们发的信息的话,一定会搞鬼的,比如捏造一条航母中转路线,把我们的潜艇引到完全陌生的雷区里去。"

"唉,那加尔呢?"

"正如尼米兹将军所言，目前我们甚至连他是否被俘都不知道。"洛克伍德说，"他是在日本海域落水的，现在是十二月，他能在水里浮多久？一个小时？毕竟，他应该不会往日本驱逐舰那边游，哪怕它离得最近。"

福雷斯特觉得洛克伍德将军就好比吹着口哨过墓地，过于战战兢兢了。"就算他真交代了，谁他妈知道他说了哪些啊？"他说，"您是了解哈蒙德的，他很可能会装出一副知情必报的样子，实际上却满嘴跑火车，搞的敌人都晕头转向，分不清哪些是真，哪些是假。"

"总得有点希望嘛，"洛克伍德将军说道，"关于那艘航母呢，有什么消息吗？"

"还是那些借口，说什么天气状况不佳，下雪，云层又那么低，空军部队没办法进行航拍。"

"打起精神来，迈克，下雪的话相机再好也拍不出来，不是么？他们很快就能去了。再和我说下有关林加延登陆的部署吧。"

"嗯，好的，长官。"福雷斯特说道，顺便看了一眼表，"您要简报的话，我这里有，但是差不多有两百……"

"我的天，这样么？算了，那你明天再拿给我吧。"他走到角落的小红木柜前，取出一瓶波本威士忌，倒了一杯给福雷斯特，但福雷斯特谢绝了，他一喝酒就肝疼。

"这该死的战争什么时候才能打完啊？"洛克伍德问道。他望向窗外，凝视着珍珠港潟湖四周安静的灯光，"都打了这么长时间了。"

"看看亚洲那边的战俘受的都是怎样的待遇，"福雷斯特说，"我们是清楚，战争总有一天会结束，但他们完全没有意识到这一点。"

洛克伍德举起杯子："敬加尔·哈蒙德。但愿他能挺过这一关。"

第二十章

天还没亮,他们就把这群战俘一个个地拎了起来,命令他们往后走,到救生索那里去,救生索下面是钢丝编成的安全网,因为总有不小心掉下甲板的人。而且海风可说不准,有时真能强到把人都吹下去。螺旋桨也不是省油的灯,很可能会把人给震下去。他们走到救生索那儿后,日本人又让他们三人一组,爬到安全网上去。

呵,这就是日本佬的战俘营,有生之年能够造访,真是荣幸之至。

战俘们人手一根消防水管,他们的任务就是把安全网冲刷干净。劳动期间,每人最多只能去一次厕所。

加尔注意到,航母上的水压并不是很大。

在美国海军的航母上,水压至少得达到100磅每平方英寸,不然消防水管就会罢工。但这艘航母的水压离100磅每平方英寸还差得远呢。到底还有多少问题没解决?在他看来,这艘航母根本没有做好下水的准备。他都能猜到日本人为什么急着把它从码头里挪出来。他们担心美国人会把B-29轰炸机开过来,此前发生的潜艇袭击事件则让他们更加坐立不安,最终决定转移航母。比起那些美丽海岛上的基地,靠近东京的海军基地很可能拥有更为完善的防御设施。他正想着,忽然背上狠狠地挨了一杖,疼得他马上跳了起来。

"不许东张西望。"

"是,长官,得令。"

早餐和昨天的晚餐一样,仍是两个饭团外加一勺温茶,但这次索性连酱油都省了。吃完饭后,他们回到昨晚工作的地方,继续干捻缝的活儿。晚上休息的时候,加尔试着和旁边的人套近乎,打探打探消息,看看他们什么来路。从他目前掌握的信息来看，其他人是在东南亚一带的战区被俘的，他们可能来自马来亚、婆罗洲、丹属印度尼西亚群岛甚至中国。

显而易见，只有加尔来自美国。他曾是潜艇艇长，这点他们都知道，但怎么知道的，他就无从得知了。令加尔诧异的是，他们居然觉得比起之前待的战俘营，在航母上的待遇算不错了。

接下来的一整天，他们都在舱房里捶麻絮，无休止地劳作，而且中午还没有饭吃。日本人每三个小时赏他们一勺水喝，借此填饱他们的肚子。结束了一天的劳动后，他们被带回船尾，准备在寒风中度过漫漫长夜。今晚，他们当中有个人一直在剧烈地咳嗽，结果，还没等到大伙儿动身爬到安全网上，他就被三个看守带走了，之后就再没出现过。他们怀疑看守们并没有把他送到医务室去。除加尔外，其他人此前都在一个铜矿里干过苦力。根据他们在那儿的工作经验，对付病入膏肓的家伙，通常都是找口废弃的竖井，直接把他扔进去，然后让其他人往里填矿砂，直到那家伙的尖叫声彻底消失为止。

"他们真不是东西。"加尔对着与他同组刷网的人说。

"但我们也没好到哪里去，小太阳。被俘之后，我们就过上了暗无天日的生活，再没见过阳光。"

第二天清晨，当他们醒来时，航母已停泊在了吴市海军兵工厂的码头里，身旁围绕着一打满载补给、燃油、设备以及成捆麻絮的驳船。设备种类多样，看样子应该有电动机、抽水机和制冷机。在和平年代，要将一艘规模与航母相当的船改造成航母，有时甚至需要花上两年的时间，因为得安装数以吨计的新设备。

加尔算是看明白了，他们可是十万火急，想把航母驶离。战俘们也加入了水手们的行列，把驳船上的物资搬到机舱里。这一干就是一整天。加尔注意到，他们唯一没有运上航母的就是船上的新鲜食品。

晚上，正当大伙儿都爬到了安全网上，准备开始工作时，陈查理出现在了舰尾。他对着看守们下达了命令，然后他们就把加尔从队伍中拎了出来。饭团都还没上呢，看来是吃不到晚饭了，这令加尔有些不爽。四人排成一列，两个看守一个打头，一个殿后，把加尔和陈查理夹在中间。看守们给加尔拴上皮带，然后一行人走进机舱，爬上梯子。这段路似乎特别长，怎么爬也爬不到尽头。攀爬途中，陈查理一句话都没和他说。终于，他们抵达了舰岛，那儿早已挤满了人。显而易见，航母已经准备好再次起锚，重新踏上征途。他们让加尔坐到驾驶室左翼台里放双筒望远镜的箱子上，看守们一左一右地站在他身旁，对他虎视眈眈。陈查理走上前去，向舰长安倍报告情况。见到加尔，安倍面露愠色，对陈查理说了几句日语。陈查理朝他鞠了好几下躬，然后匆匆转身离去，瞧他窘迫的样子，不知道的还以为他是因为在甲板上拉屎被安倍当场抓住了呢。

"你做了什么？"待陈查理回到翼台后，加尔问道。

"是他吩咐的，我只不过是照做而已，"他说，"他让我把你带过来。"

"今天他看起来心情不怎么好啊。"

"他确实很火大，但不是因为你，他想借你来转移一下注意力。他说航母还没做好出海的准备，但东京那边坚持要让航母下水。今天我们又发现一架B-29轰炸机。他们担心航母会遭到轰炸。"

加尔其实想到了好几种巧妙的应答方式，但他一种都没用，兀自保持着沉默。陈查理注意到他的异常。

"他们今晚给你吃晚饭了么？"

加尔摇摇头。

陈查理朝他微微地鞠了一躬："不好意思。但大家都还没吃饭。不知道出了什么问题，主厨房停电了。"

"要是在美国海军，我们会说：工程师们已经在努力抢修了。"

他点点头："是的，他们的确已经在努力抢修了。要是过一会儿还没东西吃的话，估计某些工程师就要被拖出去枪毙了。"

居然能这么干，加尔想。他都能想象到自己手下那帮工程师听到这样的逻辑，脸上会浮现怎样的神情。不过，从另一方面来看，可能很快就有东西吃了。他应该是情不自禁地露出了笑容，不然陈查理就不会问他在想些什么了。加尔便一五一十地对他说了。

陈查理没有笑，但神情稍稍缓和，没有之前那么严肃了。他让看守们出去，自己一个人静静地站在加尔身后，望着码头的护缘。

暮色四合，他们能听到艇首的外延部分传来锚链的咔啦咔啦声，距离他们大概500英尺。他是海军军官，自然方位感绝佳，但陈查理貌似和他得出了相同的结论。

"你究竟是谁，请告诉我，好么？"加尔问道。

陈查理低下头，重复了一遍之前的答复，说这是违反规定的。

加尔举手示意他别再说了，他也便没再多言。

"我们今晚就要出海，是么？"加尔问道。

陈查理点点头。

"那我们会玩完的，"加尔说，"那天我说的是实话。至少有10艘潜艇埋伏着呢，就等我们自投罗网。我们只能自求多福了。这航母应该是开不到东京湾了，所以我才想问问你叫什么。"

"正如你所言，"陈查理答道，"所以安倍舰长才会让你上来。他想让你帮我们看着，好让我们避开你所提到的那些潜艇。要是那些潜艇对我们发射鱼雷的话，那它们的方位也会暴露。届时我们的航母便会化身战舰，毕竟甲板下面垫着非常非常厚的钢板。而且我们的97式鱼雷应该还是有些杀伤力的。瞧瞧你们吧，我听说你们打过来的鱼雷甚至都还有一半都没爆炸。"

被他戳中伤疤了，加尔想。连军械局都承认，他们的鱼雷的确有问题，并且也着手修正了这个问题。但在此之前，潜艇部队已经抱怨了整整两年，而军械局居然还把所有责任都推到艇长身上。很明显，死板保守的官僚主义并不是日军总部的专利，美军总部也有这毛病。

航母将往西转，绕过情岛，然后再往东南方向行驶，开往丰后水道。离开码头，连周遭空气也变得清新起来。出于防范，广岛市的所有灯光都已熄灭，以免被B-29轰炸机发现。这进一步证实了加尔的猜想：关于即将面临的威胁，日本人清楚得很，知道他们可能会派轰炸机过来。安倍来到了翼台，打算研究研究导航有哪些特征需要注意，刚好看到了加尔。他把加尔从头到脚打量了一番，见他孤零零地坐在箱子上，便厉声训了陈查理几句。

"他说今晚你愿意负责侦察，他感到非常高兴。我们平安驶离丰后水道，也可以抹去你个人的败绩和耻辱,因为我们将在你的帮助下避开上百艘埋伏水中的潜艇。"

"问问他跟着我们一起进入濑户内海的那艘潜艇是怎么回事。他知道它躲到哪里去了么?还是说,它正在某个地方等我们?"

陈查理把他的话翻译给安倍听,但安倍并没注意到这是个选择问句。他含糊其辞,大声地喊了句"是",然后便转向其他官员,对他们说了几句日语。他们不约而同地爆发出一阵笑声。安倍不屑地朝加尔挥挥手,起身离开,往操舵室走去。

三十分钟后,他们绕过情岛西侧,撞见了四艘驱逐舰。尽管不情不愿,但它们还是驶到了航母旁边,两艘领航,两艘殿后,组成了一个护卫舰队,朝着海峡驶去。距离逐渐缩短,领航舰的速度也越来越快。今夜天空晴朗,但沿途所经岛屿却都是一片漆黑,一处亮着的导航设施都没有。气温越来越低,加尔冻得直哆嗦。陈查理见状,便到操舵室给他拿了一件中式棉袄。加尔套上了棉袄,却没法把扣子扣上——他的胳膊比袖子长了足足8英寸。陈查理假装没注意到这点。加尔也知道,他看起来一定滑稽又可笑,但陈查理能为他送来这件棉衣,他还是十分感激的。居高临下,坚守岗位的侦察兵穿的棉服,和他身上这件的款式极为相似。

"陆军少校山下,"陈查理忽然开了口,"我叫山下。我叔叔是大日本帝国的陆军中将,统领菲律宾群岛。"

加尔点了点头:"谢谢。"他说。但他们的统治很快就要终结了,他想,因为道格·麦克阿瑟已经东山再起、开始行动了。

航母平安地穿越了丰予海峡,随后增加吃水深度,驶入丰后水道。现在他们前面多出了三艘扫雷艇,正齐头并进,为航母保驾护航。"信浓号"的速度降至5节,这样便能跟着扫雷艇的尾流前行。看得出,艇尾小木船上的侦察兵对航母的规模体积了如指掌,因为已扫航道刚好居于中途急转弯划出的两条航道中间。加尔听到操舵室里传出导航组喋喋不休的讨论声。方位记录员忙不迭地高声应着"哈伊"或"多作"。他们正在调整照准仪,使得定位更为精准。他根本看不到舰首在哪里:飞行甲板甚至延伸到了前甲板那一块,堪比艇尾拓展的幅度。两个巨大的方洞令整个设备看起来非常怪异。

加尔在想，会不会他的"海蛾鱼号"就潜伏在前方，等着他们送上门来呢？或许那两下遥远的爆炸声正是为他们而鸣的丧钟呢？因为他们有可能已经踏入了一片陌生的雷区。有哪种情形他能够独活？加尔难以想象。山下少校已经回到了操舵室，他要看看穿越雷区的路线导航。而且他似乎也没必要盯着加尔。往右舷那边逃跑可没那么容易——从这里到底下的飞行甲板（那可是厚厚的钢板）足足有50英尺，到水面则有大约80英尺。此外，要是加尔所言非虚，四周的确埋伏着潜艇，而且会朝他们发射鱼雷，那么，乖乖待在航母上绝对比躲在水底要安全得多。

陈查理回到翼台里，带来两个扁扁的"盒子"，大小形状和香烟盒几无二致。

"吃吧。"他说。

加尔不知道自己吃的是什么，但那东西的味道是出乎意料的好，鱼味特别浓。他用伤痕累累（捻缝时被麻絮割的）的手指抓起"盒子"，把它们吃了个一干二净，一口都没剩。

"太谢谢你了，"他说，"你真贴心。"

陈查理——他得改口了——山下少校看起来有些尴尬，似乎觉得受之有愧。"我们要连夜行驶，开往东京湾。"他说，"我觉得安倍舰长是想让你全程侦察。"

"我没问题。"加尔说，"航母总不至于今晚就完蛋吧。"

少校恼火地瞪了他一眼："航母不会有事的，艇长。"他说道，但语气中总透着股吹口哨过墓地的紧张感，操舵室突如其来的一阵骚动则进一步佐证了加尔的看法——日本人心里还是慌的。山下少校靠到门旁，想看看这群家伙到底是为了什么事这么大惊小怪，然后，他自己立马倒抽了一口冷气。

"雷达，"他说，"无线电室那边侦察到了潜艇雷达的信号。"

"只有一艘么？"加尔问道，语气十分无辜。

山下露齿一笑。他可是陆军少校，目前人却在海上，而且还身处一艘航母上。要知道，在海战中，对潜艇而言，航母可是最具打击价值的目标。现在，他知道黑暗里至少有一艘美国潜艇，正对他们虎视眈眈，视他们为俎上鱼肉。航母加速行驶，扫雷艇也斜向一边，领着它来了个幅度颇大的左转弯。

航母开始"之"字形行进，领航舰也逐渐地跟上了它的步调。像是为了为旅途增添乐趣似的，一轮弯月刺破云层，照亮了海面。这样的夜晚我喜欢。加尔想。他试着调整速度，但航母太大了，单凭他根本办不到。那股熟悉的震动又回来了，他隔着屁股底下的箱子都能感觉得到。

是我们干的，他想，我们报废了一个螺旋桨，重创了航母舰首。这可能会对它的速度产生影响。要是它能全速前进的话，这么长的船，速度又在30节以上，潜艇根本不可能追在它身边跑。这就是为什么那头受伤的熊——"翔鹤号"能从他们手中逃脱。当时它就是以30节的速度逃出生天，一路跑回老家的。待美国潜艇侦察到它的信号时，它早已逃离攻击范围，消失在视野的尽头。"翔鹤号"照预定计划"之"字形驶离时，动作是那么的笨重，以至于让人感觉它是一头歪到左边去的。

如果把追逐比作一场赛马，"之"字形行进的计划可谓是一把"双刃剑"。要是目标移动范围广的话，鱼雷发射路径的设置可就没那么容易了，命中的精准度也会受到影响。但事实上，所有的船在海里通常都是以"之"字形行驶的，只是幅度有所不同而已。依靠某些独创的测算技术，美国潜艇能大致得出目标水下的"之"字形航线，然后以此为据，设置鱼雷的发射路径。目标可能左拐右弯，但最后总得浮上水面吧，而且浮上去之前速度会放慢很多。如果计算出大致航线的话，就可以先它一步浮上水面。这样一来，它浮出水面的同时，也一头扑进了潜艇技术资料中心充满爱意的怀抱中——六颗足以致命的鱼雷正摩拳擦掌、跃跃欲试呢。

这航母的烟囱做得也太大了，看起来就像比萨斜塔一样。操舵室的喧闹比之前更甚，那个该死的盒子传出的尽是令人闹心的消息。与此同时，几台分层送风机的转速都有所减缓。加尔听得出来，主送风机的情况有点不妙。锅炉房那边可能出了点状况，因为航母行驶的速度明显放慢了。他故意对此视而不见，装出一副若无其事的样子。再开两个小时就到丰后水道了，那儿可是他们的头号狩猎场，北边至少有两块巡逻区（但也没到十块），"射手鱼号"就埋伏在那里。要是被它侦察到的话,这大家伙免不了吃鱼雷。就算躲过了它的鱼雷,后头还有呢——恩赖特绝对会通知另外两艘潜艇的。

看来今晚他是别想走了,他甚至有种预感,自己是舰岛上唯一一个要通宵值夜的。他有些困了,大概是因为吃了晚饭吧,之前没料到会有东西吃。他努力地使自己保持清醒。毕竟,目前的局势虽然不同寻常,但却对他们极为有利——日本最大的航母开进了印第安人的领土,可驾驶室翼台里却坐着个美国艇长。

那个安倍现在正想些什么呢,但愿不是把他这个灾星赶下去。虽然吧,他本来也没道理待在这里。

操舵室那边越来越吵,坐在这里看看山下少校的反应,倒也挺有意思。平日里,他可是目中无人的宪兵队军警,但到了航母上,情况可就不一样了。毕竟,这儿是海军,而他不过是个陆军军官。但加尔感觉他已经忍不下去了,没准下一秒就会爆发。在陆地作战的话,若对方势不可挡,既可以掘壕固守,也可以暂且撤退,避其锋芒。但在海上作战,你别无选择,只能迎难而上。加尔即兴而发的悲观预测对于战况起不到任何帮助,就连舰长对此都嗤之以鼻。看样子,山下似乎不太乐意到操作室里去,也许他压根就不想知道究竟发生了什么事。

航母仍沿着"之"字形行进,往右急转,开个五六分钟,再往左转,以混淆视听。这样一来,躲在黑暗中的鱼雷数据计算机想要定下发射路径,可就没那么容易了。加尔已经看不到那两艘护航的驱逐舰了,毕竟它们习惯了躲在水里。但头顶上时不时会亮起红色的闪光——那是指挥官在指引"锡罐"前行。

操舵室里似乎并没有连接着雷达屏幕的控制台,至少他没看到。他也记不起来到底有没有在桅杆上看到雷达天线,也许他们驶往横须贺就是为了解决这些问题。忽然,航母桅顶的红色信号灯开始不停地猛闪,着实吓了加尔一跳。他能读莫尔斯电码,但这是日本人发的信号,字母代表罗马拼音,拼出来是日文,他根本理解不了其中的含义。用桅顶信号灯,而不是方向信号灯,这就意味着航母同时给所有驱逐舰发送了紧急的视觉信号。但要是这儿埋伏着一艘潜艇,正准备偷袭他们的话,那这就刚好给敌人提供了可乘之机。视觉信号所在的方位，可是鱼雷数据计算机翘首以盼的宝贵数据，借此他们可以计算出目标方位。

舰岛上官员们七嘴八舌的说话声越来越大，山下少校脸上的忧虑神情也越来越明显，某种情况还在继续。安倍的火气也越来越旺，加尔都能听见他骂人的声音。他只好继续躲在翼台黑暗的角落里，缩成小小的一团。

山下低声嘟哝了几句日语，加尔用疑惑的眼神看了他一眼。

"发现两个潜艇雷达。"山下看也不看他，小声地说道。加尔并没有说些什么"我告诉过你们"之类的话去激怒他们。操舵室里突然响起了一阵急促的无线电发报声。

"哈！"山下仿佛在宣告胜利般，露齿一笑，"驱逐舰把潜艇赶走了，雷达不见了！"

消失的雷达信号并不一定就代表着危险已经远去，也可能是潜艇就在附近，趁着天色漆黑，浮上水面极速前进，想要超过与自己并驾齐驱的航母。"之"字形前行刚好给潜艇提供了机会，使之能潜到水下发动攻击。

海风越来越大，估计方首那边的风速得有30节。飞行甲板下面还有数百名造船厂的工人。他们四处转悠，看看身旁疾驰而过的黑色浪花；或是三五成群，喝喝热茶。

加尔试着想象跟踪者的指挥塔里正上演着怎样的情景。他们该有多激动啊，发现了大目标，很大的目标。身份不明，因为它从未出海航行过。目标起初行驶速度很快，但出于某种原因，之后有所减缓。屏幕上显示着四艘驱逐舰，均紧贴着目标行驶，而非分布在舰首和舰尾。它们正在寻找着敌人。

就在此刻，安倍对四艘驱逐舰发出了信号：进入紧急状态，马上移动！

紧接着，加尔听到，更准确地说，是感觉到第一颗鱼雷击中了航母。那玩意儿狠狠地打在了舰尾上。

第二十一章

那颗讨厌的鱼雷划出了离轴的轨迹，重重地撞在了舰尾右侧。紧接着就是一声闷响，随即航母身后便一片惊涛骇浪，爆炸掀起的水柱直耸云霄。被铁链锁在船上的战俘们吓得面如土色，没准刚还有人连自己的身份都忘了，慌里慌张地起身就跑，结果磨破了脚。加尔暗自读着秒，片刻之后，又来了颗鱼雷，由于来自深处，声响比起刚才那颗要低沉些，看来击中的位置应该要偏下一点，掀起的水柱也明显不如先前伟岸。第三颗鱼雷就在岛状结构后面炸开了花，产生了巨大的冲击力，一把将他推倒在地。他仰面朝天，脊背绷得笔直。还是先原地踮起脚尖，再慢慢爬起来吧。因为他心知肚明，鉴于航母硕大无朋的体积，不管来者何人，都极有可能发射六枚鱼雷。第四颗鱼雷在岛状结构前方爆炸，在海中掀起了巨浪，航母不得不左挪右闪，暂避其锋。水花甚至溅到了舰岛的窗玻璃上。但操舵室离水面足足有130英尺，这样的攻击还威胁不到它。

纵使如此，操舵室里的众人仍是惊魂未定。加尔等着第五颗和第六颗鱼雷的大驾光临，但那两位不速之客始终没有现身。可能射偏了吧，他想，但前四颗都命中了目标，而且位置还在同一侧，绝对能重创航母。要是走运的话，那大家伙甚至都有可能会翻到水里去。操舵室里乱成一团，那些家伙七嘴八舌，喋喋不休，直到舰长实在忍无可忍，一声怒吼，他们才乖乖闭嘴，安静了下来。

该死的盒子传来消息了。从声音中可以听出，说话人处变不惊，从容不迫，与舰岛上惊慌失措的那些家伙形成了鲜明的对比。加尔望向山下，见他一手团拳，抵在嘴唇上。航母居然不减速？这令他大吃一惊。他们仍以18节的速度在海上行驶。加尔听见前方响起炮火声，大概有艘驱逐舰开火了吧，也可能是两艘？但他能断定，刚才朝着他们发射鱼雷的潜水艇已经躲到水下去了。要怪就怪桅顶信号灯吧，那灯一亮，方圆十英里都看得到，后果非常严重。

两位初级军官走到门边，朝加尔喊起了话。紧接着山下也过来了，一把抓住他的胳膊，"舰长想见你。"他说。

去他妈的。虽然加尔一肚子不情愿，但还是被山下拖进了操舵室，安倍就坐在他对面。他先是得意扬扬地看了加尔一眼，然后便对他喊起了话。山下躲在一边做着翻译，尽量不让别人发现他的存在。那个该死的盒子正高效运转着。海图桌前，三位军官一边讨论装甲板损伤控制的问题，一边做着记录。

"他想知道对于目前的情况，你是怎么看的。毕竟，被四枚鱼雷先后击中之后，'信浓号'仍未停止前进的步伐。你们竭尽全力的攻击，对它来说就像是被跳蚤咬了几口一样，根本毫无影响！"

山下继续做着翻译，底下一片肃静，官员们听得非常入神。他翻完后，安倍看了加尔一眼，似乎期待他有所回应。就在此时，安倍搁在椅旁窗台上的陶瓷马克杯居然自己动了起来。所有人就眼睁睁地看着这杯子慢慢地移向右侧，直至"哐"地一声轻响，撞上了窗框为止。

他们之前居然还没注意到，"信浓号"已开始往右倾斜了！一位初级军官对着舰长深鞠一躬，然后指了指中心线。方位盘上方的倾角计指针已悄然偏移——右舷偏5度。虽说被四颗鱼雷打中，但才过了两分钟，航母竟然就开始倾斜了？

众人又吵闹了起来。山下借机用日语对加尔喊了几句话，给了他一巴掌，把他拖回了左侧的翼台。对他的所作所为，加尔非常吃惊，却也没有反抗。他意识到山下是在帮他，以免安倍把气撒到他们身上。但是，山下为何要帮他呢？

一走出操舵室，山下便搓起了脸颊，看来他真的是非常害怕。加尔朝他点头，表示感谢，他同样对他点点头，示意收到。

"情况还没那么糟吧，"加尔说，"航母还是保持着之前的速度，要真有什么危险的话，他们会把速度放慢的。"

话虽如此，但他已察觉到自己必须小腿撑地，才能在箱子上坐稳。日本佬居然还以为自己的航母是不会沉的？等着吧，盲目自信迟早会酿成大祸。若是航母继续以18节的速度前行的话，舱体就将承受巨大的水压，早晚有一天，它会因不堪重负而破裂。届时麻烦可就大了。甲板之下的水密完整性究竟如何，要是连加尔都不清楚的话，那舰岛里的人就更不知道了。

"我们要继续待在这儿么？"加尔问山下。

"不然呢，他们又没说我们可以走了。"山下说道。他的声音有点抖。

"你不觉得他们现在有点忙，根本没空管我们么？我看我们还是下去吧，回到飞行甲板上，毕竟其他战俘都在那儿。"

山下越过护缘向下望去，就好像不知道底下的飞行甲板上有几百号人似的。大多数人都在到处瞎逛，毫无组织纪律性可言。有的人研究起了送料车，看看上面装的究竟是哪几种材料。许多人都戴着安全帽，像是在提醒着山下：他们既是平民，也是造船厂工人。但这儿的人并不都是一个厂的。事实上，甲板上应该有好几个厂的工人吧。

"我们必须征得同意。"山下说，"刚才可是舰长大人亲自下令，我们才把你带到舰岛上来的。"

岛状结构前方的深水区传来隆隆的响声。那个该死的盒子又叫了起来，吵得人心慌。前舱那儿冒出了大量的蒸汽。加尔先前曾在战舰上当过少尉，根据他的经验，肯定是谁故意把锅炉的安全阀给打开了，不然不会有这么多蒸汽。这也意味着主机舱进水了。蒸汽不断地涌出，片刻之后，前舱便被烟雾缭绕。加尔回头看了看山下，他明显是被此景吓到了，脸上写满了害怕，见加尔望着他，便解释道："我不会游泳。"

蒸汽机的轰鸣声骤然响起，盖过了山下的声音。他说了些什么，加尔完全没听见。山下只好又重复了一遍。

现在加尔可算理解他为何如此惊惶了，而且，他也弄清山下在操舵室里的所作所为的动机何在了。看来主动权已经到了他手里，虽然，他不过是个战犯。

"这不是问题。"加尔大声说道，力争盖过蒸汽机的噪声，"我会游泳，不过我们得先找到放救生衣的柜子。飞行甲板上应该有一个，但下面的机舱里可能更多。走，咱俩现在就去找。"

山下望向操舵室，里面的人惊慌失措，乱成一团。于是他下定了决心，说道："好，走吧。"

他们沿外侧的梯子进入了岛状结构的左舱。往下爬的过程中，他们发现航母左后方有艘驱逐舰一直步步紧跟。随着航母倾斜幅度不断加大，飞行甲板上的人也越来越多。甲板上没有任何灯光，所以加尔一边下爬，一边还得用手搭着隔板，以防失足坠落。他见那些平民都没穿救生衣。明摆着的，这些家伙可没有不穿救生衣就出海的经历，难怪个个吓得六神无主。溢出蒸汽的啸声逐渐减弱，大概是五层甲板之下的锅炉被关上了吧。但即便如此，他们仍有动力支持，毕竟航母还在继续前进。

他俩抵达了飞行甲板。加尔让山下去找救生衣，他自己则背靠隔板坐了下来，身旁停着一排送料车，上面装着各式各样的管子和阀门。目前貌似还没人注意到他——多亏了这件白棉袄。他低下头去，尽量避免被别人看到脸。他忽然想到，其他战犯都被困在扇形舰尾上，也许他可以折回去，想点办法，帮他们把铁链弄开，但得在那些看守不在场的时候行动。他正想得起劲时，山下回来了，不仅两手空空而且还神色沮丧。他靠在隔板上，极力控制着自己的情绪。

"这狗娘养的海军！鬼知道他们把救生衣藏哪儿了，别说船了，连救生艇都没看到一艘。"

加尔差点没笑出来，但他及时克制住了。飞行甲板上可有数百个运货盘，要是实在没办法的话，他们可以随便拿一个，把它翻过来当浮岛用。当然，这得是在万不得已的情况下，但他有种感觉，而且这感觉还越来越强烈——这样的时刻很快就要到来了。人群中忽然爆发出一阵惊叫，原来是他们用来运送货物的电动卡车侧翻了。只见卡车径直往右滑去，滑到人行道时，情况似乎略有好转，下滑之势暂缓，但好景不长，片刻之后卡车又往右倒去，直至四轮朝天，坠落海中。纵使两位水手想尽办法，力图将它稳住，从而逃过葬身海底的命运，仍是无果。航母倾斜的幅度越来越大，以至于好几个运货盘都开始往右移动。

蒸汽机突然停止了轰鸣，就好像排气管的口子被堵上了一样。若当真如此，大概也是海水作祟吧。加尔想。此刻的航母与先前不同，不仅重量增加了，而且横摇周期也变长了。除此之外，每当横摇周期结束后，它都需要原地暂停一会儿，才能继续前进，这就意味着航母的稳定性有所下降。毫无疑问，它已无法以18节的速度前行。加尔一把抓住山下的胳膊。

"其他战犯还在舰尾，就在下面，"他说，"他们被铁链锁住了，没法脱身。我想回去救他们。"

山下露出了犹豫的神色。在此之前，他的世界里就只有上级许可、传统习俗和实际命令。但现在，他已经顾不上这些了，他所能看到的，就是航母正在不断地往右侧倾斜，也许没过多久就会彻底沉入水中，到了那时，没准就能一览3000英尺深处的美景了。

"你是个军官。"加尔说，"要是你命令看守，叫他们放了那些战犯，他们绝对会照做的。之后我们就可以准备下水了，但动作必须得麻利些。"

"你会游泳？"

"对，我会帮你的。但与其在这儿开溜，倒不如跑到舰尾那边再溜，你觉得呢？"

一个装满东西的运货盘忽然插到了他俩中间，然后其他运货盘也开始动了，他们不得不迅速逃离，否则就会被运货盘逼到绝境，无路可退，只好背靠隔板，听天由命。当他们夺路狂奔，冲向后方时，加尔超到了山下前面，好带他穿过那群瑟瑟发抖的工人们。顺便说句，他们的吵闹声可是越来越大了。几个军士长试着去维持秩序，但很快便被工人们团团包围。工人们冲着他们高声叫喊，大概是在问救生衣在哪儿吧。

加尔和山下继续往后跑，逐渐将那群情绪激动的家伙抛在了身后。飞行甲板上的人越来越多。虽然从总体上来看，航母暂时是稳住了，但倾斜角却一直在10度到15度之间徘徊。加尔对此已有所察觉。飞行甲板用的是厚钢板，可以说，"信浓号"现在是头轻脚重，而且上面还载着数吨货物以及将近一千名乘客。看来负责损害管制的官员们可有得忙了。不知哪个水手把羊毛冬帽扔在了甲板上，刚好被加尔发现了，便一把捞过帽子，套在头上。戴着这个，再加上这件棉袄，应该能起到点掩护作用吧，起码不至于一眼就被别人认出来是战俘。

其实他并不清楚要往哪儿走才能返回舰尾，他只知道要先下到机舱里。但此时山下却打起了退堂鼓，毕竟他们是要往下走，他觉得这样不安全。加尔便向他解释，他俩得互相配合，他帮加尔解决看守的话，他就会帮他浮在海面上。他们先下去，把那些战犯放了，然后，如果山下一定要上去的话，他们就爬上去，回到飞行甲板上。山下一听，勃然大怒，气急败坏地说这么做是违反规定的，但当他看见加尔准备顺着右舷内通道的梯子爬下去时，神情瞬间变得恭顺了。

走进机舱后，加尔闻到了一股臭味，这味道让他不寒而栗——是舱底污水！舱底污水的气味可不一般，毕竟水里混合了那么多东西：燃油、海洋生物的尸体、铁锈、带着油渍的管套，又受到了温暖潮湿的冷凝蒸汽熏陶。在这里闻到舱底污水的味道，只能说明一件事——主机舱进水了。

他们沿着机舱一侧，往后跑了400英尺左右，一路上至少看见三个损坏管制行动队，他们正忙着修理汽油动力泵呢。还有一队人排成了救火队列。上帝啊，加尔想，排水量七万吨的航母，居然就带了一支消防队？头上的数十盏灯闪个不停，他听见机舱边缘的应急机房里响起柴油发动机的咆哮声。由于和吃水线靠得比较近，这儿进水情况并不是特别严重。那些机房可能都是防水的，类似的设计潜艇里也有，目的是减少由深度变化引发的渗水所造成的影响。

机舱顶部被一层潮湿的薄雾笼罩着。千万别是汽油蒸汽啊，加尔暗自祈祷。

最后一条通道被几辆翻倒在地的运料车给堵住了。他们只能往上方爬过去。越往里爬，光线越暗。加尔看到舰尾右侧搁着几块带扣的甲面板。毕竟第一颗鱼雷一炸，可弄弯了两个对角撑呢。螺旋桨的震动比先前要强得多。较之右舷，左舷更甚。莫非倾斜到舰底都露出水面了？为什么还不停船？这群混蛋究竟怎么想的？从激起的尾流来看，航母的速度仍维持在10节左右。

好消息是：那些暴徒已经作鸟兽散了。坏消息是：所有的战俘仍被铁链锁着。铁链的另一头嵌在隔板上的垫板孔眼里，而且还上了锁。加尔既没办法弄断链子，也没办法把锁打开。

损坏管制行动队仍在舰尾右侧忙活。该死，看样子，太平洋的黑色海水已经逼过来了。此时，令人意想不到的事发生了——加尔居然一跃而起，就好像从一片漆黑中分离出的深灰色暗影般，落到了甲板上。底下有艘驱逐舰，一半兵士都站在甲板上，手握绳子和渔网，专心致志地救援着航母上的人。山下亲眼目睹了加尔的壮举，有那么一瞬，加尔觉得他会纵身一跃，跳到驱逐舰上，但"锡罐"却没给他这个机会，渐行渐远，最终消失在了扇形尾的拐角处。

有个战俘认出了加尔，朝他兴奋地打起了手势，朝着他指的方向望去，加尔看到有根支撑梁顶上挂着一把消防斧。于是他便爬到了正在倾斜的甲板上（甲板已经扭曲变形了），将斧子取了下来，往铁链另一头跑去，碰巧被一个警卫看见了。那人气冲冲地走了过来，一边朝着他大吼大叫，一边挥舞着手中的警棍。这时山下挺身而出，走到警卫面前，用最威严的语气狠狠地训斥了他，为加尔撑腰鼓劲。当兵这么久，他还没听过如此严苛的训话呢。教训完警卫后，加尔跟在山下后面，走到垫板孔眼前，把斧柄用搭扣固定好，然后用力地扳动斧头，想利用杠杆效应把锁死的铁链给撬开。但他之前挨了两顿打，力量大不如前。他撬了四次，终于感觉到接口处有些松动了。战俘们发出一阵欢呼，他忽然听到有人喊"小心"，便下意识地躲闪了一下，刚好避开了警卫朝他扔来的警棍，只听见"砰"的一声，警棍狠狠地打在了隔板上。

加尔没有片刻犹豫，拔起斧头，顺手将斧柄朝后刺去，正中警卫的腹股沟。他立马倒在了地上，疼得蜷缩起了身子，一边喘息一边呜咽。加尔还没来得及采取下一步行动，山下就已悄悄地走到警卫身后，用不知从哪里弄来的立柱链给他头上狠狠地来了一下。那家伙两眼一翻，瞬间不省人事。

加尔重新固定好斧子，继续努力，终于把锁给撬开了。

铁链以迅雷不及掩耳之势脱离了垫板孔眼，战俘们迫不及待地起身，但由于航母正向一侧倾斜，他们重心不稳，纷纷跌倒在地。趁着战俘们整队的间隙，加尔和山下对视一眼，然后齐心协力把毫无反应的警卫拖到右舷，推下了水。按理说，应该要隔上几秒才听得到水花溅起的声音，但他们却立马听到了水声。他们离开吴市的那晚，甲板离吃水线起码有25英尺远，但现在似乎只有10英尺。连山下都发现了这一点——他往下一看，不禁倒抽一口冷气。右侧的螺旋桨竟然不转了！

甲板边缘涌起一波浪花，划破绿色的海面，逆势而行，仿佛是在向他们宣告：时间正飞速地流逝。

战俘们并没有过来感谢他们，甚至连话都没和他们说一句，就成群结队地跑向了通道，消失在黑暗中。

黑暗？

机舱里一片漆黑，所有的灯都关上了，只留了几盏电池灯，用以应急。那群战俘只顾自己仓皇逃窜，真是群狗杂种、白眼狼。山下和加尔一样，双眼瞪得老大，似乎不敢相信刚刚发生的一切。他可是个军警，却把警卫扔到了海里，要是被自己人知道，那还了得？加尔握住他的手肘，告诉他这没事的，他绝对会守口如瓶的，那些战俘肯定也不会说出去的。他得带他上去了，不然就没机会了——但他突然回过神来，他俩等过头了。

第二十二章

他俩已错失良机。耳畔传来隆隆响声，好像是靠船底那块发出的。作为前任艇长，加尔立马就明白了问题所在，毕竟以前也听过这种声音——它意味着船底隔板已轰然倒塌。海洋可是丝毫不讲情面的，操控海水对着钢板发起一波又一波猛烈的冲击，发出"砰砰"的响声，连接处的铆钉已经开始松动了，左侧两个螺旋桨的转速也逐渐减缓，到后来甚至彻底罢了工。又是一声长长的巨响，随即便是令人心惊胆寒的破裂声，他们能感觉得到，舰尾正不断下沉。右倾问题还没解决呢，现在可好，又添了个新麻烦，真是祸不单行。甲板上到处都是大片的海水，加尔踩水滑到救生索旁，往下一看，海水居然离他们只有几英尺了！山下则怔怔地立在通道入口处，一动也不动。

加尔把他拽了进去，他俩一道进入了漆黑的通道。不知为何，里面的运货盘都是倒翻着的。他推开挡在面前的运货盘，冲出一条生路，顺便还拿了一个运货盘在手上，同时，他也不忘提醒山下捡一个运货盘带走，以备不时之需。又是一声巨响，航母忽然朝一边歪去，虽然幅度不大，但是，要知道，它的排水量可有70000吨啊，居然还忽然打了个趔趄？光是想想，就令人头皮发麻。海水浮沫应该已经没过舰尾了吧。他解开一卷绳子，把两人的运货盘绑到了一起，前后各留了一个绳结，这样的话，此关一过，他们便能有福同享，一起使用"托盘浮板"。

但事实却是，他们用不着过这关了。挟卷着浮沫的海水正朝他们扑来，气势汹汹，掀起浪头一个比一个高。飞行甲板上方传来雪崩似的声响，有什么东西正沿着飞行甲板往下滑！山下似乎努力地想要说些什么，但最终却是半个字都没说，噪声越来越响——深处传来的隆隆声、海水撞击钢板的砰砰声以及浮沫嗞嗞的消散声。浮沫越来越多，大有将整个舰体吞噬之势。并不是他们杞人忧天，只是从目前的情况来看，恐怕猜想很快便会化为现实。

加尔爬到他的"浮板"上，把多出的那截绳子绑到小臂上，山下依样画葫芦，也把自己那端的绳子绑在了手臂上。舰尾忽然上翘，海水排山倒海地往舱内涌来，仿佛瀑布，飞流直下，而他们只能像冲浪那样，踩着运货盘与海浪搏击。但旋即舰尾又陡然下沉，激起惊涛骇浪，将他们推离此处。尽管"浮板"好几次都差点被海浪翻个个儿，但他们拼尽全力，最终化险为夷。没过多久，他们便漂到了远处，与航母拉开了几百英尺的距离。山下脸色煞白，看上去和比目鱼肚子几无分别，但他仍努力地坚持着。终于，月亮从厚厚的云层中探出了脑袋，照亮了海面，而航母的惨状也被他俩尽收眼底。

我的天哪，真是惨不忍睹。加尔暗想。眼看舰尾一点点沉入水中，舰身往右不断倾斜，倾斜角至少得有25度。航母暴露于外的烟囱和排气管离水面也越来越近，驱逐舰不得不暂且退后，以免被其砸伤。飞行甲板上的机动组成员拉响了集合警报，因为起码有一千人正朝右舷甲板边的狭窄通道奔去，更准确地说，应该是滑去。加尔趴在"浮板"上，提醒山下别忘了蹬腿，以逃离这险境。毕竟，规模如此之大的巨舰要是真倒下了，500英尺之内，绝无完物可言，必须得跑远些。看得出，山下毫不费力地理解了他的意思，马上就开始奋力地蹬腿了，但他双眼紧闭，似乎还没从惊恐中缓过神来。

他俩必须得齐心协力，一同逃离这险境，因为一旦飞行甲板浸水后，水很快就会灌到电梯口里，然后航母就会像石头一样倒下来。

加尔见其中一艘驱逐舰迎难而上，用舰首顶住了航母岛状结构的前侧，发出吱嘎吱嘎的响声。

但航母歪倒的速度越来越快，飞行甲板业已贴近了驱逐舰的桅杆。舰岛上的部分官员也已下到了飞行甲板上，准备通过倾斜的甲板爬到驱逐舰上去。但前部的烟囱里忽然升起了一股亮白色的蒸汽，吓得那些疲于逃命的造船厂工人们惊声尖呼，不过尖叫对事态可起不到任何帮助。那艘驱逐舰逐渐后退，加尔清楚它这么做的用意何在。航母的舰尾沉得太深了，以至于后部的电梯口差点都要被水灌满了。另外两艘驱逐舰见状也开了过来，和它一道用舰首顶着航母,不让航母倒下。

"用点力!"加尔对山下喊道。想让"浮板"动起来,可没那么容易。他俩各管一边,努力地蹬腿前进。尽管山下已经用上了吃奶的力气,但他对游泳却是一窍不通,不仅效率不高,而且还拖了加尔的后腿。可那又如何?他根本无力改变。

耳边响起了哗哗的水声,尼亚加拉大瀑布仿佛就在身后,但他没有回头,而是继续踩水,妈的,千万别和我说刚才在原地转圈啊。三艘救急的驱逐舰当中,有艘拉响了汽笛,发出"危险"的讯号。蹬着蹬着,加尔渐渐体力不支,最终筋疲力尽,只得停下了动作。他回头望去,飞行甲板只有三分之一是露出水面的,在月光的映照下,甲板的轮廓线条显得分外鲜明夺目。飞行甲板上再也看不见攀爬的人。随着海水的不断深入,尘土、空气以及蒸汽都遭到了无情的排挤,被迫从前电梯口中撤出。没过多久,电梯口就灌满了水。紧接着便是一声不可思议的巨响,如泣如诉。一代巨舰"信浓号"就这样消失在了视野中,坠向了500英尺深的海底,只留下一个大漩涡。加尔依稀能看到浪花席卷着数百号人,奔腾而去。直到最后一刻,那些家伙依旧追随着"信浓号",至死不渝。一分钟之后,海面又恢复了平静,只剩下蒸汽和粉尘默默地浮在原处,仿佛仍在寻觅航母的踪迹。加尔受到了极大的震撼,好端端的一艘航母就这样没了,真是暴殄天物啊。

这时第四艘驱逐舰从烟雾中探出头来,差点撞上身旁的同伴。它像触电般猛地退开,然后在原地停了下来。另外三艘则开始搭救水中的幸存者。山下说"信浓号"上大概有三千人。但就眼下情况来看,幸存者寥寥无几。驱逐舰就像捕捞鲱鱼似的,把那些家伙从水中捞了上来。他俩距事发地点500码左右。加尔有些犹豫——对他而言,被驱逐舰救起来和被宣判死刑没什么两样。那些幸存者会把潜艇击沉航母的账算到加尔头上,无论哪艘驱逐舰捞起了他都没用,只要上了甲板,他立马就会被日本佬撕成碎片,而谁又能怪罪那些义愤填膺的人呢?但从另一方面来看,在北太平洋冰冷的海水中,全副家当就只有一个小小的木质运货盘的他们,存活的概率就和《泰坦尼克号》中的那两位差不多。

加尔察觉到手中的绳子紧了一下，随即又恢复了原状，接着便听到身后传来一阵歇斯底里的痛哭声，混杂着喉头的咯咯声，纵使他左顾右盼，四下搜寻，也并没有发现山下的身影。黎明已悄然迫近，海面上泛起点点微光。天空明朗，他见西面零落地散着几颗星。此刻的他浑身上下没有一点力气，口干欲裂。更糟糕的是，他觉察到这附近有鲨鱼，而且应该就在"浮板"下方。

他拼命挤出一丝力气，爬到"浮板"上，用手往后拨水，好驶离这片险境，但未果，因为另一块"浮板"仍与他的浮板系在一起。于是他把那块"浮板"拉过来，将它与自己的"浮板"并排绑在一起，制成了一个"大木排"，然后再次尝试。这次，他成功了。他趴倒在"木排"上，把头埋在那两个粗制滥造的运货盘之间，合上双眼，小憩了一分钟左右。他已经逃离了那片冰冷刺骨的水域，所以，现在，他至少还有活下去的机会。

好景不长，还没到五分钟，微风便吹得他瑟瑟发抖。气温比海水温度低，所以时不时越过"木排"（这玩意儿有一半都沉在水里）拍打在他身上的海浪，反倒成了某种慰藉。"木排"貌似撞上了什么东西。所以，他是继续待在上面好呢，还是跳到海里好？或者说，哪个法子能让他多拖几天？他睁开一只眼睛，但海水瞬间模糊了视线。"木排"好像又撞到了什么。

他忽然回过神来，根本不是撞到其他东西！他睁开双眼，面前居然是一条巨大的鲨鱼！鲨鱼将头探出水面，用仅剩的一只眼睛直勾勾地看着加尔，并朝着他张开了血盆大口，他瞥见后槽牙那儿嵌着一块长长的布条，看起来像是卡其制服衬衫的碎片。

加尔心跳得像擂鼓一样，他盯着它看了一秒钟，然后扬起手臂，狠狠地朝着鲨鱼的脸来了一下。他感觉自己的拳头好像打在了砂纸上一样。鲨鱼眨了下眼睛，迅速钻入了水中。加尔原本以为它会回来报复他，尽其所能攻击他，但它始终没再出现。他的手都麻了，他只好将手一张一合，让血液流动起来。待手恢复后，他便往里挪挪，整个人缩成一团，确保手脚不会露在"木排"外面。接下来会发生什么？他也不知道。算了，到时候再看吧。

几分钟后，又是"砰"的一声，加尔睁开双眼，这才反应过来——他都不知道自己啥时候合的眼。这次撞上的东西比鲨鱼黑。它一来，四周风势也减弱了。他能嗅到燃油的味道。现在他已经度过了低体温症的前两个阶段——冻得发抖期以及冻得出现幻觉，觉得自己还挺暖和的时期，进入了第三个阶段——冻得要死期。那东西就在"木排"前面，他试着从一片漆黑中看出些端倪，辨认出鲨鱼的轮廓，却发现那不是鲨鱼，那儿有个人头！

是具尸体吧，他想。

该怎么办呢？照例说，他的大脑应该飞速运转起来，想想对策，可现在他脑中一片混沌，完全无法认真思考。

一具尸体。

一具穿着衣服的尸体？

他往前爬了几英寸，往人头那边探去，心道但愿那家伙可别只剩一副骨架了。

的确是具尸体，加尔把他翻了个面，是个日本人。在他的下巴底下，加尔摸到了湿答答的衣领。他花了十分钟时间，把棉袄从日本人身上扒了下来，然后把那具尸体推回了海里。差点儿就错过这件棉袄了。他回到"木排"上，把棉袄紧紧地裹在身上。尽管前面的拉链拉不上，但棉夹层还是不错的，哪怕湿了，也能起到些保暖作用。是件好棉袄。他打算继续睡，内心默默祈祷：只是睡一觉而已，千万别一睡不醒，就此永眠啊。

等他醒来的时候，天已经完全亮了，温暖的日光照在他身上，耳畔传来日本人激动的叫声，正当他搜肠刮肚地回忆昨夜的经历时，一阵刺鼻的死鱼味儿突然袭来。他睁开一只眼睛，见约10英里远的地方有艘小渔船，上面站了4个日本老人。他们一边盯着他看，一边互相闲聊。他睁开双眼，眨了下眼睛，又定睛细看了一次。

站在四十英尺小船驾驶盘前，双目圆睁，紧盯着他的不是别人，正是桥本实！

第二十三章

加尔太过疲累，甚至丧失了思考的能力，他渴得嗓子都要裂了。

他的前额像是被晒伤一样，火烧火燎的疼，腿则像湿漉漉的橡胶那般，毫无知觉。在弄清桥本实和另外三个家伙开的船究竟是什么来路之前，他最好还是别和他"相认"了。

片刻之后，他被拖到了甲板上，他们就像对待一条大鱼似的，将他一把扔在了木甲板上。他听见几下"嘶嘶"的呼吸声，"盖京"这个词（音译，日文原文为gaijin，意为外人）也被重复了好几次。木质甲板是那么的温暖，以至于他都想在上面再睡一觉。但顷刻之后，一桶冷水便当头浇来，灭了他的念头。耳旁响起噪声，又有人朝着他大喊大叫，看来是某些人不爽了。就他所知，日本人无一例外，都喜欢对别人大吼大叫，而且似乎永远都高兴不起来。

给我一枪，来个痛快吧。他想，老子真他妈的受够了这群狗娘养的混蛋了。这群狗杂种到底是哪根筋不对，居然敢上珍珠港撒野？

不多时，他们便对着他撒下了一张轻巧的小渔网，将他包裹在内。包裹的过程中，他在地上滚了三圈，日光和木甲板在眼前不断更迭。包完后，他们觉得他应该构不成什么威胁了，而他却觉得自己就像被毡毯包裹着的臭虫一样。

又是一桶海水劈面浇来。一张脸陡然出现在他面前。他试着将视线聚焦到那人身上。原来是桥本实，刚才大喊大叫的也是他。他背对着其他人，看着加尔，从他的眼神中，加尔能觉察到，在别人看不见的地方，他正努力地尝试，以期将某些秘密信息传递给他：上船后，尽量配合些，晚些时候，我会和你聊聊。加尔闭上双眼，不幸被那些家伙看到了，一脚踹到了他屁股上。他们把他拖到船尾，绑在系缆墩上。旁边有个导缆器，透过孔眼，他见海面上大概有几十艘像这样的小船。四周弥漫着一股船用燃油的味道,日本佬一定下了命令,让吴市出动所有的渔船,到海上搜寻"信浓号"的幸存者。

他一艘驱逐舰都没看到,但没准它们已经驶出了他的视线范围。他被裹在渔网里,浑身无力,不由得又合上了双眼。他不知道自己睡了多久,但这次叫醒他的可不是冷水了,有人轻轻地拍打着他的脸颊。他睁开一只眼,见桥本实跪在他旁边。

他把一杯水端到加尔嘴边,加尔渴得要命,自然是一饮而尽。他把加尔拉起来,让他喘口气,然后再扶他躺倒,就好像在喂养婴儿一样,视线越过加尔的肩膀,望向远方。加尔听见小船的柴油发动机轧轧作响,这才意识到天色已晚。

"我必须把你藏起来。"他说,"他们以为你滚下去了。"

"嗯。"加尔只能发出这个音节。

"我能帮你把这弄开,"他说道,加尔知道他指的是渔网,"然后你就钻到网洞里,别出声,保持安静。"

"嗯。"

他迅速地划破了渔网,把加尔拖了出来,在他的帮助下,加尔爬进了后舱的网洞里,空间不大,当然,这是相对于他的欧美体型而言。桥本实走到洞口前,扔给他一瓶水,用脚关上了木质洞门。

"我过会儿会来找你的。"他说,"别出声。"

洞中弥漫着一股鱼腥味,他觉得有点缺氧。加尔听见桥本实渐行渐远的脚步声,发动机仍在屁股底下吵嚷着,发出"砰砰"的响声。他又喝了些水,把瓶子放到角落里——因为瓶子没有盖,他怕水倒出来。船仍在前行,但发动机似乎运行得不太顺畅,排出的废气闻起来就像爆米花一样。他对此思考了十秒左右,但困意如潮水般袭来,终令他无力抵挡,沉沉睡去。

突如其来的争执声将他从睡梦中唤醒,貌似是船员和另一艘船上也可能是码头上的人吵起来了。对方的声音一听就不是善茬,加尔尽量避免弄出任何声响,躲在洞里,透过旁侧的一丝缝隙往外张望。他们的船目前正停靠在码头旁边,潮水应该已经退了,因为码头甲板离舷缘足足有8英尺。码头上站着三个士兵，其中一个赤手空拳，另外两个左手握着来福枪，一副无所事事的样子。头顶上传来桥本实应答的声音。对方听了几秒后，对他后面的两个士兵说了些什么，他们马上举起来福枪，做出一副准备射击的样子。空气瞬间凝固了，只见他们对着那位小头目扔出一条绳子，对方接住绳子，握住一端，等待他们采取下一步行动。那两个士兵仍端着来福枪，枪口正对渔船。除了他们之外，码头上的其他人，加尔可就看不到了，但他能大致猜到方才的情景：那两个家伙来福枪一端，围观看热闹的绝对一哄而散，要多快有多快。

小头目开始拉动绳子，原来绳子另一头系着的是一个篮子。士兵们放下枪，把篮子里的东西倒在地上——里面只装了一小串鱼而已。

同样的步骤双方又重复了三次，最终桥本实终于忍不住了，大声抗议起来。小头目似乎想下到渔船上，但却发现压根无路可走，只好指着渔船，厉声说了几句。然后三人抬起篮子，往码头内走去，离开了加尔的视野。

士兵们前脚刚走，甲板上的人们后脚便爆发了争执。

加尔好好地休息了一番，然后耐心等待桥本实采取行动。现在是清晨，天空灰扑扑的。但愿潮水马上就能涨上来，但即便是这样，也得等上几个小时，桥本实才能把他放出去。此时此刻，即便是刚才的那篮生鱼，对他而言，都诱惑十足。

好不容易挨到天黑。三小时之后，加尔已被转移到了另外一艘船上。日落之后，又过了一个小时，桥本实便把他从洞中救了出来，带他上了码头，走到一架通往下方的梯子前。他带着加尔爬下梯子，刚下梯子，加尔就一脚踩进了泥潭里。这泥潭起码有一英尺深，他陷在里面，动弹不得。桥本实亲身示范，告诉他如何利用码头的结构站稳，先抬起一只脚，往前跨一步，确认踩实后（尽管这也就意味着一脚软泥），再迈出另外一只脚。死鱼和腐烂海草使得泥浆散发着一股臭气，熏得加尔几欲流泪。他得克服许多困难，做出巨大的努力，才能在这泥淖中前行一步。

走了几步后，他便看到了目的地——一艘躲藏在码头之下，残破不全的渔船。这艘船不仅没有发动机、螺旋桨、船舵，甚至连船舱都没有，就只有一个船身，上面铺着一层木甲板，甲板上有个方洞，通往前舱的驾驶室。他俩爬上那艘废船，坐在甲板上。黑暗中貌似有东西在扭动，意欲逃离他俩身边，但也有只孤独的螃蟹毫不让步，坚守在自己的领土上，静静地看着他俩。它一定是领会了加尔的意图，不然它不会忽然闪到一边，就此消失在他俩的视野中。

桥本实坐在他身旁，从口袋里掏出一支小蜡烛，将其点燃。虽然烟雾式微，但仍驱走了潮水的臭气。之后他打开一个小棉布包，里面那片薄薄的鱼肉还没凉透，明明就只有一小把熟米，还煞有介事地用上了绿叶作为包装。加尔两三口就把这些食物全部消灭了。桥本实递给他一瓶水，瓶盖依旧"失踪在外"。加尔能看得出：这是个旧啤酒瓶，所以，他也没抱太大期望，里面盛的水会有多干净。即便如此，能料到这些，也算是功德圆满了。桥本实拿出两根烟点着，将其中一根递给了加尔。平日里加尔可不抽烟，但那晚他却破了个例，既是为了跨越他俩之间由军衔而生的隔阂，也是为了赶走一些大蚊子。

桥本实一屁股坐下，看了加尔一眼，好像是在问"好的，那到底发生了什么事呢？"

加尔便把他的故事一五一十地和桥本实说了，从他指挥潜艇下潜，却不慎落水到"信浓号"沉没，在丰后水道的东端永眠。桥本实似乎非常疲劳，一言不发，只是安静地听着他倾诉。他看上去又老了几分，整个人更加瘦削了。加尔讲完后，他点了几下头，又摸出几根烟。加尔摇摇头，示意自己不用，他便只给自己点了一根。火光映照下，他的面容恍若佛像。他虽然神色疲惫，但仍保持着耐心，头脑也非常冷静。

"狗娘养的军队。"他叹了口气，"这儿的情况很糟，没有东西吃。能吃的都被军队搜刮走了。他们命令我们出海，不管捕到什么，只要有所收获，他们都会据为己有。他们会给我们油，但那不是纯正的燃油，不知道掺了什么东西。我们会留一部分鱼藏在船上，他们知道我们会这么干，但他们也清楚，我们必须吃点东西，不然他们啥也吃不到。一个村子就只能分到一袋米，而且这还是他们一个月的口粮。农民们种的东西，不论是树上的水果，还是田里的稻米，都被军队给拿走了。到处都有孩子饿死，因为没有东西吃。广岛市也一样，情况非常糟糕。"

加尔不知道该说些什么。他们配给的口粮本就少得可怜，刚刚居然还分了一些给他。他有点愧疚，觉得对不住他们。

"昨晚，"桥本实继续说，"军队来了。那些官员很激动，命令所有的船只都到海上去。他们让我们到东面去。许多潜艇发起了进攻，有艘大船被击沉了，很多船员落水。我们的任务就是找到海军船只，找到那些船员们，把他们带回渔村。"

"那儿的水很冷，桥本君。"加尔说道。

老人点点头："我们知道。冬天的话，在水里你只能撑一个小时，也可能两个，然后就会睡着，长眠海底。"

"但无论如何，你们还是得去。"

他再次点点头："军队可不会征询你的意见。他们怎么说，我们就得怎么做。"

他告诉加尔，午夜时分，一大堆渔船都出动了，有些船上有军队士兵，他们随身带着无线电设备。搜寻工作一直持续到黎明时分，确实也打捞起了一些幸存者。至于那些不幸身亡的，他们就不打捞了，任凭尸体泡在海里。死了不少人，泄漏的燃油铺在海面上，由于温度过高，还兀自冒着气泡，看上去就像火山岩浆一样。渔民们听到传言，说是有艘巨舰借着夜幕的掩护驶离了吴市。官员们对此倒是一清二楚，但他们不想让渔民们知道，也不允许他们谈论此事。谁要是胆敢提及，格杀勿论。

桥本实说他们每晚都听东京电台。广播里说他们在中国和东南亚连战连胜，美国人已经被他们赶回了澳大利亚，大日本帝国的皇军正准备把他们逼到角落，然后一举歼灭。广播还说美国海军已在珍珠港被他们大举歼灭，剩下的那些残兵败将也在中途岛一战中元气大伤。不过没人相信广播说的。燃油奇缺，广岛的办公楼和酒店甚至连暖气都供应不上了。稻米就更不要想了，几乎无处可得。全国各地都有人暗度陈仓，在院子、花园甚至是窗台上种稻。去年冬天，一场严寒冻塌了一座桥，而他们到现在都还没重建，因为缺少钢铁。人们一旦要去医院，就得做好一去不返的觉悟，因为医院里的药品和医生都不够，而且还有B-29轰炸机时不时地来轰炸几下。起初他们只能看见高空中留下的航迹云，但现在飞机已是肆无忌惮，只要它们白天出动，无论何时，一抬头就能清楚地瞧见它们的身影。B-29轰炸机每到一处，必将留下熊熊烈火。火焰不仅点燃了大都市，而且连一些小城市都不放过。它们再也不扔巨型炸弹了，因为那玩意儿虽然看起来轰炸范围大，但实际上炸到工厂或大型建筑物的次数屈指可数。他们现在喜欢先一口气扔一堆小炸弹，一颗大概只有六七磅重。这种炸弹能让轰炸区到处布满某种胶状物。待小炸弹投放完毕后，它们再扔些稍大点的炸弹，爆炸产生的火焰会点燃那些胶状物，使得整个城市都被火海包围。就在几个星期前，北部燃起了一场可怕的大火。新闻报道称有关人员迅速地扑灭了大火。该事故并没有造成多少破坏，伤亡人员不多。但从本州岛逃出来的居民却不是这么说的。他们说整个城市仿佛一片火海，被火烧到的平民们惊慌失措，在街上夺路狂奔，就像一团团火球一样。火势是如此之旺，以至于氧气都几乎被燃尽，他们几欲窒息。是，没错，火是灭了，但那是因为能烧的都被烧完了。

本州岛的居民们非常愤怒，桥本实说。轰炸一艘船或击落一架飞机是一回事，但敌人居然把这么大的一座城给烧了，这又是另外一回事了。加尔告诉桥本实，他得到的消息是：全国各地都分布着战争设施。日本军队甚至把军工制造设备藏在工人的家里。这样一来，工人们在家中都能生产小零件、铸件和组件。接着，这些元件就会被送到工厂，组装成加农炮弹、飞机部件、鱼雷或是重型机械，所以美方才会那么做。

桥本实说他是能理解，但本州岛的居民不能。有些B-29的机组人员跳伞降落到乡村地带时，被当地居民看到了。他们毫不手软，见一个杀一个。

不过加尔现在的处境和他们也差不了多少。

"我不能待在这儿，"加尔说，"要是军队发现我在这儿的话，会把村庄里的人都杀光的，不是么？"

桥本实点点头："对。两个星期之前，军官发现有户人家通过中国电台收听美国广播。于是他们带走了家里的男丁，然后放了一把火，把他们的屋子给烧了。老人、妇女和孩子都还在屋里。"

"你什么时候回到海上去？"

"明天早上吧，尽量早些。"

"其他的船员可靠么?"

他再次点点头:"他们都是我的家人。我们整个村子就像一个大家庭一样,谁都不会给军队通风报信的。"

"你是从夏威夷回来的这件事,他们知道吗?"

"知道。"

"那你为什么要回来呢,桥本君?"加尔问道。

"我已经老了,"他叹了口气,说道,"没多少日子可活了。军队在日本国内的所作所为,我看了只觉得羞耻。官员们都疯了,他们无缘无故地殴打士兵,有时甚至都闹出人命来了,搞得士兵们个个心惊胆寒。官员们还带着佩剑,把自己当武士了。士兵们要是犯了错误的话,官员们可是会把他们的手给剁下来的。这场战争摧毁了我的国家,令我蒙羞。我很愤怒,想要报复那群人。可能会被抓起来处死,这我也清楚。"

"还记得你的任务么?"

"当然,"他骄傲地说道,"秘密任务。等到天空下起'纸雨'时,就到广岛市去,把那东西放到广岛市工业发展厅外围的花园里,然后就等着瞧吧。"

"这附近是不是有个战犯集中营?"

"九州岛有一个。那个集中营规模挺大的,里面有很多外国人。靠广岛那边也有一个,不过规模稍小些。我们在广岛市听到很多可怕的故事。很多战俘都被派到长崎旁边的川崎煤矿去挖煤了,但许多人都死在了那儿。"

"广岛市被轰炸过了吗?"

"没有。东京电台说至今为止还没有城市遭到轰炸,但我们都知道这不是真的。从北部过来的铁路员告诉我们的情况,和他们所说的截然不同。他说他再也不想回到那个鬼地方去了。"

"好吧,"加尔说,"我觉得应该让我再被俘一次。我们现在出去,你带我回到那个洞里,然后你再出去,和军队说你在海上发现了一个漂浮的箱子,里面躲着我。"

"他们会杀了你的。"

"我穿着卡其制服。他们会先审问我的。我会告诉他们我是谁,对他们来说，我应该还算是个有价值的俘虏。这样的话，就不会伤及你或你的村子了。"

桥本实觉得他的方法合情合理，应该能行。加尔心里清楚，自己其实是万万不想再次被俘的，但他也不想给这个小渔村带来灭顶之灾。军队很可能会拆掉村子，杀害村民，就因为桥本实把他从海里捞了出来。他确信桥本实也明白这一点。桥本实和加尔说，他还是待在这儿比较好。明天天黑之后，他会过来，装成是在最后一次检查船只时发现他的，因为后天他们要出海。到时候他会把离他们最近的十字路口那边的警卫叫来，也会事先知会其他村民，让他们务必对他的"大发现"装出一副吃惊的样子。之后，他会继续等待。"纸雨"一出现，他就会按照约定，前去完成任务。

加尔想过逃到海上去，比如今晚偷艘渔船，把它开出雷区，跑到公海上去。但就算他跑到了濑户内海上，那又如何呢？没有吃的，没有淡水，离最近的美军基地也有1500英里，而且半途上还很有可能被日本的巡航船截获，到那时候，村子一样遭罪。对于珍珠港那边的人来说，要桥本实遵守约定完成任务，可是件大事。而这事能不能成，关键在于他的渔村。要是村子不在了，他还怎么做任务？逃跑显然是行不通的。所以他半推半就地采纳了桥本实的提议。

"最后一件事，桥本君。"加尔说，"记住，把那玩意儿放到指定地点，但别待在那儿，放完就走。"

第二十四章

珍珠港太平洋舰队潜艇基地

信使踏入作战指挥中心时，洛克伍德将军正在同福雷斯特上校讨论着将潜艇基地转移到关岛的计划。

"急报，将军。"他说道，把一封信递给洛克伍德。

"谁发来的？"趁着洛克伍德读信时，福雷斯特问道。

"射手鱼号。"信使答完后便离开了办公室。

"有个家伙说他用六颗鱼雷就干掉了一艘航母。"洛克伍德说，"他说压根没想到那混账东西会蠢到自投罗网，闯入他的视野。"

"这听起来可不像乔·恩赖特的口气啊，"福雷斯特说，"要当真如此的话，那他也太谦虚了吧。他们是在哪儿发现航母的？"

"的确是艘航母，但不知道是哪个系列的，看上去体积非常大，比'翔鹤号'还要大。他追了足足6个小时才开火，因为航母从未减过速。那玩意儿中了6颗鱼雷，居然还能动？"

"比'翔鹤号'大的话……"福雷斯特说道，"我在想，有没有可能是……"

"是加尔·哈蒙德追踪的那艘？你认为他们把它开出港了？"

"不是不可能。哈蒙德报告说攻击了干船坞的浮坞门，而不是航母。也许他的举动吓到了日本人。于是他们决定把航母开出濑户内海，转移到我们的船到不了的地方去，比如横滨，或者是横须贺。"

洛克伍德放下手中的信："他们可能以为我们的船连濑户内海都进不了吧。"

福雷斯特耸耸肩:"不管怎么样,我们还是再等等吧,看看那些狂徒的反应,会不会有关于损失一艘航母的传言流出。"

"这么做有个前提,那就是我方必须有能力截获对方的实时通讯信号。"洛克伍德说道,"之前当然没问题,但现在的状况,嗯,你也清楚。"

福雷斯特点点头,轻声嘟哝了一句:"成也加尔·哈蒙德,败也加尔·哈蒙德。"

日本九州岛

等到第二天晚上九点时,加尔已经被押到了军用卡车上。他双手被反剪着绑在背后,眼上还蒙着黑布。负责押送他的两个士兵大概只有十二岁,怀中带刺刀的来福枪不仅比他们人都高,而且年纪看起来比他们还大。接到通知后赶来的军官一见加尔,简直喜出望外,不过他庆贺喜悦的方式有些特别——只见他拿起警棍,狠狠地抽打着加尔的胫骨。加尔觉得自己的两条腿就好像断了一样,不由得朝他跪下了。见了日本官员就得下跪,这不是明摆着的吗?他也知道,在后厢坐的时间越久,等会儿越不容易爬起来,甚至可能连走都走不出去。

最后一顿饭是一位不知名的村妇送来的。她还给他带了些新鲜淡水。他狼吞虎咽,很快便结束了战斗,虽然他也不知道吃下去的究竟是什么东西。尽管如此,他还是饿得要死,但他清楚,无论去哪儿,食物都非常紧缺。他暗自思考过很多次,放弃逃跑的机会,选择再次被俘究竟是不是正确的决定。但摆在眼前的现实让他认清了一切。要是他被捉住的话,日本人一定会逼迫他吐露出自己待过的地方。如果他把他们供出去,那渔村恐怕就难逃被烧毁的命运了。但那些村民其实并没有犯下什么滔天大罪。他们唯一的罪过,仅仅是当一个老人重新回到他们当中时,他们没有排斥,而是自然而然地接纳了他,仿佛他从未离开过一样。

他们起码开了一个小时才停。这儿貌似是个检查站。一路上,像这样的检查站还有好几个。每次停车时加尔都能听见嘘声和窃窃私语声。羁押他的那位军官与他同行,他可能会把加尔带到指挥部,也可能会带他到别的地方去。他们又停下来了。加尔估摸这可能是最后一次中途停车了。他听到车门被用力地关上，发出"砰"的一声。后厢门被拉开了，紧接着就传来日本人大喊大叫的声音。他知道他们想要他做些什么，但他真的动不了。腿疼得要死不说，眼睛还被蒙着，这叫他怎么动？忽然两片利刃一左一右抵上了他的后背，尖叫声更响了。他只能朝一旁倒去，结果失去了平衡，滚下了卡车，重重地摔在了地上。有人"好心"地用脚踢了踢他，帮助他滚到"正确的方向"，也就是他们想要他前往的方向。终于，他们取下了遮住他双眼的那块布，他这才发现自己来到了一个密闭的囚室里，囚室非常小，除了正中摆着的那张金属椅外，没有任何陈设。他们把他按到椅子上坐下，替他解开绳子后便离开了，临走时还不忘"砰"的一声带上金属门。加尔还挺享受独处一室的感觉的，虽然只有几分钟而已。被绑了这么久，加上刚才那么一跌，他的胳膊是火烧火燎的疼。趁着审讯者还没进来，他一边给自己按摩，一边想着怎样把身上那些口子的血给止住。

五分钟之后，只听得"吱呀"一声，一位中年男子推开门走了进来。他的年龄大概在56岁左右，头发花白，穿着一套普通的西服，夹着一把金属折叠椅。光看脸的话，还以为他是教区牧师呢——他的脸上写着"和蔼、冷静和友善"，眼神仿佛在说"放轻松，没人会伤害你，我们会成为朋友的"。那两个孩童警卫驻守在外面，但他们按捺不住好奇心，借深鞠躬的间隙，兴致勃勃地往囚室里张望着。只见中年男子迈入房间、摆好椅子后，便掏出一把半自动的黑色小手枪。确认完滑动装置处有加黄铜后，他举起手枪，对准了加尔的前额。

"动作快点，"他说，"姓名、军衔和部队番号。"

"指挥官，"他说，"你们这边也叫指挥官么？"

"至少我是这么叫的。"他收起手枪，"什么指挥官？"

"指挥官就是我的军衔。我是美国海军的指挥官。"

"哪艘船的指挥官？"

加尔把自己的军衔和部队番号又重复了一遍。

那个牧师（因为他看起来实在像）盯着加尔看了很久。他脸上的表情未曾变过，始终那么和蔼，那么亲切，让人感觉他似乎连一只跳蚤都不忍伤害。

"你是哪艘船的指挥官，请告诉我。"他说的英语连重音都没有。不是

"青"，是"请"。

加尔只好又把自己的名字、军衔和部队番号重复了一遍。但愿日本佬能自觉遵守《日内瓦公约》，好好对待战俘吧，尽管实际上他们并没有签署那份公约。

那人把枪收到夹克口袋里，扭过头去，对其中一个警卫颔首，示意他把门打开，只见一个看起来病恹恹、特别憔悴的高加索人跪在水泥地上，身上的衣服都碎成了布条，两眼肿得睁都睁不开。他身后还站着一个警卫。比起房内的两个警卫，这个警卫的年纪要稍微大些。他把双手背在身后。牧师用日语说了个词，那警卫立马掏出手枪，对准俘虏的后脑勺开了一枪。俘虏还来不及出声，就已经倒在了地上，刺目的鲜血从他身下汩汩流出，在地面上不断蔓延。警卫厌恶地哼了一声，又开了一枪，吓得那两个穿着制服的孩子差点没吐出来。

大伙儿都待在原地，一动也不动。俘虏的血已经流到了排水沟那儿，囚室里鸦雀无声，只听见鲜血一滴一滴地落进下水道的声音。空气中弥漫着尚未散去的火药味。

"你是哪艘船的指挥官，请告诉我。"牧师还是那副波澜不惊的神情，仿佛在说：我可以整个晚上都陪你耗，而且，战俘我们有的是。

隔壁传来金属门打开的声音，有人被拖到了走廊上。警卫们一边用低声咕哝着，一边推搡着那个家伙。忽然又插入了一个声音，加尔听见那人呜咽着，用英语喊道："不，不，请别这样。"年纪较大的警卫把尸体拖出了囚室，又押了一名俘虏过来。地上的血迹尚未干透，他们却不管不顾，强迫他跪下。那名佩枪的警卫望向牧师，等他发出讯号。牧师背靠椅子，点了根烟，吐出嘴里的烟草。他说他给加尔一点时间，考虑下自身的处境。

现在，他成了大日本帝国皇军的阶下囚。不管怎么说，近些年来，皇军一直是帝国的绝对领导者。日本人精通精细复杂的茶道，能准确地演奏出动听的禅乐。他们精心打理禅意花园，在园中挂上一笔书就的书法作品，根据花期种植不同的樱花。他们住在木屋里，窗户没有玻璃，只糊了层羊皮纸。哪怕到了冬天，他们仍睡在草席上，而且屋里还没有暖气。但他们还有另外一面——他们同样精通精妙的武士道剑法，并且在1937年强奸了南京这个城市——用活生生的中国平民来练刺刀。不说别的，就看看这艘船，瞧瞧他们设计的混账结构，把商船分割成一个个可上锁的小囚室，里面关着东南亚的战俘。只需两周，商船就能开到本州，届时那些战俘会被送到煤矿里。要是商船不幸在途中被鱼雷击沉的话，船上的日本人还能逃到救生艇上，而那些战俘可就惨了，哪怕想尽一切方法开门，也是徒劳无功，只能摇着铁栅栏，带着绝望与船一同沉入水中。

总之，对美国人来说，日本人实在太过陌生，他们之间距离太远，以至于美国人都没机会发现：实际上，无论从哪方面看，日本人都与他们大相径庭。

在美国人看来，死亡轻若鸿毛，根本算不了什么；但在日本人眼里，死亡却是重如泰山。战死沙场是日本士兵崇高的目标，而在牢狱中度过一生，直至死亡是他们所能想象到的最大耻辱。战俘？他们不过是行尸走肉罢了。从举手投降的那一刻起，他们就已经失去了所有的尊重。日本人会觉得，给予这种人人道主义待遇，简直就是浪费。加尔知道，这个宪兵队军官还会不断地把战俘从囚室里拖出来枪毙，直到自己回答他的提问为止。而且他毫不在意自己的所作所为，这种事在他看来可谓稀松平常，就好像把沾在嘴唇上的湿烟叶给拂去一样。

好吧，加尔想，大致就是这么个情况。

只有一个重大消息是他一清二楚而他们却毫不知情的，那就是日本即将失败。对此他十分确信。8000英里之外，大军正在集结，准备给这个奇葩民族来次彻彻底底的净化。五十万士兵正在训练中，目标只有一个：攻入这个袖珍岛国。凡是没有举白旗投降的，无论男人、女人还是孩子，只要出现在他们面前，格杀勿论。这也就意味着他们得把全日本的人都杀光了，因为他们个个宁死不降。

他做出了决定：问无不答。因为哪怕对方从他这儿得到再多的情报，结果也还是一样。日本必败的命运并不会因此而改变。

"我是美军潜艇'海蛾鱼号'的指挥官。"他说。

审讯者满意地点点头，转过身去，示意警卫把那个战俘带回去。不过这只是加尔的揣测，他应该是这个意思吧。警卫们抓住战俘的胳膊，把他推到了走廊上。加尔坐回椅子上，舒了一口气，还好，这次没有让人白白丧命。但他随即便听到了两声枪响，紧接着走廊里便响起了日本人的笑声和故作愠怒的叫喊声。

审讯者望向加尔，似乎是想仔细观察，看他作何反应。他的脸上仍挂着恼人的微笑。"明天，"他说，"明天我们会多谈些事，不，应该说，你会和我多谈些事。"

他站起身，将椅子收了起来，离开了囚室。那两个年轻的警卫仍惊魂未定，毕竟亲眼目睹两个囚犯被就地枪决，但心情尚未完全平复，湿拖把就已塞到了他们手中。对方毫不容情，"砰"的一声关上了囚室门。

第二天早晨，他们给加尔送来了早餐：一壶水（装在金属壶里）、一杯茶（装在锡杯里）以及几块米糕。他在角落里蜷了一整晚，水泥地很硬，温度又低，醒来时只觉浑身酸痛僵硬。但他不能随便乱动，因为胫骨上还有个鹅蛋大小的肿块。他必须非常小心，以免碰到它。

这间囚室条件十分简陋。对面角落的地上有个洞，那儿就是加尔的洗手间。整个隔间就只有一扇窗，约一平方英尺大，开在高处，看样子应该是朝外开的。因为昨晚他两次听到内燃机车驶过，车轮摩擦铁轨，发出"吱嘎吱嘎"的响声。而且他一整个晚上都能听到金属门的开合声。难道说这儿是个中转站，专供战俘转移的？

食物送达后，一名警卫用刺刀指着他，另一名警卫则把金属壶、锡杯和装着米糕的小木盒摆到椅子上。搬完之后，他俩便离开了囚室，临走时还不忘"砰"的一声带上门，用力之大，堪比破门而入。加尔倒了点水，洗洗脸和手，然后站到椅边，迅速地吃完了米糕。他打算先暖暖手，再把茶喝了。虽然茶水其实也没多热，而且茶叶放得非常少，只有零星几片沉在杯底。

喝完茶后，他把杯子放到盒子里，然后把盒子放到门旁，坐回椅子上，面对金属门，耐心等待。多日没洗澡，他闻到自己身上散发出一股臭味，当中混着死鱼、烂泥以及垃圾的气味，令人作呕。要是到了那种大家都恨不得每隔一小时就洗一次澡的地方，像他这种臭烘烘的人，就成了过街老鼠，人人喊打。

门口响起钥匙碰撞的声音，他一个激灵，瞬间清醒过来，这才意识到自己刚刚居然睡着了。门开了，两个警卫走了进来。换了两个人嘛，加尔暗想，总算不是稚气未脱的学生了。这两个家伙一看就是饱经战火洗礼的步兵。

他俩甚至连枪都没佩，对着他做了个手势，示意他起立。加尔依言照做，但由于胫骨上的那一大块淤青，他连站都站不稳，在原地略微晃悠了几下。其中一名警卫把一个套索套到他脖子上，收紧绳扣，然后拉着绳子，将他带出囚室。另外一人随即便跟了上来，但并没有带上囚室的门。警卫领着加尔往右方走去，与那个"屠宰场"渐行渐远（想想昨天晚上发生的事儿吧）。走廊走到头后，他们带他走到了外面，沐浴在明亮的灰光中。这地方有点像军队的阅兵场，四周都是大小不一的砖房。有的砖房功能明确，一眼望去就知道是营房、办公室还是仓库。砖房后面有条铁路，离囚室不到100码。

三人走在阅兵场上。一名警卫打头，另一名警卫殿后。加尔夹在中间，脖子上套着绳索。他有种感觉，哪怕他不小心绊到，跌倒在地，领头的那位可能都不会注意到。他们走进一栋办公大楼，沿着木质楼梯向上爬。到目前为止，一路上加尔一个人都没见到，当然，这两个警卫除外。这块阅兵场已闲置多时，许多砖房看上去都是空着的。他们把加尔带进了一个房间。房内一角挂着日本国旗和团旗。中央摆了张长桌，铺着绿色的桌布。桌上有三只水壶以及几个玻璃杯，每个玻璃杯都对应着一把扶手椅。那个警卫并没有解开套索，而是把手里那截绳子扔到了地上。两人一道走到加尔身后，做出"稍息"的姿势。其中一人闻到加尔身上散发出的臭味，立马心生厌恶，轻声骂了几句，另一个也咕哝了几句，表示同意。然后他俩都往后退了一步，拉远了与加尔的距离。加尔装作毫不在意的样子，闭上了双眼。接下来的审讯大有可能以文明的方式进行，毕竟这可不像是他们能随意开枪杀人的地方。总不可能让囚犯倒在地毯上吧？血会把地毯弄脏的。而且，从另一方面看，他脖子上还有个套索没解开呢，他们这么做，应该是别有用意的。

正当他昏昏沉沉，几欲睡去之际，身后那扇门终于打开了。他听到有人在交谈，那些人还刻意压低了声音。但这些日子以来的遭遇已让他认识到，未经命令允许，自己是不能东张西望的。当然，也不能做其他的事情。所以他坐在原地，一动不动。两个穿着绿色制服的日本军官走了进来，坐到桌子的另一边。他俩都拿了一本笔记本，腰上别着手枪皮套。昨晚的那位审讯员跟在他们旁边，穿着军队制服，脸上仍挂着微笑，就好像什么事都没发生过，八个小时之前下令枪毙那两位囚犯的人不是他一样。两位海军军官坐了下来，审讯员（加尔心里还是暗自称呼他为牧师）清了清嗓子，叽叽咯咯说了一堆日文。他足足讲了几分钟之久。这令加尔难以判断，他究竟是小头目呢，还是情报官呢？

年纪较大的那位军官一脸严肃，看样子像是高级军官。他对牧师的发言不怎么感兴趣，但另一位却听得非常认真。

牧师忽然转向加尔："告诉我们，你是怎么过来的。"他命令道。加尔便一五一十道来。牧师将他的话翻译成日文，转述给那两位军官听。他告诉他们，自己先是命令潜艇在没有指挥官的情况下继续下潜，然后被扫雷艇捕获，带到了吴市，送到了"信浓号"上。当他说出"信浓号"三个字时，那位年长的官员就像睡醒了一般，骤然活跃了起来。他问了个问题，声音听起来，咳，怎么说，就好像他经常用砂纸打磨喉咙一样。

"他想知道你是从哪里听说这个名字的，"牧师说道，"这可是高度机密的。"

"我们的任务就是穿过丰后水道的雷区，击沉那艘航母。"加尔说道。"但实际情况是我们不得不在干船坞里动手。之后，我就被俘虏了。'信浓号'遭到鱼雷攻击，沉入水底时，我就在船上。"

牧师眨了眨眼，盯着他看了很久。加尔已经能够断定，年纪较大的军官肯定是位高级官员，姑且称他为"船长"好了。船长朝着牧师厉声说了几句。

"你给我好好想想，"牧师说道，"这儿还没人收到消息说'信浓号'沉了。你所谓的消息，不是从政府官方那里听来的吧。"

"你的意思是，'信浓号'其实没沉？"

"'信浓号'的确在海上遭到了攻击，但它都避开了。现在它已经驶往横须贺了。这谁都知道。"

"那你想让我交代什么？"加尔问道，"正如你们所知，我就是那个用鱼雷干掉了两艘驱逐舰、两艘弹药船，并凿穿了干船坞浮坞门的艇长。我在丰予海峡被你们俘虏了，然后一个宪兵队军官就把我带到了驶往东京的'信浓号'上。舰长安倍让我站到舰岛上去，好看看'信浓号'是多么坚不可摧。正当我站在舰岛上的时候，四颗鱼雷击中了航母，过了一个小时左右，舰尾就开始下沉了，随后整艘航母都沉到了水底，上面还有两千多名船员呢。"

牧师半是诧异半是不耐烦地"嘶"了一声，把加尔的话翻译给了船长。虽然别的话他听不懂，但"安倍"这个词他还是知道的。牧师翻译完后，船长怒骂了几句，听语气，应该是"狗屎"一类的脏话吧。另一个官员的脸上写满了不安，似乎是觉得自己不该接收这样的消息。船长忽然发话，吓了加尔一跳，因为这次他说的是英语。

"那个宪兵队军官叫什么名字？"

"山下。"加尔说道。

船长含糊地应了一声，对着牧师说了几句日语。牧师犹豫片刻，方才答话。加尔不知道他说了些什么，但船长看上去着实吃了一惊。

"你为什么告诉我们这些？"船长问道。

"因为你们能从我这儿套取的信息，在我看来，都是无关紧要的。"

船长将他的话仔细琢磨了一番："那就把重要的告诉我，说些我不知道的。"

"我们的潜艇之所以能穿越你们的雷区，是因为我们能看见水雷。"加尔说。

"胡说。"船长对他的话嗤之以鼻。

"我们通过了丰后水道，难道那里没有布雷么？"

"你有海图。有人背叛了我们。"

"不要海图也行，"加尔说，"我们能看见水雷。"

"怎么做到的？"

"用声呐。"加尔说。

"简直是一派胡言。"

"难道你们都忘了么？有艘潜艇不仅击沉了两艘驱逐舰，炸毁了弹药船，而且还用鱼雷凿穿了'信浓号'所在的干船坞。"

气氛变得更加紧张了。牧师不得不省略一些语句,挑重点翻译。

"你是个间谍,"船长下了结论,"这些都是你道听途说的。在吴市,还是在广岛?不过都一样,都是假话,没一句真的。"

加尔坐回椅子上。如果被船长定为间谍的话,他就死定了。

"你最近去过吴市么?"加尔问道,"你可以打个电话,和他们说你想去视察一下滨海那带的情况。看看他们会怎么说。"

牧师把他的话翻译给船长听。船长闻言,狠狠地瞪了他一眼,一掌拍在桌上,顿首起身,离开了房间。待他走后,另一位官员开了口,他说的也是英语。

"你得再好好想想,"他说道,"不管你说的是不是真的,都不要再提了。像这种话题都是禁止讨论的,明白吗?听少校的。"

加尔才不会任他摆布呢。"我明白,"他说,"大日本帝国皇军,我不知道你们是怎么叫的,不管叫什么,反正在我看来,不过是一群自欺欺人的家伙罢了。'信浓号'已经被击沉了。吴市兵工厂的滨海区现在是一片狼藉。伏击'信浓号'的潜艇多的是,那艘只是其中之一。要是你们处决我仅仅是因为我说了实话,那我也没办法。但你们要知道,事实就是事实,无论怎样都改变不了。"

那人无言以对。加尔问他们为什么会说英语。牧师(他现在知道,这家伙其实是个陆军少校)朝他微微一笑,说道:"我是宪兵队外国间谍处的。这些官员是海军情报处的。我们会说英语,是理所应当的事儿。难道你们海军情报处的官员连日语都不会说吗?"

但根据实际情况,他的回答却是否定的——至少他还没见过会说日语的情报处官员。他诚实地摇了摇头。

"那他们怎么抓捕日本间谍呢?"牧师问道。

"他们根本不需要这么做。"加尔说。

"解释一下。"

"即便我们认为某个家伙是日本间谍,也会置之不理,任凭他将实际情况上报，比如说，美国的战舰是如此之多，以至于码头里都没空位供它们停了；而且每个礼拜，都会有新船从造船厂里开出来；美军正在关岛和天宁岛建造大型飞机场；两支部队攻入了菲律宾，还有……"

"够了！"牧师喊道，"这只不过是你们的政治宣传罢了。"

防空警报适时地响了起来，短暂停歇后，随即便响起了第二波警报。牧师皱了皱眉。

"B-29轰炸机来了？"加尔问道。

牧师先是耸了耸肩，随后点点头。

"美国可不会发生这种事。"加尔毫不容情地说出了事实。

这时船长也回到了房间内，如同连珠炮般叽里呱啦地说了一大串日语。他倒不是害怕空袭，比起这个，他更在意的是他们面对空袭的态度。很明显，他们让他失望了，所以他破口大骂。警报声此起彼伏，不减反增。加尔都能听到走廊上嘈杂的脚步声——大伙儿都在往外跑。两名警卫回到了房间里。其中一个走到加尔面前，帮他取下了套索。

少校猛地站了起来，脸上神情早已不复往日的和蔼。

"你给我出去，现在，马上，和他们一起走，别出声！"

加尔转过身，跟着一名警卫出了门，另一名警卫跟在他后面。这次他们可没给他套上套索。路上行人个个神色匆匆，似乎正赶着去做些什么。

他们带着他出了走廊，回到囚室里。那些他之前以为闲置着的办公楼，现在倒真的空无一人了。大家都跑到了阅兵场上。他一开始以为他们是想往防空洞里钻，但后来才发现并非如此，他们个个目中无人，怎么可能把美国佬的轰炸放在眼里？他等待着爆炸声响起，可预料之中的"嘣嘣"声却迟迟没有到来。警卫把他押回了囚室，把那根套索扔给了他。要是他改变心意，决定做些荣耀又光彩的事儿，那这根绳子一定能帮上大忙。随后他们便甩门而去，留他一个人独守囚室。

第二十五章

　　一个小时之后，警报声再次响起。与上次不同，这次的声音持续连贯，所有人都听得一清二楚，加尔也不例外。但飞机驶过的声音，他是真没听见。临近傍晚时，有人给他送来了一些食物和淡水，外加一条湿毛巾，让他擦擦身上、脸上积着的污垢。不知过了多久，他听见走廊里响起一阵骚动，听这声音，似乎所有囚室的门都被打开了。紧接着，只听见"吱呀"一声，面前的铁门应声而开，他箭步上前，三步并作两步，迅速加入到了这浩浩荡荡的逃亡大军中。他前面的男人戴着头巾，头巾底下露出一截短短的绳子，绳头落在腰部位置。警卫拿出一条马尼拉绳，往加尔手上松松垮垮地绕了几圈，然后做了个手势，示意他抓住前人的绳头。待他抓牢后，警卫又取出一块头巾给他戴上，再从头巾底下抽出套索的绳头。片刻之后，他感觉到脖颈一紧，看来后面有位老兄抓住了他的"尾巴"。前面的家伙一走动，加尔就得立马跟上，不然的话，那位仁兄很可能就会被勒死。当然，如果后面的老兄不识相的话，他也免不了吃点苦头。万幸的是，那家伙迅速参透了个中奥妙，没让他遭罪。

　　警卫们混杂在囚犯当中，时不时地戳戳他们的脊背，提醒他们走快些。一群人鱼贯而出，离开走廊。他们似乎还嫌不够，伸出粗糙的双手推搡着这群囚犯，让他们快些下楼。之后一段路愈发难走，加尔感觉他们正在穿越阅兵场。走了一阵后，耳畔忽然响起蒸汽机车发动机轰鸣的声音，像是从前方传来的。接着他们上了个木质斜坡，随后被带到了一节车厢里。进入车厢后，警卫便露出了本性，动作粗暴地将他们推倒在地，并命令他们原地坐好。加尔被挤到了角落里，右边坐着个和他同病相怜的家伙。其中一个警卫大声地讲了些什么，大概是在发号施令吧，然后车厢门就关上了。过了20分钟左右，蒸汽机便发出了一声长啸，载着他们逃离了这个是非之地，但没有一个人知道，自己将会被带到哪儿去。

"你是什么来头？"右边的那家伙问道。加尔如实和他说了。那人自称是空军部队的少校，名叫吉米·富兰克林，曾是B-29轰炸机的驾驶员，因故在九州迫降被俘。他讲话带有一点南方口音。

"你们这群家伙飞得那么高，"加尔说，"我还以为，他们逮不到你们呢。"

"我们原本也是这么想的，"他说，"我们的飞行高度可有三万五千英尺，但他们现在想了个新战术，找个家伙开架战斗机，应该还带了些氧气吧，妈的，就飞在我们头顶上，还飞在我们前头。不用说的，他们肯定对引擎做了点手脚，不然怎么能在最后一刻忽然转向，朝我们撞过来呢？好家伙，直接把左翼给废了，我和副驾跳伞逃了，但他被另一架战斗机扫射到了，我比较走运，没被打到，还能在这儿和你瞎扯。看样子，我们是要被送到东京去了。"

"为什么是东京？"

"我们在基地里听人说起过，高级官员都会被送到东京去，由审讯专家负责审问，审不出什么东西的话，就一枪给崩了。你是指挥官，很有可能被送到那里去。"

加尔把之前接受宪兵队军官以及海军情报处人员审讯的事儿一五一十地和他说了。

"除了姓名、军衔和部队番号外，你还和他们讲了些别的？"富兰克林问道，"你们居然还谈上了？"

他一脸震惊。从他的神色中不难看出，他甚至都不敢相信自己的耳朵。加尔只好向他解释："战争形势对日本多么不利，妈的，本国的那群混蛋根本一无所知。我是觉得，得给那些狗娘养的说说，好让他们睁大狗眼，认清事实：他们是绝对不可能赢的。没准他们就知难而退了。而且，我必须交代点什么，不然的话，那家伙就会把战俘一个个拖出来毙了。"

车厢里忽然弥漫起一股酸臭的煤烟味，熏得他们连连咳嗽。加尔曾经在煤矿里待过，他一闻就知道，这燃煤的质量绝对不过关。

"那群狗娘养的才不会放弃呢，"富兰克林说道，"我们得先把他们炸个屁滚尿流,让他们一夜回到原始时代,然后再打进去。管他们怎么套,老子一个屁都不会告诉他们。"

这可不是个明智的选择,加尔想。他曾亲眼目睹"牧师"为逼他开口,漫不经心地连毙了两名战俘。

"讲到轰炸,你们就不能直接从中国出发么?"加尔问道。

"按理说应该可以,但实际操作起来才发现不行。飞得那么高,还得平安返航,没一架护卫机做得到。有一半的时间我们都是抓瞎的,啥都看不见,但还是得投弹,减轻负担,不然就回不去了。相片判读员总说我们没造成什么实质性的破坏,但很快我们就会让他们看看,什么才是我们的真正实力。听说空军基地马上就要搬到天宁岛去了,到那时候,我们将会开上P-51野马战斗机,给小日本点颜色瞧瞧。对了,你不会连我们有几艘潜艇都和他们讲了吧?"

"呃,好吧,我是说了,在第一次被俘的时候。但不是完全照实说的,还加了点夸张的成分。所以他们才会带我上航母,好让我看看那玩意儿有多强大。"

"你对B-29轰炸机了解多少?"

"体积很大,飞行距离很长,能带很多炸弹。就这样。"

"不错,"富兰克林说道,"知道就好。"

他俩之间的对话到此为止。加尔感觉得到,富兰克林把他当作了间谍,以为他想从他那儿套取情报,好向日本人汇报,但事实并非如此。他是真不在意。日本人知道也好,不知道也罢,他都觉得无关紧要。就算告诉他们,主岛那边真的停了十艘,甚至是二十艘潜艇,那又怎么样?日本佬知道的越多,越容易感到恐慌。美军套在他们脖子上的绳索正在一点点地收紧。到最后,他们恐怕连码头都出不去,可谓是气数已尽,只能坐以待毙。

机车正在弯道上行驶。这段弯道回环曲折,机车一会儿往左,一会儿又向右,相对风向也随之变来变去,没过多久,他们又闻到了那股恶心的煤烟味,这时头巾就派上了用场。加尔百无聊赖,只觉睡意渐浓,不知不觉便进入了梦乡。

尖锐的汽笛声划破了清晨的宁静,将大伙儿从睡梦中惊醒。机车仍在前行，车轮与铁轨摩擦撞击，不时发出"哐哐啷啷"的噪声。酸臭的煤烟味仍阴魂不散，加尔甚至能从烟气中嗅出一丝海水的味道。

司机忽然在此时踩下了刹车，他们猝不及防，纷纷向前倒去。接着警卫们缓缓地拉开了厢门，重新扯起嗓子，对着他们大吼大叫，让他们下车。这群仗势欺人的混蛋一贯如此。加尔见富兰克林猛地站了起来，便舒展筋骨，准备起身，但警卫们却并没有喊他起来，而是带着那群囚犯离开了车厢。有那么一瞬，他突然有种预感，自己怕是要被带到其他地方去，估计是某个集中营吧。那种地方，只要进去了，就别想出来了。正当他浮想联翩时，耳边响起一个熟悉的声音——"牧师"。

"跟我走吧。"他说。

加尔在冰冷的木地板上坐了一夜，膝盖早已失去了知觉，只好手脚并用，挣扎着起身。少校见状，走过来扶起了他。加尔才刚站稳，少校就把套索给他套上了。他戴着头巾，双手被马尼拉绳捆成一团。绳的另一头握在少校手里，他牵着绳子，拖着加尔向前走去。

他俩下了斜坡，沿着火车站的站台（至少加尔感觉是）走到了一座大楼前。一进楼，少校就解开了他手上的绳索，摘下了他的头巾。加尔趁机打量四周，这儿看起来像个车站。他的旅伴们就在外面，排成了一列纵队，正浩浩荡荡地行进着。接着少校带他进了一间小小的办公室，把他按到木椅上坐下，让他别乱跑，然后便离开了房间。没过多久，他就端着两杯茶回来了。他把其中一杯递给加尔。加尔双手接过，将茶杯端到唇边。茶还是温的，里面放的是茶叶，而不是碎茶梗。从日光可以看出，现在大概是正午时分。

"不是要去东京么？"加尔问道。

少校对着他微微一笑。他的神情看起来慈祥和蔼，与教区牧师别无二致。

"没错，是要去东京。我会带你去见宪兵队的高级审讯官。他们对你很感兴趣。你最好乖乖合作，不然的话，有你好受的。"

"那他们呢？"加尔问道。他想知道其余战俘会被送往何处。

"他们也会被送到东京去。我们会用沿海货船把他们运过去。至于你的话，我们打算让你坐驱逐舰去。"

加尔将他的话仔细地琢磨了一番。看来他的"政治宣传"并不是白费功夫，他们多少听进去了些。要知道，即便沿海货船躲起来，说得更通俗易懂些，就是停靠在岸边，也难逃被击杀的厄运。鉴于目标的重要性，敌舰会尽可能地靠近海岸，以寻找目标，提高炮弹命中率。而运输驱逐舰的行驶速度非常快，想要打到这样一个高速移动的目标，几乎是不可能的。广岛到东京的距离并不远，即使在途中被美军潜艇侦察到，也没什么关系。他们可能还会把驱逐舰当成一个大家伙，误以为它会一直浮在海面上，跟在他们屁股后面。

"专门为我安排的座舰？"

少校哈哈大笑："你想多了，指挥官大人。这艘驱逐舰另有要务在身，比你的事儿还要紧得多。只不过碰巧你也要到东京去，把你送到那里去的话，这是最快的方法了。仅此而已。"

"接下来有什么事？"

"会有什么事？那得看你表现如何，指挥官大人。他们希望你能透露一些细节，关于你们潜艇的细节。你不是说你们能看到水底的雷么？他们想知道你们是怎么做到的。"

"为什么？"加尔问道。

"为什么？"牧师惊讶地重复了一遍他的话，"这还用问么？"

"当然。日本是岛国，所以水雷对于你们来说，是一种防御的手段。这点至关重要。要是我们知道前方有个雷区，我们会尽量绕行，或者干脆不往那儿过。就算我把声呐系统的原理告诉你们了，那又怎样呢？难道你们就能阻止我们？还是说，你们能不布雷？显而易见，这两件事你们都做不到。你们根本毫无对策。"

牧师一时语塞，搜肠刮肚也找不到词回应。

"还有呢，"加尔说道，"对于一艘潜艇来说，最重要的部位就是利齿，也就是鱼雷，对吧？这也是你们所害怕的。听好了，我们正想着仿制你们的鱼雷，毕竟放眼当今世界，还没找到比它更好的。"

"我们可能会重新布雷，换一种方式，"他终于开了口，"让你们的声呐摸不着头脑。"

加尔摇摇头："可水雷还是水雷啊，本质没有变，仍是漂浮在水上的金属球，里面填充着爆炸物和空气，借助系泊链稳在水中。也就是说，它们距离水面是有一段距离的。它们的工作原理很简单，就是在水中安静地等待敌人上钩。要是有艘船或潜艇不小心碰到了它，好了，'轰'的一声，一切都结束了。你们又不可能让它们隐形。所以无论怎么布雷，都是没用的，我们照样看得见，能避开。"

"要是我们知道声呐系统的设计细节的话，没准就能干扰它。"

"好吧，可你们要怎么干扰呢？你们根本没办法干扰啊，除非制造出超级响的爆炸声，但那样的话，你们自己的声呐系统不也会受到影响吗？这正是我一直想告诉你的，少校，日本已是束手无策，除了投降，根本没有别的选择。照理说，一艘航母应该配备15艘驱逐舰，但你们的航母只配备了4艘。情况如何，难道你们还看不出来么？所以我想和你们的审讯员好好聊聊。我也知道，我说的话，肯定会气得他们暴跳如雷。"

"听你的口气，就好像战争已经打完了一样。"

"我是觉得已经打完了啊，哦，不对，至少目前还没完。你们死在战场上的人只增不减，被击沉的船也越来越多——也许就连我们即将搭乘的那艘驱逐舰都难逃一劫。我们会继续轰炸你们的城市。虽然，我们的水兵可能会在海滩上壮烈牺牲，但我敢打包票，他们干掉的日本兵的数量肯定比牺牲人数要多得多。不过嘛，从整体上来看，现在的形势对我们大为有利，取胜只是时间问题。纳粹已是腹背受敌，我们都等着日本认清现实，及时收手，尽快投降。"

"不可能，我们会一直战斗下去的，"牧师大声说道，"我们决不投降，哪怕只剩最后一人，也绝不屈服。要是你们的兵和船胆敢进犯我们的岛屿，岛上的每一个人，老人，男童，甚至是妇女，都会挺身而出，与你们抗争到底，直至战死沙场。"

"我们哪还用得着进犯，少校。"加尔轻声说道，"你们日本人现在已经没东西吃，开始挨饿了吧。我们的人还没开过去呢，不是么？但我们的军械已经开过去了。战争将就此画上句号，少校。日本人民的确能战斗到最后一刻，但与你们对抗的不是美国人，而是美国的军械，美国的科技。"

丰后水道的幽灵

他失意地摇摇头,"我不该和你说话的,你简直是要把我逼疯!"

"不好意思,少校。但要是别人问我问题的话,我一般都会实话实说,把我眼中的事实告诉他。"

"要是你敢在东京说这些,他们一定会把你五马分尸的。"

"就因为我说了实话?"

"不,因为他们会恼羞成怒!"他大声反驳道。

加尔不知该如何应答,只好避重就轻,感谢他给自己送茶。少校怒气冲冲,拔腿往门外走去。他每走一步,都像是在跺脚,最后还当着加尔的面狠狠地甩上了门。

加尔闭上双眼,陷入了沉思当中。这极有可能是最后一顿体面的餐食了,接下来的话,好茶好饭就别想了。外面的那队战俘已经取下了头巾,透过窗户,加尔能看到富兰克林正盯着他看,一脸指责的神情。他用脚趾都能猜到这家伙心里在想些什么。他也能清楚,为什么这支小小的十字军忽然停下了东征的步伐。因为日本人对真实的生存环境根本漠不关心。他们把全副精力都放在维持假象上——他们自以为是武士,虔诚地信奉着神秘的武士道精神。他们的荣誉观是扭曲的,但他们毫无自觉。可以说,荣誉观高于一切,甚至是他们生活的全部意义所在。所以,他们有必要知道,自己引以为傲的巨舰们,大多已被击沉,在漆黑的海底永眠。对于加尔来说,只要他能待在暖和的地方,并且没有人来揍他,这样就够了。哪怕只有一小时,他也心满意足了。

两小时后,一辆黑色轿车开了进来,载着他们驶出了吴市海军兵工厂的大门,虽然这辆轿车样子有些古怪。宪兵队军官和加尔坐在后面,一名警卫坐在前面。司机也是军人。这次他们既没给加尔戴头巾,也没给他上手铐。他猜他们应该是想明白了,估摸着他也有所觉悟,知道自己是绝不可能成功逃脱的。他穿着卡其制服,又长了张典型的白人脸,眼睛又大又圆,一看就是外国人。那些侥幸从坠毁的B-29战斗机中逃脱的驾驶员们,当地村民可是一个都不放过,到处找寻,见到就杀。这种地方,他能躲藏几天?

白天的吴市看起来与美军的海军兵工厂或海军基地别无二致,同样有着被煤烟熏黑的工业厂房、狭窄的卵石小道、巨型的移动吊车、冒着煤烟的烟囱、色彩鲜艳，在小道间纵横交错的铁轨以及无处不在的工人。他见他们挎着帆布包，里面应该塞满了各种工具、零件、管子、电线、阀门，身上的制服早已辨不出本来的面貌。有一部分人还推着车，车上装着明显使用过的焊接气瓶，不知道是从哪艘船上换下来的。轿车在人群中穿行，每隔几秒，司机就得按按喇叭，用尖锐刺耳的噪声提醒那些挡路的工人，让他们闪到一边去，但工人们却是一脸冷漠，摆着一副懒得理他的样子。轿车终于开到了海滩上。这儿的吊车比先前看到的还要多，还有许多小型卡车，都围在一艘巨型战舰旁。这艘巨舰只剩下舰身和舰尾，整个舰首都已不翼而飞。它停在一个注了水的干船坞里。加尔在想，这会不会就是上次那个挨了他几枚鱼雷的干船坞。看样子，那艘巨舰在干船坞里待得还挺滋润的，前端还在焊接，远远看去，就只能看到一团火花。靠浮坞门那头停着三艘驱逐舰，但浮坞门却不知所终。所以，准确说来，那地方只能被称作"船坞"，而非"干船坞"。

第二十六章

码头对面就是江田岛。冬季的阳光气息奄奄，勉力照射着日本海军学院的大楼。在微弱日光的映照下，大楼看起来既呆板又单调，给人一种死气沉沉的感觉。码头外面有艘黑色的巨型战舰，正朝着航标驶去。它的上层建筑看上去就像是封建城堡的塔楼。

加尔一直都想看到这样一艘战舰，但不是这样看——他希望从潜望镜里看到。轿车一路奔驰，经过船坞的侧壁，将巨型的移动吊车甩在身后。吊车正干得热火朝天，加尔经常听到警铃大作，提醒行人和车辆注意安全。"海蛾鱼号"攻击留下的疮疤无处不在，依旧清晰可见：小道上遍布弹坑，即便用沙子仓促掩埋，仍能依稀辨出痕迹；车间的玻璃墙上密布着弹孔。有辆巨型移动吊车被烈火烧成了一团废铜烂铁，残骸就堆在角落里。

轿车最终停在了驱逐舰的"老巢"前。海军士官们恭顺地站在后甲板上，大气都不敢出一声，小心翼翼地望着他们，似乎是在考虑要不要给来宾举行一个隆重的欢迎仪式。司机先行下车，为少校拉开了车门。警卫随之效仿，但他可没司机那么毕恭毕敬，拉开门后直接将加尔从车里拖了出来。金属加工车间、吊车和电厂运作发出的噪声之中还混杂着另一种响声，听起来有些像引擎在轰鸣。忽然所有人都停下了手上的工作，从驱逐舰上的船员、造船厂里的工人，到司机、警卫乃至少校本人，都不由自主地抬起了头，望向天空。加尔完全没搞清楚状况，只好依样画葫芦，不看则已，一看吓一跳，只见空中挂着数十道弯弯绕绕，回环曲折的航迹，看得出，敌机已在此处盘旋多时。夕阳西下，将霞光染成了粉色。数百道光束突如其来，瞬间便将逐渐黯淡的东边天空点亮，它们的目的地只有一个，那就是吴市海军兵工厂。紧接着，警铃大作，大伙这才回过神来，纷纷抱头鼠窜。原来海军兵工厂里居然有如此之多的工人，加尔暗自想道，不过短短几秒钟，小道就变得拥挤不堪，到处都是惊慌失措的工人，他们夺路狂奔，个个都想挤进大楼之间的活动屋式混凝土掩体。少校一脸镇定，与这群热锅上的蚂蚁形成了鲜明的对比。他双手抱臂，坐在带缆桩上，面上毫无惧色。看得出，他已做好准备，打算好好欣赏这场精彩的表演。

警报声一响，三艘驱逐舰立马进入了临战状态。加尔不知如何是好，身旁的警卫似乎也想躲到掩体里去，但见少校摆出这么一副冷漠无情的姿态，又心生畏惧，不敢行动。忽然耳畔响起一声巨响，没有任何预兆，只听得"轰"的一声，原来是外侧的驱逐舰开炮了，直径五英尺的炮弹破膛而出。居然能在这么短的时间内做出反应，真是了不得，加尔暗自咋舌。接着中间那艘驱逐舰也加入了战斗，枪炮声轰砰作响，震耳欲聋，他不得不用手指塞住耳朵。虽然炮筒指向高空，但高度仍显不够，炮弹并没有击中目标——航迹依旧刺目可见，而且还在不断延长。三十秒过后，他甚至都能看见黑色的炸弹在高空爆炸。最后，那艘停靠在最内侧的驱逐舰终于坐不住了。码头外忽然响起"轰"的一声，震耳欲聋。加尔扭头去看，原来是第三艘驱逐舰的主炮朝天开了一炮，硝烟仍未散尽，四处肆意弥漫。加尔知道，驱逐舰上装备的火炮能把重达一吨的炮弹送到20英里之外的地方，但那是水平距离。现在的情况可不一样，炮筒与水平面有个夹角，所以距离要如何换算，他还真不知道。

尽管炮弹一颗接一颗，在头顶炸开了花，航迹却仍未消失，而且大有愈演愈烈之势，大半块天都密布着飞机留下的痕迹。有那么一瞬，加尔隐约感觉到，敌机无意对付吴市，它们就是冲着广岛去的，但很快事实便证明了一切，他想错了。领头的几架飞机飞快地从吴市上方掠过，在吴市以东一英里的地方扔下了一堆重达1000磅的炸弹。虽说一英里的偏差可能会使轰炸效果大打折扣，但这炸弹雨威力实在太大，区区一英里距离，影响可以说是微乎其微，几乎可以忽略不计。爆炸形成的巨大冲击波就像一堵无形的墙，朝他们倒来，极目所见之处，烈火熊熊，有燎原之势。脚下的混凝土地已然开始颤抖，纵使是泰然自若的少校，此刻面上也失却了往日的自信。加尔这才察觉，身旁的那位警卫已不见踪影。

少校面露痛苦之色。武士道精神要求他必须屹然不动,毫不畏惧地面对这一切,但第二波炸弹雨正在迫近,即便他做出了最大的努力,仍不能自已。接下来会发生什么,不是明摆着的么?那些 B-29 轰炸机,估计得有二十架吧,几秒钟之内就能扔完机上携带的所有炸弹,到那时候,但凡距离轰炸点不到 500 英尺的,大楼也好,小房也罢,都会被夷为平地。他突然发现注水的干船坞那边有架通往水下的铁梯,高度与码头平齐。出于安全考虑,铁梯外面还包了一层铁壳。那架梯子很可能通到干船坞的底部,要是干船坞没注水,或者水深没达到 42 英尺的话,坞底倒是个理想的去处。不管怎样,总比傻站在这儿,坐以待毙好。于是他便朝着铁梯奔去。他非常确信,少校正对着他大声叱喝着些什么,但他才懒得管呢。他迅速从少校身边逃离,三步并作两步爬上梯子,屏住呼吸,下到水里,然后背靠铁壳,闭上了双眼。

此时,比起烈火,炸弹的气焰更为嚣张,只见它们接连爆炸,四处肆虐,硝烟滚滚。身处浓重的烟雾之中,加尔甚至都看不见炸弹在哪儿,但他能感受到那股强大的冲击力。数百颗重磅炸弹气势汹汹地从天而降,对着吴市兵工厂就是一通狂轰滥炸。一种前所未有的无助感忽然袭来。虽说之前他也遭遇过深水炸弹,但和这铺天盖地、无休无止、毫无人性可言的轰炸相比,根本算不了什么。对于深水炸弹,虽然他内心也会害怕,但这种害怕基本上还是在他控制范围内的。但对于轰炸的害怕,他压根未曾经历过,谈何控制?他感觉胸腔受到了压迫,耳膜都快被震破了。这可不像电影里描绘的那样,区区几颗炸弹,就能令在场的所有人大惊失色。这可是几百颗炸弹啊,爆炸声就没停过,产生的力道大得惊人,就好像是重锤一般,将上帝看着不舒服的建筑统统粉碎,没有任何回旋的余地。

在水下待了一会儿后,加尔实在憋不住了,只能将头探出水面,但很快他便后悔了,虽然他露脸的时间只有两秒,但炸弹的冲击波是如此之强,以至于他都潜回了水底,前额仍隐隐作疼,就好像被烈火灼烧过了一样。他感觉卡在牙缝里的菜都要被挤出来了。他继续往下爬,想躲到更深的地方去,因为此时爆炸愈演愈烈,炸弹源源不断地放射出单调的红光,点亮了干船坞中的那片水域。身在水中的他忽然感受到一阵压力朝自己袭来，紧接着是一声震耳欲聋的巨响，"吭"，然后脸上便结结实实地挨了一下——冲击波就像鞭子一样，狠狠地给了他一耳光。要不是有这层铁壳，估计他早就被掀下梯子了。

自那之后他就一直憋着气，很快便感觉胸闷窒息，肺部火辣辣地疼，只得重新往上爬。又一颗炸弹爆了，震得整架梯子都晃了一晃，他甚至感觉梯子已经脱离了水泥墙，吓得他干脆闭上了眼睛，眼不见为净。待他睁开眼时，眼前已是一片狼藉——那艘靠码头的驱逐舰已四分五裂，螺旋桨和舵正缓缓地沉入水底。就在这些残骸的前方，有个红白相间的大火球正从迅速上升，很快便在水面炸开了花，他觉得那一块儿的海水都沸腾了起来，爆炸声震得他耳膜嗡嗡作响，脸颊也受到了挤压，面皮紧紧地贴在了牙齿上。

之前帮了他大忙，让他得以留在梯子上的铁壳，此时却成了牢笼，极有可能将他置于死地。横杠已经开始发烫，他觉得双掌像是被焊在了上面一样，根本拿不下来。原本梯子是钉死在墙面上的，但刚才的那阵爆炸摧毁了一切。所以现在，他与梯子就像石头一样，正迅速地朝着干船坞的底部坠去。

他一再努力，终于松开了梯子，拼上了所有力气，手脚并用，好不容易才在梯子倒地前钻入了铁壳里。视野早已模糊一片，除了无边无际的红色，别无他物。肺部因为长期的缺氧，已是超负荷运作，仿佛下一秒就要爆炸。耳膜也被冲击波刺破了，正汩汩地流着血。终于，他从水中探出了头，刚好看见驱逐舰的左舷从他的头顶飞过，划出一道弧线，"扑通"一声坠入了水中，舰尾仍在水面，但看这样子也撑不了多久，很快就会完全没入水中。远方好像有个弹药库炸了，烟雾缭绕，似有光亮闪烁，朦胧中他见驱逐舰的残躯兀自闪着微光，但这光亮令他觉得恶心。另两艘驱逐舰一左一右，挤入干船坞中。它俩的上层建筑已是残破不堪，桅杆折了，构造也变形了。甲板上、安全网上横陈着数十具水兵的尸体。舰上到处都有机油的痕迹，算他们走狗屎运，油暂时还没燃起来。

加尔一面踩着水，一面试着探头呼吸。梯子已经沉了，所以顺着水泥墙往上爬出干船坞基本是不用想了。他只能想想别的办法，好让自己逃得远远的，以摆脱这艘满是疮疤的驱逐舰。目前的状况可不太妙，他脖子的两侧正流着血，两只耳朵算是废了，彻底听不见了。他每呼吸一次，肋骨就疼一下。空气里的氧气似乎也快耗尽了，而他的双眼就好像是倒吊在草茎上的螃蟹一样，疲惫不堪，酸胀不已。这境地，无论是谁，只要置身其中，内心都会生出一股绝望之意。

四下仍潜藏着危机，"扑通"声此起彼伏，时不时就能看到大块残骸从天而降，砸入水中。要是他当时没选择逃离，而是继续死抱着梯子，沉到水底的话，日子没准还好过些。

他妈的，人生真是太艰难了。加尔暗自想道。

但这一切忽然画上了一个休止符。冲击波毫无预兆地停止了撞击，他霎时感到浑身轻松。

无休止的折磨终于结束了。

事实证明，无论何时都不能放松警惕，这不，稍不留神，前额便撞到了一个硬物上，他定睛一看，原来是防波堤上的铁环，赶忙伸出双手抓住。整个人倚靠手指的力量，吊在了环上。双眼仍生疼不已，他干脆闭上了眼睛。没想到闭上双眼，疼痛反而更加清晰：牙齿疼、浑身的骨头都疼，发根处也疼。他感觉自己的五脏六腑好像都被打散了。

时间一长，他的双手便吃不住力了，不由自主地开始颤抖。他只好将手臂穿过铁环，倚靠手肘的力量吊在空中，没吊多久，手肘便疼了起来，但他顾不了那么多了。他把脸埋到水里，好让自己舒服些。

大日本帝国正处于冬季（这点他可没忘），所以，理论上来讲，海水会特别冷，冷到足以把人冻伤，只要置身其中，便会不由自主地瑟瑟发抖。

但事实却并非如此。实际上，水下倒还比水面更暖。他依稀记得方才的狼狈样——被冻得牙齿格格打战，抖成了筛子。但现在情况可大不一样，他躲在水里，纵使残骸四处乱砸，也伤不了他。

小心低体温症！脑中忽然响起一个声音。

这我当然知道，他心想，但待在水下肯定比浮上去更安全。试想一下，要是那些日本鬼子从活动掩体里钻出来时，刚好看到你的头露出水面，那会怎么样？这可不是闹着玩的。而且，还有更糟糕的——发现你的是一群歇斯底里，

第二部 劫后余生

不可理喻的造船厂工人。若是这帮人看到一个双眼圆睁的外国人从干船坞里爬出来，会做何反应？这并不难预料，只要想想，换做是你，亲眼见到自己的家园顷刻间变成了一片废墟，内心会作何感想？即便是己方的轰炸机一手炮制，即便只进行了一轮轰炸，连他都觉得难以接受，更何况本国的那些居民？他忽然想起了珍珠港事件，虽然看上去和这事儿毫无关联，但其实还是扯得上些干系的。也许他该问问永眠在珍珠港的三千个人，问问他们无辜丧命，内心究竟作何感想；或是问问那些亚利桑那州的水兵，不过是一个普通的周日清晨，他们睡眼惺忪，刚从床上爬起，就看见一片密不透风的枪林弹雨正朝他们袭来，从船首到船尾，每块隔板都被打成了筛子，问问他们殒命船中，心中感受如何。

这只不过是一次轰炸罢了，后面还有千千万万次，正等着他们。他是这么和少校说的。而现在，他算是获取了第一手信息，美军的火力那么猛，和他们作战，简直就是世界末日。和这比起来，"信浓号"的经历都算不了什么，虽然鱼雷爆炸的时候，他能感觉得到，但要问经历爆炸的体会如何，他是答不上来的，毕竟他并没有直面爆破现场，不像航母的工程师。当鱼雷击断主蒸汽管路时，他们就在舱室里，而且舱门还反锁着，根本逃不出去。鱼雷就从他们脑袋上方掠过，爆炸令室温迅速升高，估计那些家伙还没反应过来，就化成了一团灰。

可这次不同，那艘驱逐舰原本在干船坞里停得好好的，却在顷刻之间被炸成了碎片，而且就当着他的面。他第一次切身体会到所在船只被炸毁的感受。这种经历，咳，只可意会，不可言传。

你们不该和我们斗的。他想到了一个故事，说是日本武士在一对一决斗时会下马，脱下稀奇古怪的头饰，拔出熠熠生辉、色彩丰富的武士刀，摆好姿势，抱着夺得冠军，赢取荣耀的信念，准备挑战另一方。

你们就应该躲在龟壳里，但恐怕你们连龟壳都没有吧。轰炸的威力，是你们这帮混蛋无论如何都想象不到的，弹雨足以摧毁你们所知所爱的一切事物：房屋、工作场所、家园、村落、小镇、城市……冬日夜晚，但凡看见天空挂着粉色的冰晶航迹，不用问，平流层里肯定躲着美军的战斗机，要不了多久，炸弹便会悄无声息地降临，紧接着就是响彻云霄的爆炸声，一波又一波的巨大冲击力携卷着热气袭来，任凭是谁，都无法抵抗，甚至连气都喘不过来。到时候，你们可千万别骂娘。不过你们应该也有所觉悟了吧，面临这样的处境，哪怕本事再大，也只有死路一条。

这时貌似有什么东西在他头顶上空爆炸了，听声音，体积似乎不怎么大。他抬头去看，见少校站在防波堤上，正居高临下地俯视着他。他一副精神错乱的样子，站都站不稳，双腿不住地抖动着，双手抱头，指缝中不断地渗出鲜血。制服早已碎成了破布，零零落落地挂在身上，看着模样，倒像是被人用鞭子狠狠地抽了一顿。他的眼睛和耳朵都滴着血，两手不停地撕扯着头发，就好像在抓虱子一样。在他身后，海军基地闪耀着火光。粉尘漫天，烟雾弥漫，映衬得夜空愈发柔和。熊熊烈火，青烟缭绕，煞是壮观。少校终于支撑不住，"扑通"一声跪了下来。他勉力地支起一臂，好稳住身体，但由于气力不支，手臂一直在抖，另一只手摸出了一把手枪。他的眼睛肿胀得不成样子，加尔都怀疑他到底有没有看到自己，但看得出来，他是想对准什么东西射击，不，应该说是什么人，或者说，就是他。

他也清楚，少校一举枪，他就应该立马躲回水里，哪怕这家伙现在手臂受了伤，根本没法控枪，他也不能掉以轻心，可是他就是不想费事儿。少校将手枪对准了加尔的方向，射了几枪，加尔能感觉到子弹出了膛，但却没听见任何声音。他见子弹以一个奇怪的角度入了水，激起一串白色的气泡。没想到这军官都被炸弹吓得半疯半傻了，仍想着杀他，这可真是个至关重要的细节，看来日本人民对他们真是恨之入骨。按理说，他应该感到惊恐害怕，可他却没觉得，反倒还有些同情这位精神错乱的少校。

少校终于意识到，自己的子弹连加尔的衣角都没擦到，于是便停止了射击。他扭头朝右看，只见距离自己最近的驱逐舰上有一小群造船厂工人，和他一样，受到了极大的惊吓——仍保持着跪趴的姿势，双手着地，脸上流着血——他们聚在船舱中部，正左顾右盼，不知在看些什么。加尔并不能肯定，他们是否张望到了水中的他，毕竟海面上一片狼藉，到处都是残骸碎片和机油。少校张开嘴，似乎想要说些什么，但只吐了些血沫，并没有发出声来。

他受到的冲击是如此之大，令他就此一蹶不振，沮丧不已，甚至都没有意识到自己已是泪流满面。他继续动着嘴唇，然后闭目片刻，强迫自己呼了口气，似乎想让自己冷静下来。之后，他把手枪塞到了口中，最后一次扣动了扳机。加尔见他身子一歪，倒进了身旁那一堆血淋淋的残肢断臂中。他盯着少校的尸体看了一秒，然后扭头往左望去。那群人已经爬起来了，有的和少校一样，浑身血迹斑斑，衣服碎成了布条。他们朝着少校深鞠一躬，以示崇敬。这不是明摆着的么？这群笨蛋压根没发现，自己所在的驱逐舰已经开始往右舷方向倾斜了。

他们简直不是人，加尔暗自想道，分明是群狗娘养的怪物。他们的所作所为，根本毫无人性可言。所以，我们怎么处置这群怪物，都谈不上过分。

第二十七章

几个钟头后,他重新回到了战俘队列中。他们并没有离开那个小小的火车站,仍处于广岛市的边缘地带。自己究竟是如何回到这儿的,他是完全想不起来了,脑海中的画面依然定格在吴市的那片残垣断壁上。另一批战犯则被荷枪实弹的警卫们带入了等候室。气氛与之前大相径庭,每个警卫都是一副"准备就绪"的神情,让人感觉只要时机一到,他们便会迫不及待地扬起刺刀,捅向身旁的战俘。

天色渐晚,四下愈发晦暗,能看见的东西也越来越少,但地平线上的红光依旧夺目,看来吴市仍置身于火海之中。

警卫一脚将加尔踹进了等候室里。他的衣服已经碎成了布条,不仅没干,而且还脏兮兮的,遍布油渍和血迹——谁让他伤了耳朵?两个家伙上前将他扶了起来,轻轻地牵引着他,让他往里走,远离那些警卫——那些混蛋正在队伍中四处穿行,就好像在寻觅"猎物"。一旦觅得,警卫们便会立马将他们从队列中剔除。大伙儿都挤在一起,所以房间里倒还挺暖和的。谢天谢地,加尔一屁股坐了下来,脑子仍晕乎乎的,还没从吴市轰炸中缓过来。他居然还能活下来?虽然到现在为止,就连他本人都没有搞清楚,这究竟是怎么一回事。噢,对,是这样的,那个少校自杀后,他就一直在想,还要等多久,驱逐舰上才会有旁观者站出来,端起一把来福枪,像他一样,来个自我了断。虽然在那个时候吧,他其实是不该把注意力放到这类事情上的。

战俘们暗中动了手脚,趁加尔不备,慢慢地把他挤到了角落里。他在蒸汽机车上结识的旅伴,也就是那位空军少校,富兰克林,依旧坐在他旁边。他问加尔发生了什么事,于是加尔便简要地和他讲了讲自己的经历。

"他们当真把整座城都炸没了？"

"至少在我看来是这样。"加尔说道。话音刚落，他忽然想到，有个人曾表达过类似的看法。他觉得耳朵那块湿漉漉的，看样子还在流血。不过有件事还是值得欣慰的：他终于听得见声音了。

"轰炸规模可不小啊。"

"嗯，没错。天上到处都是航迹，估计得有几百条吧，也可能没那么多，但每条都很粗。炸弹爆炸时，它们早就跑得远远的了。"

富兰克林赞许地点点头："看来他们是从天宁出发的，你看到轰炸机了吗？"

加尔摇摇头，"我只看到了世界末日，"他说，"这就已经够我受的了。"

"好吧，"富兰克林说道，"去他娘的，有件事我得问问，我看到你跟着那个日本佬进了房间，为啥你的待遇和别人不一样？"

加尔把发生的一切都如实和他说了，并向他解释了原因。

"也就是说，你和别人不一样，"富兰克林问道，"是因为你愿意和他们谈么？"

"不对，"加尔说道，"那家伙一直想把我干掉。"

"既然这样，你他妈的干吗还要和他们废话？"

"我之前不是说过么，我想告诉那群混蛋，他们已经输了，再怎么抵抗，也没法改变这注定的结果。美军将碾压他们，打扁他们。这就是我干的事儿，我一次又一次地给他们强调，但他们实在是太混了，直到现在还是执迷不悟。"

"别和他们废话那么多，"富兰克林说道，"你用不着和敌人啰唆，应该说，你根本就不需要和敌人废话，可你不仅说了，还说了那么多。唉，你还真他妈的配合。"

"你可以保留你的看法，"加尔说，"但配合指的是吃里扒外，给敌人助攻。我说他们必败无疑，可不是在帮他们。"

富兰克林摇摇头，露出厌恶的神情，扭过脸去，不再看加尔。过了十分钟左右，加尔转向另一边的家伙，"你觉得他们会把我们送到哪儿去？"

"理论上来讲，我们应该会被送到广岛后面的某座山上，去挖煤。"

加尔忍不住笑出了声，他们会被送到煤矿里去，那地方，他再熟悉不过了。

富兰克林看了加尔一眼（在加尔看来，他表情有点滑稽），挪了挪身子，尽量让自己离他远些。这时刚好有辆蒸汽机车开进站里，吐出一股水汽，缓缓地停在了他们面前。

战俘们成群结队地涌进车厢。加尔又被挤到了一边，他是最后一个离开等候室的。第一节车厢的门已经关了，警卫用刺刀抵着他的背，把他赶到了第二节车厢里，又踹了他几脚，让他站到英国战俘的队列里去。在他们的推搡下，他好不容易挤进了厢内，再晚个几秒，估计厢门就要砸到他的脚背上了。只听得"砰"的一声，警卫们用力地合上了厢门。加尔轻轻地咕哝了句"谢谢"，一屁股坐在了地上。这些日子以来，大脑一片空白，对他而言，简直就是家常便饭。

太阳还没落山，自卸卡车就把他们送到了战俘营。他们一共有二十二个人，八个军官，剩下的都是士兵。这群人当中，只有加尔一个美国人。一下车，警卫就将他们分成了两队——军官一队，士兵一队——然后拎着刺刀，站到了他们的后面。一个警卫看管两个战俘。木质电线杆被改造成了临时路灯，黄色的灯光照亮了战俘营的地面。前方有几座建筑，看上去像营房，但里面一个战俘都没有。不过现在加尔已经认清了形势，不想挨揍的话，就别探头探脑，到处乱瞄。虽然没发现其他战俘，但混凝土柱旁却有金属板熔铸的围墙，看样子，像是用来防止战俘逃跑的。角落里还有瞭望塔，塔上装备着机枪，枪口就对着集结区。营房后面是几座金属包边的大楼，除此之外，加尔还发现了几个煤矿桩尖。后墙那儿还有条铁道，道上停满了运煤车。

在美国的某些地区，有煤就等同于拥有了一切。日本则把煤视作最重要的资源，这种情况直到1945年年中才有所转变。所以，他们才会把战俘们发配到煤矿里当牛做马，与日本矿工们一道劳作，但战俘和矿工还是有区别的——矿工们有饭吃，战俘们没有。查理大叔发动的潜艇拉锯战战果显著，现在"大东亚共荣圈"对日本出口的石油数量锐减，几乎可以说忽略不计。那帮日本人不仅不能在战舰或战机上烧煤，而且只要是耗能的玩意儿，比如货船、发电厂、工厂、医院以及一大堆生活设备，他们都用不成了。因为这些东西都需要烧煤（或是木头，但木头他们更加烧不起）才能运作。他们开采煤矿的技术可不及美国先进，平日里差距倒还不大，但特殊时期，差别便会突显出来。柴油一烧完，他们就陷入了捉襟见肘的窘境。这时候，战俘们便顶了上来，代替机器，为他们开采煤矿。

营房前面的空地上有座大楼，应该是行政楼。楼房三面都有门廊，还有一面前方立了根旗杆。他们在门口等了一会儿，之后便来了个警卫，为他们拉开了门。只见一个年纪较大的日本军官从楼中走了出来，在场的警卫们齐刷刷地举起了手，朝他敬了个军礼。那人停下步子，环顾四周。他一定就是指挥官了，加尔想。那人站到了两列队伍中间。他穿着短袖制服，佩着肩章，脚踩一双擦得锃亮的棕色皮靴，头戴一顶无边军便帽，一条山姆·布朗尼的皮带横跨胸前，腰的右侧别着一支手枪，左侧别着一把大剑。这家伙满脸阴沉，朝着他们大吼几声，似乎是发布了什么命令。

没人响应他，他只好再吼了一遍。战俘们都不知道他究竟在说些什么，但警卫们肯定知道。只见两个警卫走上前，把他们的来福枪搁到身旁的军官肩膀上，并强行把他们摁倒在地。看得出，这几个军官是老油条了，因为他们都没有片刻迟疑，马上就跪下了，屁股压在脚后跟上，两手紧贴裤边，额头叩地。其他的军官也跟着他们跪下了。而士兵们还是站着，并没有动。

指挥官（姑且就先这么称呼他吧）迈开了步子，一路检阅着这群军官，脸上的表情，就好像拍卖商忽然听到竞拍者给出了一个高得离谱的报价那样。他一直走到队伍的末尾才停下，然后掉头转身，走回队首，对着空气问了句话。一名警卫恭顺地回答了他，并用手指了指军官队列。指挥官点点头，做了个简短的演说。还是一样，战俘当中没人听得懂他在说些什么，大伙儿都是一脸茫然，直到军官队列的最后一位忽然开口，他们才如梦初醒般回过神来。听说那家伙是个医生。他轻轻地说了几句。指挥官居高临下地瞪了他一眼，又下了一道命令。

医生放大了音量："刚才演说的主题是荣耀。他想知道，现在军官当中有没有人想要自尽，以保全自身荣耀的。想自尽的，请站出列。"

没有一个人出列。

指挥官环视全场，眼中的疑惑清晰可见。他咕哝了几句，然后走到医生面前，用尽全力抽了他一记耳光。其他军官也没能幸免。他们跪在地上，流着鼻血，脸上还带着红红的指印。加尔现在可算是摆脱耳鸣的困扰了，但他们可没那么幸运，看样子就知道，这群家伙正饱受着耳鸣的折磨呢。站在他们对面的士兵们只能装作什么都没看见。接下来发生的事就更离谱了，只见那个指挥官绕到军官们的背后，拉开裤链，一边沿着队伍往前走，一边往他们的背上撒尿。这个狗娘养的家伙，一定是早上茶喝多了。加尔暗自想道，不然怎么会有这么多狗尿。之后那指挥官又对警卫说了几句话，那群混蛋听了便大笑起来。在粗野的笑声中，加尔看着指挥官转身走进了楼里。

警卫们用刺刀刀背戳戳那些跪在地上的战俘，示意他们可以起来了，然后让他们排好队，带着他们走进了营房旁边的一栋小楼里。一进门，他们就看到两个水泥砌成的方形水池，里面灌满了水。一名警卫朝着他们扬起了消防水管，在水柱的攻击之下，他们狼狈不堪，四处逃窜，有的蹲坐在地，有的往前跑，有的向后躲。之后，其他警卫一涌而上，强迫他们脱掉衣服，接受消防水管的洗礼，不过这次有肥皂伺候。洗完之后，警卫又让他们一个接一个地到水池那儿去，用里面的水再冲洗一遍。冲完之后，他们还用那些水洗了衣服。待他们穿上衣服后，警卫们便将水池中的水放空了，直到清洗完水池之后，才把水池重新注满。战俘们又被带回了营房里。一进营房，警卫们就开始整队了。一时间，日语的吼叫声、咒骂声不绝于耳。

警卫们推选了两人站到门口，充当哨兵，然后锁上了门。看来这儿可不是他们的专属领地，毕竟那些士兵在他们之前就已经进来了。房间里摆了两张床，一张有人睡，另一张空着。床垫用的是脏兮兮的稻草席，枕头更省事，一块木头就解决了。床单也没铺平整，两端都卷起来了。这儿没有任何个人物品：鞋子、衣物、书籍……一样都没有。

"人都跑到哪儿去了？"一位英国军官问道。

"可能在矿里吧。"一个士兵答道。他讲话也带着英式口音。

加尔有些怀疑，自己究竟是不是这行人中唯一的一个美国人。这群战俘中，许多人原先就认识。他也听说：他们其实是从荷属东印度群岛那边出发的，乘着一艘"地狱之船"，不幸中途被俘。离港时，战俘有500人，到了目的地日本之后就只剩240人了。那些家伙不是饿死，就是得病而死，比如霍乱、肺炎、痢疾、脱水，或是精疲力竭而亡。

为他们充当翻译的那个医生朝加尔做了个手势，示意自己有话要和他说。

"喂，美国人，"他俩一齐走到一张长凳前坐下，其他的官员三两成群，分散在四周。坐定之后，医生问道，"你究竟是谁？"

第二十八章

加尔告诉他们：他是美国海军的指挥官，兼任潜艇艇长。令他有些吃惊的是，医生居然还问了他的授衔日。诧异归诧异，加尔还是如实地和他说了。

"好吧，"他说道，"你们有他厉害么？"

其他军官相互看看，摇了摇头。

"你，长官，"他对加尔说道，"只能算是一级军官。其余的家伙现在还在矿里做苦力。等他们回来之后，你就会知道还有哪些人也是一级军官了。"

"这儿的经验告诉我，一级军官可别端架子，"加尔说道，"特别是在那群家伙往你背上撒尿的时候。"

有人笑了，但医生没有笑。

"都看过来，"他说道，"我是艾利克斯·莫里斯少校，曾担任军医。我们饱受折磨，才学会互相信任。要想活下去，我们只有一条路可走，那就是灵活变通，暂且把军队的组织纪律抛到脑后。无论是哪个部门的军官，到了这儿，都是一级军官。他们建立了一套独特的行政管理系统，并且制定了相关的规章制度。因此，我们坚信，只要事关战俘，日本佬都会从一级军官入手。"

"他们让你滚蛋，死一边去，对么？"

他的粗言鄙语并没有激怒少校，相反，他还做了个鬼脸："虽然我也觉得奇怪，但他们并没让我滚。没有规矩，不成方圆嘛。在这里，我们鞠躬，他们不会回礼。除非他们问话，我们才能说话。而且我们绝对不能直视他们。你也知道，在他们看来，投降的人是毫无尊严可言的。"

"你之前用了个词，'坚信'。"

"演讲嘛，总得正式些，指挥官。在这个战俘营里，大部分指挥官持有这种观点。他们总觉得只要在战俘营中建立一套独特的行政管理系统，就能一劳永逸。但某些家伙除外，他们会时不时地虐待囚犯。他们一心只想着提高生产力，才不愿意费事去和战俘们打交道呢。在他们看来，战俘们就是给他们当牛做马的——到煤矿里挖煤、去北方的铜矿里采铜甚至是到南方修铁路、造桥。我的意思是，我们得正视这些，不能逃避。一个日本军官，既然被派到战俘营里来看管战犯，就证明将军肯定不重视他。将军只需要找个名正言顺的理由，比如，他任职期间发生了'事故'、战俘奋起反抗、大批犯人越狱、挖煤量骤减……诸如此类的问题，或是其他足以令高层蒙羞的事。因为在日本军队里，此类事件后果非常严重，足以让官员当场掏出匕首切腹。"

"你的意思是，我们可以利用这一点？"

"不，在他们面前，我们可以说是无计可施，毫无办法。只要他们心血来潮，不管什么时候，都会拖几个战俘到前面的空地去，然后让瞭望塔上的警卫开枪射杀他们。你可能还不了解情况，但有些常识你得知道：所有战俘营都收到了宪兵队下达的命令，一旦主岛遭到侵略，就立刻处决营中的战俘。"

"我还真没听过，"加尔说道，"还有这事？恐怕连我的上级都不知道。"

"好吧，信不信由你，指挥官。换做是我的话，即便听到他们彻夜操练，以备不时之需，都不会感到惊讶。这地方看起来不大，也许就负责一个煤矿，所以'处决全员'的命令可能没那么快到。但是，相信我，那些规模相对较大的战俘营绝对已经收到通知了。"

"你是啥时候被俘的？"

"嗯，差不多是在新加坡沦陷的时候吧。"

"我的天，也就是说，你1942年初就被俘了？"

"准确地说，是在那年的2月15号，我们永远永远都不会忘记这个耻辱的日子。"

三年多了，加尔想，和他们一比，自己之前所受的那些简直不值一提。

"身为一级军官，你必须清楚：我们得在战俘营里扮演另一种角色。在这儿，日本军官就是上帝，而我们则是他们眼中的害虫。政府用'日本必胜'的观点给他们洗脑，而我们这些战俘就是活生生的例子。正如我之前提到的，从我们放下枪,举起双手投降的那一刻起,个人尊严就荡然无存了。"

"他们怎么可能赢?"加尔反问道。

"说得对,"医生一边望着窗外的两名警卫,一边回应他,"我们个个望眼欲穿,不过不是每天都这样,准确地说,应该是某些时候。我们非常迫切,都想听到最新的消息。但我们绝对不能在那群日本佬面前表现出这一点,即便是对着军衔最低的看守,也不能掉以轻心。耍脾气?你是畅快了,可没准我们所有人都会因此丧命。"

加尔点头表示赞同:"得令。我是新人,还不懂规矩,而你们个个都清楚游戏规则。虽然我会尽力而为,尽量不惹事。但最好能有人来指点指点我,告诉我在日本佬面前该怎样表现。"

"恐怕得让你失望了,指挥官,"医生说道。他扬起头,下巴正对门口的警卫,"他们每天都会给你下命令,你只能自学成才。"

半个小时之后,"原住民"战俘从矿里出来了。他们大概有二十来个人,个个黑得和煤球一样。他们这些"初来乍到"的战俘看着"原住民们"穿过由警卫把守的铁丝网门。警卫会先搜身,确定他们没携带危险物品后,再把他们带到一个小小的消防站里。那儿也有个警卫,一副无所事事的样子。他举起消防水管,战俘们一个接一个地上前,接受清水的洗礼。水管不粗,直径一英尺左右,但那个警卫实在是太虚弱了,连这种粗细的水管都没法自如地操控,他们只得紧紧地抓住身旁的铁丝网,以免被水柱扫倒在地。浑身的衣服都湿透了,紧贴在身上,骨架轮廓清晰可见——他们个个都瘦成皮包骨了。大约三分之一的人都要靠同伴搀扶才能下山走回营地。虽说这群在东南亚被俘的英国人也经历了不少磨难,但和"原住民"一比,境况还是不错的,不说别的,就看身材,他们至少还没瘦到只剩骨架。想到将来的境况,初来乍到的新人们顿时看不下去了,纷纷离开窗户,往后方走去——那儿摆着上下铺的双层床。

两名警卫一个打头,一个殿后,令"原住民们"排成一队,带领着他们走进营房。房间的正中央摆着三张桌子,桌旁放着木质长凳,他们走到桌前,一个挨着一个地坐下,对房间里的"新面孔"视而不见。也许是这群家伙太过疲惫了吧,可能都没注意到身旁多了些"新鲜血液"。每个人都弯着腰、驼着背、低着头，肘关节撑桌，双手交叠放在肩膀上，看上去就像在做祷告一样。即便隔了一张桌子，加尔也能感觉得到，他们身上一定散发着一种濒临死亡的气息。忽然，坐在门边第一个位置的人发了话，命令他们立刻安静下来。他的面容略显苍老。

"大家都回来了啊，"他操着一口标准的英音，"在自己的位置上坐好，先别乱动。"

好吧，也就是说，他们已经注意到身旁多了些新人了。加尔暗自想道。

营房里虽然有灯，但没一盏是开着的，窗外铁栅栏旁零星的路灯灯光成了唯一的光源。只听得"吱呀"一声，前门应声而开，一个身材矮小的老人走了进来，手上挎着一个篮子，里面装满了饭团。他把篮子搁在靠近门的那张桌子上后，便转身离开了。他再次出现时，手上多了一把2加仑的镀锌油壶，壶嘴很长，而且还是弯曲的。他把油壶也搁在了桌子上，然后扭头就走，嘴里还不住地念叨着什么。他的身影一消失，警卫们就"砰"的一声关上了门。

"按份额来！"那个面容苍老的男人说道。他拿过篮子，取出一个饭团，然后把篮子传给下一位。每人依次从篮中取出一个饭团，握在漆黑的手中，咬下一小口，缓慢地咀嚼着，大概是怕这硬邦邦的米粒会伤到他们的牙齿吧。待大家都吃完了，他们当中便有两个人自觉地站了起来，充当油壶传递的头和尾。油壶在战俘之间传递着，每人喝两口——壶里装的应该是水吧，加尔想。虽说这些家伙的举动都透着一股仪式感，但他们所关注的事，很明显，还是比较世俗实在的，而且自始至终没变过——有饭就吃，有水就喝。

"那边出了些状况，去看看。"那个老者再次发话。刚才站起来的两个人又一次起身，把两位看起来病得不轻的人扶到了门口，警卫开了门，让他们四个出去。老者环视全场，"有谁要去厕所的？可以趁这个机会一起去。"他说道。一听此言，他们这群"初来乍到"的人中，有一半都朝门那边望去，但老者举起了一只手。

"按照军衔，排成一列纵队去。别抬头，双手贴着裤边，先在门口等着，他们叫你们出去再出去。一个一个去，不想惹事的话，就别看他们的脸。"

"新兵蛋子们"互相看看，还是排成了一列纵队，他们已经看到放在房后的两根导尿管了，那应该是给状况非常糟糕的家伙备着的，比如说：拉肚子拉得都要虚脱的家伙。

那两个需要别人搀扶才能去洗手间的家伙已经瘦成了皮包骨，面颊上布满黄疸，看上去就像羊皮纸一样。其他人的身板也没比他们好到哪儿去。想到他们所经受的折磨，以及被俘的时间，加尔这才意识到，他的囚徒生活可能才刚刚开始，即便把严刑拷打和飞机轰炸算上，也于事无补，结果还是一样——后面还有他受的呢。

"原住民们"纷纷起身，一瘸一拐地朝着自己的营房走去。莫里斯少校叫住加尔，让他过去，并向老者引见了他。原来老者是另外一支军队的中校，名叫威林厄姆，曾是约克郡地方团的炮兵。按理说，身为海军指挥官的加尔与身为陆军中校的他，职位应该是相当的。所以，从理论上来讲，他也应该是战俘营中的"高级官员"了。

"恭喜。"威林厄姆朝他虚弱地一笑，"你有没有想过，他们会让你干吗？"

"无所谓，管它是什么呢。"加尔说。

"这倒有意思。"他叹了口气，说道，"莫里斯医生，你怎么看？"

"顺其自然吧。"莫里斯毫不迟疑地答道，"你看上去可比这位指挥官要老成持重些。比起军衔职位什么的，日本佬更看重年纪。"

"这话我打心眼里赞同，"加尔抢在威林厄姆前头发了话，"我不知道在这儿该干些什么，可能还会连累大伙和我一起死。"

威林厄姆意味深长地看了他一眼。他简直和铁轨一样干瘦，一脸倦容，眼窝深陷，眼角还粘着黏糊糊的眼屎，憔悴程度难以言表。他的脸部和手部密布皱纹，皱纹里还嵌着煤屑。他看上去像个七十多岁的老人。但事实上，他可能只比加尔大几岁。

"干吗这么悲观，指挥官？"他说道，"作为一级军官，即便是虐囚成性的警卫，可能也会对你手下留情，而且你又是唯一一个美国人，那么……"

"我知道，中校，"加尔说道，"有一阵子，他们也觉得我的利用价值很大，于是就把我带到了一个叫'欧弗那'的地方，就在东京旁边。但在吴市遭受了那样一番轰炸过后，咳，我想他们估计是记不起来，还有我这号人了。"

"'欧弗那'可是专门关押海军战俘的地方，名声不太好，据说对待战俘特别心狠手辣。也许你还没觉察到，但这儿的日子肯定比那儿舒服。"

"即便指挥官把我们当尿壶用？"

"那家伙可不是指挥官。他是政委，陆军中校卡伊，宪兵队的混蛋。和宪兵队中的大多数人一样，他毫无理智，做事狂热。指挥官是柏原中校，南方人，老家在长崎。他可没有卡伊的那股子狂热劲儿，这可能也上头为什么选卡伊，而不选他做政委的原因。"

"卡伊给人感觉好像随时都会拔出佩剑，'刷'地一下把我们的脑袋给砍下来。"

"确实如此，他当真办得到。莫里斯少校有和你讲过么，关于那条命令的事儿？一旦本国受侵，就立刻处决所有战俘。"

"嗯，他和我说过了。"

"你觉得他们啥时能打到日本本土去？"

"冲绳岛的话，随时都有可能。"加尔说道，"我们已经收复了菲律宾群岛、关岛还有天宁岛。你们英国也已掌控了缅甸的大部分国土。日本本土？今年年末或者明年年初吧。"

"冲绳岛可以被划到本土范围内。"莫里斯说。

加尔只能耸肩以对。冲绳岛离本州岛足足有一千英里呢。

一级军官问加尔是如何被俘的。他便从丰后水道开始说起，和他们一五一十地讲了起来。见那几个去厕所的家伙陆陆续续地回来了，警卫便对着房里大声地吼叫了几句。一级军官举起一只手，告诉加尔和莫里斯中校，叫那些新人躺到床上去。

"晚些时候再详谈。"他说，"不好意思，没有什么吃的，但在营房后面有水管，能喝水。不过可千万别让警卫发现。"

"为什么没有吃的？"加尔问道。

"那是因为你还没挣到自己的口粮，"他答道，"至少现在还没有。"

天刚破晓，警卫们就催着他们起床。新的一天自此拉开了帷幕。警卫们强行将战俘们赶出冰冷的营房，给他们每人发了一个高尔夫球大小的饭团，让他们喝两口神秘的液体——味道既有点像茶，又有点像汤——虽然他们并不知道那究竟是什么玩意儿，但还是虔诚地将它喝了下去，毕竟他们得一直工作到傍晚，而且中途可没水喝。

煤矿坐落在一处高高的山脊上，毗邻广岛市东南部的郊区。警卫们居然还让他们做早操（姑且这么称呼吧），真是令人难以置信。他们简直就是一群骷髅，在晨光中笨拙地摇摆着手脚。警卫们做的才是真正的早操，不过比起早操，他们更喜欢模仿战俘们的动作，模仿他们虚弱地挥手，勉力站稳，以免倒在旁边人身上的样子。病入膏肓的家伙靠在营房外面的墙上，上吐下泻。早操后是每日必做的"鞠躬仪式"——警卫们把战俘们带到指挥官的办公室，强迫他们对室外挂着的一张画鞠躬。画作上是天皇的肖像，风格独特，令人过目难忘。他们甚至还摆了个小小的神龛，以示敬意。要是警卫觉得某位"心怀不恭"，鞠躬时敬意不够，立马就会把那人拖下去，痛打一顿，这才作罢。他们会把一根棍子插到战俘的两腿之间，然后就像抬轿子一样，把那可怜的家伙抬了起来。他们一边颠一边慢悠悠地跑，直到把那家伙送到铁边大楼前，方才停下。他们可不想因此搞得胳膊又酸又疼。战争刚打响的时候，军官们可是拥有特权的，即便被俘，也不必从事体力劳动。但打到现在，形势已经发生了变化，他们也不再享有这般特殊待遇。

"仪式"过后，战俘们将排成一列纵队，一起出发，朝着煤矿入口前进，日日如此，风雨无阻，哪怕是下雪天也不例外。抵达煤矿入口后，他们便马不停蹄地开展起搜寻工作来。日本佬究竟要找些什么，他们一无所知，但即便如此，他们仍在一刻不停地搜寻。之后他们会爬进几节密闭的车厢里。他们当中将会有六个人被挤出车厢，无处可去，只能和四位日本军官共享一节车厢。这可苦了他们了——这几个可怜的家伙全程都不能抬头，只能把头埋在两膝之间。火车会开到一个斜坡前。沿着斜坡下去，就是煤矿。警卫只需松开刹车，火车便会在惯性及地心引力的作用下朝着煤矿深处驶去，一头冲进那片热气缭绕的黑暗中。行驶过程中，火车的速度会越来越快，而刹车发出的尖锐叫声也会越来越响。隧道不窄，能供两辆火车并驾齐驱，但高度似乎不太够——从地面到顶部，就只有区区 5 英尺。到达采矿工作面后，他们会先从车厢中爬出来，再齐心协力地把拉他们过来的车头及车厢搬到旁边那根铁轨上。因为等下还会有列火车开过来。那列车载的是警卫和平民矿工。接下来的时间里，他们只要用鹤嘴锄和铁铲采煤就行。这些煤可是日本工人连夜炸出来的。炸煤这活，日本佬可不敢让战俘来做，生怕他们借机搞什么破坏。战俘们得把各自采的煤装到车上，然后派四个人，让他们把载满煤的车厢（足足有半吨重）推回到原来的那根铁轨上，等凑齐十一节车厢后，日本人便会派来一节车头，把这些车厢一并拖走。让加尔大为吃惊的是，在这个矿中，大多数矿道都没有维护设施，爆炸造成的塌方随处可见。看样子，日本佬对此已习以为常。夜班工人时常会被落石困住，这时就需要战俘和其他矿工前去救援了。经历了生死浩劫的他们出来之后，对身边的一切也就无所畏惧了。倒是那些参与救援的战俘，个个面如土色，后怕不已。

矿里没几处人工通风装置，所以底下总是又热又潮。冬季还要好些，七月底的时候才叫可怕。那时站在矿里劳作的，估计现在都不在人世了。他们只要违反了规定，就会挨打，哪怕有时他们其实并没有违反，但欲加之罪，何患无辞呢？夏季热浪愈甚，能下矿劳作的战俘人数骤减，日本佬也只好停止了虐俘的暴行，大概是他们终于意识到，这才是产量下降的原因所在了吧。套用英国人的话来说，一级军官对于加尔的预测是"正确无误"的，作为战俘营里唯一的一个美国人，他的确受到了些许优待。对于英国人和少数几个丹麦人来说，这可真是糟透了——看到这样的差别对待，谁心里会好受呢？而且警卫们还特别照顾了加尔的心情，确保他能感受到他们的"欣喜"。有好几次，他都被打到失去知觉，醒来的时候，人已经在煤矿里了——看来日本佬是希望他一醒来就立马投身工作。还有几次，他甚至连站都站不起来。那些警卫干脆把他拖到了矿道尽头的铁轨上——要么他自己挪动身体躲开，否则的话，就等着被火车碾死吧。他也学会了一项新技能：暂时先不动，就躺在原地，等到铁轨震动，火车差不多要开过来了，这才开始爬动，挪离铁轨。警卫们见状哈哈大笑，几张钞票也会因他而转手——没错，他们不仅取笑他，而且还拿他的性命来赌博。

第二十九章

　　转眼间，加尔已在战俘营待了将近一个月。这一个月来，他可是饱受摧残，差点没毁容。每天他都怀着好好工作的心来到矿上，却发现警卫们都在看他，而且还三两成群，窃窃私语，让人感觉他们是想从这个美国战俘身上找些乐子。身材最矮的那个警卫（他看上去就好像讽刺漫画里的日本兵，就是那种印在美国的宣传海报上的漫画）会来回巡视，大声嚷嚷几句日语，像是在发号施令。其他的战俘对此充耳不闻，倒不是他们生性冷漠，他们这样做，很大程度上是为了避免毒打，棍子打到背上的滋味可不是那么好受。加尔不知道那家伙究竟想干吗，只好低头站在原地，避开他投来的目光。他只知道，这家伙是越来越生气了。一名警卫绕到他身后，操起警棍，狠狠地抽在了他的手上。一阵刺痛令加尔不由自主地松开了手，做工粗糙的鹤嘴锄"哐啷"一声掉在了地上，他把手叠在肚子上，想缓一缓，警卫却厉声命他去工作。不过，他们剥夺了他使用鹤嘴锄的权利——他得用手把煤从地缝中挖出来。

　　加尔依言照做，却毫无成效。虽说这煤的质量不是特别好，但他也没法光用手就把煤从缝中抠出来。警卫们一边嘲笑着他的无能，一边用竹警棍抽打着他，以兹鼓励。他不知道他们究竟想要他怎样，恐怕这才是症结所在。这群警卫当中，就数小个子脾气最坏。他先是用警棍抽打着加尔，之后，仿佛还嫌不过瘾似的，他伸出自己穿着军靴的脚，不住地踢着加尔。这令加尔忍无可忍。他找准时机，侧身避开警棍，一记右勾拳，狠狠地打在了那家伙的脸上，差点没让他扭断脖子。他听见了骨头碎裂的声音，不管怎么说，至少那家伙的下巴肯定被他打歪了。小个子警卫被他打得飞了出去，在空中划出一道小小的弧线，然后重重地落在了一堆煤上。方才还仗势欺人的家伙，现在却静静地躺在拖车旁边，一动也不动，估计摔得不轻。

那一刻，在场的人都被震住了，但警卫们很快反应过来，立刻用尽全身力气，大声地吼叫起来，力道之大，让人不由心生怀疑，这群家伙的肺该不会在下一秒就轰然爆炸吧？他们齐齐上阵，操起警棍对着加尔就是一阵猛打。加尔将身子团成一团，飞速地滚到另一辆拖车底下，以躲避他们的追打。大脑已经无法思考，他现在完全是凭着本能闪避。那些家伙见状便停止了抽打，纷纷伸出手，想捉住他的脚，把他从拖车底下拉出来。他才不轻易就范，奋力地踢着腿，不让他们捉住，但对方人多势众，他也没那么生猛，最终还是被迫就范。他们把他拖出来时，他一眼就看见了闻讯赶来的中士。中士站在他面前，手上握着一把枪，看来是要就地枪毙他了。不过，都到这个份上了，说实话，他本来就没抱多少希望，所以这结果，他也不是特别在意。早在加尔奋起反抗那个小个子警卫时，其他战俘就放下了手上的工作，专心看戏。

中士对加尔说了几句日语。战俘当中有个英国人能听懂日语，他让加尔起立。于是加尔便慢慢地站了起来，估计一顿暴打是免不了的了。中士又咕哝了几句，举起枪，命令加尔转过身去，然后往前走。加尔不明白中士究竟想让他往哪边走，采矿工作面上可有四条矿道。既然他不说明白，那他只能随便选了。于是他选了通往煤矿入口的那条，才走没几步，身后就传来了中士气急败坏的怒吼，看来是选错道了。他扭过头去，见中士的手枪指向一边——原来是让他走那条通到采矿工作面下的矿道啊。加尔照着他的吩咐，跨过了狭窄的铁轨和枕木，往那边走去。中士跟在他身后，生怕他再耍什么花样。随着他们逐渐深入，氧气变得越来越稀薄，头顶上戴着的矿灯开始闪烁，但加尔可不认为中士会因此打退堂鼓，回到采矿工作面上。看来自己是别想摆脱他了。

他们好不容易走到了矿道的尽头，或者说，是看起来像矿道尽头的地方。加尔停下脚步，背靠岩壁，两手放在身侧，静观其变。他内心还是有点期待听到枪响的，最好中士能一枪崩了他，给他个痛快。但他忽然感觉从身后伸来双强健的手，一把抓住了他的头发。接着，那家伙的膝盖用力地抵上了他的背，强行迫使他弯腰，摆出个鞠躬的姿势。出于本能，他胡乱地挥动起手臂，想直起腰来。虽然他把手臂舞得虎虎生风，就像风车一样，但并没起到什么实际作用。中士把他往后拉，拖到矿道的一侧。他俩靠得很近，加尔不仅能闻到他身上的鱼腥味，而且感觉他的枪管就在他脖子旁边。中士含糊不清地咕哝了几句，然后一把将加尔甩到右侧，狠狠地把他踹了下去。加尔感觉自己陷入了黑暗之中，一直在往下滚，途中好像还撞上了个岩坡，还是碎石坡？谁知道呢，反正就是类似的玩意儿，而且身旁似乎总有粉尘和碎石相伴。终于，坡度貌似有所减缓，他也不用再做翻滚运动了。坡的尽头是一面岩壁，他顺势靠了上去。与他一路相伴的粉尘和碎石晚到一步，一见面，就抱住了他的小腿。

四下俱静，他静坐在黑暗之中。但很快枪声便打破了这一片寂静——上方的警卫开始朝他射击了。

但子弹似乎在矿道里出了点事儿。黑暗之中隐约传来弹头反弹的声音，听这声音，貌似是子弹穿过厚厚的尘土，径直打上了岩壁。这下可好，整块岩壁都开始震颤了。

他感觉右边的袖子被什么东西扯了一下，紧接着，左边的袖子也被猛力地拉了一下，双腿忽然变得沉重起来，根本迈不开步子，就好像有足足一英尺厚的灰压在了腿上一样。头顶上传来一声惨叫，不好，貌似有什么东西掉下来了！出于本能，他迅速地把脚抽离了那堆小石子，绕着洞口或"之"字形疾跑，生怕被砸中，但前方一片黑暗，他什么也看不见，一不留神，脸就撞到了岩石上。片刻之后，又是一阵"石雨"。碎石、岩块夹杂着煤屑从天而降。旋即他便听到黑暗中传来骨头断裂的声音（他确信自己没有听错，的确是这个声音），然后是一声惨烈的尖叫。随后，矿道重归寂静。

加尔不知道发生了什么事，也不知道接下来要怎么做。他什么也看不见，每呼吸一口，都会觉得自己吸进去的不是空气，而是粉尘。

不对，不是这儿黑，是他自己不知何时闭上了眼。他小心翼翼地睁开了眼，发现自己的脸仍然贴在坚硬的石壁上。厚厚的粉尘糊在眼睛上，他不得不多眨几次眼，才能摆脱这些讨厌的玩意。眼球的刺痛感分毫未减，对此他也束手无策。忽然，耳边传来细碎的声响，他凝神细辨，发现声音是从底下传来的，时断时续，似乎是有人在呻吟。他朝那个方向望去，见矿道的尽头有个灰色的圆圈。他正想看得仔细些，却被泪水模糊了视线，去他妈的煤灰。他只得再眨几次眼,好把粉尘弄掉。又是一声呻吟,但这次是从前方传来的。他把前后的事情一串,这才搞清状况——矿洞里发生了塌方,中士从上面摔下来,掉到了矿坑里。

他首先想到的并不是救人,而是找到那把手枪——既然中士摔下来了,那么枪肯定也在下面。洞口处的光并不算亮,洞底仍是漆黑一片,他只能手脚并用,摸索着前行。谨慎起见,他尽量避免弄出噪声,小步前行。尽管听到的声音越来越多,但这些对他而言,都是有效信息。他几乎能够断定,中士是失足坠落的,并且现在已经失去了知觉。终于,他在黑暗中摸到了中士的靴子,手枪就静静地躺在靴子旁边。他捡起手枪,把它塞进了那堆帮了他一把的碎石里(要不是那堆石头,他肯定也掉下去了),慢慢地直起身子,朝远处那块岩壁行进。右前臂早已酸痛不堪,但他别无选择,只能贴地前行。衣袖已经被汗水浸透了,湿漉漉地黏在他身上,十分难受。不过他也清楚,自己没死在这儿,就算走运了。接下来该做些什么?噢,该死,裤脚怎么湿了?

难不成老子是吓尿了?他想,要当真如此,还不让人笑掉大牙?

事实并非如此。他抬抬脚,发现矿坑下面有水,但几分钟之前,那块地方还是干的。脑中一片混沌。他停下了脚步,晃晃脑袋,努力使自己清醒过来,好分析眼前的局势。不好,水位正在慢慢上升,已经没过他的脚指头了。该死,矿洞进水了!绝对是那混蛋的子弹,鬼知道它把什么打穿了!

他靠在岩壁上,双目紧闭,拼命思索着对策。五分钟后,他睁开了眼,意外地发现视野清晰了不少——看来他已经适应了黑暗。他左顾右盼,见矿洞的一侧靠着一架"梯子",准确地说,是梯子的残骸——梯身的四分之三已不翼而飞,但整体的骨架还在,深深地嵌在岩石里,还用金属圈固定着。他不清楚能不能爬出去,但往上爬总比继续待在这个鬼地方好。他从石堆里掏出手枪,塞进裤兜。也不知道这把破枪有没有上膛,里面有没有子弹,他心想道,管它呢,不拿白不拿。有么最好,没有也没关系。毕竟具体情况如何,他还不能确定。就算水真的渗进来了,那时候再上梯子,也还来得及。

他爬爬歇歇,整整花了半个小时才爬到矿道尽头。刚到他就把左臂穿进了固定梯子的铁环,以免自己一脚踩空掉下去。借着头顶上方的光,他看了看四周的景象——洞口少了半边，以至于矿道里到处都是碎石。很可能中士接连不断的枪声触发了塌方。这儿空间倒不算窄，足够加尔绕过那个半圆形的坑了，但他动作幅度得小些，不然照样会掉下去。他只得小心翼翼地爬着。照理说，上面应该听得到枪响和塌方的声音。但为什么到现在都还没看到一个前来救援的人呢？大概是他们在下面待的时间还不够长吧，没准连一小时都不到？他边想边爬，通往外界的路只有一条，目的地是工地，后面就是采矿工作面。他都能隐约听见前方传来的机器轰鸣声。

加尔抬头望望，想必自己刚才上爬时，呼吸声一定特别粗重。他从口袋里掏出手枪，走到有光的地方，仔细地观察起这把枪来：不是9毫米口径，就是0.38口径。他把弹匣也拆了下来，里面还剩四发子弹，嗯，加上枪膛里的一颗，五发。

他把枪换到右手，步履艰难地朝着采矿工作面走去，矿洞实在是太狭窄了，以至于他不得不弯下腰，以免脑袋撞到岩壁。右臂的伤口已经结疤，不再流血，看来伤得不深。当他拐了个弯，出现在采矿工作面上时，在场的每一个人——警卫、普通矿工以及战俘，都惊呆了。因为他手上居然拿着一把枪，要知道，在这儿的警卫，装备也只不过是一根警棍而已。只有中士才有资格配枪。他们直愣愣地瞪着加尔，就好像他是从坟墓里走出来的拉扎勒斯一样，虽然他现在的这副尊容，和传说中的拉扎勒斯也没什么差别。

枪里有五发子弹，这儿刚好有五个警卫。他可以把他们都干掉，可是，接下来该怎么办呢？跑到煤矿入口那儿去？那儿可有四台机枪，而且，其他的警卫可不是死人。

他把枪口对准年纪最大的那个警卫，那家伙不由自主地一哆嗦，警棍都掉到了地上。他无助地举起了双手，像是想抵挡即将来临的子弹。加尔一手举枪，一手朝着那个警卫做了个手势，示意他走到他身边来。那人乖乖地往前走了几步，双手仍然交叠在胸前，嘴里还叽里咕噜地嘟哝着些什么。加尔厉声让他闭嘴，然后示意其他警卫也靠过来。他们互相看看，却并没有动。加尔只好放下枪，再次示意他们过来。那五人这才走上前，还有六七个战俘也跟着他们靠了过来。加尔带着他们走到坑洞那儿，指指洞口，又指指手上的枪。起初，那些警卫之中没一个人能理解他的意思。他又比画了一会儿，终于，年纪较大的警卫恍然大悟，指指洞底，咕哝了句日语，听起来像是在叫某个名字。他扬扬眉，似乎有些困惑。加尔点点头，捡起一块石头，扔进了洞里。所有的人都听见底下响起了"扑通"一声——洞底有水。见年纪较大的警卫一脸了然，加尔便把手枪交到了他手里。那一瞬间，他恍惚有种感觉，自己这么做会把情况搞得更糟。但很快，那群警卫喋喋不休的议论便令他打消了这个念头。他们立刻展开了救援工作。加尔和其他战俘坐在二十英尺之外的地方，看着他们手忙脚乱地张罗着。一个小时之后，他们临时用网兜做了个救生网，拉着绳子，把那个军官从洞里给拖了上来。那家伙仍毫无知觉，一看这样子就知道，右腿伤得不轻，应该是折了。

有个战俘走上前去帮忙，一见中士的伤势，便摇摇头："伤成这样，他们要么把责任推到你的身上，要么推到那家伙自己身上。这倒有意思，就看他们怎么说了。"

"说得我都有点迫不及待，想听听他们的答案了，"加尔说，"不然的话，就算被枪毙了，我也会死不瞑目的。"

为了这件事，指挥官特地把所有一级军官都召集到了一块儿，严厉地训斥了他们一顿，居然就在他眼皮底下，放任加尔做出这种事，真是无法无天。但他接着又说，鉴于加尔没把中士扔在洞底，或是在洞底把他干掉，所以他们不会进一步追究他的责任。自此之后，警卫们便不再来烦他了，他还在想，这究竟是暂时优待呢，还是预示着这场可怕的战争即将结束的先兆呢？卡伊中校对此十分愤慨，但加尔却觉得，就连这家伙，可能都已经开始为未来做准备了。

第三十章

七月中旬时，战俘营又多了三张美国面孔。他们是从另一个营过来的军医，同温赖特一道在巴丹半岛战役中被俘。所以，他们现在也算是"老油子"，知道该怎样和日本军警打交道。他们尽自己的绵薄之力为战俘们治疗，但仅限于一些小病。若是战俘不幸患上了传染病，比如痢疾、流感、疟疾，或是任何日本人觉得有必要隔离的病症，例如哮喘，他们就会被流放到"特殊关怀区"上去，当然，这是委婉的说法，实际上就是角落里的几间营房，窗户上挂着厚厚的帘子，外面的人看不见里面的情况。战俘营里也设了个火葬场，以处理那些不幸病逝的战俘。火化后的骨灰统一埋到营外墓地里。夏日渐盛，坟包也越来越多。日本人给每个骨灰盒都编了个号，并且还在坟包旁边种了棵树，把号码牌钉在上面。

七月一到，不仅天气越来越热，而且轰炸也变得越来越频繁。战俘们白天通常都待在矿里劳作，看不到天上的航迹。但晚上他们就会亲身体验到轰炸的可怕——隆隆作响的引擎声似乎一刻都不曾停息过，一直在高空中叫嚣。那些轰炸机先是向北，但没过一会儿又开了回来，吵得人心烦。据说那些工业更发达的北方城市已被炸成了断壁残垣。这可能并不是空穴来风，毕竟，晚上那些扰人的轰鸣声可不是假的。战俘们也有想过，他们为什么不轰炸广岛市呢？难道说这块地区重要的军事目标就只有吴市么？七月中旬时，日本佬命令战俘们在营房及办公楼的屋顶上画上大大的"战俘"字样，以防被B-29轰炸机误炸，虽然他们只是打着人道主义保护战俘的幌子，为采煤做掩护。

八月一日晚，由于爆破不当，矿下发生了大规模塌方。第二天清晨，身体最为强健的战俘都被派到了主矿道里，负责清理碎石，疏通矿道。但中午时他们接到了上头的命令，全部撤出。所以，被困在矿道里的矿工们只能听天由命了。那天晚上，日本人把他们召集起来，说是要从这个营地撤出，搬到南部的营地去。川崎公司在那儿有个更大的煤矿。显而易见，由于塌方，"他们的"煤矿大面积渗水，算是废了。他们又损失了一项宝贵的财产。在场的所有人都心知肚明，七月份以来，营里可谓是发生了翻天覆地的变化。日本人不再密切关注他们在矿下的一举一动。警卫们个个垂头丧气，就好像政治宣传节目如实地播报了前线的真实战况一样。战俘们也嗅出了日本即将战败的气息，毕竟夜空中的轰炸机数量是只增不减。于是，他们信心倍增，个个下定决心，力争挺过最后的艰苦时光，幸存下来。一个会说日语的医生告诉他们，说自己曾被传唤去诊疗指挥官，那家伙成天惴惴不安，担心自己战后的命运。在场的每个人都知道这问题的答案，只可惜他们没什么机会见到指挥官，更别提为他答疑解惑了。卡伊另当别论。他倒是每天都能见，不过他执迷不悟，想必也不会说实话。

塌方事件发生的第七天，日本人给他们每个人都发了个布包，让他们收拾好东西，早上7点30分的时候统一到营房前的广场上集合。他们真懂得给自己省事，这样一来，就不用给战俘们准备早饭了。

战俘们三三两两地从营房中出来，走到广场上时，他们惊呆了——只见阅兵场上到处都是印着日文的碎纸片。这些纸片看起来就像是从广岛那边被刮过来的一样。一个战俘弯腰捡起一片，但见警卫马上气势汹汹地朝他走来，慌忙又将纸片扔在了地上。这不是明摆着的么，他们连低下头去看一眼都不行，更别提把它捡起来了。但战俘们压根就读不懂上面的字。他们之所以会低头去看，只不过是出于好奇罢了。

纸雨。

加尔这才想起，纸雨是美方给桥本实的暗号，提示他是时候去广岛市把那个神秘的东西打开了。他们歪歪斜斜地排成一队，等候指令。等待间隙，加尔忍不住想：那个老人究竟完成任务了么？他是不是还活着呢？他们这儿也有普通矿工，看他们的身段尊容，不难推断出当前的形势——分发给平民的食物定是越来越少，绝对比不上那时——他还记得最后一次与桥本实见面的场景，在码头底下，老人把原本就少得可怜的口粮分出一点给他。负责驾驶机车的工程师们看起来就像骷髅一样,他们都是从北部过来的。和他们相比,住在沿海地区的人算是幸运的了,再不济,好歹还能捕几条鱼吃。

这时四辆军用卡车驶入了营内,停在营房前。大伙儿纷纷侧目。尾气的味道闻起来和爆米花差不多。卡伊立马迎了上去,同从卡车上下来的另一位军官亲切握手。卡车司机一脸不耐烦的样子,卡伊却干劲十足,和往常一样,大声地发号施令,动作幅度颇大地打着手势。司机点了根烟,对着战俘们摆了摆手,像是在对卡伊说:你行的话,就自己上呗。这令卡伊更加恼火,忍不住破口大骂起来。动静之大,以至于惊动了深居楼中的指挥官。原本打算闭门不出的他,见状也只能露面,不然此事估计没法妥善解决。说来也巧,他出现时,刚好赶上大场面——就在战俘营上空,一颗镁照明弹炸开了花。

这场面着实壮观,但奇怪的是——照明弹居然没弄出一丁点声响,既没有"砰砰声",也没有"轰轰声",透过指缝,只见白光漫天。活到现在,他们还从未见过如此之亮的光呢。众人忽然意识到,这颗弹可不是在他们头顶上爆炸的,爆炸地点在战俘营南部,就在广岛市和营地之间的山脊上。

这道不可思议的光点亮了整片天空,把山脊岩石的每个细节都照得一清二楚。天上还有几只鸟,但转瞬间,仿佛被一只无形的手攫住一般,黑色的剪影忽然消失得无影无踪。紧接着,耳畔传来响彻天宇的噪声,震得人胸闷不已,耳膜几欲破裂。这噪声并没有像雷声那般转瞬即逝,而是被刻意拖长了,音量居然还在不断增大,空气中迅速升腾起巨大的乌云,应该是燃烧释放出的烟雾和粉尘颗粒汇聚而成的。乌云很快便升到了高空,底下是红黄交织的熊熊烈火,火势极盛,即便去扑灭,一时半会儿都解决不了。不管是警卫,还是战俘,都被眼前的奇景给震慑住了。时间一分一秒地流逝,这云居然还在不断地往外扩大。脚下的土地毫无预兆地开始颤动,发出"隆隆"的吼声,就好像是地震了一样。头顶上的巨云一边翻腾,一边上升,热柱估计都在三万英尺的高空了,呵,三万英尺,这刚好也是B-29轰炸机的飞行高度。这朵云实在是太大了,让人不禁担心,它消散时会不会殃及池鱼,令他们这些战俘也跟着受苦。

一位美国军医喊出了他们的心声:"谁他妈知道,这究竟是怎么一回事儿?"

第三十一章

司机们急忙钻出驾驶室，好看看外面究竟发生了什么事，却猝不及防地被那朵"光芒耀眼"的大云给吓了一跳。云的底部已经变成了黑色，看起来就像被烟熏过一样。隆隆的噪声仍未停息。一阵大风突如其来，径直朝着云的底部吹去，风力非常之猛，差点没把两旁的树给拦腰折了。战俘们个个东倒西歪，连站都站不稳，只好趴在了地上，以免被风吹跑，掉到坡底下去，感觉碎石和尘土与自己"擦背而过"。一分钟后，连屋顶上的铁皮都被掀了起来，咔嚓声此起彼伏，与军鼓协奏曲别无二致。

那些日本警卫们不知所措，齐刷刷地望向指挥官，希望他能下个命令。但把如此重任交给这样一个家伙，显然不是明智的决定——指挥官仍站在办公楼的门廊里，嘴巴张得老大，都能放下一个鸡蛋了。巨云从顶端开始，逐渐收缩卷曲，估计要不了多久就会化成一朵"毒蘑菇"。指挥官一脸惊愕，而卡伊少校则面红耳赤，十分激动。办公室里的电话已经被打爆了，尖锐的电话铃声接连不断地响起，但指挥官却对此置之不理，只是兀自凝望着那朵可怕的云。

终于，威林厄姆中校挺身而出，担负起了稳定局势的重任。他打着手势，示意战俘们回到营房里去。于是，他们便慢慢地往营房那边走去，个个蹑手蹑脚，生怕被警卫们发现。但毕竟是在人家眼皮子底下，怎么可能瞒得过去？警卫很快就发现了他们的小动作，但他们并没有上前制止，而是选择了袖手旁观。最后，甚至连这些警卫都加入了战俘们的行列，朝着营房走去。因为头顶上那朵云的形状是越来越怪了，似乎妄图从西南方向入手，遮蔽太阳。眼前的一切前所未见，不仅他们未曾领略过，就连相对而言"见多识广"的战俘们，对此也是闻所未闻。加尔不禁联想到埃特纳火山喷发的情景——与眼前的场景相比，有过之而无不及。他曾亲眼目睹过埃特纳火山喷发，那场面简直惨绝人寰。该不会我们还要再经历一次这样的灾难吧？届时地球上的一切都将被抹去，就好像人类从来没有在此生活过一样。

加尔在脑中默默地梳理了一遍，事情的经过似乎是这样的：某架大型的B-29式轰炸机从南部远道而来。与往常不同，他们既没有听到发动机的轰鸣声，也没听到刺耳的防空警报声，只见山脊之后忽然亮起一道炫目的白光，差点没把他们给闪瞎。这道白光貌似还有个不易察觉的中心点，正源源不断地放射出色泽多样的光束，汇聚成一个透明的球体，而且这个球体尚未定形，仍在扩大。与之类似的情景，他倒也不是没经历过。他们曾用鱼雷击中了一艘停在吕宋岛旁的日本弹药船，当时的场面也是极其浩大。但这次的场面，就爆炸的强度和规模而言，比上次的还要壮观几百倍。也不知道这事儿和那些纸片有没有关系，一个战俘轻声自语道。放眼整片天空，东方明朗的朝阳与南方灰暗的巨云形成了鲜明的对比。战俘营西区的营房已是一片狼藉：狂风把屋顶上焊着的铁片都给掀了下来。

这时，有位中士一把推开门，冲了出来，对着警卫们怒骂起来。谁让这些家伙一直傻愣在营房外面的空地上，啥也不干？日本的中士也好，军官也罢，从来都不会心平气和地给下属发布命令——他们习惯朝着手下大吼大叫。可以说，他们的脾气就好像活火山般，定期爆发。这个时候，下属们就得点头哈腰，不停地鞠躬，以赔不是——稍微迟疑一秒都不行。道完歉后，最好马上就从他们眼前消失。战俘们走到窗前，见指挥官和卡伊少校都站在门廊那儿，正激烈地讨论着某件大事。走廊那边突然冒出一个士兵，一手一部电话，朝着他俩跑来。指挥官气恼地把一沓纸扔到地上，一把抓过距离他较近的电话听筒。广岛那边似乎出大事了，警报声就连他们这儿都听得到，而且城市上空，一朵似曾相识的黑云正慢慢成型，但高度比先前见到的那朵低些。山脊背后那么多烟，加尔暗自想道，广岛市很可能已经陷入了一片火海之中。

中士狠狠地瞪了他们一眼，回到了营房里，但没过多久又走了出来，站到门闩旁边。看样子，他们今天的行程应该是取消了。接下来的几个小时，战俘营附近热闹非凡，一辆又一辆车呼啸而过，有几辆甚至还鸣着警铃。究竟发生了什么事？大伙儿都在猜测。几个空军飞行员说广岛可是个重要的弹药库，规模在国内都排得上号，也许是码头里的一艘弹药船炸了，引爆了一两个军火仓。不过大多数人并不认同他们的解释。他们觉得这次的爆炸和以往不一样。军火仓爆炸时，漫天火花可是常态，而且爆炸一般只持续几个小时。但这次爆炸则是一声巨响，声震云霄，让人感觉好像半个城市都被炸没了。

　　临近傍晚时，营地附近仍是一片喧嚣，但车辆行驶的方向与之前刚好相反——驶出广岛，开过山脊，途径战俘营，而且速度明显有所减缓。车上全都是死状可怖的尸体。到了傍晚时分，从广岛开出的车辆有增无减，而且大批大批的市民也跟着车队一道从广岛撤了出来。许多人伤得非常严重，几乎可以说是面目全非，脸皮都被熔成了蜂蜡，白森森的头骨依稀可见。有人体力不支，腿软跌倒，其他人见状也不去搀扶，任其倒在路边。战俘们并不知道这些难民的目的地是哪儿，他们只知道，广岛市民死伤惨重，伤亡人数肯定不止几百人，估计得有几千人。过了一会儿，战俘营的大门打开了，一些伤者走了进来。他们步履艰难，蹒跚前行，受伤较轻的扶着那些奄奄一息的，尽量排成一队，往阅兵场行进。警卫们一脸害怕，看着他们从身边经过。战俘们则小心谨慎，生怕惹上什么麻烦，他们一个挨着一个站着，眼睛盯着脏兮兮的窗玻璃，尽量装出一副漠不关心的样子，虽然伤员们的惨状触目惊人，让人很难不侧目注视。加尔的余光瞥到一个面部重度烧伤的妇女。别人递给她一瓶水，她拧开瓶盖喝水时的情形，和往洞里倒水的情形几乎没什么差别。

　　广岛仍被浓重的烟雾笼罩着，比起刚才，烟雾的位置似乎往西偏了一些，大概是被海风吹的吧。这海风可比较生猛，能从濑户内海吹到日本海，甚至韩国。云层似乎没有之前那么厚了，但新的一朵云业已成型，看来今晚这火灭不了，还会一直烧。又来了一支车队，车身上的标记与前面的车截然不同。领头的车风驰电掣般开过战俘营，冲过山脊，载满士兵的军用卡车紧紧地跟在后面。

　　日出时分，指挥官和卡伊一道出现在营地上。战俘们都躺在床上，没人在前窗旁边张望。卡伊打开门，然后自觉地退到一旁，让指挥官先进去。柏原中校厉声说了几句英语，命令他们出去。

"你们，帮忙，"他喊道，"出去，马上，你们，帮忙。"

外面那么多人，个个又都伤得那么严重。他们这些人能帮上什么忙？加尔暗想，但人在屋檐下，不得不低头，他们还是乖乖地跟着柏原和卡伊出去了。天还没亮，外面光线很暗，什么都看不清。刚走出来，他们便闻到了一股怪味，主要是尸臭，不过也混杂了点肉烧焦的味道。警卫们在人群中穿梭，一手拎着水桶，一手拿着小毛巾。战俘们就负责照料伤员，为他们擦拭伤处、喂他们喝水。加尔此前还从未见过被烧成这样的伤员——有几个人，他用毛巾替他们擦拭伤口时，都能看见泛蓝的白骨。许多幸存者根本无法自主呼吸，可能过一会儿，你会看到他们忽然急促地喘气，但那只是回光返照。出现这种情况，意味着他们即将一命呜呼。天色一点点暗了下来，战俘们也接到了新的命令——把尸体从广场上搬到角落里去。广岛附近仍是漫天红光，看来火还没被扑灭，很可能今晚都灭不了。这样一来，他们连灯都不用开了，借着这火光就行。

直到黄昏时分，战俘营才回复往日的平静。加尔注意到，到目前为止，两百名伤员无一幸免，被送到这儿之后，没过多久就停止了呼吸。搬尸的活儿可把战俘们给累坏了，大部分人干脆直接往地上一躺，眼睛一闭就睡着了。警卫们也学着战俘们的样子，躺倒在地，闭眼入睡。指挥官则彻夜未眠。他一直坐在办公室里，在黑暗中凝神沉思。而卡伊自从把他们赶出营房后就再没露过面，据说他被派到广岛去了，不过这只是谣传。

第二天早上，他们依旧没有早餐吃。威林厄姆中校忧心忡忡，生怕他们接下来大规模地屠杀战俘。气氛一下子变得沉重起来。毕竟日本人可没那么理智，血债血偿，在他们看来是理所应当。加尔听到东面方向传来警报声，但不是广岛那边。战俘们都愣住了，不知道该做些什么。警卫们也同他们一样手足无措。大伙儿只好抬头望望天空中的暮光，静观其变。东方忽然出现两道航迹，高高凌驾于广岛之上，先是往西边延伸，然后又转向南边，逐渐消失在视野的尽头。绝对是侦察机，错不了，加尔心想，肯定是过去看看广岛情况如何的。接下来的时光都耗在了清理尸体上。战俘们得把尸体搬到煤矿入口上面的火葬场去。大伙都在想晚上会不会有口粮发放，但那个矮小的老人却始终没有出现。他们只好自我安慰,不管怎么说,至少警卫们也和他们一起饿着肚子。他们稀稀拉拉地走进营房,从公用水龙头中接了点水喝,然后回到房间,一头躺倒在床上。加尔洗了把脸,冲了冲手。即便如此,躺在床上时,他还是闻到了自己身上散发出的臭味。不仅是他一人,其他战俘也和他一样。他几乎是一沾到床就睡着了。但几秒钟之后,他便被一阵剧烈的晃动给弄醒了,出于本能,他胡乱地挥动起双手来,想要赶走那个摇醒他的人。

"起来,起来,快出去!"有人大声叫喊道。加尔睁开眼睛,除了钉在墙上的东西外,房间里的一切什物都在抖动,就好像地震一样。墙上的粉尘都被抖落了下来,窗玻璃格格作响。加尔看到挂杆上的灯罩前后摆动,有几盏灯甚至被晃得"身首分离",灯泡"啪"地一声落到地上,摔了个粉碎。几个战俘手脚并用,迅速地爬了起来,力争尽快逃离这栋危险的营房。

别管他,加尔暗自想道。吴市那事仍历历在目。当时他只觉得那股力量是不可抗拒的,自己只有乖乖臣服。那时的他饿得要死,心里非常绝望,但却十分平静——他早将生死置之度外了。他拉过被子蒙住头,仍旧躺在床上,等着震动停息。不管怎样,它肯定会停的。他也清楚,这么做的肯定不止他一个。

良久,震动终于慢慢地平息下来。一阵暖风吹入营房,揭下蒙在他脸上的被单,吹走了四散的粉尘。有一面墙裂了,这倒还不错,他们总算能通通风了。没过多久,他便再次进入了梦乡。

第三十二章

两天之后,战俘们接到通知,全体撤离,搬到另外一个战俘营去,负责川崎煤矿的开采。于是他们重新把行李收拾好,将个人物品装进棉布袋中。黎明时分,全体人员在营房前的空地上集合。卡伊少校终于出现了,他身后还跟着六个副官。战俘们很快便察觉到异样之处——这些副官配着剑。一位能说英语的副官开了口,命令所有战俘立刻以五人为单位分组。他们依令行事,不敢不从。今天营地里的士兵数量似乎比往常要多得多,每个人都背着一把步枪,步枪上还装了刺刀。大家都饥肠辘辘,从昨天到现在,他们只吃了一顿饭——其实就是一点汤水,里面放了几粒米、几片菜(看上去像是笋)。至于今天的早饭,日本佬用一壶苦茶就把他们给打发了。

刚分完组,就见门口处又来了一批士兵。这些人都是生面孔,同样背着配刺刀的步枪。他们肯定是事先接到了通知,因为这边的军官们并没有对着他们发号施令。这些家伙走到集合场地上,围成一个中空的正方形,以防战俘逃跑。待他们摆好架势后,每位战俘身后都多了两个"跟班"。

加尔忽然有些害怕。卡伊的表情同往常一样凶狠。他对新来的这群人置若罔闻,那些家伙排队形的时候,他甚至都懒得拿正眼瞧他们。朝阳初升,明黄色的光笼罩着整片营地,照亮了山脊及其背后的广岛市。今天那些平民一个都没有来,警卫们也不见踪影,不过他们的机关枪还丢在这儿。

大多数战俘压根听不懂那些日本佬讲的话,只得小心翼翼地观察着其他人,看看别人做些什么,然后照做。军官们排成一行,目不转睛地瞪着他们。"正方形"逐渐收拢,把他们紧紧地围在中间。这群家伙的动作如此娴熟流畅,看起来就像事先排练过似的。加尔忽然想起医生的话:那些日本人日夜操练，随时准备屠杀战俘。难道盟军已经打到日本主岛了？山脊那边的爆炸声势如此浩大，难不成是为最后一波进攻打头炮？

卡伊终于吼完了。加尔见指挥官出现在办公楼的门廊处，一脸郁郁寡欢的神色。副官对着六人中的一人点头，看样子那人是中士，另外五人都得听他的。没过几秒，就听到一个澳大利亚人发出一声痛苦的惨叫，两把刺刀捅到了他的背上，逼迫着他出列，跪在卡伊少校的面前。

那个一级军官嘴里念念有词，对日本佬的做法表示不满，但身后的士兵上前一步，举起枪托，狠狠地敲在他的头上，又踹了他的关节一脚，让他跪下，他只能识趣地闭了嘴。在场的战俘们都惊呆了，个个噤若寒蝉。这个澳大利亚人今年只有二十二岁，却被摧残得像个五十岁的中年人。他们居然逼着他跪在卡伊的面前，简直是侮辱人。卡伊一把拔出巨剑，动作娴熟，仿佛演练过好多次一样，然后又开始大喊大叫，就好像是在为自己壮胆。与此同时，在场的所有士兵都开始大声地高呼"万岁"，卡伊举起那把熠熠发光的剑，用力地在空中划了一道，狠狠地割开了澳大利亚人的脖子，接着他又来了一下，彻底结果了那个澳大利亚战俘，只见失去脑袋的躯干"扑通"一声倒在地上，汩汩流出的血液瞬间铺满了地面，但没过多久第二名战俘就被带了上来，那家伙跪倒在卡伊面前时，卡伊还在用澳大利亚战俘的破衣服擦拭自己剑上的血迹。

这次轮到副官拔剑了。战俘们纷纷别过头去。身后的士兵们见状，刺刀一顶，强迫他们直视这残忍的一幕，顺便提醒他们，任何形式的抵抗都是毫无意义的。加尔已经做好了心理准备，这不算什么，人固有一死，至少他曾经战斗过，也曾经干掉过不少日本佬。他感觉后背忽地一凉，看来刺刀刀刃已经抵在了他的脊梁骨上。

几个士兵却忽然不约而同地大叫起来，引得众人纷纷抬头朝南方望去。地平线上闪着钨白色的亮光，虽然距离他们足足有几十英里，但这亮度，并不亚于他们两天前所看到的。在这道炫目的白光的映照下，他们发现上空有一朵巨云，随后眼前便出现了一个透明的能量球，与两天前看到的那个差不多，一边不断扩大，一边往外放射着色泽多样的光束。但这种情况只持续了一秒，能量球很快便跟着那朵云一起，往天际升腾，大有直冲云霄之势。这个能量球比两天前看到的那个还要大,很快便升到了平流层高度。足足过了九十多秒,隆隆声才传到战俘营这儿。

这次可没有什么狂风了,但这朵大云看起来就像是上帝之手,在它的操控之下,仅凭南部地区一己之力,就能颠覆整个日本国的命运。不仅如此,它还能令整片国土一直处于永无休止的震荡之中。

不管是日本佬,还是战俘,都被眼前的这一切给震慑住了。战俘们开始左顾右盼,思考着有什么办法能把手镣和脚镣给弄掉。卡伊一把将剑拔出剑鞘,后退几步,走到庭院里,想看得更清楚些。但他这么做完全是多此一举,因为这朵云比之前出现在广岛上方的那朵还要大得多,尽管它离他们可能有四十甚至五十英里远。指挥官依然站在门廊那儿,双掌贴在面颊上,眼中满是恐惧,嘴里不住地叫唤着"万岁",看得出,他正被痛苦折磨着。站在战俘们身后的士兵们也在高呼"万岁",但他们的语气中没有痛苦,只有深深的恐惧。就好像收到某种信号一般,他们忽然开始后退,包围圈越拉越大。指挥官办公室里的电话骤然响起,里面的文职官员接了起来,听了几秒钟,突然发出一声哀鸣。他迅速地下了楼,把口信捎给指挥官,讲完还不忘附上一句"万岁"。他们猜测,这个文官和指挥官说的肯定是噩耗,比如说,广岛是彻底完了。因为他讲话时忍不住双膝一软,跪倒在地,而且话还没讲完,就开始不由自主地抽泣。其他军官和警卫们听完他的汇报,个个情绪激动。一时间场上议论纷纷。加尔一直在观察卡伊和他的部下。看来警卫队可能会被遣散,否则他们早死在这儿了。

这时,一辆小吉普车开到了前门处,只听喇叭声急促地响了几下。一名警卫把步枪交到同伴手里,然后小跑着去开门。小车飞快地驶了进来,径直开到他们面前停下,扬起了一片沙尘。车里走出一个年纪较大的日本军官。吉普后面还跟了一队卡车,不过它们没开进来,仍是停在外面。那个日本军官很可能是个上校,甚至还有可能是个准将。他环视一圈,刚好看到指挥官跪在门廊上,卡伊继续擦拭着他的剑,地上躺着一具无头的尸体,上面沾满了尘土。

老军官开口发言了,他的声音比卡伊和柏原都低沉,蕴含着一种静默的威严。他可不像其他军官,只知道歇斯底里地乱吼乱叫。所有人都全神贯注地听着他训话，他每说一句，他们的脸色便凝重一分。之后，军官们齐齐朝着他鞠了一躬，然后朝着警卫们吼叫起来，警卫们慌忙四下奔走起来，张罗着完成上级布置给他们的任务。加尔盯着塔楼看了一会儿，难不成他们是想用机枪扫射，一次性把他们都解决？

上校，暂且就这么称呼他吧，看都懒得看这群战俘一眼。加尔见他抬头望向南方，巨云仍浮在空中，不过顶部似乎有即将受到狂风侵袭的征兆。看样子，这云应该离爆炸地越来越远了。上校走到指挥官面前，扶他站起来，带领他走进办公楼。所以现在空地上只剩下他们这群战俘，大伙儿面面相觑，塔楼上还架着机关枪呢，叫人怎能不害怕？

十五分钟后，所有日本兵，包括那些文职人员，都集中到了门口，每个人都带着一套军服，貌似是野战服。他们上了门外停着的卡车。就连塔楼上的警卫都跑路了，对于这些战俘们来说，简直是个天大的好消息。六个士兵跑进仓库，匆匆忙忙地扛出米袋，随随便便地往卡车上一扔，在搬运过程中，他们不小心扯破了一袋，便就地一扔，把它踢到旁边，就此作罢。战俘们仍保持着原来的队形站在一旁，他们可不想引起那群日本人的注意，惹来杀身之祸。搬运完米袋后，高官刚好也从办公楼里出来了。只见他朝着战俘们走来。

"一级军官！"他吼道，加尔望向威林厄姆，他仍躺在地上，双手护着颈上的伤处。于是他挺身而出，全场的目光瞬间都集中在了他身上。他朝着老军官敬了个礼，极力低头，以免不小心看到他的脸。

"你待在这儿，"老军官说道，"关门，就在这儿。出去的话，你会死的。就待在这儿。"

加尔点头应允，没有鞠躬，只是点了点头，眼睛看向地面，贴在腿侧的双手不住地颤抖，但他尽力掩藏，生怕被老军官看出他内心深处的恐惧。老军官干脆利落地朝他点了下头，然后转身走向等候多时的吉普车。这时办公楼里忽然传出一声枪响，老军官停下脚步，立正站好，对着办公楼方向深深地鞠了一躬，然后继续朝吉普车走去。待他上车后，吉普车即刻发动，缓缓地向门外驶去，其余卡车紧随其后。车队就这样远去，将战俘们抛在了身后。

天底下难道还会有比这更好的事儿吗？现在营里没别人了，就只剩他们了！

第三十三章

加尔随便找了两个战俘，让他们下去把门给关了。幸福来得太突然，大多数人似乎都没意识到，他们现在正处于无人监管的状态。毕竟，无论广岛和长崎发生了什么事，只要日本佬当真动了杀心的话，借此为由就能把他们都给杀了。接下来一连几个小时，他们都在安顿部署，好让战俘营成为大本营。几个战俘分头检查了所有的办公楼，看看有没有日本兵躲藏其中。两个英国战俘把"一级军官"扶进了营房。加尔和莫里斯医生则进了指挥官的办公楼。那儿果然有他们想要的东西——手枪。加尔掰开指挥官僵硬的手，取出手枪，吩咐战俘们把指挥官和澳大利亚人的尸体抬到火葬场去。这时塔楼上负责瞭望的战俘来报，说是外面街上有一大群人，但他们不吵不闹，只是静静地站在原地，看着南天上的那朵巨云慢慢地往西方挪动，紧随其后的黑烟颜色一点点地加深。警卫们虽然把机关枪留下了，但却把子弹给带走了，一颗都没剩下。得找些子弹，加尔心想。

他们把三个仓库都翻了个底朝天，这才意识到，日本佬把所有粮食都带走了，只给他们留了一袋50磅重的米，就是地上的那袋。他们无奈地接受现实，捡起地上的米粒，一颗都不放过。加尔派一名战俘到厨房去弄些水煮饭。一个小时之后，所有人都分到了满满的一碗饭，这可是他们这两天以来最像模像样的一餐。吃完饭后，"一级军官"让所有被俘的军官都聚到一处来，大家开个会。既然日本佬已经跑路了，他们也该商量商量之后的对策了。威林厄姆的伤势比加尔所料想的还要重，万幸的是，他还能说话。不到万不得已，加尔是绝对不会放弃他，让他自生自灭的。而且，他可是个英国人。这儿大多数的战俘都是英国人。

征得威林厄姆的同意后，加尔便肩负起了管理战俘们的重任。威林厄姆挥手送别加尔，让他放手去做，别有什么负担。两个英国步兵少校负责营地的安全工作。他们派人到塔楼上去，轮班站岗，随时注意外界情况。他们还特地为站岗的兵士打理了下形象，好让他们看起来像是穿着野战服的日本兵。哨兵们的工作内容包括操纵机关枪、时不时移动枪管，营造此处仍有人把守的假象。此外，屋顶也需要处理一下。加尔命一名战俘爬到主营房的屋顶上去，用"油漆"把"战俘营"字样给盖掉，顺便再刷上"急需食物"的字样，字尽量写得大些，每个字最好能有20英尺长。"油漆"是用火葬场里的石灰混上废机油制成的。与此同时，他们也用上了日本佬的淋浴设备。虽然这儿没有热水，但只要能冲凉，他们就心满意足了。加尔还派了一队人到矿里去，看看那儿是否还有幸存者。那天被困在矿道里的夜班工人可不少。可惜，他们一无所获，最终无功而返。

从那天下午开始，轰炸机就一直在广岛及南部地区上空盘旋。一级军官认为：先是两场规模如此之大的爆炸，然后是日本官兵撤离战俘营，这些都是征兆，预示着战争已进入尾声，即将画上句号。当然也还有另外一种可能，只不过没人愿意说出来，那就是新一任官兵正匆匆地赶往此地。战俘中有两个无线电技师，他们跑到指挥官的办公室里捣鼓了一阵，修好了桌上的无线电设备。这样一来，他们就能听到日本的广播了，但这对他们来讲，实际意义并不大，因为他们当中并没有精通日语的人，广播里说什么，没人能听懂。从那天晚上开始，直到现在，整整五天，每天都有大批大批的广岛难民翻越山脊，往相对安全的地区逃。伤得较轻、还能行走的难民们搀扶着动弹不得的重伤员。场面之惨，连战俘们都不忍直视，纷纷别过头去。男人、女人、孩子甚至是家里养的狗都郁郁寡欢，蹒跚地往南边走着，想要脱离这个可怕的地狱。

米已经吃完了。一级军官又召集他们开了个会，大伙儿决定轮流外出，到附近的城镇上去，看看能不能弄到食物。会开到一半时，一个无线电技师跑了进来，说日本政府的广播正在播放哀乐，而且主播的情绪非常激动。瞭望兵那边也传来消息，说城镇里的居民都跑了出来，聚集在战俘营外面的街道上，在人行道上站成一排。于是战俘们纷纷跑向门口，想看看究竟是怎么一回事。只见街上站着几百个日本人，但一个穿军装的都没有。街角的电话线杆上绑着扩音器，同样播着哀乐。战俘们暗自纳闷，难道太阳又爆炸了一次么（他们当中确实有些人这样形容前两次爆炸，因为威力实在是太大了）？先是广岛，然后是长崎，所以，这次轮到哪个城市遭殃了？难不成是在北部？而且城市规模比前两个还要大？还是日本佬未卜先知，知道自己即将大难临头，所以先放点挽歌，做些铺垫？但紧接着他们就听见了飞机的轰鸣声。

街上的人们纷纷流露出不安的神色，抬头望向天空。但这次来的飞机似乎并不多——听声音就知道了。片刻之后，两架美国海军的飞机出现在1000英尺左右的高空处。加尔有十成的把握，来者绝对是"海盗"，它们不携带任何外部武器，而且驾驶员还随身背着伞包。这两架飞机往城镇和煤场的上空驶过，然后绕了个圈，又转了回来。返程时它们的飞行高度明显有所降低，只见它们朝着战俘营驶来。营外的日本人依旧站在原地，他们可真是个高度自律的民族。

领头那架飞机的飞行高度已经降到了500英尺，它不停地摇摆着机翼，像是在和战俘们挥手示意。战俘们条件反射般地欢呼起来。肯定是驾驶员看见了屋顶上的字，加尔心想，外面的日本人也看见了这几架战斗机，肯定不敢轻举妄动，所以他们现在的处境还算安全。两架飞机飞过山脊，逐渐消失在视野的尽头，它们应该是准备前往广岛市区的。所幸的是，他们身后并没有跟着日本飞机。随着轰鸣声的逐渐远去，他们又重新听到了肃穆的哀乐，但几分钟之后，哀乐便换成了号角的奏鸣曲，主播也换了人。又过了几分钟，不知主播宣布了什么消息，只见街上的日本人忽然提起了精神，但旋即便低下了头。孩子们似乎还没弄清发生了什么事，但在大人们的劝解下也随大流低了头。他们安静地站着，一言不发。街上鸦雀无声，他们甚至都能听到飞机发动机的轰鸣声——那可是从山的另一边传来的。之后广播里响起了另一个声音，音调很高，就像是在唱歌一样。那人讲了几句日语，街上的日本人头低得更低了，大多数人甚至闭上了眼。战俘们猜测着消息的内容：肯定是特别重大的消息，而且还是不好的消息，不然他们才不会是这个反应呢。终于，那个高音戛然而止，平民们直起腰杆，各自往家或商店走去。街道上的每个人看起来都是一副心神不宁的样子。有很多人甚至当街就开始无声地抽泣起来。

战俘们相互看看，都不敢相信眼前的这一切。是真的么？难道真是这样么？这该死的战争到最后终于结束了么？

第二部

沉默的舰队

第三十四章

1945年9月　珍珠港太平洋舰队潜艇基地

参谋长迈克·福雷斯特少将在基地会议室接见了加尔。一个副官走了进来，给他端上一杯咖啡后就匆匆退下了。那家伙他之前从未在基地里看到过。

两人把咖啡搁在面前的桌上，福雷斯特率先开了口："嘿，加尔，近来如何？"

他搅动着咖啡，不知该从何说起。他的手还在微微打颤，但比起几天前，情况已有所改善，正不断好转。今天早上，一辆军车将他送到了珍珠港。"粉红宫殿"的顶层仍是基地首脑们的地盘，但目前只有加尔一个人住在那儿。现在门口已经没有警卫站岗了，铁丝网也撤了。因为这家酒店即将展开为期一年的大修整，之后将重新开业，但届时它将摇身一变，成为一个货真价实的豪华度假村。加尔之前一直在关岛休养，直到三天前才搭乘军用运输船回到这儿。虽然在关岛时一直有接受系统的治疗，而且在船上时一直在休息，但加尔还是感觉浑身无力、疲惫不堪。不过实话实说，他运气真的算是不错的了。毕竟，有些家伙被俘三年之久，还没等到出头之日，就一命呜呼了。而且这样的家伙还不止一个，他见得多了。有感染热带传染病暴毙的；有在潮湿的煤矿、铜矿里过劳死的；有被日本警卫殴打折磨致死的、有饿死的；还有对自身处境无比绝望、最终抑郁而亡的。加尔在战俘营中做的最后一件事，就是到火葬场树旁的坟场里，把所有盛有战俘骨灰的锡罐都挖出来带走了。

他最终了解到，日本总参谋部的确下了命令，但凡发现美国及其盟军有侵入日本的迹象，就把国内的所有战俘统统杀掉，但原子弹打乱了他们的计划。为了逼迫他们投降，美国对着他们扔了两颗原子弹。原子弹爆炸时，他们根本不知道该如何应对，只好匆匆撤离战俘营，放任着他们这群战俘不管，由他们自生自灭。起初两星期，盟军的飞机会向各个战俘营空投食物和药品，以确保他们不至于重伤致死或是饿死。但大多数的食物和药品都投放到了乡下，这就便宜了那些饥肠辘辘的日本平民。之后，救援的船只也到了。即便被俘了八个多月，加尔仍是这群战俘中体格最为强健的家伙之一，虽然他整整轻了35磅，外加3颗牙错位。

接下来的三十天在他记忆里是一片模糊，他都回忆不起自己究竟是怎么过的——被盟军从战俘营中解救出来，然后被送到了分诊工作站，接着上了一辆卡车，去了一个安全的港口，搭船去了关岛，在那儿接受治疗。回到珍珠港之后，先是听了几场报告会，然后是重撰服役记录、领取新的身份牌和制服以及申请新的银行账号。加尔十分确信，战俘营的那段悲惨经历应该给绝大多数人都留下了心理创伤，他们一定常在深夜惊醒，反复遭受记忆的折磨，只有海军医院宣布他们有能力履行部分职责时，才能算作基本痊愈。

也正是在关岛，他历经波折，终于打听到了"海蛾鱼号"的命运。

那时"海蛾鱼号"已经驶出了濑户内海，正朝着关岛行进，但途中不幸遭劫，受到了"英雄般的礼遇"，谁让它之前不仅闯入了日本的内海，而且还在广岛"大闹天宫"呢。乔·恩赖特和"射手鱼号"确证其被击沉。"海蛾鱼号"出事之后，"射手鱼号"便取而代之，占据了太平洋战场战绩排行榜的第三名，毕竟它也击沉过不少吨级排水量的巨舰。"海蛾鱼号"在吴市的动作太大，逃往横须贺时速度难免会受到影响，虽然引来了追兵，但这也给恩赖特提供了机会。这家伙的耐心堪称史诗级别，居然当真给他等到了时机，一举用鱼雷歼灭了追兵。这是好消息。坏消息是："海蛾鱼号"在之后一次巡航中消失在了帝国巡航水域，自此杳无音信。没人知道当时发生了什么。听到这个消息时，加尔悲伤难过到了极点，几乎都不敢相信自己的耳朵。但与此同时，他也舒了口气，应该不是他造成的，虽然在桥上被俘后，他透露了一些情报给日本佬。不过他随即感到了羞愧和歉疚，自己居然抱着这样的想法，真是不应该。关岛的高级艇长（这家伙还兼任战队长）听取了他的汇报，然后直接对他说道："在你擅离职守后，'海蛾鱼号'便和你不相干了，加尔。罗斯·韦斯特取代了你的位置,他才是舰长。他以身殉职,与'海蛾鱼号'一道为国捐躯。但我得承认,你不顾自己还在甲板上,坚持让他们关闭舱口,这真是英雄之举。为此我们决定颁给你海军十字勋章。此外,鉴于你在吴市的显赫战绩,我们还将给你记一次二等功。这可是战争给你带来的福利啊,加尔,战争福利,懂么?想想其他人吧,该知足了。"

现在,从某种意义上来说,他算是回家了。虽然,胜利以来,直到现在,基地里可谓是发生了翻天覆地的变化。"粉红宫殿"已是空无一人。航母、巡洋舰、战舰和驱逐舰都已经开走了,曾经拥挤不堪的码头,现在只剩下两艘潜艇了。士兵们被派遣到了各个基地,比如冲绳、硫磺岛、塞班岛、天宁岛甚至是瓜达康纳尔岛。基地的街道也不再被军用卡车塞满,实际上,街道上连车都没几辆。咸水湖旁的船坞现在每天只发一趟船了,军官俱乐部也因酒店修整而停业了。

一切皆不复以往。貌似除了他之外,其他人都回家了。

"加尔?"

"不好意思,参谋长大人,"加尔说道,"我么?我很累,特别累,大概是因为心里难受吧,我觉得。"

"你是指'海蛾鱼号'?"

加尔点点头:"被俘期间,我经历了很多。我知道,战争浪费了许多资源,也牺牲了许多无辜的人,也亲眼见证了一些令人难以想象的事儿。但即便是这样,和其他人比起来,我的处境还算不错些,特别是那些英国人,简直不能再惨。"

"我记得你被关在广岛旁边的一个战俘营里?那里还有个煤矿?"

"是的,长官。在广岛和战俘营之间有个山脊,大概有2000英尺高吧。多亏有它,我们才没被烧成焦炭。"

"我看过照片,"福雷斯特说,"B-29拍的。"

"照片可不能完全反映事实。"加尔说道,"那玩意儿在山脊后面炸开时,我们都以为世界末日提前到了呢,就好像魔鬼撒旦驾临一样。之后,救援队把我们送到了停在广岛湾的一艘船上。我们坐在卡车后厢里。沿路惨状,我们都看在眼里。"

"到处都是断壁残垣么？"

"那倒不是。实际上，什么都没有，就看到光秃秃的大地、空旷的街道罢了。间或也能看见几栋混凝土大楼，就像几颗歪歪扭扭的牙齿一样。但一路过来，我是一个人影都没见到。不仅没有人，而且连一只鸟、一只狗都没有。凡是有生命的，似乎都销声匿迹了。整个城市就像坟墓一样寂静。城里有条河，我看里面都是汽车、桥梁和电线杆的碎片，而且闻那味道，应该还有烧焦的尸体，估计得有一两万人吧。"

"根据日本方面的说法，就在那么一瞬间，广岛足足有六到七万人丧生。"

加尔点头表示认同："我们看到有人被炸上了天，但看地上却什么都没有，估计都被炸成灰了。"

"我的上帝啊。"

"嗯，打仗的时候，我每干掉一艘船，就会在心里默念一句'别忘了珍珠港的事儿'。我想那些日本佬现在也能体会到我们的切肤之痛了。"

"很多人都是这种想法，"福雷斯特说道，"我们还在统计干掉敌舰的数量，但目前看来，我们在这场该死的战争中损失了52艘船，牺牲了3500名士兵。放到潜艇部队里，就是每五个兵士中，就有一人阵亡。"

"这我还真不知道。"加尔说，"不过也没人会在战争还没打完时就统计这些。"

参谋长大人重重地叹了口气："听闻他们投降的消息，我喜极而泣，为那些仍在外巡航的'游魂'们而泣，估计只有上帝知道他们长眠在何处，又是何时沉入深海之中的。查理大叔比我还伤感，但我们可是获胜的那一方啊！"

"只要我们回过神来，要给他们点颜色看看，是分分钟的事儿。实际上，我们是狠狠地教训了他们一顿。"

"这倒是。"福雷斯特表示赞同，"他们都快被我们斩尽杀绝了。我们的潜艇重创了他们的有生力量，令他们无力发动新一轮战争。我们缩短了战争的进程，想必大家都看得出，也认同这点。但我们的舰队也损失了500名精英。他们当中，有军官，有参谋，也有普通兵士。就像你说的那样，这是极大的浪费，对于人力资源的一种浪费。"

早在目睹"信浓号"沉没时，他就有了这样的想法。"洛克伍德将军什么时候从关岛回来？"加尔问道。

"最早也得下个礼拜，如果他能搭上飞机的话。信不信由你，比起日本佬对我们的敌意，目前交通运输的问题可要严重得多。成千上万的人回到本土，大多数军舰都要退役了，指挥官和士兵们解甲归田。一切都得听道格·麦克阿瑟大人的，他都可以称得上是东京摄政王了。华盛顿方面就只知道大吼大叫，我们忙得简直屁股都要冒烟了。"

他的抱怨在加尔看来有些无病呻吟。战争结束，当然会遗留下一些问题。而且，他自身就是军人，也是问题的一部分，所以，还有什么可抱怨的？想想1939年那会儿，希特勒指挥德军入侵波兰，发动了二战，那时的处境可比现在惨多了。高级将领们应该主动地去适应自身角色的转变。要是他们还想着像打仗时那样说一不二，那肯定会惹麻烦。至于他自己，可以说，他的未来充满着不确定性。也许他最后会被指派到某艘船上，或者是某个驻地里去，但不太可能是潜艇了。因为在接下来的两年内，所有战舰都会变成像剃须刀片一样的存在，徒有锋芒，但毫无杀伤力可言。上头只会保留最先进的战舰，所以很多战舰都会被淘汰。他把自己的看法一一同福雷斯特说了。

"你暂时先待在这儿吧，"福雷斯特说道，"复员问题都快把相关部门给逼疯了。某些海军官员想做一番事业，他们不择手段，只为谋取职位。我们当中有三个指挥官回国后进了统战部，但他们已经完全变了，不再是在此服役时的那副样子了。对了，你有想过未来的生活么？"

参谋长看似漫不经心地向他抛出这个问题，但他心里清楚，这可不是件无足挂齿的事。事实上，这事对他来说，还是相当重要的。从某种意义上来说，他现在是无家可归，举目无亲，唯一的亲人，就只有远在宾夕法尼亚的老母亲，虽说她早在战争打响之前，就丧失了全部的记忆，连他是谁都认不出了。他没有妻子，没有家庭，也不想再回到潜艇上去，出海巡航。再过五年，他就能退休了——届时他的服役期将达到二十年。虽然此后的薪水只有现在的一半，但他将开启崭新的生活。做些什么好呢？也许挖煤是个不错的选择。

"我有晋升的机会么？"加尔问道。

"哦，当然，肯定有。我是希望你能帮助国家培养下一代艇长。"福雷斯特说道，"你战绩显赫，特别是最后一次任务，简直完成得太出色了，堪称空前绝后。问题是，到时候该把你派到哪儿去呢？军事学院？华盛顿？大使馆？还是说，你想回到潜艇上去？"

加尔摇摇头。

"嗯，我也觉得你不会想回去的。从某种意义上来说，潜艇指挥官的工作，就好像是用起重机吊炸药包一样，职业生涯最辉煌的时刻就是指挥潜艇开进战场，英勇杀敌。此后还有什么好做的呢？根本没什么意义嘛。"

加尔想说，经历过被俘之后，现在无论让他做什么，他都能接受。福雷斯特所说的职业生涯顶点，他也经历过了。而他的战友们，此刻已化作海上的游魂，永眠在了太平洋广袤的深海之中。

这时副手闯了进来。他先道了个歉，因为他的到来中断了他俩的谈话。

"对不起，但是这事和哈蒙德指挥官有关，我不得不通报，参谋长大人。"他递给福雷斯特一张信纸，看了加尔一眼，然后离开了办公室。福雷斯特取过眼镜戴上，浏览了一遍之上的内容，不由自主地皱起了眉头。

"唉，这下可麻烦了，"他抬头望向加尔说道，"这是太平洋舰队总部军法署办公室寄来的。上面说有位被俘的空军少校指控你通敌，说你与日本佬合作。鉴于他的指控，军法署将设立专案调查庭，彻查此事。"

加尔彻底惊呆了，回想了好一阵，才想到自己曾在货车车厢里和一个家伙聊过几句——他叫什么名字来着？哦，对，好像姓富兰克林。

"合作？这混蛋在胡说些什么？"

"我想我们得搞清楚，这究竟是怎么一回事。加尔，你在这儿有认识的律师么？"

律师？之前倒认识一位。他在心里暗自默念道。

第三十五章

下午三点时,他已经坐在了军法署署长办公室外的等候室里。经历珍珠港的炮火洗礼之后,总部大楼虽未倒塌,但却不幸毁容——这幢混凝土楼一共三层,外墙光秃秃的,没有任何装饰。楼底下有个防空掩体。楼外有许多条门廊,但定睛细看便可发现,它们其实是过道。大楼就建在马卡拉帕火山口旁边,虽然这是座休眠火山,随时可能喷发。加尔之前从未来过这儿——身为三条上尉,他级别太低,一般情况下,是不会和五星上将们有什么交集的。

"指挥官?"助理喊道,"怀特上校现在有空了,您往那边走,过道尽头就是他的办公室。"

加尔依言找到了署长办公室。怀特上校戴着一副铁框眼镜,头发灰白,面色凝重,眼神犀利,看穿了一切。这种气场加尔并不陌生,因为早在战前他就见过几个海军上校,样貌同怀特差不多。战后提拔的上校大多四十刚出头,怀特年纪蛮大,看这样子,应该是开战前就被提拔为上校了。他随意地指了指对面的椅子,示意加尔坐下。

"哈蒙德指挥官,"他说,"我先把情况和你说一下。你已被专案调查庭认定为利害关系人,所以我们才会传唤你到珍珠港来。我们想要查明另一位官员对你的指控是否属实。根据他的说法,你在被俘期间有通敌行为。你接到的通知是这么说的么?"

"差不多吧。"加尔说道。

"好的。我知道,你要求德维尔斯少校做你的代理人。简单说吧,这是不可能的,说句实话,在我看来,这也并非明智之举。目前她已经做好卸任的准备,不过她会先把手头上的长期项目处理完再离职。"

"卸任？"

"这些律师只是暂时来军中服役的。既然战争都打完了，他们当然会卸任，回到自己原来的生活中去。"

"那您说的'不明智'是什么意思？"

怀特低头看了看办公桌上的一沓文件，良久，方才缓缓开口："德维尔斯少校有问题，指挥官。我个人觉得，这个问题已经影响到她了，让她没办法好好地履行自己的职责。换做是我的话，我可不会选她当辩护律师。你最好也别选她。就算她真参与其中，她唯一的用武之地，恐怕也只有给专案调查庭出谋划策、提些建议了。就像我之前和你说的那样，她目前没空。事实上，你的案子，我可能得亲自出马。"

"专案调查庭的代理律师，这不就是控方么？"

怀特上校往后一躺，背靠在椅子上："不，这不是法庭，是调查庭，这两者可不能混为一谈。调查庭也就意味着他们将选调三名军舰指挥官组成调查委员会——应该都是上校，因为你是指挥官——主席一职由三人中的高级军官担任。为方便管理，指挥官都从海军第十四军区选调。一般调查委员会都是为某案特设的，查明案件后就会解散。根据规定，代理律师应为律师，因为调查委员会的成员们都是海军军官。代理律师的职责就在于规范调查庭的行动，确保其一举一动的合法性。出于公平性方面的考虑，若'利害关系人'需要，其有权要求配备辩护律师。调查庭的目的在于查明案件，看看是否需要进一步采取措施。"

"下一步可能就要上军事法庭了吧？"

"的确如此。"

"所以我确实需要位律师，是么？"

"正如我之前所说，调查庭是有代理律师的，所以如果你问我的话，我当然会建议你也配一个律师。如果你提出要求的话，我们将会为你指定一名律师。在之后的各项法律程序中，比如面对指控者，与目击者对质或者提供对己方有利的证据，你仍享有一定的权利，但你无权强令莎伦·德维尔斯当你的辩护律师。"

虽然这样说有些不恭不敬，但事实上，要是把德维尔斯小姐比成是一项权利的话，那我早就享受过了。加尔暗自想道。

出了怀特的办公室后，他让助理给他拿一本号码簿，并且在上面找到了莎伦的号码。刚走出大楼，他便迫不及待地给她打了个内线电话，可惜接听电话的并不是莎伦本人，而是她的助理。他只好给莎伦留了个口信，希望她今晚有空的话，能到粉红宫殿去一趟，和他碰个面。待到留联系方式的时候，他忽然意识到，自己就像一座荒岛一样，连部专属的电话都没有，总不能填酒店前台的号码给吧？他只好和助理说，他要再核实一遍，顺便请他转告德维尔斯少校，他有正事找她，不是私事。做完这些之后，他便搭乘巴士回到了潜艇基地。"粉红宫殿"已经关门大吉了，要会面的话，他得另找个地方。鉴于大多数潜艇已经驶向西海岸，准备退役，所有因战争而征用的房间将在十日内物归原主。潜艇一艘接着一艘地驶离，基地也日渐冷清，仿佛一座鬼城。除此之外，他还得买些东西——一套新制服、几件便服。他离开"海蛾鱼号"的时候，可是两手空空，啥都没拿。唯一带走的，就是身上穿着的防护服和卡其工作服。除非在最后一次巡航之前，他们把他的东西从船上卸了下来，但现在看来，他的全副身家十有八九已经跟着"海蛾鱼号"沉到了海底，包括海军学校发给他的纪念指环。唉，一切都得从头开始，这已经够他忙活的了，居然还要应付调查庭，就因为他在日军的卡车后厢里和一个空军军官闲扯了几句话？！直到现在，他仍不敢相信，过去的九个月，自己竟然经历了那么多事，而且还能死里逃生。不过现在，他得接受上级的调查，而其他人则朝着祖国直奔而去，准备与家人们共度一个愉快的圣诞节。

六点三十分，他在门廊那儿看到了莎伦的身影。虽然她极力掩饰，但加尔还是看出了她的惊讶——估计她也没想到能与他再次相见。她的穿着依旧得体漂亮，一头金发披在肩上。加尔忽然有种冲动，想伸出手去摸摸眼前这道"瀑布"。

"我的天哪，加尔·哈蒙德，"她惊呼道，"你看上去就好像挨了一枪，虽然没死，但伤得不轻啊。"

"但你看上去还是那么美丽动人。"他回应道。他俩伸出双手握了握，然后在原地站了一会儿，双方似乎都有些不知所措。"好久不见，我的挚爱。"他对她说。

"嗯，是的，"她应道。加尔见她瞬间露出了一个大大的微笑，"趁着酒吧还没被拆掉，我们先喝一杯吧。"

他俩在角落里的一个包间里坐了两个小时。酒店虽然还在营业，但空气中都透着一丝即将关门的味道，而且服务员们对此也心知肚明。他一五一十地向她讲述了自己这段时间的遭遇，她也听得十分认真。待他讲完后，她便开始发问了："你之前不是说，今晚谈的是公事么？"

哦，对，是时候把调查庭的事和她说说了。

"简直是胡来，"她说道，"就因为这点瞎传的事儿，居然还专门成立了一个调查庭？胡来，真是胡来。我来给你解释下，调查庭都干些什么事吧。12月7日，珍珠港遭到袭击。我现在正忙着为此事设立一个高级调查庭，说出来你会信么？他们居然还想让你接受同样的调查？"

完全是胡来，没错。他想。此外，有谁不知道珍珠港事件的罪魁祸首呢？不就是那群该死的日本佬么？

"嗯，他们是这么和我说的。"

"因为你通敌？"

"我和那个少校说，我和日本佬谈了几句。我的确和他们谈了几句，但基本上都是在劝阻他们，想让他们少杀几个战俘。他们知道我是个指挥官，也清楚我手上可能掌握着一些重要的情报。那个审讯官就坐在那儿，趁着我交代姓名、军衔和部队番号的时候，当着我的面枪毙了一个战俘，然后又带上来一个，枪毙，直到我说我愿意和他们谈谈，他们才停止了这种兽行。他们简直不是人，根本就是中世纪来的怪物！我感觉他们仍活在公元10世纪，还没穿越到文明的现代来。"

"你和那个少校怎么说的？就说你屈服于日本人的淫威了么？"

"我和他说我和日本人说了几句，但大部分都是瞎扯。我夸大了一些成分，撒了些谎，当然，也透露了一点事实。"

"你与日本人谈话的具体内容，你有和他说过么？"

"没有。"

"你有告诉过他,你配合日本人是为了救其他战俘的命么?"

"没有,呃,好吧,好像提过,我记不太清了。"

"好吧,就算之后闹到上军事法庭,你也有权要求内部处理。现在情况是这样的,要是调查庭认定你的行为构成通敌罪,你就会被送上军事法庭,然后,你就等着在牢里度过下半辈子吧。"

"内部处理就能让我免遭牢狱之灾么?"

"你是指挥官,应该知道舰长违纪调宜那一套吧?"

"虽然这种情况比较少见,但我有听过。"

"也就是的确存在这种可能?比如某位舰长其实触犯了军规,本应该交由调查庭处理的,却借着违纪调宜幸免于难?"

"理论上是这样,但实际上我们几乎从未这么干过。"

"加尔·哈蒙德,听我说,作为一名女律师,我的建议是,你申请职权范围内的违纪调宜——这儿可是太平洋舰队潜艇部队的指挥部,你有这个权利。正是因为你把事实告诉了日本人,才发生了后面的那些事。在我眼中,通敌是指为了自身利益,比如获取敌人的优待,把情报透露给日本人,并且对其他战俘造成了伤害。可你说实话并不是为了自己,海军将官们是会理解你的,不过陆军中校或空军少校就不一定了。"

"你的意思是,调查庭的成员不一定是海军军官?"

"当然不是。你会被三个少校轮流盘问,他们对潜艇指挥官的职责和职权一无所知,也不知道被俘是怎样一副境况。成员们十有八九都是专业参谋,他们通常会抱有这样的古怪想法:既然你都和敌人说了自己的姓名、军衔和部队番号,那还有什么是你不能说的?像你这种人,就该被判死刑。"

"没什么不能说的,死刑,"他喃喃自语道,"就像那群日本佬。"他靠在椅背上,闭上双眼。这太难了,他觉得自己已经表现得很棒了。要不是他的那番话,那个日本情报官员才不会饮弹自尽呢。

"听着,"她说,"你得把事情讲清楚,把整件事讲清楚。你说你很可能再得两枚级别甚高的奖章。我的意思是,那些给予你参选资格的人,那些人,同样有耐心听你把整件事讲清楚——你和日本佬究竟说了些什么,你为什么会同意与他们说几句,他们为什么一个字也不相信,他们在战俘营里都干些什么事,你受了哪些折磨。"

"违纪调宜时,有律师陪在我身旁么?"

"没有。不过要是这招行不通,你还是得上调查庭的话,怀特会给你指定一位律师的。记住,申请职权范围的违纪调宜,到时候实话实说就行。去找洛克伍德将军,把事情原委告诉他。他是个正直的人,我觉得他应该能理解你们当时的处境。基本法是这样写的,你会以为陪审团都是你的同龄人,都能理解你,但这种情况,在实际生活中是找不到的,别指望同龄人就会理解你。在海军里,也是一样。这是我从专业角度出发给你的建议。"

"喔,"加尔说,"这感觉,就好像在后面的沙滩上裸奔一样。"

"加尔,想到自己在战俘营中的所作所为,你会觉得愧疚么?"

"切,不会,我为自己感到骄傲。不管怎样,最后我还是活着出来了,这可是战俘们的终极梦想啊。"

"接下来就按我说的去做吧。"

"要是我当真上了调查庭,你能当我的代理律师吗?"

她没有立刻回答,他也不催促,就静静地等着她。过了一会儿,她才开口:"代理律师由怀特上校指定。在某些问题上,我和他看法差异太大。"

"从他的语气里我也能听出来。"加尔附和道。

"什么?"

"他说你有问题,如果是他自己要上调查庭的话,是绝不会选择你当代理律师的,所以他让我最好也别选你。"

"混蛋。"

"他还说,战争已经打完了,你们这些律师法官即将卸任,回归自己原本的生活。"

"唉,这倒没错。"她说,"我下个月就走了。"她皱皱眉,"不过他当真是这么说的吗?他不想选我当他的代理律师,你也是?"

"是他说的,可不是我说的。"

她靠到椅子上："要真上了调查庭，你，作为利害相关人，可以指定某人作为自己的代理律师。但要是上了军事法庭的话，即便有可能这样做，他们也得集体表决。虽然调查庭也有这一步骤，但通常都会省略。军事法庭会裁定对受审者的处罚，而调查庭只是用来决定受审者需不需要被送上军事法庭的。"

"如果我要求你当我的代理律师，你会答应么？"

"你先去和洛克伍德将军谈谈，我看看情况怎样，再做决定吧。"她说，"但愿他能教教那些家伙，成年人是怎样考虑问题的，并且妥善地解决这件事情。"

"换个话题吧，"他说，"要不要与我共进晚餐？"

她握住了他的手："对不起，加尔，但我已经有约了。战争结束之后，一切都变了，除此之外……"

"嗯，我知道，请恕我冒昧。"

"要是你不冒昧发问，就该轮到我大失所望了。让我看看，究竟哪些东西变了吧。"

第三十六章

申请花了整整十天。看来加尔的要求打乱了太平洋舰队司令部的计划。原来提出这个馊主意，让他上调查庭的，不是别人，正是怀特上校。对于加尔的要求，他十分不满。但福雷斯特最终还是说服了他。他答应给加尔一个机会，允许他申请违纪调宜。重回"天堂"一月有余，加尔方才等到机会，再次踏入洛克伍德将军的办公室。今天他穿了身崭新的卡其制服，还打了领带。将军才刚从关岛的前线基地回来，进出于他办公室的文职人员络绎不绝。时常有人会对加尔投去异样的目光，很显然，打仗那会儿，他们可没见过哪位潜艇指挥官会乖乖地坐在门口，等候将军传唤的。这些家伙加尔一个都不认识，应该还比他所料想的要年轻些。加尔百无聊赖地望向窗外，指形码头竟变得如此空荡。与日本佬交战那会儿，码头里起码停了数十艘船舰，整装待发，随时待命。而现在，那些船舰早已不知所终，只剩下岸边的棕榈树孤零零地伫立在原处。他把目光从"粉红宫殿"移向潜艇基地的单身军官宿舍，唉，那儿也没剩多少人了，大家都走了。"打仗那会儿"，战争结束后，这句话似乎自然而然地成了大伙儿的口头禅。"宝贝儿，我那个时候……"想到日后的场景，加尔不自觉地露出了一抹微笑。文书军士瞥了他一眼，那眼神，就好像在看一个精神不太正常的人一样。

"将军现在可以见您了，指挥官。"办公室里传出一个声音。

加尔起身，将崭新的军礼帽戴到头上，做了个深呼吸，这才迈开步子，走进了将军的办公室。他原本以为，将军会坐在办公桌后面等候他到来，也许左边还会站个中士，右边站个参谋长。但现实却并非如此——迈进办公室时，他看见的却是穿着衬衫的查理大叔，正大声地对着话筒讲话，貌似在打越洋电话？福雷斯特将军则站在餐具柜前，手端一杯咖啡。他让加尔也过来喝点东西。于是加尔走了过去，他俩一道端着饮料站着，等洛克伍德将军把电话打完。

将军终于挂断了电话。加尔听见他轻声咒骂了一句。

"要当真让那该死的参谋长联席会议投票表决潜艇这边的事儿，呵，那你给我听好了，日后可有你后悔的。"他对福雷斯特说道。之后，他转向加尔，脸上还带着和煦的微笑，"加尔·哈蒙德，欢迎回到这片充满生机的土地上来。话说违纪调宜和调查庭是怎么回事？你惹到哪位大人物了？"

加尔摇摇头。制服衬衫的领子勒得他有些难受，也是，毕竟定制这种衬衫时，可没人考虑到他们这些死里逃生的战俘。"我不知道，将军大人，我也不想因为这种事儿被传唤到总部来。"

"我之前和您说过，将军大人，"福雷斯特开了口，"最先是马拉卡帕那边传来的消息。太平洋舰队总司令部军法署收到了来自空军第五部队希卡姆基地的指控。该指控声称哈蒙德指挥官在被俘期间通敌。康尼·怀特认为在这种情况下有必要成立调查庭，查明真相。"

"哦，该死，"将军骂道，"康尼·怀特就像个老女人一样，年纪比我都大，却这么不明事理。他就知道搞这套，加尔。我已经读过了你的事后情况报告，就是你在关岛时做的那份。我知道你指挥潜艇干了哪些事儿，比如说，你作为'海蛾鱼号'艇长的最后一次巡航。我也知道你奋不顾身，虽然自己还在舰桥上，却仍毅然下令，让潜艇下潜。但现在我想听听后面的事儿，从你被俘开始。我有的是时间，你大可以从头到尾慢慢讲。和我说说，究竟发生了什么事，之后我们可以一起看看，这当中究竟哪些行为触犯到了法律，至少现在，在还没听到事实前，我是相信你的。不知道这么说，会不会让你感到些许安慰，看到你平安归来，我个人是非常高兴的。要是'海蛾鱼号'还在就好了，那样的话，我就可以把你重新派到那儿去。放轻松些，把那顶该死的帽子拿下来，和我说说你的事儿，请吧。"

手中的咖啡已被他搅得一塌糊涂，加尔啜了一口，摘下帽子，坐到铺了软垫的椅子上，闭上双眼，"看样子，我都成人民公敌了，"他说道。查理大叔发出一声轻笑。

"那时候，我们自认为已经安全了，"加尔说，"我们正打算返回丰后水道，没想到敌人还有木质扫雷舰等着我们。"

一个小时之后，他方才睁开双眼，重回现实。他想装作若无其事，其实他们那天平安返航了，不是么？但他发现自己并不能办到。他刚从日本人的魔爪中死里逃生，而且脑海中仍然留着那些他拼命想要忘却的记忆。他也清楚，那些回忆，他估计这辈子都别想忘掉了。他并没有把一切都向他们和盘托出，而是选择性地略掉了一些细节，比如他与日军情报处以及陈查理的周旋。一瞬间，他竟有些恍神，忘记自己现在身处将军办公室，旁边还坐着两位海军将官，正目不转睛地注视着他。福雷斯特一脸"唯将军之命是从"的神情。

"加尔，你这次的冒险可精彩得很啊，"洛克伍德将军说道，"至于通敌，在我看来，你并没有给予敌人帮助和安慰，而是趁机扰乱了他们的心神。你觉得'牧师'，嗯，你是那么称呼他的，会一直不停地枪毙战俘，直到你回答他的问题为止么？"

"我当时的确是这么认为的。而且，在我答应与他谈谈之后，他便停止了杀戮，这证明我的判断是正确的。"

"当你出现在那三位情报处官员面前，让那位上校联系下吴市兵工厂，问问他们那晚的盛况——你觉得他们会相信你说的话么？"

"上校明显不相信我说的，不过他当真给吴市那边打了个电话——也可能是做给我看的，不过至少他装了装样子。另一个家伙则表示，他们了解情况，但心知肚明和畅所欲言是两回事。我倒觉得，我说的东西，他们并不一定毫不知情，只不过不能接受，不想承认罢了。"

"你认为这就是少校在吴市轰炸后选择到干船坞自行了断的原因吗？"

"他之前还想着干掉我，"加尔提醒他，"是的，估计那是他第一次经历轰炸。我不得不和你说说，遇上深水炸弹已经够可怕的了——你根本不知道，前方会不会忽然'轰'的一声，会不会还没反应过来，就已经上西天了。经历轰炸与遭遇深水炸弹的差别在于，轰炸来临之时，你是知道的，而且在户外的话，体验就更为直观了。第一颗炸弹爆炸时，差点就炸到我了，那颗炸弹离我就只有半英里。之后，炸弹一颗接着一颗，离我越来越近。我感觉他自杀是因为他看到了未来，日本高层对他们所说的一切都是假的，战争的结局已经注定了，他们必败无疑，于是他选择了自杀。说实话，当那些炸弹就在我身边炸开了花时，我也想死，实在是太折磨人了，倒不如一了百了，死了算了。"

将军叹了口气，看了看表，站起身来。"让我再好好想想，加尔，"他说，"看看能不能想个办法，把这把野火灭了，以免它越烧越旺，牵扯出更大的问题。"

"劳烦您了，谢谢。"加尔随着他起身，说道，"发生了这么多事，现在我都不知道自己究竟该做些什么了。"

加尔一边朝着自己的房间走，一边思考着，将军大人究竟是怎么想的呢？他会觉得这是个好主意么？还是他其实并不这么认为，反倒觉得这是个重大错误呢？平日里，洛克伍德将军既关爱下属，又和蔼可亲，但是，在这个问题上，他的态度其实是非常不明朗的。他压根就没有反驳富兰克林他们的那套鬼话，也没有说"只要让我考虑一下就行"这样的话。福雷斯特一句话也没有说，这让他有些担心。尽管参谋长一贯待他友善，但他仍不能确定，这家伙和福雷斯特究竟是站在哪一边的。他想给莎伦打个电话，听听她对局势的分析，但她似乎有些抗拒，并不愿意与他保持密切联系，除非他这事儿当真闹上了法庭。不过就算他真上了法庭，她也不一定会施以援手。要不先去吃点东西？还是算了，因为他其实并不饿，这几个礼拜以来，这样的情况还是头一回。他回到了自己的房间，躺在单人床上，尽量让自己不去想即将上身的一系列麻烦事儿。

两天后，加尔再次来到了洛克伍德将军的办公室，不过这次他约的是福雷斯特将军。他在门口足足等了十五分钟，将军才把那群参谋给打发走。

"指挥官？"警卫员喊道。看来他可以进去了。

加尔走进办公室时，福雷斯特正端坐在办公桌后，他旁边坐着个又高又瘦的中尉，这家伙，看起来只有十六七岁，衬衫上连海豚图样都没有。

"进来吧，指挥官。"福雷斯特说道，"请坐，这位是来自太平洋舰队总司令部军法署的法尔科内中尉。法尔科内中尉，他就是指挥官哈蒙德。"

他俩握了握手，然后各自就座。福雷斯特居然称呼他为指挥官，而不是"加尔"，这让他有些不习惯。

"哈蒙德指挥官，调查庭即将对你展开调查，我知道，你并不想看到这样的局面，但我们其实也不愿这么做的。"

"是洛克伍德将军的决定么？"加尔问道。

福雷斯特皱了皱眉，看样子，他并不喜欢加尔话中的暗示——只有洛克伍德将军才有权做出这样的决定。

"关于此事，将军可是慎重地考虑了一番的，"他说，"他和伦萨利尔中将商讨过，伦萨利尔现在已经是太平洋舰队的参谋长了。他们觉得，你最好还是先发制人，在总司令部介入之前，主动接受调查。虽然他们有可能帮你抹去那些指控，但在他人看来，此举无异于欲盖弥彰。洛克伍德将军认为，你有充分的理由证明自己的清白，所以直面调查庭是最好的选择。"

"可我认为不上调查庭更好。"加尔说，"而且，我已经申请违纪调宜了。他完全可以批准的，不是么？"

"没错，他的确可以那么做，但正如我先前所说，他认为……"

"他就是觉得潜艇部队的声誉高于一切，是啊，我们可是一支默默奉献、无所不能的部队，所以为了保证部队的声名不受影响，我他妈就得去接受调查，好让调查庭证明我的清白。"

福雷斯特对他怒目而视，"注意你的言谈，指挥官。"他说道。

"我知道你经历过大风大浪。但哪怕是你，估计也想象不到，我之前忍受了多大的折磨。况且，那该死的战争已经结束了，不是么，将军大人？"加尔起身拿起帽子，"和平总是要付出些代价的，对吧？至少我现在总算知道，谁才是我真正的朋友了。"

扔下这句话后，不等福雷斯特开口，他便大步流星地走出了办公室。走到停车场时，他听到有人喊他的名字，回过头，只见那位年轻的中尉朝他跑来。他这才想起，法尔科内可是军法署那边的人。

"指挥官先生，"法尔科内说，"不出意外的话，我应该会担任你的代理律师。"

"那你可真走运。"加尔说道,"先生,我能和你谈谈么?择日不如撞日,要不就现在吧,我请你喝一杯?"

"现在可是上午11点,我的样子看起来像在这个点就要来一杯的人吗?"法尔科内朝他眨眨眼,"成吧。"

加尔笑了,"成交,"他说,"但愿基地里的指挥官俱乐部还营业吧,很多店都关门了。"

他们在角落里找了张桌子坐下,点了三明治和啤酒。加尔问法尔科内,他是什么时候接到委任通知的。

"今早,长官。"法尔科内说道,"他们让我到潜艇基地来,同参谋长大人一道开个会。"

"那调查庭肯定要采取行动了。"

"对,长官。周一九点,调查庭会到海军十四军区的总部大楼开会。也就是说,我们有三天时间准备辩词。"法尔科内犹豫了一下,"不过,'辩护'这个词,用在这儿,不太合适。"

"和我这么说没事,反正我是外行人,也不懂。"

"我知道,长官。你面临的指控可不轻,战时通敌。但你还没被定罪。指控和定罪,还是有很大差别的。"

"这口气听起来真像个律师。"

"我的确是以律师的身份和你说话,长官。律师措词得格外注意。要是定罪了的话,你就会被逮捕,接受监禁。到时候我们会上军事法庭,届时出庭的包括一位公诉人即检方代理律师、一位控方律师即控方代理律师以及调查庭即陪审团。检方会展示各种不利于你的证据,而我则会尽我所能,避开他们的陷阱或是提供对你有利的证据。"

"周一不就是这样么?"

"不是的,长官。怀特上校,也就是我们的高级法官总督,会先向调查庭说明对你的指控。要是他们找到富兰克林少校的话,届时就会传唤他出庭,以证实你所说的话。"

"要是他们找不到他呢?"

"要是在法庭上,那他们只能把控词读一遍了。但在军事法庭上,他们可不能这么做。毕竟,这只是调查,而不是审讯。"

"这些我都知道,中尉大人。"加尔说,"但在我看来,这就是审讯。双方都有律师,高级官员充当了法官和陪审团,至少会有两个军舰指挥官充当他们的副手。届时还会展示对我有利的证据以及对我不利的证据。要是调查庭认为有充分的理由把我送上军事法庭的话,哼,这可真是棒极了,和定我的罪可没什么两样。之后,我就得在牢房里待着了。"

法尔科内脸上的神色忽然变得有些不自然。

"怎么了?"加尔问道。

"之后,长官,不好意思,我刚才忘记和你说了,你可能会被枪决,"法尔科内说,"战时通敌是死罪。"

加尔重重地靠回了椅子上。什么回家,去他妈的。先来块十字勋章,再吃颗枪子?早知如此,当初就不该下令关上舱口的。做个游魂,飘荡在丰后水道,可比回到珍珠港,想方设法为自己开脱罪责有意思多了。妈的,死罪,难怪洛克伍德和福雷斯特都不敢出面保他。这可不像洛克伍德的做派,估计是福雷斯特那家伙的主意。

"所以我们现在该干吗,法尔科内中尉?"

"你先和我说说事情的经过吧,指挥官大人,但不是在这儿说。到我的办公室去吧,我先给你录个音,之后再转录成文字形式。"

"你什么时候从法学院毕业的?"加尔问道。

"我1943年毕业于哈佛大学法学院。"法尔科内答道。

"这倒不错。"加尔说道,"对我来说。"

第三十七章

那天下午,法尔科内给加尔做了笔录。他把上次对将军说的又给法尔科内复述了一遍,不过这次用的时间要长些,因为法尔科内会时不时地发问。

笨重的录音机中,两盘磁带缓缓地转动着。角落里坐着个速记员,他面前摆了台爱尔兰产的打字机,有桌子那么大。只见他手指灵活地在键盘上跳动,一串串文字跃然纸上,源源不断。他们一直录到五点钟,这可把加尔给累坏了,毕竟,他不仅需要回忆,而且还得组织语言,看看怎么说才合适。不过法尔科内中尉也觉察到了这一点,他让加尔先回去休息,周六下午再同他会面。届时他将与他一道,商讨些上庭时的策略。

没想到第二天刚碰面,法尔科内就给他支了这么一招。

"到时候一开庭,我们就会要求暂时休会。"他说。

"啊?"

"你没听错,长官。我会要求他们暂时休会,这样的话,调查庭的人就有时间阅读我们的记录,了解你那段时间的经历了。我会建议他们那么做的,以便于他们有所准备,好对你发问。而且,你也可以做些准备,酝酿酝酿情感,毕竟接下来整整三个小时,你都得声情并茂地向他们讲述你的经历。"

"你认为他们会照办?"

"我有信心,能让他们照做。唯一的风险,就是他们准备充分后,可能会问出一些刁钻的问题,不过就我目前所掌握的情况来看,你并没有做错什么。"

"但那群高级官员可不一定会这么想。"加尔说,"要是陪审团里有一两个战俘就好了。顺便问一句,陪审团有哪些成员,我们能事先知道么?"

"调查庭,不是陪审团,长官。不,我们不会提前得知。那些人甚至有可能来自其他的部队，而非潜艇部队。毕竟，那时你的身份可不是潜艇指挥官，而是一名战俘。我估计他们可能会找一群艇长，当中资历最深的那个就是主席。不知道这么说会不会让你感觉好些，但调查庭成员之间不会相互通气，因为就连他们也不知道还有哪些人和自己一道被选中了。"

加尔对他咧嘴一笑，"你之前一直在哈佛念书，可能不了解外面的情况，中尉。那些家伙绝对知道。珍珠港可是个小地方，真的很小，所以，无论码头里发生了什么事，都会传到艇长们的耳朵里。"

"战时可能是这样，长官，但现在情况不同了，马拉卡帕这儿大多都是生面孔。像我这样，1944年初就到这儿来，而且现在还没走的，已经不多了。"

"你听说过莎伦·德维尔斯吗？"加尔问道。

"嗯，知道。但她很快就要走了，就我所知，所有在海军中服役的律师和法官都将回国，回归到原本的正常生活中去。"

"我本来想让她做我的律师，"加尔说道，"但怀特上校拒绝了我的要求。她说莎伦有问题，让我最好另请高明。"

他见法尔科内低下头盯着会议桌，一言不发。于是他继续发问："你觉得会是什么问题？"

"德维尔斯中尉是个非常厉害的律师，"法尔科内说道，"1941年那会儿，她还是州法院的法官。"

"然后呢？"

"我觉得你还是问她本人比较好，长官，"法尔科内说，"站在我的立场上，这样似乎不太……"

"贪杯，是么？"加尔问道，"她喝醉的时候，和那些醉鬼简直没两样。"

法尔科内眨了眨眼，点点头。

"她长得，那是真他妈的好看。要是平时没事，我估计在这儿的高级官员们并不会觉得有什么不妥，但如果她第二天早晨醉醺醺地出现的话，那简直和披头散发的赫斯珀洛斯没什么两样。"

法尔科内又点了点头。

"我还可以进一步猜测，她应该树敌不少，可能是拒绝了某些人的邀请，却又答应了另外一些人的邀请，也可能是她出色的表现，让对方律师大惊失色，毕竟，他们注意的是她的美腿，而她注意的却是他们的陈词。"

法尔科内举起手，"这可真不好意思，我替他们感到羞愧，"他说，"但她真的是出类拔萃的律师，真的，非常优秀。"

"前提是她没喝醉酒。"

"是的，长官，前提是她没喝醉。"

"能帮我个忙吗？"

"什么？"

"你能帮我给她带个话么？和她说说你的计划，问问她的意见？"

"她知道你的事么？"

"她知道。怀特上校拒绝我后，我和她见了一面。要知道，我们之前就有见面，嗯，私下会面，我的意思是，在那次巡航之前。"

法尔科内疑惑地看了他一眼。"私下会面？"他把加尔的话重复了一遍。

"嗯，对，中尉，私下会面，她的确，很擅长这套。"

法尔科内脸都红了，"好，我会把话带到的，长官，如果你当真想这么做的话。"

"是，我是认真的。毕竟嘛，她当过法官，没准儿，她就是我的贵人呢？"

"一切皆有可能吧，长官。"

周一早晨八点半，加尔准时抵达了第十四军区的总部大楼。他今天依旧穿着一身卡其制服，还打了领带。虽然，自打最后一次巡航归来后，他就没再穿过制服，与洛克伍德将军单独会面那次除外。他今天穿的这套制服，是他之前留在"海蛾鱼号"上的。在最后一次出海之前，"海蛾鱼号"上的水手们已经把加尔所有的个人物品都收拾了出来，移交给了关岛的管理部门处置。而关岛那些人又把这些东西送到了珍珠港，因为总部有个锁柜，专门用来放置战斗中失踪人员的个人物品。他甚至在里面找到了毕业指环——原本还以为这玩意早已随着"海蛾鱼号"一道沉入了海中。现在这制服已经不合身了，套在他身上显得松松垮垮的，活像块裹在身上的浴巾，但法尔科内中尉叮嘱过他，不管怎么样，都得穿制服出席——唉，这也直观地反映出，他都被折磨得不成人形了。

法尔科内在主入口那儿等他,然后两人一道上了二楼,进了所谓的"审判室"。房间挺大,看起来更像是个教室,而不是法庭。里面摆了两张绿色的桌子,一张是给当事人和控方代理律师准备的,另一张则是为军法署的官员,即检方代理律师准备的。靠墙处摆着一张长桌,应该是给调查庭准备的。加尔看到长桌那边摆了三把椅子,每把椅子前都摆着一个银色的水瓶、一只玻璃杯、一本黄色的拍纸簿以及两支海军专用钢笔。房间里没设证人席,也没有安装任何广播系统。头顶上的两架风扇不知疲倦地转动着,似乎是在努力尝试,想要划破这潮湿而又沉闷的夏威夷空气。后墙那儿还摆了一排椅子,估计是给前来旁听的人坐的。

加尔在当事人那桌旁找了个位置坐下,法尔科内则忙着把他的陈词分发给调查庭的各个成员,当然,他也没忘在检方代理律师的桌前放一份。

"确定他们会批准?"加尔问道。

"我已经同怀特上校提前报备过了,"法尔科内说道,"他将充任检方代理律师。他觉得这个提议不错。到时候他会征询调查庭的意见的。"

"所以,他们到底找着我的好伙伴富兰克林少校了么?"

"他目前还在奥克兰住院。据说他患了黑肺症,我也不知道那是什么,外加肺炎,情况不容乐观。医生认为,就凭他现在的身体状况,显然不适合出庭作证。"

"在煤矿里吸多了粉尘,就会得黑肺症,"加尔说,"我们下矿的时候,大多数人都会找些东西把脸和鼻子蒙上,但有的时候,警卫会过来阻挠,不让我们这么干。"

九点整,怀特上校迈入了房间,通知他们调查庭今早不会过来了,但他会把陈词转交给主席和各个成员阅读的。等到他们准备充分了,再正式开庭。这样安排省去了不少麻烦。

"哈蒙德指挥官,"怀特说道,"你确定要这么做么?我能理解为,这一举动是经由你本人亲自同意的么?"

"嗯,可以,我的确同意。为什么要反对呢?我说的可都是实话。"

"嗯，好吧，我问你个问题——陈词中有提到你和日方审讯者的互动么？"

"有提到，但那不是重点，"法尔科内中尉答道，"正式开庭时，应该会有人问这个问题的，真到了那个时候，哈蒙德指挥官自然会做出解释。"

怀特上校思索片刻："哈蒙德指挥官，你也知道，虽然我是控方的代理律师，但我并不会像个检察官那样，接连不断地向你提问，那是主席和调查庭的其他成员做的事儿。我其实是负责调停的——确保你们双方不越界，并且回答对方合法的提问。"

"上校大人，您究竟想说些什么？"加尔问道。

"核心问题在于，除姓名、军衔和部队番号外，你到底有没有把一些其他的信息透露给日本人？在陈词中，你有承认这点么？"

"我想我确实这么干了，"加尔说，"但我透露给他们的信息没有任何实际价值，只是……"

怀特举起手："别说了，指挥官，你就等到开庭的时候再解释吧。但我得提醒你，既然你承认，确实有过被指控的行为，仅凭这一点，主席就有权终止庭审，直接得出结论。"

加尔可不知道还有这种事，他望向法尔科内，见他无奈地耸耸肩。

"你从来没否认过，长官，"他说，"因为这是事实。我们聚在这儿，就是为了找出事实。至于核心问题，我的看法和怀特长官的不太一样。事实上，我觉得核心问题有两个。首先，你要看看自己这么做，有没有正当合理的理由。这点我认为已经不言自明了。其次，你要看看，自己的所作所为有没有影响到战争进程，我觉得，只要他们通读你的证词，好好讨论一番，就能得出结论——你并没有影响到战争进程。"

"但愿如此，中尉先生。"怀特上校说，"请把陈词给我，好吗？"

"陈词就放在你面前的桌子上，长官，请自便。"

之后，加尔等了整整一天，仍没有任何消息，他觉得自己都要疯了。居然被指控有通敌行为，他差点没气炸了肺。要他在战争结束前就回到基地的话，这种事根本不会发生。但现在，战争已经结束了，为取胜所做的那些努力，所获的赫赫战功，都已变得一文不值。游戏的规则变得与之前截然不同。他们的职业生涯走到了最艰难的时刻——不再是大权在握的指挥官，好不容易从战争中幸存下来，却不得不接受严苛的调查。加尔知道，潜艇部队一贯默默奉献，安静地潜伏在某块区域，尽心尽力地完成自己的职责。他们从不吹嘘自己的功绩，但实际上，他们对战争全局有着不可磨灭的贡献。

潜艇部队虽不显山露水，但其实他们是一股潜伏在暗处的、颇具威胁的力量。在战争时期，这可谓是尽人皆知的秘密。海军将军们比如洛克伍德和福雷斯特，目前得处理两个烫手山芋：其一，战争已经结束了，这么多水兵复员之后，该如何在社会上谋生？其二，历史学家们肯定会进行一番探究调查，届时，该如何保证潜艇部队的光辉形象毫发无损？毕竟，鱼雷什么的，他们可没少扔。事实上，潜艇部队的伤亡人数是海军所有部队中最多的，有些艇长会因为指挥的压力太大而崩溃，还有些艇长，则是因为其他一些乱七八糟的事情，导致无法继续服役。就好比他，曾经不顾自身安危，毅然命令潜艇下潜，做出了如此壮举，却被指控通敌，简直荒谬。在部队里待了这么多年，加尔清楚，这种事情，潜艇部队一般都希望关起门来，内部解决。

既然如此，那洛克伍德将军为什么还让他上调查庭呢？他真是百思不得其解。

第二天早晨，正当加尔准备出发到海军总部大楼去时，法尔科内打来电话，和他说开庭时间再往后推一天。看来调查庭的那些家伙希望多花些时间阅读研究材料，好在审讯中多提几个问题。那真是棒极了，他暗自想道。所以，他又在宿舍里待了一天。法尔科内想了个新计划，他为调查庭的每位成员都配备了一名文员，让他们把调查庭成员在阅读材料过程中所提的问题、所做的笔记都给记下来。那群文员都听命于他。他会安排他们把收集到的问题和笔记集中在一起，所以下午加尔的电话得时刻保持畅通，以便他们互相交流，看看那些家伙可能会提些什么样的问题，而他又应该怎样应对。

"这样干合适么？"加尔问道。

"当然，"法尔科内说道，"只要我们提出要求的话，别说这个，他们甚至可以把所有问题都抄录下来，提供给我们。我们说准备好了，他们再开庭。"

"既然可以这样，那我们为什么还这么着急呢？"

"我个人认为，调查庭的时间拖得越长，不知情的人愈发会觉得，这当中存在着很大猫腻。"他的声音听起来神秘兮兮的，"长官大人，你要知道，你摊上的事，可是严重的原则性问题。"

"所以说呢？没准就不该把我的证词录下来。"

"你觉得自己没做错什么？"法尔科内问道。

"对，我没觉得自己哪里做得不对。"

"这就是最好的辩词了，指挥官大人。把真相说出来，虽然这个故事令人难以置信，但你的的确确经历了这样的事。你尽自己所能，拯救了其他几个战俘的性命。在紧急下潜时，你待在甲板上，将个人性命置之度外，这才换得全船人的平安。抛开这些不论，他们也应该慎重考虑，三思而后行。"

"怎么说？"

"要是他们当真不知变通，要一板一眼地根据条例起诉你的话，这相当于给整个舰队传递了这样一个讯息：千万别被俘，只要被俘，你就完蛋了。"

"你觉得那些艇长会想这么多吗？"

"放心，即便他们没想到，我也会提醒他们的。对了，顺便说一句，如果你方便的话，德维尔斯少校想见你一面。她说可以在德吕西堡的加农炮俱乐部共进午餐。"

"如果我方便的话，"加尔重复了一遍他的话，"呵，我最不缺的就是时间，当然，这么说也有点不妥，也许很快我连自由时间都没有了。"

"好的，"法尔科内说，"那我就和她说你中午会到。但不能弄到太晚，我得找你谈些事，三点左右。"

在夏威夷待了这么长时间，加尔还从来没去过德吕西堡。战争期间，那儿是集结待命区域，成千上万的水兵就是从那儿出发，被送往堪比"死亡绝境"的西太平洋战场去的。除此之外，那儿还是军用沿岸炮场，高高的斜坡上架着两门大炮，上面还摆着杆口径14英寸的步枪，弹药十分充足。海军官员开放大楼，别名"加农炮俱乐部"，坐落在欧胡岛的最佳位置——那个位置的视野是整个岛上最好的，从那里往下俯瞰，可以看到威基基海滩以及火奴鲁鲁火山。

12点10分时，莎伦出现在他面前。她一身海军制服，看起来依旧那么迷人。相比之下，加尔自惭形秽——他的卡其制服并不怎么合身。莎伦假装没注意到他的狼狈。他们在里面找了张桌子，今天天气有些湿热，他点了杯冰啤，莎伦要了杯加奎宁水的杜松子酒。喝完酒后，他给莎伦点了份沙拉。她做了个手势，以示谢意。她的发型还是那么飘逸，他感觉，她看起来比上次见面时还要性感迷人。

"回来之后，感觉如何？你还好吧？"她朝他俏皮一笑，问道。

"噢，那当然了，待遇可真不错，一块奖章，也可能两块，不确定。还有调查庭等着我，都是这个礼拜发生的事。回家的感觉，不要太好。"

"托尼·法尔科内和我说了陈词的事，不错，这么做挺好。虽然我没读过，当然我也没机会读到，但我觉得，这事应该速战速决。"

"我也希望快些完事。"加尔说，"虽然怀特上校可不是这个意思。看样子，他似乎不理解，为什么我会和日本人说话，所以看法难免有点偏激。"

"托尼和我说了，"莎伦说，"怀特上校已经60岁了，从战争开始到结束，他一直待在马拉卡帕，所以很多时候，他都会把事情看得过于简单。很多事不是非黑即白，军法也有其复杂性。许多条例都是后备军人和国际法的专家一起制定的。不管怎样，再干两年，他就得退休了。估计他是想趁这段时间，好好行使手上的权力吧。"

"他告诉我他将充任仲裁员，而非检察官。我能相信他的话吗？"

"嗯。"

"啊哈？"

"呃，这么和你说吧，他本就该这么做，确保出席的各位军官保持中立立场，不偏袒任何一方。但是，除非调查庭主席之前有过此类经验，否则，在某些环节中，他自然而然会依赖怀特上校——比如说，该问什么问题，某个问题该问得多深，其他成员又该问什么问题。"

"还有么？"

"嗯，他可是福雷斯特上校的高尔夫球友，不，现在应该称呼他为少将了。正是福雷斯特和洛克伍德将军提议，把你送上调查庭的。你们俩之前有什么过节吗?"

好吧,一直以来的怀疑终于得到了证实,加尔想。"有一点吧,"他说,但回想到与福雷斯特最近一次的会面,他立马改口,"嗯,不止一点,可能梁子还不小。你怎么知道的?"

"这岛本来就不大,加尔。你申请违纪调宜时,福雷斯特特地咨询了怀特,让他从一个军法官的角度,给他分析分析。怀特找了个程序法的专家,对此事进行了一番研究。他定了高尔夫球场,还叫上我一道去了。因为我再过几个星期就走了,手上也没有案子要处理,基本上处于无所事事的状态。"

"你怎么和他说的?"

"我当然和他建议,让你申请违纪调宜,但出于某种原因,他并没有同意。知道为什么吗?"

服务员不适时宜地出现在了他俩眼前,他们只得暂时把注意力放到托盘中的午餐上。

待他一走,加尔马上把话题扯了回去。

"我有种感觉,这件事之所以会闹成这样,背后肯定有原因,只不过我级别太低,无从得知。你怎么看?"

"加尔,你是艇长,"莎伦说,"也是潜艇部队的成员。你们一直在默默地为战争胜利而努力着。我知道,你有着丰富的作战经验。在战争时期,像你这样的人是碰不得的,即便是犯了非常严重的事儿,也不能动,比如说'阿波丸'事件。但现在,战争已经结束了。而且,高层里面可能本来就有人对潜艇部队颇有微词。我是指,那些住在夏威夷皇家酒店里的,高高在上的军官们。你们返航后,潜艇便由换防人员接手了。既然都已经回到陆地上了,飞行员们和水兵们还能受到什么礼遇?"

"该死,莎伦,你知道得太多了。"

"别以为我不知道,某些人在背后说我是酒鬼,哼。"

加尔惊异地看了她一眼,是他说的,妈的,难道是法尔科内这家伙没管住嘴?

她叹了口气:"但你没说错,我的确是这样的。我酗酒成性,喜欢豪饮。

我想再来一杯加奎宁的杜松子酒,也许喝一杯再和你说,我会感觉好受些。还记得我和你说过的么,我为什么到海军这儿来,我并没有把全部的事实告诉你。我曾经是名州法官,但因为一次车祸被革职了。那场车祸是我造成的,我那天喝多了。每天我都得感谢上帝,多亏了他庇佑,那场车祸中才没有人重伤。审判长委婉地和我说了几句,意思就是让我另谋高就。于是我选择了海军。知道了这些后,你还会想让我当你的代理律师么,指挥官大人?"

"你清醒的时候,表现如何?"

"还不错,"她说,"不过,这只是我自己的看法,别人怎么想,我就不知道。酒精是个好东西,给人自信,让人觉得自己什么问题都能解决,但得多喝些才行,喝少了没用。所以我经常喝得酩酊大醉。但现在我是清醒的,即便已经喝了一杯加奎宁的杜松子酒,我的头脑依旧思路清晰。我甚至能够现在就站到法庭上,积极地发挥自己的作用,替当事人服务。但我心里一直在倒计时,期待这事儿快点结束,好让我去喝一杯。"

"啊哈。"

"估计那只学人喝酒的猴子和我有着一样的心理,加尔。"

"复员以后,你打算做什么?"

莎伦低下头去,盯着盘子看了好久,方才开口,"我根本就没想过这事。"

"好吧,"加尔对她露齿一笑,这还是他今天第一次笑,"到时候,可以去俱乐部潇洒一把。"

第三十八章

"先生们，我们现在开始吧。请问，现在我的当事人能起立宣誓么，怀特上校？"

怀特上校站了起来，传唤加尔上庭。加尔宣誓，自己将履行义务，承诺所说均为事实，然后走到自己位置上坐下，打量起调查庭的成员们来。

调查庭的主席是马泰尔上校，他手上拿着复印好的陈词。除了他之外，调查庭还有两名成员：一位是刚卸任没多久的胡珀上校，他曾是一艘重型巡洋舰的指挥官；另一位是威尔逊上校，最近才被任命为护卫舰指挥官。这两人的名字，他几乎是左耳进，右耳出。看这样子，他比自己所料想的还要疲惫。

"哈蒙德指挥官，谢谢你能如此体贴，提前递交陈词。这可给我们省了不少时间。我看过了，你的经历着实不同寻常。"

其他两位也跟着点头，对主席的话表示赞同。

"我们今日出庭，是因为另一位军官——空军部队的富兰克林少校。他指控你在被俘期间与敌人合作。"

"他为什么没有出庭？"胡珀上校问道，"是他指控哈蒙德指挥官，那哈蒙德有权与他当面对质。"

怀特上校打断了他的话，"在审讯中，的确是如此。但这不是审讯。哈蒙德现在面临的是指控，而不是怀疑，况且，他现在也还没被定罪。"

"哈蒙德指挥官，"马泰尔问道，"指控者未能出庭，你会觉得这对你不公平么？"

"我理解。我知道他病得很重，现在还住在奥克兰陆军医院。"加尔说，"我想让他出庭，只有一个原因——我想听听，他是怎么理解'合作'这个词的。"

"对此我无能为力,"怀特上校取过一张纸,"他特地指出,你和他说,你和日本人交谈过。除了姓名、军衔和部队番号外,你们还谈了些别的。"

"哈蒙德指挥官?"

"我确实和他说过这样的话,是在被送往战俘营的路上,当时我俩都在卡车后厢里。是,我的确和他这么说过。"

"你有没有告诉过他你与日本人的谈话内容?"

"没有,长官。听我说完后,他看起来有些心烦意乱,于是我们便结束了对话。他说他半个字都没和日本佬讲过,他的原话。"

"我们昨晚开会时注意到,你的证词中提到过审讯,但这份材料里却没写。你能在这儿给我们解释清楚么?"

"好的,没问题。"

"顺便再解释清楚,哪些信息是不该讲的,而你讲了——如果有这种情况的话。"怀特上校补充道。

"反对。"法尔科内中尉说道。

怀特恼怒地瞪了他一眼,"法尔科内先生,这不是审讯,所以你不能……"

"我同意,这的确不是审讯,"法尔科内打断了他的话,"而是调查庭,这也就意味着,您在各项程序中只需言明所涉及的法律步骤,而不用发问——发问是检察官做的事,长官。"

怀特脸都气红了。他的表情像是在说,这事没完,之后再和你清算。估计到了那时,就是上级对下级的训话了。

"继续,"主席说道,语气中不自觉地带上了一丝不悦,"哈蒙德指挥官,第一位日本军官把你带到了禁闭室。那他本人有没有审问你呢?"

"没有,长官。"加尔说道,"他已经知道我是潜艇指挥官了。我个人认为,他应该也知道袭击吴市基地的就是我们。他和我说带我去欧弗那。但后来我才知道,那儿其实是他们的海军审讯中心。"

"他没有审问你吗?"

"没有,长官。他说我将交由专员审问,也就是那些审讯专家。"

"我明白你的意思,那群专门折磨人的家伙。"威尔逊上校说道,"我听说过欧弗那。"

"在禁闭室里接受审讯时,你有没有和他或是他们当中的任何人,透露过什么讯息?"

"有,长官。我和航母的指挥官说过话,因为他当时给了我一把枪,让我自行了断。"

"这又是怎么回事?"

"他说他觉得恶心,堂堂指挥官,居然被一根皮带牵着带到了船上,活像一只狗。他说我根本不知道身为指挥官是何等的荣耀。他把自己的佩枪给了我,让我到翼台上去自尽,以重获尊严。我记不清他的原话了,反正就是这个意思。"

"那你是怎么做的?"

"我告诉他,我们才不会这么做的。我还和他说了些事,我十分确定,他一定会觉得非常有意思的。我和他说,1942年时,日本在西太平洋战区还是所向披靡的。而现在,他们的军队在马来亚饥肠辘辘,在新几内亚屡战屡败,在所罗门群岛根本没有立足之地,已经被赶出去了。顺便说说,所罗门群岛已经变成了他们口中的'饿殍之岛'。腊包尔失守,塔拉瓦失守、夸贾林环礁失守、关岛和天宁岛也没有保住。美军已经攻入了菲律宾。冲绳县遭到了轰炸。在日本本国,流入国内的石油、食物、橡胶、锡和煤少得可怜,只有1942年的百分之十那么多。我和他们说,这艘航母的确硕大无朋,令人眼前一亮,但这只是体积上的优势。哈尔西将军手下可有42艘大型航母、35艘小型航母以及一支由500艘战船组成的舰队。美国海军共有一万多艘船舰。日本很快便会输掉这场战争。哪怕航母只是驶向横须贺,一路上也会遭遇数不胜数的潜艇。"

"这些数字你是从哪里听到的?"主席问道。

"我自己编的。"加尔说,"你知道他怎么说的吗?他说,不错,挺敢说的。"

"他不相信你。"

"完全不相信。但这些海军基地确实相继失守,我觉得,这令他恼羞成怒。所以他就让我滚下去塞麻絮了。"

威尔逊上校举起了手,"哈蒙德指挥官,为什么你会想去救那个日本官员呢,就是那个,怎么说来着,在'信浓号'上带你走来走去的家伙?"

"因为我需要他。"加尔说。他向调查庭讲述了自己是如何努力以帮助其他囚犯重获自由的。而实际上,就这点而言,山下的所作所为也还是起到了一点作用的。

"那他为什么要这么做?"

"因为他吓破了胆,根本不知道自己在做些什么。"加尔说道,"第一颗鱼雷击中了舰尾,整艘航母朝后倒去,海水很快就没过了扇形尾,而他根本不会游泳。我可没在船上看到任何救生衣或是救生艇。所以,他唯一的救命稻草只能是我了。"

"你有仔细考虑过此事么,指挥官?我的意思是,如果你们俩都幸存了下来,难道他就不会再次俘虏你,把你送到欧弗那去吗?"

"我觉得他绝对会那么干的,上校。"加尔说,"但当时想这么多也没用,反正问题的答案都随着航母一道沉入海底去了。我只求能活下去,不管付出什么代价,保命要紧。先不论是福是祸,总之,我做到了。"

"能和我们说说你与桥本实之间的事么?听你的意思,你认识他?"

加尔花了整整20分钟,才把他和桥本实的过往讲清楚。他告诉他们,桥本实是去替美军执行任务的。他讲完之后,胡珀上校提了个问题。

"也就是说,自始至终,你都不知道,桥本实到底是去广岛执行什么任务的,对么?"

"对,我到现在都不知道。我猜,纸雨可能和他们前一天撒的纸片有关。"

怀特上校站了起来:"主席大人,我有个提议,暂且休庭,先吃个午饭吧,都快12点了。"

"好的,同意。"马泰尔上校说道,"1点半重新开庭。"

大伙儿纷纷起立,往门边走去。怀特上校伸出一根手指,指了指法尔科内中尉,"我想和你谈谈。"他说道。

"是,长官。"法尔科内应道。

见加尔并没有同其他人一道起立，怀特对他说道："你想去吃午饭的话，得一个人去。"

"好，但我想等会儿再去。"加尔说，"他是我的代理律师，不管你要和他说些什么，都可以当着我的面说。"

"哈蒙德指挥官，请你出去。"

"不，"加尔说道，"你这样会让我觉得，你似乎有自己的看法。如果你想把个人想法强加给法尔科内中尉的话，我是不会坐视不管的，重新开庭时，我一定会和调查庭汇报此事的，没准还会添油加醋。"

怀特上校做了个深呼吸，无奈地叹了口气，对法尔科内说道："晚些再约吧，中尉。"然后便离开了房间。

"谢谢你，长官。"法尔科内说，"但他不会对我做什么出格的事的。我可是控方代理律师，而且很快就要复员了。"

"他的目的是拿我开刀，中尉，"加尔说，"而且他背后还有某些高层支持。不知道你有没有注意到，怀特刚宣读完陈词，他们就开始问桥本实的问题了，还问得这么细，我觉得这当中可能也有猫腻。"

"如果你当真那么觉得，指挥官大人，"法尔科内说，"别担心，交给我来解决吧。"

下午1点45分，调查庭重新开庭。怀特上校迟到了一会儿，加尔在心中暗自猜想，这段时间，他可能去了某个地方，见了某位大人物。他们重新就座，然后，只见莎伦·德维尔斯走进了房间。

怀特上校大吃一惊，问她来这儿干吗。

"哈蒙德指挥官让我同法尔科内中尉一道担任本次审讯的控方代理律师。"

"我可没批准。"怀特说道。

"难道我没有自行选择代理律师的权利么？这可是调查庭。"加尔忍不住打断了他的话。

"我们已经给你指派了一位代理律师，指挥官，而且……"

"但不是我要求的那位，上校。但别误解我的意思，能和法尔科内中尉共事，我也备感荣幸。可他是新手，没什么经验，所以我想让德维尔斯少校来帮助我，我需要她的经验。"

怀特望向马泰尔，想寻求他的声援，但主席先生只是耸了耸肩。

"我不反对，"他说，"有什么关系么？"

"我们军法署有一大堆事儿要做，"怀特说，"两个军法官，负责同个案子？我可不容许，简直是浪费人力。"

"再过两周，我就回国了，上校，"莎伦说，"照您吩咐，我现在手头上可是什么事都没有。"

怀特上校一时语塞，竟无言以对。如果他向调查庭解释她为何无事可干的话，无疑会损害到军法署办公室的形象。他只好默默地坐了下来。

"先生们，我们继续。"马泰尔上校说道，"哈蒙德指挥官，听你的意思，你是在'信浓号'沉没后才第一次接受正式审讯的。那在审讯过程中，你有和日本人'交谈'吗？"

"有，长官。"

"那能不能请你给我们具体讲讲，你们究竟谈了些什么？"

"他们想知道我是从哪儿来的，居然就这样潜入了濑户内海。我告诉他们，我们先是穿越了丰后水道，然后跑到吴市，趁着航母还停在港内，把那儿炸了个天翻地覆。但他们对此嗤之以鼻，觉得在吴市发生的一切以及'信浓号'的遭遇都是个案，不足为信。"

"他们拒绝接受事实么？"

"他们这是在掩耳盗铃。虽然我觉得高级军官也就是那个四条上校，心里清楚，'信浓号'已经长眠在海底了，但他们仍在极力遮掩，生怕旁人发现真相。我也和他们说，我们能看见他们的水雷。"

"这恐怕不是明智之举吧，指挥官？"有人问道。加尔注意到，当他承认和日本人提及他们得到的新技术时，在场各位的脸色都变了。

"那时我非常疲惫，上校。"加尔说，"我被俘虏了，遭到了毒打。他们给我的水和食物简直少得可怜。随后我便被扔到了航母的甲板上，但没过多久，那艘航母就中了鱼雷，被击沉了，于是我又回到了水里，然后，第二次被俘，毒打更甚，而且还不给吃的。接着我就被带到了三个专业的情报处官员那儿，接受审讯。那时我想让他们弄清楚，无论他们怎么对待我，都不会改变结果——日本必败。水雷并不能保护他们。我们的潜艇能够在他们的眼皮子底下穿越切萨皮克湾，给他们来个迎头痛击——两艘驱逐舰爆炸，直接废了一个大型干船坞，还报废了两艘弹药船。整个码头惨不忍睹，到处都是弹坑，人员死伤惨重。我觉得，无论他们从我这儿得到了哪些信息，都不会对结果产生任何影响。战争就要结束了，而他们根本没有办法扭转乾坤。"

"他们当时什么反应？"

"上校，也就是他们当中级别最高的那个，一脸鄙夷，称我满嘴胡话。于是我向他挑衅，让他打个电话去问问，看看吴市那边善后工作是不是还在进行。他居然真的依言照做了，当着我的面起立，离开了审讯室。待他再次出现时，脸上的表情可就没那么好看了。另一个官员让我注意自己的言辞。有些事情，甚至连提都不能提。"

"之后就是空袭了？"

"就听见防空警报响了，但预想中的空袭并没有到来。接着我就被带到了一辆卡车上。我就是在那里面和富兰克林少校聊天的。之后另外一个审讯员接手了我。我叫他'牧师'。我的中心思想还是那样——你们不可能赢的。你们的对手，是我们的高科技武器，而不是我们的兵士。他最后终于忍不住了，气急败坏地朝我大吼大叫起来。然后我们去了吴市，他们让我上了一艘开往横须贺的驱逐舰。"

"要不是那场空袭，估计到了那儿，他们就会把你给处决了，是吧？"

"没错。"

"可是，那个家伙不是举枪自尽了么？你为什么不趁着那个时机逃跑呢？"马泰尔问道。

"跑，我能跑到哪儿去？一个被炮弹吓得六神无主的美国佬，该死的B-29还没开远呢，这个时候，在吴市造船厂附近乱转，被发现了绝对没有好果子吃。即便是穿过遍布弹坑的稻田，我也无处可去。我原本要搭乘的那艘驱逐舰前部弹药舱忽然爆炸了，还好我躲到了海里，才捡了条小命。"

"之后，你就被送到煤矿里去了？"

"是的。"

"但你可是个很有价值的战俘啊——他们居然就这样让你自生自灭了？"

"对，"加尔说，"欧弗那的人还以为我在吴市就被处决了，当我与其他战俘一道来到煤矿时，他们眼睛都瞪圆了。我碰到的英国人都说，我被送到这儿，算运气还不错了，要是被送到欧弗那去，那就惨了。"

"他们又是怎么知道的？"

"他们早在1942年2月就被日军给俘虏了。"

"你在煤矿做苦力那段时间，接受过审讯吗？"

"没有，长官。"

"你不是他们当中唯一一个美国人么？他们难道没有把你挑出来，单独审讯？"

"那个战俘营就是为了产煤而设的，那儿的战俘只要挖煤就行，不用做别的。不过，我也还是有特殊待遇的，要是别的战俘犯了错，顶多挨一顿训，而我犯了错，那可就不同了，他们直接就是一锄。那些警卫的脑子都不太好使，只要能够在家乡服役，不用去那些人间地狱般的群岛上挨饿，他们就心满意足了。产煤是头等要务——虽然他们知道这一点，但他们却没有意识到，他们打我们打得越狠，我们效率也就越低，产出的煤也就越少。"

"就没有人尝试过逃出去么？"

"至少我没听说过这样的事，长官。就算逃出去了，我们又能去哪里呢？我们个个饿得前胸贴后背，而且大多数英国人还都身患重病。大伙儿根本连挣扎的力气都没有。"

"先生们，"主席说道，"回归正题。哈蒙德指挥官被指控与敌人合作。关于这点，谁有什么直接相关的问题要问的吗？"

另外两位上校一言不发。

"德维尔斯少校，法尔科内中尉，你们可以传唤有利于哈蒙德指挥官的目击证人上庭。你们想这么做么？"

"是，长官。"莎伦说道，"我想请洛克伍德中将出庭作证。"

"嗯，指挥官，这个……"

"我认为他能提供与本指控相关的信息。允许控方提供相关证据的法条并没有规定证人的军衔。"

"这么做，也太不合常规了，"怀特上校说道，"哈蒙德指挥官所属指挥部的指挥官，也是他的直接上级，我觉得这个级别就够了，让中将大人出庭？这就有点出格了。"

"德维尔斯少校，我倾向于认同……"马泰尔上校话还没说完，莎伦便插嘴道，"看来长官您是要拒绝我的要求了。"

马泰尔上校略显迟疑，停顿了片刻。要是他不同意加尔传唤洛克伍德将军出庭的话，加尔的律师很可能会对外宣称，他们的调查是不公正的。

"我会考虑你的提议的。"最终他还是开了口，"我想先和其他成员讨论一下，再做决定。"

曾任巡洋舰舰长的胡珀上校举起了手，"没什么好讨论的，我同意让将军出庭。"

马泰尔望向左手边的威尔逊上校，他点了点头，表示自己与胡珀上校意见一致，虽然其他人明显与他俩意见相左。主席只好妥协。

"好吧，"他说，"我们同意传唤将军出庭。怀特上校，能麻烦你安排一下吗？就安排在明天。"

怀特上校阴沉着脸，点了点头。

莎伦朝法尔科内靠了靠。"我们可有事要做了，好伙计。"她悄声耳语道。

第三十九章

第二天10点整，将军准时上庭，虽然从他脸上的神情可以看出，他并不怎么高兴。当他的身影出现在房间里时，在场的所有人都站了起来，直至他走到前面，搬了张椅子就座，方才坐下。将军穿着一身卡其制服，三星肩章在日光照耀下显得格外耀眼。福雷斯特少将也同将军一道过来了。他在旁听席上找了个位置就座。与他一道过来的还有一个总部那边的上校。莎伦告诉加尔，那位是公共事务处的官员。

"洛克伍德将军，"马泰尔说道，"感谢您及时抽空过来，长官，我们都知道，您可是个大忙人。"

"是啊。"洛克伍德将军说。他甚至都没拿正眼瞧过加尔，更别提他的律师们了，"我们继续吧。"

"德维尔斯少校、法尔科内中尉，你们准备好了么？"

"准备好了，长官。"莎伦站了起来，面对着将军，先做了个自我介绍，说她是加尔的代理律师，然后问将军，是否读过加尔的证词。

洛克伍德将军说他读过。于是莎伦拿起一张纸。纸上写满了她事先准备好的问题。

"将军，潜艇部队有没有给军官们提供训练，教授他们怎样在战俘营中生存下来？我是指正规的训练，那种私底下的讨论不算。"

洛克伍德沉思片刻，"正规训练？你是指那种有指导纲要、专业督导和实际练习的训练？那我们并没有此类安排，虽然大伙儿都知道，即便要招，也只能说姓名、军衔和部队番号。在这方面，我们并没有为军士们提供正规训练。"

"你们这么做是有原因的吧，将军大人？"

"是，"他说，"如果我们的船舰不幸遭遇了日本战舰，沉没海中的话，通常情况下，是没有人能够活着回来的。所以，进行此类训练，对于我们而言，性价比不高。"

"性价比？"

"我的意思是，此类训练，实用价值不大，故没有在潜艇学校或是舰队开展。正如之前提过的，基本原则的话，大家都知道。"

"这条原则是在日内瓦大会上提出的？"

"对。"

"你们有没有意识到这一点——日本人从来没有遵守过《日内瓦公约》？"

"有，我们已经意识到了这一点。但我认为，这无形中也是一个警醒，让你注意，千万不要被俘。"

"将军大人，那我们能不能这么说，曾经被俘的哈蒙德指挥官并没有接受过正规训练和相关指导，以至于他不知道，当日本人运用了一些特殊手段，使得局面失去控制时，他应该说些什么。"

"但我觉得他应该知道，哪些不能说——他应该尽量避免给日本人透露有用信息。"

"但如果日本人当着他的面屠杀战俘，并且和他说，要是他不交代，他们就继续杀呢？你觉得这样一个理由充分么？我是说，作为他告知日本人额外信息的理由，即除姓名、军衔和部队番号之外的情况。"

洛克伍德将军无言以对。他认真地思索着，谨慎地选择着用词："每个人都有各自的标准，不能仅听取我的意见，就以偏概全。"

"但您作为太平洋舰队潜艇部队的总负责人，从未给手下们提供过任何指导，才会使他们不知如何应对。您说每个人都有各自的标准，那么，换做是您的话，遇到那种情况，您会如何应对呢？"

"嗯，理论上说，哈蒙德的做法并没有错。但是，小姐，你并没有设身处地地为那些战俘们着想，也没有从我的角度出发看待这个问题。是，我们的确没有对战俘们的行为作出任何规定或约束，但原因不是明摆着的么，被俘之后，谁不是想方设法，尽最大努力趋利避害呢？"

第三部 沉默的舰队

"趋利避害？"

"是的，趋利避害。而且大家都知道，被俘的概率实在是小之又小——我们在战争中损失了52艘潜艇，2300名兵士。几乎没有水兵被俘，这是事实。"

莎伦低下头去，重新将纸上的问题研读了一番，方才继续发问："哈蒙德指挥官在证词中提到，他确实向日方透露了一些信息，但这是出于战术方面的考虑，为的是打击他们的信心，并非帮助鼓励他们。"

"怎么说？"

"他告诉他们，我们能看见他们埋在水下的雷，所以我们的潜艇能毫发无伤地穿越雷区。"

洛克伍德将军看起来像是被她的话吓了一跳，"居然把这个都和他们说了？在我看来，这未免有点出格了吧。"

"将军大人，能不能请您给我们解释一下，这对敌人而言，究竟有哪些好处呢？"

"嗯，虽说直至战争结束，日本人都将水雷作为一种防御手段，主要用于对付潜艇，但哈蒙德指挥官这么一说，他们就知道自己的防御系统被攻破了。"

"然后呢，他们有采取相应的措施么，长官？我是指雷区——他们有没有做出一些举措来应对我们的新型声呐系统？毕竟我们都能看见水底的雷了。"

"我不清楚，也许他们将雷区的范围扩大到了原来的两倍，甚至有可能是三倍。声呐系统尚未完善，即便有它，潜艇也未必能轻而易举地穿越雷区。"

"但哈蒙德指挥官做到了。"

"是的，他的确做到了。这很不简单。当然，'海蛾鱼号'能在吴市取得这样的战果，也很不简单。恩赖特舰长告诉我，他们之所以能击中'信浓号'，是因为它停在码头里。'海蛾鱼号'袭击兵工厂时，日本人就在附近。但我觉得，倘若敌人不知道，潜艇是怎样神不知鬼不觉地潜入腹地的，这会令他们更加心惊胆寒。"

加尔在拍纸簿上写了几句话。

"所以，在您看来，"莎伦继续发问，"他确实与敌人合作了，是么？我是说，从理论上来看，不管他是出于什么原因才与敌人进行交谈的，即便是阻止屠戮，也无济于事。您觉得他的举动是否影响到了美军为取胜所做的努力呢？"

"至少，他的举动对我们取胜没有任何帮助。"

"在'海蛾鱼号'之后，是否还有其他潜艇尝试过穿越日本雷区？"

"有。"

"它们成功了么？"

"大多数都成功了。"

"您有发现什么变化么？我是指，在遭到'海蛾鱼号'袭击之后，日本人有没有改变他们的布雷方式？"

"我本应该对此深入调查一番的，但因种种原因耽误了。在我个人看来，他们并没有那么做。"

"所以哈蒙德指挥官的话，究竟造成了哪些实质性的不良影响呢？"

将军一时语塞。

"如果您要说道德方面的影响，"莎伦继续说道，"那请您先想想，他为什么会答应审讯员的要求？难道您要他眼睁睁地看着其他战俘一个接一个地被日本人枪毙么？"

"律师小姐，你的问题我不好回答。每个军官都有自己的一套道德观，我是这么想的。毕竟，我个人并没有经历过那样的场面，我是说，被关到牢房里，看着日本警卫屠杀战俘。我一直都待在夏威夷，性命无忧。我只能这么和你说，个人的价值观和他担任的职务有着密不可分的关系。有时候，我们，或者说我吧，即便知道，任务的危险系数很高，极有可能有去无回，还是会派遣军士和船舰过去。毕竟，风险越高，收益越大。"

"但是收益是对于您而言的吧？"

洛克伍德将军看了她一眼，没有答话。加尔看得出他内心的痛楚。

"也就是说，潜艇是可以用来充当炮灰的么？"

"德维尔斯小姐，话不是这么说的。潜艇在抗击日军方面发挥了十分重要的作用。兵士们的职责不是保护自家船舰，而是去攻击敌人的船舰，击沉它们。要是我们派出去的潜艇空手而归的话，通常情况下，我们都会把那个舰长革职，把更有能力的人换上来。"

"而且大家都清楚这个道理，是么？"

"虽然开始的时候还不清楚，但过了一阵子，自然就想明白了。"洛克伍德说道。

"但是，万一有些任务特别危险呢？我的意思是，比普通任务还要凶险得多，可谓险象环生。"

"他们也会接受的。"

"让'海蛾鱼号'潜入濑户内海，能不能算作是特别危险的任务？"

"嗯，我认为可以。"

"您曾经将濑户内海列为禁区，对么？"

"是的。"

加尔给法尔科内递了张便条，他读完后点点头，把便条给了莎伦。莎伦扫了一眼，继续发问。

"'海蛾鱼号'那次行动是不是包含了好几个任务？"

"什么意思？"

"您知道的，长官，比如说，桥本实。"

"噢，他啊。在我看来，那是个副线任务。我们这边没有接到通知，所以我们并不清楚为什么总部想送他回日本。他们没说的话，我们最好别问。哈蒙德指挥官之后和我说过，他觉得这事和广岛的原子弹爆炸有关。"

"他收到的秘密指示，优先级是否高于本次任务？"

"你是说那些密封着的文件么？我也没看过，那些是尼米兹将军本人亲自发布的，对外一律保密。我们的重点就是那艘航母。"

"那您是不是有些意外呢？因为秘密指示让哈蒙德指挥官在执行濑户内海任务之前，务必把桥本实送上岸。"

"我确实有点意外。我也和你说件事吧，哈蒙德指挥官一开始是拒绝执行这项任务的，因为他不想带着一个日本人。不知道听了这个，你会不会觉得惊讶呢？我亲眼目睹，尼米兹将军亲自出马，这才说服了他。但我还是坚持把它算作副线任务。我们最重要的任务是干掉'信浓号'，其次，是平安返航。"

"想方设法袭击航母，然后溜之大吉？"

"对，而且，还有另外一件事，让我有些疑惑——有几次，哈蒙德指挥官明明有机会逃脱，他却没有把握，甚至都没去尝试。不知道这背后是不是有什么原因。"

"哈蒙德指挥官之所以二次被俘，是因为他觉得，要是自己继续躲在村子里，会给桥本实带来麻烦，比如说，让他身份暴露，锒铛入狱。所以他让桥本实'抓住他'，把他交由有关部门处理。"

"你说的不算。"

"但哈蒙德指挥官自己也是这么说的，长官。他这么做的原因是因为密封文件中写得一清二楚——桥本实需要做些什么。事实上，他肩负的使命可比'信浓号'重要得多，这也就是为什么哈蒙德指挥官会选择再一次被俘。难道在您眼中，这样的行为也算与敌人合作么，长官？"

"他做出决定自然有他的理由。"洛克伍德有些生气了，"小姐，你不了解海军的事情。任何决定都有后果，特别是在战争时期。战争刚打响的时候，我们部门出了位潜艇指挥官，明明有机会逃生，却毅然放弃，随着千疮百孔的潜艇一道沉入了海底。他担心自己被俘，在敌人的严刑逼供下泄露至关重要的机密信息。没人要求他这么做，但他还是选择了这条不归路。所以他获得了一枚荣誉勋章，而哈蒙德却要接受调查。"

"所以您才会决定让哈蒙德指挥官接受调查庭的调查，是这样么？"

"怎么说？"

"您列举了吉尔摩上校和'鲈鱼号'的事迹。所以，是不是他们的壮举驱使着您做出决定，无视哈蒙德指挥官申请违纪调宜的请求，坚持要他上调查庭呢？"

洛克伍德将军气得站了起来："小姐，你资历太浅，我没必要向你解释我为何不批准违纪调宜的原因，也没必要向哈蒙德解释，甚至没必要向任何人解释。而且，希望你弄清楚，需要接受审问的是哈蒙德指挥官，不是我。你要做的，是弄清楚，他做了什么，为什么会这么做。"

"这不是审问，长官，"莎伦心平气和地解释道，"但我觉得您指出了问题的关键：他做了什么，为什么要这么做。除此之外，我还想再补充一点，那就是他的所作所为造成了哪些实质性的伤害。您说他故意不逃跑，但事实上，吴市轰炸后，他就被日本警卫给抓住了，然后被扔到了一群英国战俘里。正是因为这样，他才没被送到欧弗那去。那儿的审讯员和施刑员可都是专业的。他们专门负责审讯水兵，保证让战俘知无不言。可是，哈蒙德指挥官被送到了煤矿里，成天累死累活，当牛做马，这样的待遇，和欧弗那恐怕是不相上下吧？"

洛克伍德慢慢地坐回到椅子上。"我觉得，比起欧弗那，还是要好些的。"他说。

"您的意思是，他是故意这么做的？就是不想被送到欧弗那去？"

加尔忍无可忍，一下子站了起来，直视着洛克伍德将军的眼睛。"我不是有意那么做的。"他说，"那个'牧师'在我面前开枪自杀了，我浮在海面上，几十万磅的炸弹就在我身边炸开了花。那艘驱逐舰爆炸时，离我仅仅50英尺。我都被震聋了，吓得不知所措，脑中完全是一片空白。我想我大概已经死了，后来我才反应过来，我没死，但我巴不得来个痛快，简直是生不如死。之后，几个日本警卫把浑身是血的我从水里捞了出来，扔到了卡车上。紧接着，我就被送到了最近的中转站。他们把我扔到了一辆有轨电车上。这也就是我为什么没被送到欧弗那去的原因，将军大人。还有，那个想在海里干掉我的军官把最后一颗子弹留给了他自己，他这么做，是因为他已经疯了——他自己都承认了。我才没有和那个家伙合作呢，是我把他逼疯的，我让他无路可走，只能选择自杀。"

"哈蒙德指挥官，"怀特打断了他，"等轮到你发言时，你自然有机会陈述事实，以……"

"此时不说，更待何时，先生？"加尔泰然自若地说道，"我觉得这场听讯背后的原因只有一个，那就是某人想要维护太平洋舰队的形象。毕竟战争已经结束了，我们也没有利用价值了。"

"简直是一派胡言。"身后传来福雷斯特恼怒的声音，但加尔没有理会。

洛克伍德将军对着福雷斯特的方向竖起一根食指，示意他保持安静。

加尔绕过桌子，走上前去，直面洛克伍德将军。"合作，"他说，"是指战俘为了自身利益，向敌人提供有用讯息。他们出卖情报，以换取食物果腹，而其他战俘就只能饿肚子。他们能在办公室里休息，而其他人就只能到矿里去挖煤。他们不必每天提心吊胆，担心遭到鞭打，生病受伤也能得到治疗。总之，合作，就是和敌人同穿一条裤子，而我，是绝对不可能这么做的。您好像觉得我有机会逃跑似的，事实上，这是绝对不可能的。欧洲？也许在欧洲还有可能，毕竟德国佬和英国佬长得也没多大差别，不是么？但在日本，情况就不同了。我们这些战俘都是外国人，白皮肤、圆眼睛、体味重、身材高大，和他们截然不同。在他们看来，正是我们这些异域恶魔在遥远的岛屿上大肆作恶，杀死了大和民族的男人甚至是少年，击沉了他们的船只，切断了他们的燃油、药品以及食物供应，还燃起熊熊烈火，将城市化为灰烬。你们会这么想，肯定是没有考虑到，当地人对我们的敌意是如此之强。要是一个美国飞行员不幸降落在日本乡间的话，他只要一落地，不用说，绝对会被愤怒的村民撕成碎片。所以，不好意思，将军，在我看来，考虑逃跑是非常不切实际的想法。"

说到这儿，他忽然停了下来，理了理思路："我没有与敌人合作。我告诉他们的每一件事，虽然大部分都是我胡编乱造的，但都明确地指向一点：他们必败无疑，而且这个结果是不可逆转的。我告诉过航母的舰长，如果他执意要驶向横须贺的话，那就做好航母被凿穿的准备吧，事实也确是如此——他们也心知肚明，不过他们没办法说出来。你问我是怎么知道的，我有证据。他们有个计划，而且这个计划已经传达下去了，每个战俘营都知道。清楚那是什么计划么，将军大人？"

洛克伍德将军摇摇头。

"所有战俘营都接到过这样一条通知：若是盟军攻入日本本土，就立马处决国内的所有战俘，一个不剩。您有听闻过么，将军大人？"

"我好像在哪儿看到过。"洛克伍德说道。

"我可没读到过，将军，但身临现场的也是我啊，我亲身经历了这一切，简直是人间炼狱！第二颗原子弹在长崎爆炸时，我们差点就被当场处决了。能够幸存下来，只有一个原因——战俘营负责人的老家在长崎，他急着赶回去看情况。之后又来了一队士兵，给负责人传达命令，让他马上启程，离开战俘营。"

加尔深吸一口气："将军大人，在日本佬的战俘营里，没有通敌者，大家都只是普通的战俘，或多或少有点病，饥肠辘辘，虚弱无力，浑身创伤，还有些人奄奄一息，游离在生死线上。好不容易死里逃生，您和您的参谋长居然还让我接受调查，这有些过分了吧。战争期间的那些人，那些事，你们俩是不是早已抛到脑后，忘得一干二净了？难道你们又想重蹈覆辙，令珍珠港的悲剧重演？"

"哈蒙德指挥官，"马泰尔说，"够了，我不允许……"

"等等，"洛克伍德说道，他转向马泰尔上校，"是谁授意你们开设调查庭的？"

马泰尔皱起了眉。"这不是您本人的意思么，将军？"他拿出一张纸，"喏，抬头是太平洋舰队指挥处，长官，军区只是负责执行罢了。"

洛克伍德望向福雷斯特："迈克，开设调查庭的指令，是你签署的么？"

"是，长官，"福雷斯特说，"与您交谈过后，我自然而然地认为……"

"这是不是意味着我可以收回这个决定？还是我需要征求其他高层领导的意见？"

"是，当然可以，长官，但是……"

"马泰尔上校，其实从一开始我就在想，我到底应不应该做出这个决定。这项关于通敌的指控是否合适，我需要些时间来重新考虑。我有两个选择：一是将它变为正式诉讼，提交军事法庭审理；二是解散调查庭。你和你的同伴也就不用忙活了。我会与你们保持联络的。迈克，我们走。哈蒙德指挥官，你就待在这儿，不许出城。"

将军扔下这些话后，便和福雷斯特一道离开了。

加尔和他的律师们站在原地，不知道接下来该做些什么。马泰尔上校拿起帽子，让其他两位上校跟他一起走。怀特上校怒气冲冲地环视了一圈，也跟着他们一道离开了房间，把那位公共事务处的官员一个人留在房内。那人一脸惊愕地看着他们相继离开。"谁能告诉我，现在到底是什么情况？"他问道。

莎伦微笑着转向他："两种可能，要不就是把哈蒙德上校从鱼钩上取下来，要不就是把他放到平底锅上，加点香料煎了。我可不想点破了，以免把话说得太死。"

"你就没把话说死过。"加尔讪笑一声，"不管怎么说，至少之后的情况不会比现在更糟，是吧？"

第四十章

那天下午，加尔叫了辆出租车，一个人去了威基基海滩。他租了一把沙滩椅、一把遮阳伞，还找了个小贩，弄了一个冰桶和一瓶苏格兰威士忌，搁在椅子旁边，别提有多惬意了。

沙滩上到处都是水手和士兵，当然，也有不少年轻女人。他在想，这么多女人到底是从哪儿来的。打仗的时候，这儿可没那么多女人。对哦，毕竟那时在打仗。而现在，既然战争已经结束了，为何不好好享受一番呢？比如说，好好欣赏欣赏美女们的丰乳肥臀。

胃里的午饭还没完全消化掉。中午他和两位律师一道去了军官俱乐部，闲聊了一番。他们侃天侃地，无所不聊，但就是不提今早的听讯。莎伦一直对着他微笑，但他总感觉那笑容带着同情的味道。她问他接下来准备干吗，他说他打算去海滩上晒晒太阳。她说这个安排听起来很有意思，但她和法尔科内的日子就没那么舒服了——冥顽不灵的怀特上校一定会把他俩叫到办公室里训斥一顿的。法尔科内说他打算回宿舍，然后和上校说他生病了，不能过去。莎伦说她倒是求之不得，因为她刚好也有些话想对"伟大的"上校大人说。

阳光和煦又温暖，配上一杯冰凉清爽的苏格兰威士忌，任凭微风轻拂过肌肤，那种感觉安逸又舒适。但他不能贪杯，因为他的身体还很虚弱，喝得太多的话，医生们之前所做的努力可就都付诸东流了。宿醉容易着凉感冒，这对他来说，简直是雪上加霜。而且，他还需要保持清醒，好好思考一些人生大事，比如：未来该何去何从。将军最后的那番话着实令他心惊胆寒，他可不想被送上军事法庭。一旦被送上军事法庭，他就别想在部队里继续待下去了——日后晋升无望不说，可能还会收到上级的通知——我们不需要你了，提前退休，回老家去吧。他一点也不想回到宾夕法尼亚。虽然，那儿的房子空无一人，只待他入住，屋后还有十五英亩良田，但他依旧不愿回到那个以产煤量多而著称的小镇。因为加尔在战争中的出色表现，房子和地才没被收走，但它们属于他的父母，所以，那些亲戚们应该不会费心去打理，他还得自己拾掇一番。得买辆车——但他的钱够么？回家后的生活有太多问题等着他去解决。虽然他能指挥潜艇准确无误地击中水面的日本驱逐舰，但一碰上那些琐事，他就像变了个人似的，不知所措，束手无策。他该怎么回去呢？搭公交，还是乘飞机？想着想着，不知不觉，他便进入了梦乡。

耳边忽然响起一阵吱嘎吱嘎的声音，像是有人在他身边支起了沙滩椅，他迷迷糊糊地睁开眼，阳光刚好打在他脸上，刺得他眼睛有些疼，好不容易才看清身旁的人——原来是莎伦，她穿着白色的泳衣，愈发凸显出玲珑有致的身材。

"你刚是当真睡着了么，还是打了个盹？"她把浴巾搭到椅背上，在他身旁坐下。

他举起威士忌，发现里面的酒居然只剩四分之一了。"我刚有些困，"他说，"现在想喝一杯。"

"好啊，"她说，"碰巧我也有兴致，可以陪你喝。"

他咧嘴一笑，把酒瓶递给她，从冰桶中捞出一个酒杯："冰在桶里，请自便。"

"苏格兰威士忌的话，什么都不加最好。"她说，"加冰会让我头疼得厉害。"

"听起来像是个行家啊，"他说道，"怀特上校那边怎么说？"

"哦，他啊，我进了他的办公室，关上门，脱到只剩内衣，然后用上所有力气大声尖叫。警卫们破门而入时，就看到我一边用手指着他，一边歇斯底里地哭喊着。他们脸上的表情，咳，我该怎么形容，就像见了鬼一样。"

加尔忍不住笑出了声。"这我倒喜闻乐见，"他说，"但是，说真的，之后你是怎么收场的？"

"我俩各执一词。"她说，"这可是两个律师之间的交锋，我们唇枪舌剑，互不相让，争论了好久，最后，我只好把他的太太请来，这才解决了问题。"

"这可真是一场恶战啊，"他说，"但之后再与他打交道可就有点麻烦了，他应该不会对你客气的。"

"不会，他可不敢摆在面上。"她说，"还有，你对他和福雷斯特的怀疑是正确的——他俩想方设法，想把你整垮。虽然他们口口声声说是为了维护潜艇部队的声誉，但我总觉得真相并非如此，应该还有更深层次的原因，但具体是什么，我就不清楚了。"

"难道和桥本实有关？"

"有可能，但桥本实并没有出庭，要是他到场就好了。"

"洛克伍德把这称之为'副线任务'，但密封文件里写得一清二楚——桥本实第一，其他的，管他是什么鬼，都给我扔一边去。"

"将军说他没有看过那些文件。"

"我敢打包票，总部肯定有备份，"加尔说，"文件上有伦塞勒将军的签名。"

"我的上帝，你瘦了好多！"莎伦岔开了话题，她的手指灵巧地在他的胸膛上游走着，但他太累了，累到无法回应她的热情。

"我在战俘当中还算是壮实的了，"他说，"那群英国人在1942年初就被俘了，他们简直就是行走着的骷髅架子。我听说被解救出来的那群人当中，有三分之一都死在了关岛。去他娘的，该死的日本佬。"

"结论可别下得那么早，"莎伦说，"等你见识过东德和波兰的惨状，你就会知道，纳粹并不比他们差。他们简直是一群怪物，一群恶魔。被他们折磨致死的战俘，比这还要多得多。"

"我真的累了，"他说道，"身心俱疲，心里很难受。谢天谢地，我们赢了。你知道么，我甚至都不敢往窗外望，我怕我一看到大海，就忍不住要流泪。"

"嘿，"她说，"别老想着这些了，我在附近的酒店里开了个房间。我们可以现在就上楼去，做些，嗯，我也不知道，我们可以就那么躺着，你抱着我，我搂着你。过去的事，就让它过去吧，之后我会一直陪着你的，怎么样？"

"太赞了，"加尔揉了揉眼睛，"我很抱歉，说了那么多扫兴的事。"

"别这么说，老水手，"她说，"这事儿可是非同凡响，岂是这么轻描淡写就能抹去的？"

是啊，而且，他有种预感，这事儿还没完呢。他俩拿起毛巾。他忽然想起来，自己和莎伦说过，他很擅长指挥潜艇，曾经是一头独狼。噢，好吧，看来他要么就是个天生的捕食者，要么就是个弃子——狼群早已远去，却将他抛下，空留他一人在原地驻守。

第四十一章

一直到第三天中午，他才收到消息。酒店前台给他打了个电话，让他和他的律师下午一点之前到太平洋舰队潜艇部队总部大楼去。加尔估计怀特上校那边应该也接到了通知，但他无法证实，因为他没有电话。算了，不管了。他洗了个澡，刮了胡子，套上卡其制服，尽量不去回想刚刚过去的那个夜晚。他喝多了，甚至当着莎伦的面大声哭喊起来，就像个婴儿一样，闹得累了，不知不觉就睡过去了。还好，莎伦似乎并不怎么介怀。他百分之百确定他俩没有做爱，唉，要他当时头脑清醒些就好了。

他这次过去，洛克伍德的助理一改之前的倨傲，变得毕恭毕敬，不知道是因为他臭名远扬，让人不得不小心对待呢，还是因为他的所作所为令人不齿，所以人人对他避之不及呢？或许两者均有吧。五分钟后，莎伦和法尔科内也到了。莎伦看起来光彩照人，但法尔科内就不同了，他面带羞愧，仿佛下一秒就要挖个洞钻到地底下去似的。这时来了两个表情严肃的上校，他俩径直走进了洛克伍德将军的办公室。助理让他们在接待室里再等几分钟。

"那两个家伙是谁？"加尔问道。

莎伦摇摇头，"应该不是太平洋舰队的，也可能是我不认识，"她说，"我之前从没见过这两个人。"

"也许他们是刽子手，过来行刑的。"加尔说。

"不是的，"莎伦一本正经地向他解释道，"就算要行刑，也得是部队里的人才行。"

加尔被她故作正经的态度给逗乐了，法尔科内虽想融入他俩，但实在是笑不出来，只能勉强挤出一丝笑容。

门廊处出现了将军助理的身影。"将军现在可以见你们了。"他说,看来他们可以进去了。

加尔打头,两位律师跟在他身后。洛克伍德将军坐在桌前,福雷斯特站在他旁边,手上拿着一个文件夹。刚才进来的两位军官一个坐在左边,一个坐在右边,两人打量着加尔,那眼神就好像他俩要给他量身定做一副棺材一样。

"将军,我按您的指示,过来报到了。"加尔说道。他没有敬礼,因为海军从不在室内敬礼。

"好的,指挥官。"洛克伍德应道。单凭他脸上的神情,加尔无法准确地解读出他内心的想法,但有一点他是清楚的:对面坐着的可不是往日那个和蔼可亲的查理大叔,而是不怒自威的洛克伍德少将。

"哈蒙德指挥官,海军人事局局长授权于我,让我全权负责,处理某项指控,因为某位战俘在战争期间的某些行为触犯了法律。"

加尔眨眨眼。福雷斯特这么说,搞得好像他本人不在现场一样。

"您是在说我么,将军?"加尔问道。洛克伍德将军朝他翻了个白眼。

"是,我是在说你。"福雷斯特说,"将军已经和总部的官员们交换了意见,当中包括海军作战部部长和海军人事局局长。他们都同意用这种方式处理……"福雷斯特脸上露出了厌恶的神情,似乎对这个解决方式有些不满。他深吸一口气,"我们不会为此事开设军事法庭。我们允许你现在马上复员。鉴于你被俘期间所受的折磨,我们决定为你加上五年的服役期,也就是说,你复员后的薪水是按军龄二十年的标准发放的。鉴于你的战果,我们决定将你的军衔级别定为上校,但你的薪水还是得以指挥官的标准计算。调查庭会发表正式声明,宣布指控不成立,该决定也是经由指挥部高层批准认可的。我们这么处理,你能理解么?"

"嗯,能理解。"

"很好,这是海军总部做出的决议。如果你接受的话,需要提供书面证明,并且进行口头宣誓,方能使其生效。补充一点,日后,你必须三缄其口,不许向他人谈及,或是以书面形式记录你的最后一次任务,哪怕是提到名字也不行,特别是关于桥本实的事情,记住,绝对不许泄露出去。"

"就这样？"

"就这样。"福雷斯特说。然后他转向那两位上校,"先生们,还有什么需要补充的么？"

两位军官之中较为年长的那位狠狠地瞪了加尔一眼。"我们是格罗夫斯中将的部下,不知道你有没有听说过他,他是'曼哈顿计划'的负责人,"他说,"我们最大的担忧以及终止调查庭最主要的缘由,就是桥本实的事。该问题的严重性再怎么强调都不为过。要是你胆敢对外泄露此事,哪怕只有半个字,美国政府都能查到,然后,彻底把你从这个世界上抹去,不留一点痕迹,比广岛还要干净。我的意思,你听明白了吗？"

"听明白了。"加尔说。

上校转向两位律师："你们俩也是,我可不是和你们开玩笑。事关重大,还望你俩务必重视。"

莎伦和法尔科内点头称是。

"哈蒙德指挥官,这个要求,你能接受么？"福雷斯特问道。

加尔有些迟疑。这时莎伦开了口："他当然接受,你们提出的条件这么优厚,谁还不接受,谁就是蠢蛋。不管那件事具体涉及什么,这样一个条件都值了。"

"抱歉,指挥官。"福雷斯特说,"我知道你是他的律师,但这个决定得他本人亲自做。"

加尔望向洛克伍德将军,他还有个未竟的心愿,他清楚,洛克伍德将军知道他想要的是什么。将军与他对视了很久,终于打破了沉默,"你是不是想让我和你道歉？"他问道。

"我们的解决方案里可没有这一项。"福雷斯特第一个跳出来表示反对。

"嗯,其实我的确应该这么做,"洛克伍德说道,"我很抱歉,让你经受了这一切,加尔。你是对的,即便是在和平时代,我们也不该这样办事。其实我们都不知道接下来该怎么做,于是我们打破了原有的模式,以期突破,但现在看来,似乎是适得其反了。说实话,这么做,我心里也有些害怕。要是还在打仗的话,我是绝对不会这么对待我手下的指挥官的。我不该为了维护所谓'沉默舰队'的声誉,就把你一个人扔到狼群里。"

"谢谢您,长官。您能和我说这些,我感到十分满足。您能亲自和我道歉,我备感荣幸。感谢您的诚恳,我接受您的道歉。"

"那就这么定了,"福雷斯特说道,"到时候我们会把决议写成协约,待哈蒙德指挥官和洛克伍德将军签字后,再送交华盛顿,由海军人事局局长审批通过。"

"两位律师也听好了,"不苟言笑的上校再次发话,"在这儿听到的一切,我希望你们最好出了门就忘掉,当然,我的警告除外。"

莎伦还没办理退房手续,所以他俩就到酒店露台上找了张靠海滩的桌子坐下,在轻松愉快的气氛中吃完了午饭。他们俩都穿着制服,只不过他穿的是卡其制服,而她穿的是白色制服。到了下午,海滩上的人更多了,当中不乏和他们一样穿着制服的。但加尔知道,这只是暂时现象,毕竟他们很快就要回国了。

"轻松了?"莎伦问道。

"当然,"他说,"有谁想到,这么一件麻烦事儿,到头来反而还给我带来了实惠。"

"但我觉得他们不可能真把这件事闹到军事法庭上的,"她说,"毕竟,你声情并茂的简短演说触动了他们,而且我犀利的提问也让他们无言以对,他们没理由不撤销决定。"

"看样子,你还是很想证明一下自己的实力的,是么?"

"当然,对我来说,办好一个案子,就好像喝了一杯美酒一样痛快。"

"但法尔科内中尉可不是这么觉得的,我感觉他并没有心理准备,要迎接如此之大的挑战。"

"怀特上校在我身上栽了跟头,所以他把气都撒在法尔科内身上了。但他不会因此一蹶不振的,他即将重返哈佛大学。谁都看得出,他的前途一片光明。"

"除了他之外,还有哪些人要到哈佛去?有你么?"加尔问道。

"噢,都是些熟人,约翰·沃克、詹姆斯·比姆,还有那个爱吃牛肉的家伙。顺便问问，'墓碑交易'是啥意思？"

加尔笑了，"我们也把这叫作'墓碑职位'。他们通常会在某位上校退休的时候，给他授个少将军衔，好让他妻子能在他去世时帮他把这头衔刻在墓碑上。"

"这倒挺划算，"她说，"那你到底知不知道那件事的内情呢？"

"说好不能再提的，"他说，"但将来的某天，我可能会回去看看，那个老家伙是不是还活着。虽然我和他说过，让他完成任务后就逃得远远的，越远越好。"

"原来你之后还见到过他。"

"嗯，是的，爆炸后见过。但回到我的问题，你恢复自由身后，打算干些什么呢？想过去哪儿吗？"

莎伦耸耸肩。"我这些年攒了点钱，"她说，"我想到个没人认识我的地方，开始一段新生活。当然，有钱并不代表我不工作了，我还是会找点事做的。"

"我这四年也攒了不少钱，"加尔说，"特别是被俘那段时间。我压根没机会花钱。而且我复员后工资也不少。我在宾夕法尼亚西部还有座大房子。"

"怎么说？"

"嗯，好吧，也许我们可以搭个伙？你必须得答应，我们会是好搭档的，你看，我经常给自己惹上麻烦，而你很擅长替人解决麻烦。"

莎伦笑了："这是在求婚么，指挥官？"

"只是个建议罢了，少校，求婚意味着迈入婚姻殿堂，而你我都知道……"

"对，"她说，"我俩都没这方面的需求。"

"那你意下如何？"

"我会好好考虑的，"她说，"某些重要的建议得多花些时间，认真想想。"

"那我能有这个荣幸，请美丽的小姐喝一杯么？"

她皱了皱眉："这点我估计改不了，加尔，至少短时间内我改不掉。我知道酗酒是个坏毛病，但……"

"我理解，但我也知道，绝对不能一个人喝酒。战争已经结束了，现在的世界不一样了，许多东西都变了，这令我有些害怕，我不太敢去面对那些变化。我见过大风大浪，也曾风风火火做过很多事。在战争中，我失去了许多朋友，许多战友。不瞒你说，我都感觉他们未曾离开过，一直就在我身边陪伴着我。他们希望我好好活下去。要不是成千上万英武兵士在战场上抛头颅、洒热血，我恐怕早成烈士了。"

莎伦伸出手，紧紧地握住加尔的手："我也会努力的，加尔，我可不希望自己成为你的负担。无论何时何地，我都会一如既往地支持你，不会拖你后腿的。"

"什么叫拖后腿，莎伦？"他回握住她的手，"过去的四年里，我一直都忙于用潜望镜侦察外面的世界，力争歼灭更多敌人。但今天早上，我却开始思考自己回到宾夕法尼亚后应该做些什么的问题了。我忽然意识到，目前国内人们在做些什么，我是一无所知。所以，不存在谁拖谁后腿的问题，我们应该相互扶持，一起学着如何在全新的环境下开启一段崭新的生活。"

莎伦点点头。"亲爱的长官，我明白了，我会回去认真考虑的。毕竟还有几周时间供我慢慢思考呢。"她舒了口气，望向海面，"话说，你要请我喝的那杯酒，怎么还不端上来？"

加尔笑了起来，"你可真机智，"他说，"我自叹不如，唉，该怎么对付你才好？"

虽然莎伦如瀑布般柔顺的长发把她半张脸都给盖住了，加尔仍能依稀看到她美丽的眼睛中闪烁着的狡黠神色。"我们得一道想个办法，"她说，"说真的，要是你不请我喝一杯的话，那我只能回房间了。我会把衣服都脱光，然后躺倒在床上，一个人生闷气。"

"生闷气么？"

"除此之外，我一个女人家，还能做些什么？"

"你刚才不都说了么？我们可以一道，想想办法。"